文春文庫

森へ行きましょう

川上弘美

JN031117

文藝春秋

森へ行きましょう

一九六六年　留津《るつ》　〇歳

　十月に入っても、暖かい日が続いていた。雪子《ゆきこ》はワンピースの生地の上から、自分のお腹をなでてみる。予定日は三日前だったけれど、三日前の検診では、

「まだ赤ちゃん、おりてきていませんね」

と、産科医は言っていた。初産《ういざん》は、遅れることが多いのですよ、心配しなくていいですからね。医師は続けた。

　昨日の検診でも、出産の兆候は薄かった。では次はあさってにでも、病院にいらっしゃい。医師はのんびりと言い、雪子はその口調に少しばかり不満を抱いた。予定日を一日二日過ぎたくらいならいいけれど、あさってといったら、もう五日も過ぎた日である。何かあったら、どうするのだろう。

　実家に帰って母にぐちると、母は笑いとばした。先生のおっしゃることに、間違いはないわよ。生まれる時は生まれる、生まれないとしたら、まだ赤ちゃんが出てきたくないの。あせらなくて大丈夫。雪子の上に兄二人と姉一人、雪子とあわせて四人の子供を育てた母は、自信に満ちた様子でうけあった。

　陣痛が来始めたのは、その日の午後の三時ごろだった。まだこれからが長いのよ、腹

ごしらえしておきなさい。母に言われ、雪子は昼食の残りの大根とあげの味噌汁を温めた。冷や飯もあったので、味噌汁が温まってから、半膳ぶんをしゃもじですくって鍋にそのまま入れ、ほとびてきたところに玉子を一つ割って落とした。茶碗によそったときに次の陣痛がやってきたが、それはまだ初産の雪子からしてさえ、「陣痛」といえるほどの確かなものではなく、いつものお腹の張りが少し強くなって持続したくらいにすぎなかった。

ゆっくりと猫飯を食べ終え、用意しておいた入院セットを押入れから出し、洗面所の鏡に向かって髪をとかし、雪子はレインコートをはおった。また陣痛がやってきたが、これもまだ弱いものだった。

「病院には、電話しておいたわよ」

母は言い、部屋の中を小走りに横切りながら、ハンドバッグにがまぐちとガーゼのハンカチとちり紙をしまった。そしてそのまま雪子のうしろから洗面所の鏡をのぞきこみ、口紅をひきなおした。

母が先に立ち、従うように後から雪子が玄関を出る。雪子が鍵をしめている間に、母が大通りへ出てタクシーをとめた。

病院までは、車ならば十分ほどで着くはずなのだが、十五分が過ぎてもまだ、雪子と母はタクシーの中にいた。

「今日はいやに混んでるのね」

母が運転手に話しかけた。雪子は、五回目となる陣痛の痛みを味わっていた。

「強くなってきた？」

母が雪子の顔をのぞきこむ。お産ですか。そりゃ大変だ。安全運転で行かなきゃね。運転手は前を向いたまま言い、ハンドルを握りなおした。

「少し」

雪子は笑い顔をつくろうとしたが、うまくゆかなかった。突然また、痛みがきたのだ。

「痛いっ」

「あら、間隔がせばまってきている？」

腕時計を、雪子は見る。さきほどの陣痛から、まだ二分くらいしかたっていない。十分おきだったものが、急に二分おきになるものだろうか。それに、痛みの種類も、先ほどとは違っていた。鈍痛ではなく、さすような痛みがまじっている。

「おかあさん、なんだか、へん」

雪子の額にうっすら汗がにじんでいるのを見て、母はすうっと背筋をのばした。

「運転手さん、急いでください。お願いします」

じきにタクシーは病院に着き、運転手と母にささえられた雪子は、ようようのことで受付まで足をひきずっていった。症状を告げてから待合室のベンチに横たわっていると、車椅子が運ばれてきた。自分の足で歩けます、と言おうとした瞬間に、またひどい痛みがきた。そのまま雪子の意識は朦朧《もうろう》とし、車椅子ではなくストレッチャーで運ばれたことを、しかとは把握できずにいた。

一九六六年　ルツ　〇歳

十月に入っても、暖かい日が続いていた。雪子はワンピースの生地の上から、自分のお腹をなでてみる。予定日は、三日前だった。その時の検診では、

「まだ赤ちゃん、おりてきていませんね」

と、産科医は言っていた。初産は遅れることが多いので、心配はありません。三日後にまた、病院にいらっしゃい。医師はのんびりと言った。

午後になると、ことにお腹が張る感じが、このところ続いていた。もうすぐだ、という予感が、雪子にはあった。夫の清志《きよし》は、昼休みになると、決まって公衆電話から連絡をくれる。今日の昼も、いつものように清志からの電話は鳴った。三回、呼び出し音を聞いてから、雪子は電話に出た。

「どう?」

清志は聞いた。

「大丈夫よ。お産は、病気じゃないから」

かつて母が言っていた言葉を、雪子は、おまじないのように清志に言って聞かせる。

清志にだけでなく、自分に対しても言い聞かせている心もちで。

母は、昨年亡くなった。兄二人、姉一人の、四人きょうだいの末っ子だった雪子は、ことに父母に可愛《かわい》がられていた。お母さん、雪子には甘いんだから。姉の聡子《さとこ》はいつも、ほんのわずかな嫉妬のまじった口ぶりで言い言いしていた。姉とも兄二人とも離れて生まれた雪子に、母も父も、まるで孫に対するように、思うことをかなえてやろうとしたのだ。

「でも、こうやっておかあさんが死んだ後になってみると、雪子を可愛がったおかあさんの気持ちが、ちょっとわかったような気がするわ」

四十九日の日に、姉はしんみりと言っていた。

「遅く生まれた子供と親は、あんまり長く一緒にいられないのよね」

わたしとこの子は、長く一緒にいられますように。雪子は、祈る。妊娠してから、祈る機会がふえた。自分のためではなく、生まれてくる子供のために祈ること。たとえば、初恋のひとがふりむいてくれますように、だの、受験がうまくゆきますように、だのという、自分のための祈りとはおもむきを異《こと》にする祈り、すなわち他者である子供のためにおこなう祈りは、神聖に感じられた。

これはもしかすると、陣痛なのかもしれない。そう雪子が思いはじめたのは、清志からの電話から小一時間たった頃だった。

このところ感じる午後のお腹の張りよりも、持続的で強い張りだった。けれど、それを陣痛と呼んでいいものか、雪子には判断がつかなかった。こんな時、母が生きていてくれたならと、雪子は一瞬思う。それから、いやいや、と首をふる。いやいや、お産は病気じゃないから。

　不安を振り払うように、雪子は壁にかかった時計をしかと見つめた。二時半だった。次に強い張りがきたのは、二時四十分。もう少しだけ、雪子は待つことにした。二時五十分、三度めの張りがきた。今度は、「張り」ではなく、「痛み」といっていいものに近いと、雪子には感じられた。一つ大きく息をすって、雪子は病院の番号をダイヤルした。

　入院の支度をして来て下さいと、産科の看護婦に言われた雪子は、受話器をフックにかけると、そのまますぐに清志の会社のダイヤルをまわした。

「内線の十一番、お願いします」

　雪子の方から清志の会社に電話をするのは、初めてのことである。見合いで結婚した清志が働いている会社が、ビルの何階にあるのか、そこにどのくらい光がさしこむのか、机の上は雑然としているのかきれいに片づいているのか、事務の女の人たちがどんな制服を着ているのか、雪子は知らない。耳に当てた受話器の向こうから、ざわめきが聞こえてくる。すぐに清志は電話口に出てきた。

「あなた？　わたしです。生まれるみたい」

　雪子は言った。

「おう、そうか」

会社での清志の声は、いつも家で聞くそれよりも早口だった。

「会社がひけたら、すぐに行く」

清志は続け、電話を切った。また陣痛がきた。戸締まりと火の元をたしかめ、雪子は団地の部屋を出た。タクシーに乗ってゆくかどうかほんの一瞬迷ったが、もったいないので、バスで行くことにした。バス停には誰もいなかった。しばらくするとバスが来た。雪子はステップをのぼり、握っていた数個の十円玉を運賃箱に入れた。十円玉は、かちゃ、という音をさせて運賃箱の底に落ちた。てのひらから離れるのに、少しの間があったことで、雪子は自分がてのひらに汗をかいていたことを知った。陣痛が、またきた。やはりタクシーを使うべきだったろうかと思いながら、雪子はあいている座席に、たおれこむように座った。

一九六六年　留津　〇歳

「もしかすると、赤ちゃんをあきらめなければならない可能性もあります」

まだランプのついたままの分娩室からいったん出てきた医師がそう告げたのは、雪子がストレッチャーで運ばれてから二時間後だった。

雪子の母は、呆然《ぼうぜん》と立ちすくんだ。雪子の夫である清志はまだ、会社をひけることができないようで、病院に到着していなかった。

「それは、どのような意味なのでしょう」

「赤ちゃんが、なかなか出てきません。すでに破水しており、風船のようなものを入れた状態です。非常に危険ということではありませんが、このままの状態がまんいち続けば、危機的な状況になることも、考えられるということです」

ちっともわからないわ、と、雪子の母は思う。後年、雪子はこの時のことを、幾度か留津《るつ》に話して聞かせるのだけれど、ごく幼い頃の留津も、雪子の母と同じように「ちっともわからない」と思うばかりだった。

もしかすると、その時の「危機的な状況」を乗り越えることができなかったなら、留津が今、生まれてきた子供としてここにいることは、なかったかもしれないのだ。そのことが、留津にはよくわからないのだった。幼い留津は、その「危機的な状況」の話を聞くたびに、いつも「いない自分」を想像しようとしてみた。

いない自分。

誰かがいることを想像することはできるけれど、いるはずの誰かが、ぽんといなくなってしまったことを想像するのは、とても難しかった。

留津がもう少し育ってからも、雪子はときたま、出産時の「危機」の話を繰り返した。その頃になると、留津は「いない自分」を、少しだけ想像できるようになっていた。

留津のいない世界。でも、母雪子も、父清志もいる世界。そこにはきっと、弟の高志《たかし》もいるし、幼なじみの幸宏《ゆきひろ》くんもいるし、幸宏くんのママもいるだろう。学校には湊《みなと》先生や高橋先生がいて、三叉路の家のペスは誰かが三叉路の家の前を通るたびにわんわん吠《ほ》えて、うるさくてしょうがないのだ。

けれど、留津だけが、いない。

自分がいなくても、世界はちゃんとあり続ける。

そのことを、留津はまだ小学生だったけれど、ちゃんとわかるようになっていた。自分がいない世界はこわいと留津は思ったけれど、いっぽうで、自分のいない世界を、この自分がさまよい歩いてたしかめることができたなら、すごいのではないかとも感じていた。

「先生、雪子は大丈夫なんでしょうか」

雪子の母は、医師にとりすがった。

「大丈夫ですよね？」

もう一度、声を荒らげて雪子の母は聞く。

「努力します」

医師は答え、雪子の母に背を向けて手術室へ戻っていった。

一九六六年　ルツ　〇歳

お産がこんなに痛いものだとは、誰も教えてくれなかった。兄たちや姉や自分を、亡くなった母もこんな痛い思いをして生んだのだろうか。はんぶん恨みをこめたような心もちで、雪子は思った。

「はい、もう一度いきんで」

明るい声がかかる。今、声をかけた看護婦のことも、雪子は恨む。あなたは痛くないのよね。ずるい。

「ほら、もう少しで赤ちゃんが出てきますよ。もっと力いっぱい、いきんで」

さっきまでは、いきむなと止められていたのに、今はいきみ方が足りないと言われている。それにしても、この痛みは何なのだろう。十月十日《とつきとおか》、と言われる妊娠期間のことを、雪子は「走馬燈《そうまとう》のように」思い返す。この子がお腹の中にいる時、なんてわたしは気楽だったんだろう。こんなにも痛い出産のことも、これから育てなければならない大変さのことも、何も考えていなかった。けれどまさに今、下半身から赤んぼうが生まれ出ようとしているこの瞬間に、雪子は子供を育てるという現実に直面したのである。何十枚ものおむつを手縫いしていた時も、沐浴《もくよく》のたらいを用意していた時も、育児書をていねいに読んでいた時も、実のところ雪子は、何も考えていなかったのだ。

いったいわたしは、この子を育てることができるの？　いいえ、それどころか、この瞬間、生むことができるの？

硬い分娩台の上で、せっぱつまった姿勢をとりながら、雪子はそれまでの人生の中でもっともとりみだしていた。

突然体がゆるみ、おぎゃあ、という声が聞こえた。女の子ですよ、と知らされる。後《あと》産《ざん》もすぐに終わり、雪子の顔のすぐ横に、生まれたばかりの子供が並べられた。雪子は首をまわし、赤んぼうをのぞきこんだ。

「安産でしたよ」

看護婦たちがくちぐちに言う。赤んぼうは、紫色だった。ちっとも可愛くなかった。けれど、赤んぼうの小さな手を見た時に、雪子は突然深い喜びを感じた。こんなに小さいのに、どの指にもちゃんと小さな爪があるではないか！

「いい子ね」

雪子はさきほどまでの混乱をすっかり忘れ、喜びに満ちた声で言う。急にお腹がすいてきた。清志に、自分の生んだ子供を早く見せたいと、雪子は切実に思った。

一九六六年　留津　〇歳

雪子が自分の生んだ子にはじめて会ったのは、ガラス越しだった。それも、お産が終わってから、数時間もたった後に。

「危機」を、さいわい脱して生まれた赤んぼうだったけれど、母子の対面をする間もなく、子供は保育器に入れられ、診察され、保護された。

「もう少したったら、雪子も見にいけますよ」

雪子の顔をのぞきこむようにして、母が言う。見にいく、という言葉が、へんだった。私は自分の子供をこの腕に抱くのではなく、ただ見ることしかできないのだ。

急に悲しくなった。

「泣くことなんて、ないんだから。子供は無事に生まれたんだよ」

夫の清志が、いたわるように言う。

子供が心配で泣いているのではなかった。雪子はただ、わけもなく悲しくてしかたがないのだった。横たわったまま首を横にふり、雪子は泣きつづけた。

「すぐに会えるよ」

見当違いのなぐさめを、清志は繰り返している。雪子は泣きやまなかった。泣きやもうと思っても、できなかったのだ。

「お産のあとは、気持ちが不安定になるのよ。大丈夫、清志さん。それより、清志さんはまた赤ちゃんを見ていらして。そして、雪子に、赤ちゃんの様子を教えてやって」

清志が部屋から出てゆくと、なぜだか雪子の涙はすぐにおさまった。

「最後は、赤ちゃんを吸引して、出したのよ。少し危ない時もあったみたいだけれど、先生のおかげだわね。それからもちろん、雪子もがんばったのね」

母が言うので、また雪子は泣きだした。今度は、子供が無事だったことを喜ぶ気持ちが、少しだけまじっていた。

「おかあさんは、赤ちゃんを見てきた？」

雪子は聞いた。

「ええ、可愛い赤ちゃんだったわ」

母は嬉《うれ》しそうに答えた。

「もみじみたいに小さな手なのに、ちゃんと爪がそろっているの。奇跡ね」

母はうっとりと続け、雪子の髪を撫《な》でた。ベッドに横たわった雪子は、すん、と鼻をならし、母を見上げる。

「おかあさん」

雪子は小声で呼びかけた。

「あらあら、今日からは、あなたがおかあさんなのよ」

笑いながら、母は雪子の髪を撫でつづけてくれた。

一九六七年　ルツ　一歳

今年の秋は、何もない平穏な秋だったと、雪子は思う。

四年前の秋には、夫の清志に出会った。三年前の秋に結婚し、二年前の秋には母が亡くなった。そして去年の秋に、ルツが生まれた。

ルツ、という名をつけたのは、雪子だった。ルツ、という、日本の女の子にしてはかわった響きであることと、漢字ではなく片仮名であることを理由に、最初のうち清志は異議をとなえていた。

「もっと普通の名前にした方がいいんじゃないかな」

「普通って、どんな？」

「和子とか、陽子とか」

「母が好きな名前だったの」

「亡くなったおかあさん？」

そうだ。亡くなった雪子の母は、聖書の中に出てくる「ルツ」という名の女のことを、ときおり雪子に話してくれたのだ。「ルツ」は、夫を亡くしたあとも姑《しゅうとめ》によくつかえ、やがて姑の導きのもとで再婚し、異種族の出身でありながら、最終的には姑の種族の王となる男の祖父を生むのだ。

「なんだか、こみいった人生ね。おかあさんは、その、ルツっていう人のことが、好きなの?」

雪子は、母に聞いたものだった。

「そうねえ。好きとか嫌いとかを超えて、わけもなく惹《ひ》かれるのよ。それに、ルツ、っていう響きが、好きなの」

母が雪子に「ルツ」の話をするのは、母が鬱屈《うっくつ》している時なのだと、雪子は気づいていた。

陰影の深い「ルツ」という女を、なぜ母がそうも気にかけるのか、雪子にはよくわからなかったけれど、母はときどき何の脈絡もなく、

「女には、ゆきどころがないからね」

「時しか解決しないことがある」

などと、放り出すような口調でつぶやくことがあり、そんなおりには、雪子は母自身の陰影をかいま見るような心地になったものだった。

いつもの穏やかなもの言いではなく、そんな口調で話す時の母が、けれど雪子は嫌いではなかった。雪子がもう大人になったのだと、一人前の女になったのだと母が思うから、そんなくちぶりを雪子に見せるのだと感じられたからだった。

亡くなった時、母はまだ六十歳だった。脳梗塞で、一瞬だった。

「おかあさんのことを、雪子はまだ、あんまり知らなかったでしょう」

葬式の後のさまざまな始末を一緒にしている時に、姉の聡子は言っていた。

「知らないって？」

「あれでおかあさん、いろいろあったのよ」

「おとうさんとの間に？」

「それもあるし、それ以外のことも、いろいろ」

姉の声には、自分は何でも知っているという優越感がまじっているように、雪子には感じられた。それで雪子は少し悔しくなって、姉の言う「いろいろ」を、それ以上聞きつのらなかったのだ。

もしかすると、ルツ、という名に雪子がこだわるのは、「ルツ」についての話を母が生前に語ったのが、どうやら雪子にだけだったからなのかもしれない。

「ルツ？　なあに、それ。おかあさん、最近突然聖書を読んだりしていたから、そのことかしら。うちは浄土真宗なのにね」

「ルツ」の話を母から聞いたことがあるかと雪子が訊《たず》ねてみた時、姉は気軽にそんなふうに答えた。

亡くなった母と、わたし、二人だけの小さな秘密。

それが、雪子にとっての「ルツ」だったのだ。

「男の子が生まれたら、あなたが名前をつけて。この子は女の子だから、わたしがつけたいの」

雪子は、言いはった。清志も、しまいには折れた。ルツはこの十月で、満一歳になる。少し前に、一人でたっちをした。雪子も清志も、ルツが可愛くてならない。

一九六七年　留津　一歳

留津のことを、雪子は時おり、うとましく感じる。一日のうち、二十三時間と五十八分の間は、留津のことが可愛くてならない。けれど残りの二分の間、雪子は留津を表の通りに放り出して、一目散に遠くへ逃げ出したくなってしまうのだ。

「あら、るっちゃんは扱いやすい子だから、いいじゃない。うちの幸宏なんて、しょっちゅう熱は出すわ、いまだに夜泣きをするわ、人見知りはひどいわ、おむつかぶれはするわ、離乳食の好き嫌いは激しいわ、もう休む間もありゃしない。男の子は手がかかるって言うけど、ほんとにそうだわ」

団地の砂場で顔見知りになった、幸宏くんのママが、なぐさめるように言った。

留津のことをうとましく思うだなんて、母親としてひどいのではないかと、むろん雪子は思っている。だから、誰にも、母にさえ、そのことを打ち明けたことはなかったのに、幸宏くんのママには、なぜだかつい喋《しゃべ》ってしまったのだ。

「だけど、あーあ、こうやって子供を育てて、主人の世話をして、舅姑《しゅうとしゅうとめ》を看取《みと》って、いつの間にか年とって、そして死んでいくのかしら」

幸宏くんのママは、ため息をついた。雪子は、びっくりする。今目の前にいる留津のことで手一杯で、自分の人生をそんなふうに見渡したことなど、なかったからだ。

「いつも、そういうこと、考えてるの？」

雪子は聞いてみる。

「まさか。いつもそんなこと思ってたら、むなしくてやりきれないじゃない」

幸宏くんのママは、笑った。

砂場では、幸宏くんがいっしんに砂を掘っている。留津の方は、砂の上にぺたりと座りこんで幸宏くんの手もとをじっと見ていた。ついこの前ようやく一人でたっちができるようになった留津の、ロンパースにつつまれたお尻は、おむつでふくらんでいる。幸宏くんは、留津よりも三ヶ月年うえだ。歩きはじめたのは留津と同じ頃だったというが、もうすっかり二本の足で歩きまわることにも慣れて、砂場を縦横無尽に駆けまわっている。

「それにしても、留津ちゃんっていう名前、珍しいわよね。あら、砂かけちゃ、だめよ」

幸宏くんのママは、雪子と幸宏くんの両方に向かって、言った。幸宏くんは、掘った砂を、留津の足の上にふりかけ、大喜びしているところだ。

きゃっ、きゃっ、という声を、留津はたてている。子供の笑い声とは、なんとかわいらしいものなのだろう。こんなに可愛いのに、それでも留津が邪魔に思える瞬間があるなんて。雪子は頭をふった。

「母がこの名前が好きで」

さきほどの幸宏くんのママの問いに、雪子は答える。

「何か、いわれがあるの？」

「聖書に出てくる名前みたい」

留津、という名を、夫の清志は最初うろんに感じていたようだったが、雪子は気に入っていた。

突然、今まで笑いころげていた留津が泣きだした。幸宏くんのママが、だめでしょ、るっちゃんに砂かけたら、と言いながら、幸宏くんの手をぴしゃりとぶつ。

「あらあら大丈夫なのに、ごめんね、幸宏くん。幸宏くんが悪いんじゃないから。ね」

雪子が、声をかける。けれどすでに、幸宏くんも、留津と一緒に泣きだしていた。二人の子供の泣き声は、秋の澄んだ空のもと、きれいに響きあった。その泣き声と競いあうように、ヒヨドリがどこか遠くで鋭い声をあげる。砂場の横にある楓《かえで》はそろそろ色づきはじめており、秋晴れの空は、どこまでも高かった。

一九七三年　ルツ　六歳

ルツの小学校の入学式に何を着ようか、雪子は迷っていた。結婚前に作った草色のスーツにするか、それとも思いきって新しい服を買うか。

「ねえ、今度の日曜に、デパートに行かない？」

雪子は清志に訊ねる。清志は、テレビのニュースを見ていた。渋谷駅のコインロッカーで、赤ちゃんの死体が発見されたというニュースだ。

「そんなニュース、見たくないわ」

熱心にテレビに見入る清志に向かって、はんぶん抗議するように雪子はつぶやいた。清志の耳には、届いていないようだった。

「ひどいことをする親がいたもんだなあ」

憤る口調で、清志は言った。けれど雪子には、清志のその口ぶりが、なんだか他人ごとのように感じられるのだった。むろん嬰児《えいじ》のコインロッカー遺棄事件は、清志にとっても雪子にとっても、他人ごとであることは事実だ。けれど、雪子にはとうていその事件が他人ごとだと傍目《はため》に眺めていられるものとは思えなかった。

捨てられた子供も、自分の生んだ子供を捨てた親も、なんと痛々しいのだろう。その痛みは、雪子にとってすぐそこにある痛みだった。自分が生んで育てているルツが、すこやかで幸福であるからこそ、ますます幸福な母子である雪子とルツを強く刺す痛みなのだった。

「捨てた親には、どんな事情があったんだろうなあ」

のんびりと続ける清志のひとりごとをそれ以上聞きたくなくて、雪子は、

「ねえ、デパート」

と、繰り返した。ルツは、隣の部屋で眠っている。もうすぐ一年生になるので、今年に入ってからルツは一人で眠るようになった。

最初、一人きりで寝るのはいやだと、ルツはごねた。

「ママが一緒じゃないと、さみしい」

一晩か二晩くらいは、泣き寝入りしていたようで、寝入った頃見にいくと、頰《ほお》が赤かった。ルツは、泣くと頰がまっかになるのだ。

けれどそのあとは、すぐに平気になった。一人で絵本を持ち、ふとんの中で読みながら、ルツは眠りに入ってゆく。時間がたってから電気を消しにゆくと、ふとんを少しはいで、手足を広げて眠っている。

「あなたの合いのスーツも見たいし、ルツの服も買わなきゃならないし」

「そうか、そうだな」

清志は、生返事をした。このところ清志はひどく忙しい。微醺《びくん》をおびて夜更けに帰る

ことも多い。接待《せったい》、という言葉をいつも清志は使う。雪子は、そっと清志を観察した。ネルのパジャマを着て、だらりと足を広げて食卓についている清志が、雪子に嘘をついてよその女と一緒にいるところは、今のところ、想像し難かった。

「じゃあ、次の日曜日ね」

雪子は言い、清志のすぐそばまでゆき、頰に軽くキスをした。一瞬、清志は避けた。それからあわてて雪子の腕をつかみ、頰にキスを返した。テレビでは、嬰児遺棄のニュースはすでに終わり、次のニュースが始まっている。

「変動為替相場かぁ」

清志はまた、テレビに向かってひとりごとを言いはじめた。

一九七三年　留津　六歳

なぜこんなことで喧嘩《けんか》になるのか、雪子にはさっぱりわからなかった。

「だって、おひな様は、おまえのところのご両親が揃《そろ》えてくれただろう。だから、ランドセルと机は、おれの家の方で揃えたいって、それだけのことじゃないか」

清志は言い、肩をすくめた。まずそのしぐさに、雪子はかちんとくる。まったく、人を小馬鹿にしたしぐさだ。そのうえ、「おれの家の方」とは、まあ。

「おれの家の方って、それ、どういうこと？　わたしはあなたの家に嫁いだのに、あなたの家とわたしの家って、ちがう家なの？」

「そんなわけないだろう」

　そう、そんなわけないわよね。雪子は心の中で、清志の言葉を繰り返す。けれど、その「そんなわけない」ことが、どんなに難しいことなのだか、清志と結婚してから九年になる現在、雪子はおりあるごとに痛感していた。

　雪子からすると、自分の家族は、夫の清志、長女留津、長男の高志の、四人である。嫁ぐ前に雪子が属していた家族、父母と姉聡子、そして二人の兄は、今はもう雪子にとって「家族」ではない。かれらは雪子にとって大切な心のよすがだったけれど、すでにはるかなものだ。

　ところが、清志にとっての「家族」とは、雪子と留津と高志のほかに、雪子には舅姑にあたる父母、そして小姑《こじゅうと》にあたる妹二人、それらすべてをひっくるめたものなのだ。そのうえ、なぜだか清志が実家の父母や妹たちを思う時、その中に雪子の姿はかすかにしか存在しないようなのである。

「『おれの家』の方には、高志の子供の日のお道具を、たくさん買っていただきました。もう、この狭い家にあふれて、しまいきれないほど。だから、留津のランドセルと机は、うちで買いましょう」

「うち」という単語を、雪子はわざと強く発音する。雪子と、舅姑のあいだがらは、決して険悪なものではなかった。かれらは善人であり、多少無神経なところがあると雪子には感じられるにしても、それは息子清志のことのみを思うあまりの乱暴さであるに過ぎない。雪子に対する慮《おもんぱか》りが、多少、いや、多々欠けていることは、義理の仲では特に珍しいことではないということも、雪子はよく承知していた。

「そりゃあいいけど、やりくり、大変だろう」

「大丈夫」

雪子は突き放すように言った。

隣の部屋で安らかな寝息をたてている留津の顔を、雪子は思い浮かべる。留津はついこの前から、一人で眠るようになっていた。

「もうすぐ小学生だから、一人でねんねしましょうね」

雪子はそう言って、留津のために大人用のふとんを用意した。それまで家族四人で並んで眠っていた六畳の部屋から、四畳半の部屋に一人でうつった留津は、最初の日に大泣きした。

「たかちゃんとおかあさんと、みんなでいっしょに、ねんねしたいの」

留津はしゃくりあげた。

「もうたかちゃんはとっくにねんねしてますよ。るっちゃんは、おねえさんでしょう。あといくつか眠ると、小学一年生でしょう」

雪子はできるだけ優しい声を出したが、留津は泣きやまなかった。

まったく、聞き分けのない子なんだから。雪子はむっとする。ついさっき、留津の弟の高志を寝かしつけていた時には、いくら高志がぐずっても平気だったのに。なぜ自分は留津に対して、こんなふうにいらだつことが多いのだろうと、雪子は不可解に思う。

留津は難産のすえ、ようやく無事に生まれた子なのだから、目の中に入れても痛くないほどに可愛くてもいいようなものなのに、留津が幼かった頃から雪子の中にある、留津に対するかすかなうとましさは、消えるどころか、留津が成長するにしたがって、ほんのわずかずつではあるけれど、確実に増えているのだ。

「小さな机なら、なんていうことないわ」

「いや、机はちゃんとしたものの方がいいよ。大きくなっても使える、がっちりした学習机なら、多少値がはっても、長い目で見れば得だろうし」

清志は、おっとりとかまえて言い返す。

「女の子なんだから、そんなに勉強する必要は、ないんじゃない?」

「今の時代、女の子だ男の子だっていう区別は、ないよ」

雪子はまた、むっとした気分になる。夫の言うことは、正論だった。

雪子だって、意識の表面では、同じように思っているつもりだ。けれど、何かが雪子をいらいらさせる。そんな自分の心を、雪子はうまく解き明かすことができない。

結婚してから九年、自分はいったいどうしてこんなふうにむすぼれてしまったのだろうと、雪子はひどく疲れた気分になるのだった。

一九七三年　ルツ　六歳

小学校は、なんて面白い場所なんだろうと、最初ルツは思っていたのだ。けれど、小学校はただ面白いばかりの単純な場所ではないということも、次第にルツにはわかってきていた。

まず最初に驚いたのは、小学校には、ずっと座席に座っていなければならない、という決まりがあることだった。

ルツは、たいがいのひらがなを知っていた。教わったのではない。自然に、覚えたのだ。家には積木があり、積木の一つ一つには、ひらがなが大きく書かれている。表に「あ」と書かれた積木の裏には「あり」の絵があり、「い」には「いぬ」が描かれている。「か」は「かさ」で、「す」は、ルツの大好きな「すいか」だ。

先生が黒板に大きく書いたひらがなを、ルツはいそいでノートに書きつける。ノートに文字を書くのは、愉快なことだ。鉛筆を持つのも、まちがえた時に消しゴムを使うのも、楽しい。

ルツは、組のどの子供よりも早く、ひらがなを書くことができる。先生が教室の列の間を歩きまわって、加藤くんや久我さんのひらがなを直している間、ルツはとても手持ちぶさただ。

教室には、たくさんの謎がある。黒板ふきも、チョークも、かべにはってあるひらがな表も、ガラス窓も、カーテンも、みんな小学校の匂いがする。ルツの団地の家の匂いとは、まったく違う。だから、ルツは全部のものにさわったり匂いをかいだりして、確かめたくてしょうがない。

いつの間にか、ルツは席を離れ、教室の中をさまよい歩いていた。

「日下《くさか》さん、立って歩いてはいけません」

湊先生は、ため息をついた。

「これで、何回めになるかしらね、注意するのは」

ルツは悲しくなる。湊先生は大好きだ。悲しませるつもりはまったくないのに。

「ごめんなさい」

ルツは、謝った。加藤くんが、小さな声で、「ばーか」と、囃《はや》す。

「ばかって言った子がばかなんだもん」

ルツは、言い返した。

「日下さん、加藤くん、授業中ですよ」

湊先生が、また注意する。加藤くんは、ルツにむかってあっかんべえをした。ルツも、しかえす。また先生がため息をつき、ルツは再び申し訳ない気持ちになる。けれどもちろん、加藤くんの好きにさせておくわけにはいかなかった。

ルツがもう一つ驚いたのは、体育の時間だった。せっかく体操服にきがえて校庭に出ているのに、走りまわることができないのだ。校庭は教室の何倍も広いのに、そして、雨の日には水たまりでいっぱいになるし、風の強い日には土埃《つちぼこり》がもうもうとたつし、探検する場所はいくらでもあるのに、ルツたちは先生の目のとどく場所で、ちんまりと体を動かすことしか許されていないのだ。

油断すると、教室にいる時と同じように、ルツはみんなの列から離れて、ふらりと遠くまで行ってしまいそうになる。校庭の隅の方にある花壇の草をつんだり、飛んでいる虻《あぶ》を追いかけたり、ずっと向こうの方のコートでおこなわれている上級生たちのドッジボールの試合に見入ったりしたくて、しょうがない。

でもそれは、してはならないことだった。

「先生、日下さんがまた、どっかに行こうとしてまーす」

ほら、油断していたら、加藤くんがすぐに言いつけた。

「してません」

ルツは、あわてて釈明する。危ないところだった。加藤くんの意地悪は、時に役に立ってくれる。小学校は、めんどうくさい。でも、そのめんどうくささも、小学校一年生になりたてのルツにとっては、愉快なことの一つだったのである。

一九七三年　留津　六歳

留津にとって、小学校はこわい場所だった。

まず、先生が怒るのが、こわかった。担任の湊先生は、おかあさんよりもずっと年上の女の先生だ。もしかすると、おばあちゃんと同じくらい年をとっているかもしれない。

特に湊先生の怒りが向かうのは、幸宏くんと加藤くんだ。加藤くんは、席のまわりのみんなにすぐにちょっかいを出す。留津も、何回か加藤くんのべたべたした手で、くすぐられたことがあった。

「やめて」

小さな声で、留津は頼んだが、加藤くんは面白がってますますくすぐった。

「加藤くん、何してるんですか」

湊先生は、すぐに注意した。留津は、加藤くんにくすぐられることもいやだったけれど、湊先生が大きな声で注意することの方が、もっといやだった。

幸宏くんが注意されるのは、ひらがなが書けないからだ。もしも幸宏くんが隣の席にいたら、留津はノートにひらがなを書く時に手伝ってあげられるのに、幸宏くんはずっと遠くの列にいる。まだ幼稚園に入る前からずっと一緒に遊んできた幸宏くんは、留津よりも三ヶ月もおにいさんであるにもかかわらず、留津にとって「守ってあげなければならない」男の子だった。幸宏くんときたら、いつも洟《はな》をたらしているし、すぐに泣くし、体だって留津よりも小さいから、誰かが追いかけてくるといつも留津のうしろに隠れるのだ。

「渡辺《わたなべ》くん、『あ』の行は、もうとっくにみんな書けるようになっているのよ。おうちで、ちゃんと練習しているの？」

湊先生は、きびしい声で、幸宏くんに言っている。幸宏くんは、留津と一緒に団地の砂場で棒でもって砂にひらがなをほりつける時には、すらすら書けるのだ。でも、教室に来ると、幸宏くんによれば——頭の中が、つん、としてしまって——手がうまく動かなくなるのだという。

早く鐘が鳴ればいいのにと、留津は願う。そして、家に帰って、おやつを食べて、幸宏くんと公園に行くのだ。幸宏くんと留津は、世界一の仲良しだ。将来は、けっこんすることになっている。

「二人はけっこんして、しあわせになるのよ」

『シンデレラ』のお話の最後に書いてある言葉を、留津は幸宏くんに教えてあげた。

「けっこん」

幸宏くんは、よくわかっていないようだった。でも、いいのだ。男の子は、けっこんのことよりも、砂で山を作ることの方をくわしく知っていればいい。けっこんは、女の子にまかせてくれれば、いいのである。

一九七八年　ルツ　十一歳

六年生になった時の健康診断で、ルツは、少し視力が悪くなっていた。夜眠る前に、ふとんの中で本を読みすぎるからだと、おかあさんは言う。

「ねえ、眼鏡かけなきゃならない？」

期待に満ちて、ルツは聞く。

「学校からの健康診断の紙に、かけるように書いてあるの？」

「ううん」

残念そうに、ルツは答えた。ルツは、眼鏡をかけてみたくてしょうがないのである。父も母も、眼鏡はかけていない。でも、ルツが小学校三年生の時に亡くなった父方のおじいちゃんは、黒いふちの眼鏡をかけていた。母の姉である聡子伯母さんは、銀色の細いふちの眼鏡をかけている。眼鏡ふきの布で眼鏡をふくことを、ルツはしてみたいのだ。おもむろに眼鏡をはずし、ゆっくりと眼鏡のガラスを布でふく動作は、たいそう格好よく感じられた。

「よかった。女の子は、眼鏡なんてかけない方がいいのよ」

母のその言葉に、ルツは、首をかしげる。なぜ女の子は眼鏡をかけない方がいいのだろう。女の子は、いろんなことが制限されている。女の子はズボンをはかない方がいいのだし、口ごたえをしないのがいいのだし――弟の高志は、生意気なことを言ってもあんまり叱られないのに、ルツは「女の子だから」という理由で、高志よりも厳しく叱られることが多い――お手伝いだってたくさんしなければならない。

「今にあたし、いろんな色の眼鏡をかけるんだもん。赤いふちのと、青いふちのと、金色のふちのと、虹色のふちのも」

ルツは母に言い返した。母は、笑った。笑われるのは、いまいましかった。

「あたし、本気よ」

つんつんした口調で、ルツは言った。視力が悪くなったのと同じころから、ルツは母に対して腹がたつことが多くなっている。こういうのを「反抗期」と言うのだと、母は教えてくれた。ルツがさからっても、にこにこ落ち着いてそんなふうに教える母が、ルツはますますにくたらしくなる。

「小学六年で、もう反抗期か。ルツはおませだな」

父は言う。父の言うことには、ルツはあんまり腹がたたない。父は会社が忙しいので、日曜日以外はなかなか会わないからかもしれないけれど。

「そんなにたくさん本を読むのに、ルツは国語の成績があんまりあがらないのね」

母は指摘する。たしかに、ルツは国語があまり得意ではない。お話の中のキツネの心理や、会ったこともない男の主人公の気持ちを推し量れ、と言われても、ばかばかしくてやっていられないと、ルツはひそかに思っている。そんなもの、実際にキツネになってみないと、会ってみて話でもしてみないと、わかりっこないのに。

それよりも、ルツが好きなのは、宇宙空間には何があるのか、あるいは、人間の先祖と猿の先祖の関係はどうなっているのか、あるいは、昆虫には不完全変態《へんたい》をおこなうものと完全変態をおこなうものがある、などといった類のことが書いてある本だった。

「算数の成績は、いいもん」

ルツは言い返した。母は台所に行ってしまった。弟の高志が、おやつをねだったからだ。ルツもおやつがほしかったけれど、やせがまんをして、自分の部屋にこもることにした。「自分の部屋」といっても、そこは弟の高志と共同の部屋だ。父が工夫をして、たんすと二段ベッドと布を使い、四畳半の部屋を二つに区切ってくれた。

『未来世界のすべて』を持って、ルツは二段ベッドの下の段のふとんにもぐりこむ。眼鏡をかけなければならないくらい目が悪くなるまで、『未来世界のすべて』に読みふけろうという強い決意をもって、ルツは本のページをひらいた。

一九七八年　留津　十一歳

中学受験のために、四谷大塚の教室に留津が通い始めたのは、この春からだ。

「六年生からじゃ、少し遅いんじゃないかな」

四谷大塚の、留津よりも上のクラスにいる幸宏くんは言っていたけれど、同じ受験のための教室である「日進」は、全員六年生から始めるのだから大丈夫と、父はうけあってくれていた。

留津は、勉強が嫌いではない。でも、私立の中学を受験するつもりは、最初はなかった。それなのに今こうして四谷大塚に一生懸命に通っているのは、留津がクラスで仲間はずれにされているからだ。留津には今、仲のいい女の子の友だちがいない。小四までは、山田《やまだ》あかねちゃんと、原《はら》さちこちゃんといつも一緒に遊んでいた。幸宏くんだって、同じクラスだった。

けれど、五年生で組替えがあってからは、お手洗いに連れだって行ったり、休み時間にお喋りしたりする友だちが、留津には一人もいなくなってしまったのだ。

五年生の四月は、まだよかった。クラスの中でも、グループはできあがっておらず、ばらばらに所在なく過ごす女の子たちが、何人もいたから。でも、五月の連休が明けたころになると、どの子も属するグループが決まっていた。

一人ぼっちなのは、留津だけだった。

いじめられる、というのではないのだ。わざと仲間はずれにされている、わけでもない。でも、留津に話しかけてくるクラスの子は、一人もいなかった。

留津は、休み時間にはいつもお手洗いに行った。そうでないと、一人きりでいることがばれてしまうからだ。長い休み時間とお昼休みには、図書室に避難した。

給食や、授業中のグループ分けは、班が決まっているので、大丈夫なのだ。けれど、自由にしていていい時間が、困る。そういう時間に一人ぼっちなことがばれてしまうと、留津は「かわいそうな子」になってしまう。

「上級生になってから、るっちゃんは無口になったのね」

母は言う。学校で一人ぼっちなことを、母に相談しようかと、留津は少し前まで、迷っていた。でも結局、しなかった。一人ぼっちなことは、恥ずかしいことだった。一人ぼっちなのはたぶん、自分が好かれていないからなのだ。自分に、いやなところがあるからなのだ。そういえば、母はいつも留津のことを、「はっきりしない子」だと言う。弟の高志のことは、「たかちゃんはいい子ねえ」と、しょっちゅう言っているのに。

留津は母のことが世界で一番好きなのに、もしかすると母は自分よりも弟の高志の方が好きなのではないかと、時おり留津は疑う。母が留津をほめてくれることは、ほとんどない。かといって、母がしょっちゅう留津を叱るのかといえば、それも違う。このごろ留津が知った言葉で言うなら、母は留津に「無関心」なのだ。

父が、留津を四谷大塚に通わせてはどうかと言いだした時、いつもならば父の言うことには揚げ足をとりがちな母が、すぐさま賛成した。

「そうよね、るっちゃんは、勉強ができないわけじゃないんだから」

どうやら母は、留津が私立の中学校を受験することを喜ばしく感じているようだった。

「お金はかかるけど、いい中学だったら、おかあさん、がんばってやりくりするわよ」

母のその言葉を聞いて、留津の心にも喜びがわいてきた。母がわたしのために嬉しがってくれるなんて！

そのうえ、もし私立の中学に合格すれば、留津のことを仲間はずれにしている同じ組の子たちから離れることができる。

なんとしても、希望する中学校に合格しなきゃ。

留津は、決意したのだ。

四谷大塚は、小学校よりもずっと居心地がよかった。勉強は難しかったけれど、休み時間ごとにお手洗いに行ったり、図書室でこそこそしたりすることに比べれば、なんでもなかった。

最初入ったクラスから、すぐに留津は上のクラスにあがった。留津は、ことに算数が好きだった。毎週日曜日の、進学塾に通う日々を、留津は心待ちにするようになった。

一九七九年　ルツ　十二歳

　ルツが中学一年生になってから、もう二週間がたとうとしている。

小学校の頃からの友だちのほとんどは、家から歩いて十五分ほどのところにある区立中学に一緒に進学した。ずっと仲良くしていた原さちこちゃんだけは、私立の中学校に行ったけれど。

「今の区立中学は、荒れているから、受験をする子が増えてるんだってね」

父は言っていた。ルツが入学した区立八中は、さして「荒れている」様子はないが、よその学校で、窓ガラスが割られたり、先生に暴力をふるう生徒がいたりする、という噂は、聞いたことがあった。

　制服はセーラー、紺色の指定かばんを肩からさげ、今朝もルツは元気に家を出ようとしていた。

　念願の眼鏡は、まだかけることがかなわないけれど、ルツはかなり自分の中学校生活に満足している。同じクラスには、原さちこちゃんと三人組でずっと仲良しだった山田あかねちゃんがいるし、担任の小宮先生は面白いし、男子の中には、素敵な感じの子が、二人いた。

一人は、森《もり》くん、もう一人は林《はやし》くんという名字だ。

どちらも、ルツとは違う小学校からこの区立八中に入学した男の子たちだった。森と林、という語呂合わせのような組み合わせが可笑《おか》しいと言いたくて、ルツは山田あかねちゃんに、二人のことを素敵だと思っていることをすぐに打ち明けた。

「えー、あたしも林くんはいいと思ってたんだ。ライバルだね」

山田あかねちゃんは、息をはずませた。

「じゃあ、あたしが好きになるのは、森くんに決めた。林くんは、あかねちゃんにあげる」

「あげるって、林くんは別にもともとルツのものじゃないんだから」

ルツと山田あかねちゃんは、大笑いした。それからは、森くんと林くんは、ルツと山田あかねちゃんにとっては、「森林《しんりん》ペア」となり、やがて「森林」になり、「し・り」と略され、最後には「お・し・り」と呼ばれるようになった。

「『お・し・り』って、好きな男の子たちの呼び名としては、どうなのかなあ」

あかねちゃんは最初のうち首をかしげていたけれど、ルツはそのロマンのない感じが、渋いと思っていた。

「あたしはいいと思うな。だいいち、誰にもばれないじゃない」

「ばれない」というルツの言葉に、あかねちゃんは説得された。「お・し・り」の二人のその日の動向を報告しあうのが、ルツと山田あかねちゃんの日課となった。ルツが

「好き」である方の森くんは、あかねちゃんと同じバスケ部だ。いっぽうの、あかねちゃんが「好き」な林くんは、ルツと同じ飼育クラブだった。

「どうせなら、あたしが林くんを、あかねちゃんが森くんを好きになればよかったのにね。そうしたら、同じクラブで、親密になる機会も多かったんじゃないかな」

ルツは時々冗談めかして言った。あかねちゃんは、ルツのその言葉を聞くと、必ずルツを叱る。

「好きになるって、そんな取り替えがきくようなものじゃないでしょ。冷たいよ、ルツは」

「そうなのかな。あたし、そんなに冷たい？」

「そうだよ。森くんと林くん、ぜんぜん違うじゃない」

もちろん、森くんと林くんは、違う。森くんはクラス一背が高くて、声変わりもしている。あごがかくばっていて、眉がふとい。徒競走が速くて、暗記が得意。学級会ではあんまり発言しないけれど、友だちが多い。

林くんの方は、背は中くらいだけれど、髪が柔らかくて茶色がかり、アーモンド形の二重《ふたえ》の目がかわいい。まだ声変わりしていないので、音楽の時間は高音のパートを歌う。飼育クラブでは、ゾウリムシの係だ。ウサギやカエルなどにくらべて、ゾウリムシは地味なので、飼育係のなり手が少ない。けれど、林くんはまっさきに手をあげて、ゾウリムシの飼育を希望した。

ほんとうはルツも、ゾウリムシの係になりたかったのだ。でも、山田あかねちゃんのために、遠慮した。林くんと二人でいつも作業をしていたら、仲良くなってしまわないとも限らない。

自分が、森くんではなく林くんを好きになっても別によかったのだとルツが言うのは、はんぶんは冗談だったけれど、はんぶんは本気だった。

実際のところ、ルツは、森くんと林くんがものすごく違うとは、どうしても思えないのだった。

そりゃあ、顔かたちも、性格も違っているけれど、素敵なのは同じなんだし、年も同じ十二歳だし（ただし、森くんは六月生まれだから、もうすぐ十三歳になる）、同じ性別だし、ルツにも通じる言葉を喋るしで、たとえば林くんが宇宙人だったとしたら、大きな違いがあるかもしれないけれど、あるいは森くんが実は百十一歳で、すなわちルツやあかねちゃんにくらべて人生経験が十倍以上豊富なら、これも大きな違いがあるかもしれないけれど、そうではないのだから。

「ルツは、おおざっぱだなあ」

あかねちゃんは、ため息をつく。そうなのかなあと、ルツは思う。そうなのかもしれない。

一九七九年　留津　十二歳

入学式から一週間ほどの間は緊張していたけれど、もう大丈夫だと、留津は胸をなでおろした。

運がよかったのだ。出席番号順に並んだ座席の、すぐ前が、木村巴《きむらともえ》だったのだから。

留津が合格した聖アグネス女子学園は、三クラスしかなくて、一クラスの人数も四十人だ。小学校では一クラスが五十人近くだったのにくらべて、ずいぶん少ない。

そのうえクラス数も少ないのだから、もしこの学校で仲間はずれになってしまったら大変な苦労が待っていると、留津はどきどきしていたのだ。

入学式が終わって、おのおののクラスに戻り、担任の先生がさまざまなプリントを配付しはじめると、すぐに木村巴は留津に話しかけてきた。

「ねえ、女の子ばっかりで、びっくりするわね」

木村巴は、目をくりくりさせながら、さも可笑しそうに言った。なんて目がぱっちりした子なんだろう、というのと、女子校なんだから女の子ばっかりなのは当たり前なのに、というのが、その時の留津の感想だったのだけれど、口に出して言いはしなかった。

「うん」

おとなしく、留津は答えた。

木村巴は、一緒に帰ろうと留津を誘った。留津はまた、

「うん」

と答えた。

次の日から、留津と木村巴は、偶然同じ路線の電車で通っていた。小学校とは違い、お昼は班ごとではなく自由に友だちと食べていいことになっていた。木村巴はものおじしない華やかな女の子だったので、すぐにたくさんの女の子たちが木村巴と留津のまわりに集まってきた。

もえちゃん、るっちゃん、と、留津と木村巴は呼びあうようになった。お弁当の時間だけではなく、短い休み時間も、お昼休みも、放課後も、留津と木村巴は一緒に過ごした。木村巴が天文部に入るというので、留津も同じ天文部に入部した。星や月には、格別な興味はなかったのだけれど。

久しぶりに、留津は学校を楽しんだ。のびのびと、毎日を過ごした。そのためか、中一の夏休み、留津は身長が十センチものびた。新学期になって通学用の靴を久しぶりにはくと、きつくなっていた。母に言うと、母は眉をひそめた。

「この四月に買ったばかりなのに。はいてるうちにきっとのびるから、もう少し我慢してはきつづけてよ」

かかとにまめができたけれど、留津は気にしなかった。かかとの痛みよりも、学校生

活の楽しさの方がまさっていたからである。

一九八〇年　ルツ　十三歳

九月の終わりに開かれた文化祭の後夜祭で、ルツははじめて森くんと手をつないだ。といってもそれは、ルツと森くんがつきあうようになったから、ではない。後夜祭でのファイヤーストームの時に、フォークダンスの順番がまわってきて、森くんとペアになれたからである。

夕闇の中で、森くんの顔が焚《た》き火のあかりにちらちらと照らされていた。組んで踊ってみると、いつも遠くから見ているよりも、森くんの背はずっと高く感じられた。自分の手が汗ばんでいないか、ルツは心配になった。

せっかく手をつないだのに、組んでいる時間は短かった。ルツと森くんは、ひとことも言葉をかわさなかった。斜め前にいる山田あかねちゃんが、しきりにルツに合図をしている。せっかくのチャンスなんだから、何か言いなよ、という合図である。

ルツは、あせった。あと数秒で、パートナーチェンジしてしまう。

「あの」

ルツは声をだした。森くんには、聞こえないようだった。直後に森くんは次の女の子のもとへと移っていった。

「文化祭、終わっちゃったね」

帰り道、あかねちゃんはがっかりしたような声でルツに言った。

「うん、終わっちゃったね」

ルツとあかねちゃんは、文化祭の時にどうにか「お・し・り」の二人との距離を縮めようと画策していたのだ。あかねちゃんは、飼育クラブの研究発表を見にきて、林くんの説明を熱心に聞き、質問までしたし、ルツはバスケ部の模擬試合を見に行き、あかねちゃんと話をしているふりをしながら、森くんのいる方に二人でにじり寄ってゆき、注意をひこうとわざと大きな声でどうでもいい会話をつづけたりした。

でも、だめだった。

「告白、しちゃおうかな」

あかねちゃんは言った。

「あたしも、がんばっちゃおうかな」

ルツもあかねちゃんに合わせて言ったけれど、なんだか告白はしないような気がしていた。

森くんと手をつないだ時の感触を、ルツは思い返してみる。あたたかで、大きな手だった。男の子と手をつなぐのは、気持ちがいいなと思った。それが男の子の手だったからなのか、それとも好きな森くんの手だったからなのか、ルツにはよくわからなかった。

気持ちよかったけれど、では自分がほんとうに森くんのことが好きなのかどうか自問してみれば、

（よくわからないなあ）

と言わざるを得なかった。あかねちゃんが、首を横にふりながら、

「やっぱり、告白するの、無理」

と、つぶやいている。

「無理だよね」

ルツも賛同する。

「だって、もし断られたら、気まずいよ。卒業するまでに、まだ一年以上あるんだもん」

「そうだよね」

あいまいに、ルツはふたたび賛同する。結局、あかねちゃんもルツも、告白はしないことに決めた。そう決めてほっとしていることを、ルツもあかねちゃんも、互いに気づかないふりをしていた。

もう一度、ルツは森くんのてのひらの感触を思い返してみる。あたたかで、なめらかだった、森くんの肌。森くんとキスをするのは、どんなふうなんだろうと、ルツは想像する。お腹の中がふわりと柔らかくなり、そこを誰かに大きなスプーンでゆっくりすくわれているような気分になった。キスなどまだしたことがなかったのに、お腹の中のふ

わふわした感覚は、いやにほんものっぽかった。その一方で、森くんと一緒に歩いている自分の姿や、その時には何を喋るか、といったたぐいのことは、まったく思い浮かべることができないのだった。

「思春期っていう文字、なんだか、いやらしいね」

突然、ルツは言った。

「どこが？」

あかねちゃんは、びっくりしたような顔で聞き返す。

「ぜんたいにかくばってる感じが、かえって」

「よくわからないよ」

あかねちゃんは笑った。ルツも一緒に笑った。

笑いながらルツは、お腹の中のふわふわとしたかたまりを、じっくりと味わい返していたのである。

一九八〇年　留津　十三歳

中二の夏に、留津と木村巴は、二人で映画を見に行く約束をした。大人と一緒ではなく、友だちとだけで映画を見るのは、留津は初めてだった。母は、しぶった。

「女の子二人で映画館に行くなんて、危ないわよ」

いつもの留津ならば、すぐに母の言うことに従ったはずだったが、このたびは留津はがんばった。

「大丈夫。もえちゃんは、いつもお姉さんと二人で映画に行ってるから」

「でも、巴ちゃんのお姉さんは、来ないんでしょう？」

「そうだけど、映画館に行って、切符を買って、座って見て、それで帰ってくるだけなんだから」

「でもねえ」

母は不安そうに留津を見やった。自分のことを母が心配してくれていることが、留津は嬉しかった。もし小学生の頃だったなら、留津は嬉しさのあまり、すぐに「じゃあ、行かない」と、折れたことだろう。けれど、今回はそうはいかなかった。

「もえちゃんが、割引券を持ってるの」

「いったい何の映画なの？」

「スター・ウォーズ」

「それって、男の子が見るような映画じゃないの？」

「宇宙が出てくるお話よ」

「ほら、やっぱり男の子が見る映画じゃない」

「わたしももえちゃんも、天文部だから、宇宙の映画を見に行くのは、勉強にもなると思うんだ」

　自分でもよくわからない理屈を、留津は口にした。自分で言って自分で笑いそうになる。けれど、母にはその可笑しさはわからないようだった。

「学校では、禁止されているんじゃないの？」

「生徒手帳には、書いてない」

　ほんの少しだけ、留津は嘘をついた。生徒手帳には映画館行きが禁止だとは書いていなかったけれど、クラスで配られる春休みや夏休みの注意には、「映画館やコンサートなどには保護者の方と行くこと」と、いつも明記してあった。

「おとうさんが許してくれたら、行っていい？」

　どうしても首を縦にふらない母に、留津は最後の切り札を出す。

　母と父とは、あまり仲がよくない。父の休みの日には、母はわざと朝早くから掃除機をかけるし、ご飯の時もあてつけのようにむっと黙っている。そういう時には、父抜きの食卓で喋りまくる弟の高志も、母に調子をあわせ、静かにしている。

　ひょっとすると、父と母は離婚してしまうのではないだろうかと、時おり留津は不安になるけれど、二人が大きな声で喧嘩をしたり、父が母のことをぶったり、ということはないので、もしかすると結婚した男女というものは、留津の父母のようにひんやりとした間柄なのが普通なのかもしれないとも、思うのだ。

（でも、おじいちゃんの家は、そんなことはない）

中野のおじいちゃんの家には、おじいちゃんとおばあちゃん、それに、伯父さん夫妻が住んでいる。いとこの元紀《もとき》さんと順子《じゅんこ》ちゃんは、留津よりもずっと年上で、元紀さんはこの前結婚したばかりだ。新婚の家庭は、おじいちゃんの家のすぐそばのアパートにかまえている。

留津たちが遊びに行くと、おばあちゃんはお寿司をとってくれる。そして、留津にはイクラの軍艦巻を、弟の高志にはイカの握りを、自分は食べずにわけてくれるのだ。おじいちゃんとおばあちゃんはとても仲がいいし、伯父さん夫妻もおだやかだ。日曜日の夕方の食事どきになると、おじいちゃんはテレビをつける。

「サザエさん、見るかい?」

おじいちゃんはいつも、留津と高志に聞く。そんなに興味はなかったけれど、家では食事中にテレビを見ることは禁止されているので、留津も高志も、この機会にと、うなずく。サザエさんのようなあけっぴろげな家族は、マンガの中だけに存在するのだと、留津は思っている。

「おとうさんがいいって言ったら、映画館、行ってもいいでしょう」

留津は、繰り返した。父が許可すれば、きっと母はもう何も言わないだろう。母は、できるだけ父とは口をききたくないのだ。母に何かを反対された時には、父に頼むというやりかたを、留津はいつからか身につけていた。反対に、父が許可しないことは、母に言えばいいのだ。

もっとも、父はそんなに家にいないので、留津や高志の日々のことについて口を出すことは、ほとんどなかった。

結局、留津は父の許可をとりつけ、木村巴と二人で映画を見に行くこととなった。『スター・ウォーズ／帝国の逆襲』は、画面が大きくて、お話がわかりやすくて、実は留津は第一作の『スター・ウォーズ』は見ていなかったのだけれど、じゅうぶんに楽しむことができた。

「ライトセーバー、ほしいなあ」

映画館から出てくるなり、木村巴はうっとりと言った。

「それから、ヨーダも、よかったと思わない？　わたし、ヨーダみたいな男の人が好みよ」

木村巴のその言葉に、留津は必ずしも賛同はできなかったけれど、素直にうなずいておいた。

留津の印象に残ったのは、ルーク・スカイウォーカーが幻影のダース・ベイダーを倒した時に、ダース・ベイダーの顔が、ルーク自身の顔と同じだったことだ。

「あれは、ルークの中の暗黒面をあらわしてるのよね？」

映画館を出たその足で入ったパーラーで、フルーツパフェを注文したあと、留津は木村巴に訊ねた。

「ピンポーン。よくできました。さすがるっちゃん」

木村巴は笑い、両手を打ち合わせた。巴の浮き浮きした調子に、留津は少しはぐらかされたような気分になる。実のところ、「自己の暗黒面」について、もう少しつっこんだ話をしてみたかった留津だったけれど、結局それ以上何も言わなかった。

フルーツパフェは、おいしかった。ただ、メロンが少し、薬くさかった。二ヶ月の間、この日のためにためておいたお小遣いは、目の前にある高価なパフェへの散財で、もうほとんど残っていない。それでも全然かまわなかった。

木村巴は、さくらんぼの茎《くき》を、口の中で結んでみせた。留津は感心し、自分も真似をしてみようとしたが、できなかった。木村巴が、留津の耳に口を寄せ、

「楽しいね」

と、ささやいた。木村巴の息は、甘かった。

パフェを食べたばかりの自分の息もきっと甘いにちがいないと留津は思い、ためしに口の前にてのひらをもってきて息を大きくはき、すぐに鼻から吸ってみる。

留津の息は、木村巴の息ほどは、甘くなかった。急に自分のことがつまらないものに思え、留津は下を向いてしまった。

ルーク・スカイウォーカーのように、自分の中にも暗黒面があるのだろうかと、留津は思う。もちろん、あるにちがいない。けれど、自分の暗黒面は、ルークのものほどの迫力は、全然ない。いや、「暗黒面」などという切れ味鋭い感じのものではなく、ただの「自分でもまだ知らない、もう一人の自分」、くらいのものにすぎないのだろう。

自分でもまだ知らない、もう一人の自分。留津は、思いめぐらせてみる。今の留津は、少しばかり引っこみじあんで、母にいわせれば「はっきりしなくて」、友だちからは、おだやかかと思われていて、それは異なる表現をとるなら、毒にも薬にもならないタイプで、でも、自分としては、一つくらいは何かの取り柄《とえ》があるんじゃないかという気もしている。

それが、何の取り柄なのかは、留津にはまだわからない。

もしかするとある日、ヨーダのような師があらわれ、留津の隠れた才能を引き出してくれるかもしれない。あるいは、宇宙戦争が起こり、思いがけない活躍を留津がするかもしれない。それとも、もっとささいなこと、たとえば、左に曲がろうと思っていたところを、右に曲がってみたら、会わないはずだった誰かに会い、そこから何かが始まるかもしれない。

「わたし、来週から軽井沢なの」

フルーツパフェの器の底を、長い匙《さじ》ですくいながら、木村巴が言った。木村巴のところは、軽井沢に別荘があるのだ。聖アグネス女子学園は、ふつうのサラリーマンの家の子も多いけれど、ときどきとてもお金持ちの家の子がいる。木村巴もその一人で、「別荘」だの「ホテルでお食事」だの「新年の初釜」などという言葉を、なんでもないことのようにさらりと口にする。留津には、それらの内実はさっぱりわからなくて、何と答えていいのかわからず、最初はびくびくしたものだった。でも、木村巴はべつに自慢をしたくてそのような言葉を口にするのではないということは、じきにわかった。

木村巴は、ただ空気を吸うように、それら「お金持ち仕様」の言葉を口にしているにすぎないのだ。

「聖アグネスのお母さんたちは、派手で困るわ」

母はしばしばこぼすが、留津には関係のないことだった。おかあさんって少し、ばかみたい。このごろ留津は、思うことがある。

「ヨーダさま」

木村巴がつぶやいている。この夏休み中に、さくらんぼの茎を口の中で結べるようにしよう。ひそかに留津は、決意した。

一九八一年　ルツ　十四歳

朝からルツは、不機嫌だった。

出がけに、朝ご飯のことで、弟の高志と喧嘩をしたのだ。

ゆうべ、父が寿司折りをみやげに持って帰ってきた。

「新橋の有名な寿司屋の握りだぞ。起きなさい」

という父の声で、ルツと高志は、夜中の十二時過ぎに起こされた。二段ベッドの下で寝ていたルツは、「寿司」という言葉に、すぐに起き上がり、ふすまを開けて食卓の部屋に飛びだしていった。ルツは、何よりもお寿司が好きなのだ。

「こんな夜に子供にものを食べさせちゃ、だめに決まってるでしょ」

母が怒っている。父は、まだ上着も脱がないまま、体を斜めにして椅子にもたれていた。ワイシャツの衿《えり》もとははだけ、ゆるめられたネクタイが見える。父ののどぼとけが、ぐびぐびと動いているのを、ルツはじっと観察した。

じきに高志も、目をこすりながら出てきた。

「あなたたち、寝てなさい。お寿司は、明日の朝よ」

すでにいびきをかきはじめている父を、母は乱暴に引き起こし、夫婦の寝室となっている奥の六畳間の方へと連れてゆく。食卓の上には、四角い折り詰めの箱が置かれていた。ああもう、という母の声が聞こえてくる。酔っ払ってなんかないぞー、という父の声も。ルツと高志は、顔を見合わせた。ルツが笑うと、高志も安心したように、一緒に笑った。

その寿司折りが、翌朝のルツと高志の喧嘩の元となったのだ。ルツの大好きなイクラの軍艦巻を、高志も欲しがったのが発端だった。

「イクラはあたしって決まってるでしょ。高志はイカだから」

ルツが決めつけると、高志は言い返した。

「たまにはイクラが食べたいんだい」

「ずるいよ、いつもおねえちゃんばっかり」
「ちがうわよ、あたしはいつも高志にイカをゆずってるでしょう」
「じゃあ、今日はぼくのイカをおねえちゃんにゆずるよ」
「いらない」
「どうして。
「だめ」

くだらない言い争いはやめなさい。母が言う。けれどルツと高志は言いやめなかった。結局高志が無理にイクラを奪い、ルツはまぐろの赤身とかんぴょう巻きとイカを食べることとなった。

一晩たった「新橋の有名なお寿司屋さん」の寿司は、たまに近所のお寿司屋さんからとる寿司と、さしたる違いなどないように感じられはしたけれど、ルツはどうしてもイクラが食べたかったのだ。ルツが世界で一番好きな食べものは、イクラだ。実のところ、イクラ一粒で、ルツはご飯を一膳食べることができる。

(高志なんて、イクラ十五粒くらいないと、一膳食べられないくせに。あたしほどのイクラ好きこそ、新橋の有名なお寿司屋さんのイクラを味わうべきなんだわ)

ルツは、本気で怒っていた。食べもののことで、こんなに本気に怒るなんて、もしかすると自分はものすごく意地汚いのではないかと、ルツは一瞬不安にもなる。それでも怒りはまったく収まらなかった。

通学路をのしのしと大股で歩き、いつもよりも早く学校に着くころには、怒りは少しだけひいていたが、学校のすぐ近くの家にあるゆすらうめの灌木《かんぼく》に、小さな実が、灯ったたくさんの赤い明かりのようについているのを見ると、ふたたびルツはイクラのことを思いだした。

「弟なんて、いらないのに」

登校してきた山田あかねちゃんに、ルツはこぼした。

「どうしたの？」

あかねちゃんは、のんびりと聞いた。喋っているルツとあかねちゃんの横を、森くんが通り過ぎてゆく。

いつもならばバスケ部の朝練に出ているはずなのに、なぜ森くんは教室にいるのだろうと、ルツは不思議に思う。

「森くん、どうしたんだろうね」

というルツの言葉に、あかねちゃんはうなずき、ささやいた。

「そうだよね、女子バスケは朝練をしてないけど、男バスは夏の大会めざしてやってるから、毎日必ず練習してるはずだよね」

森くんは、教室の自分の椅子に、つくねんと座っていた。バスケ部の友だちに囲まれているのが常である森くんがそんなふうに一人でいるのは、見慣れぬ光景だった。

「なんか、へんなの」

ルツは、つぶやいた。あかねちゃんもちらちらと森くんを見ている。

「林くんなら、ああやって一人でいても自然だけど、森くんが一人でいると、なんだか、調子くるう感じ」

森くんは、ぼんやりと窓の外を眺めていた。校舎のきわに生えている桜の木には、緑の葉が濃く茂っている。森くんの横顔は、東の方角から入る朝の光を受け、明るんでいた。明るんでいるのに、反対に翳《かげ》っているように、ルツには感じられた。

始業の直前に、バスケ部とサッカー部の男の子たちがいっせいに教室に駆けこんできた。森くんは、机にむかってうつむいている。バスケ部の男の子たちも、森くんに声をかけなかった。

どうやら森くんがバスケ部を退部したらしいという噂は、昼休み前までにすでにクラス中に広まっていた。理由については諸説あり、部内の派閥争いに敗れた、というのが一番有力だったけれど、あかねちゃんは首をかしげた。

「派閥争いなんて、そんなもの、ないよ」

森くんの退部の原因が足の故障の悪化だとルツが知ったのは、ほんの偶然だった。その翌週弟の高志がころんで手首を骨折し、外科医に通うことになり、ルツがつきそってゆくと、待合室で森くんにばったり会ったのである。

「あっ」

と、ルツが声をあげたのと、待合室のソファにかけた森くんがルツのことを見上げたのが、同時だった。学生服でもジャージでもなく、私服を着た森くんは、学校での森くんよりも大人っぽく見えた。

「どうしたの、おねえちゃん」

高志が驚いたように、ルツと森くんを交互に見やる。ルツは黙って首を横にふった。そのまままたたずんでいると、すぐに高志は呼ばれ、診察室へ入っていった。ルツは、思いきって森くんの隣に座る。

「怪我？」

小さな声で、ルツは聞いた。

「いや、膝の軟骨の具合がよくなくて」

森くんは、低い声で答えた。

「バスケ部やめたのは、それで？」

バスケ部、という言葉をルツが口にしたとたんに、森くんは下を向き、それからすぐに顔をあげて、目の前の壁にはってある「検診のお知らせ」のポスターをにらんだ。

「あっ、ごめん」

反射的に、ルツは謝った。

「べつに、謝らなくていいよ」

つい今しがたの強い視線とは正反対の、力の抜けた声で、森くんはつぶやく。森さん、と窓口で呼ぶ声がした。

「じゃ」

っている。

森くんはそっけなく言い、窓口の方へ歩いていった。ほんのわずかに、左足をひきず

その夜、ルツは長い間寝つかれなかった。ポスターをにらんだ時の、森くんの暗い目が、何回も脳裏によみがえってきた。森くんがバスケ部を退部したことがわかった先週のことを、ルツはふとんの中で思い返す。その朝、ルツは高志とイクラの寿司をとりあって、喧嘩をしたのだった。自分がばかみたいに思え、頭の上まで引き上げたふとんの中で、ルツは身もだえた。

一九八一年　留津　十四歳

夏休みが終わると、先生たちは総合試験についてやかましく言うようになった。聖アグネス女子学園は中高一貫校だったけれど、中学から高校に上がる時の総合試験の成績によっては、他校に転学することを薦められる場合もあるのだ。といっても、実際に転学してゆく生徒は、ほとんどいない。

「この前わたし、デートしちゃった」

木村巴が留津に打ち明けたのは、九月半ばのことだった。

「デート？」

色めきたった声を、留津はあげる。

「うん。おにいちゃんの同級生の、大学生と」

木村巴によれば、デートの待ち合わせ場所は原宿の駅で、そこからずっと表参道を歩き、坂の途中の喫茶店でミルクセーキを飲み、キデイランドに行ったという。

「キデイランド」

ため息のまじった声で、留津はつぶやいた。

「あとは外苑前まで歩いてベルコモンズに入って、いっぱいお店を見てまわったの。でね、遅いお昼を、カウンターだけのフランス料理のお店で食べたんだけど、けっこうおいしかった」

木村巴の話に、留津はひたすら驚いていた。表参道。キデイランド。ベルコモンズ。フランス料理のお店。どれも、聞いたことはあったけれど、実際に行ったことは、今までただの一度もなかった。

「まあまあかっこいい人でね」

木村巴は、さして嬉しそうにでもなく、続けた。俳優で言うと、ほら、あのドラマに出てる。それか、あっちの歌手に似てるかもしれない。でも、わたしの好みはやっぱり、ヨーダさまなのよねえ。

次々に繰り出されてくる木村巴のパンチに、留津はめまいを起こしそうだった。木村巴のパンチは、「留津の知らない華やかな世界」のパンチだった。いつも木村巴は、留津の知らない、木村巴の属している「いいおうち」の世界のことを、やすやすと留津に向かって口にする。けれど、それはたとえば、芳醇《ほうじゅん》なスピリッツを飲みつけている者の話を、お酒など一滴も飲んだことのない者が聞いているようなもので、そもそもお酒を飲んだことがないのだから、うらやましがったりそねんだり、という感情は起こりようがないのだった。

ところが、こんかいの木村巴の話は、違った。表参道も、ベルコモンズも、あのドラマに出ている俳優も、留津は聞いたことがあったしテレビで見たことがあった。実際に行ってみたり会ったりすることは、今はまだできないけれど、一生無縁とは限らない——と、少なくとも留津は思いたい——類《たぐい》のものだった。

「次の約束は、したの？」

できるだけ動揺をさとられないよう、留津はもの慣れた調子をよそおって、聞いた。

「また、電話してくるって」

木村巴は、さらりと答えた。

ああ。一瞬、留津は絶望する。木村巴には、ぜんぜん追いつけない。きっと、一生追いつけないにちがいない。

それにしても。と、留津は続けて考える。ベルコモンズや、俳優に似た大学生は、自分にとって遠い彼方《かなた》のものであるにしろ、ボーイフレンドならば、どうにかなるのではないだろうか。

留津は、男の子とつきあったことは、まだ一度もない。男の子といえば、今も近所に住んでいる渡辺幸宏くんくらいしか思い浮かべることができない。

幸宏くんは、のんびりした男の子だった。小学四年生までは同じクラスだったし、今も同じ団地に住んでいて、小さい頃はしょっちゅう互いの家を行き来したものだった。

幸宏くんのお母さんのことが、留津は好きだった。留津の母が留津を厳しく叱ると、幸宏くんのお母さんは、あとで必ず飴《あめ》をくれた。

「からい思いをしたあとには、甘いものを食べなくちゃね」

そんなことを言いながら、幸宏くんにも留津にも、イチゴ味やバナナ味の色つきの飴をくれたのだ。留津の母は、派手な色のついたお菓子に対して、いい顔をしなかったので、幸宏くんのお母さんは、いつもこっそり留津に飴を渡した。

幸宏くんとは、今もときどき団地でばったり会う。留津の姿を見ると、幸宏くんはぷいと顔をそむける。あれは、単に照れてのことなのだろうか、それとも留津のことを嫌いになってしまったのだろうか。小学校時代のことを、留津は思いだしたくないので、今まで幸宏くんのことも、忘れたことにしていたのだが。

「るっちゃんは、ボーイフレンド、いるの？」

木村巴が聞いた。もえちゃんは、こういうところが少し無神経だなと、留津は思う。留津が気軽にボーイフレンドをつくれるようなタイプではないことを一番よく知っているのは、木村巴のはずなのに。

「いるような、いないような」

留津は、思わず答えていた。

「えっ、どんな人？」

木村巴は、好奇心まんまんの声で、嬉しそうに聞き返した。留津が虚勢をはっているなどとは、つゆほども疑っていない無邪気な調子である。

まちがった答えを自分が選んでしまったことを、留津はすぐに後悔した。ほんの一瞬だけ、自分にはれっきとしたボーイフレンドがおり、彼の名は「渡辺幸宏」でおないどし、聖アグネス女子学園と同じ私立の中高一貫校である鷹取学園に通っていて、月に二回はデートをしているのだ、と口にしそうになる。

と同時に、今までまったく考えつきもしなかった、そんなでたらめを、こんな短時間に思いつくことができたことに、留津はびっくりする。

「……んーと、いない」

結局すぐに留津は降参して、言い直した。

「なあんだ」

木村巴は、笑った。留津の心の隅が、小さな針でさされたように痛んだ。痛みと共に、渡辺幸宏の姿が、留津の中ではっきりと形をとりはじめる。幸宏くんの背は、この一年でずいぶんのびた。前は留津よりも小さかったのに、今は同じくらいの背丈だ。少し前にすれちがった時、幸宏くんの鼻の下にうぶ毛が濃く生えていることに、留津は気づいていた。

もしかしたら、自分は幸宏くんのことを好きなのではないかと、留津はふと思った。

(そうよ、わたしは幸宏くんのことが、好きなのよ)

留津は、心の中で繰り返した。好きな男の子がいる、というそのこと自体が、留津にとってはとても新鮮なことだった。何の取り柄もなかった自分に、はじめて明るい一つの取り柄ができたような心もちだった。

つい今さっきまで、自分のことをだめなものと思いこんでしょんぼりしていた留津は、急にわくわくしてきた。まるで、はじめて来る森の中を、これから探検しはじめようとするような期待が、留津の胸の中で大きくふくらみはじめたのだ。

(幸宏くん)

留津は、心の中で呼びかけてみる。わくわくは、ふくらんでゆくばかりだった。残念ながら、小さいころ、砂場で幸宏くんと「けっこん」の約束をしたことを、留津はすっかり忘れていた。

一九八二年　ルツ　十五歳

卒業式の日は、朝から小雪が舞っていた。

「三月なのに、珍しいね」

あかねちゃんが言う。ルツは、無言でうなずいた。

こうしてルツがあかねちゃんと同じ教室に通うのも、今日が最後なのだ。教室の黒板には、昨日みんなで書いた「先生ありがとうございました」の大きな文字と、クラス全員のひとことメッセージが、さまざまな色のチョークで書きつけてある。始業の鐘よりも前に集まってきちんと各自の椅子に座っているクラスの子たちは、いつもと違ったかしこまった顔をしていた。ふだんは騒ぎまわる男子たちも、まっすぐ前を向いている。

ルツは、三日前にあった飼育クラブのお別れ会のことを思いだしていた。

学校の理科室で、お別れ会はおこなわれた。全学年ではなく、中三の五人だけが集まった。みんなで飲み物の買い出しにゆき、紙コップとジュースを用意した。お菓子を食べることは禁止されていたけれど、こっそりポテトチップスとみたらし団子も買った。二時間ほど飲み食いしたりゲームをしたりしてから、みんなで寄せ書きをした。部長だった林くんが五人ぶんの色紙のまんなかに「飼育クラブ」と書き、放射状にそれぞれがお別れの言葉を書いた。

ルツの言葉は、「はなればなれになっても、元気でね。またいつか会いましょう！」だった。林くんの言葉は、「ゾウリムシ愛」という不思議なもので、みんなが大笑いした。

結局、ルツは森くんに告白をすることはなかったし、あかねちゃんも林くんに告白をしないまま卒業することになりそうだった。「好きな男の子」というものは、中学校生活を盛り上げるためにあったのかもしれないなと、ルツは思った。そんなことを口にしたなら、またいつものように、あかねちゃんから、

「ルツは冷たいよ」

と言われそうだったけれど。

お別れ会の片づけが終わると、飼育クラブの部員たちは帰り支度をし、校門を出た。少し先の曲がり角で、ルツは一人になった。空はどんよりと曇っていた。三月に入って少しだけ暖かい日が続いていたが、その日は底冷えのする、今にもみぞれが降りだしそうな空模様だった。石を蹴りながら、ルツは歩いた。

突然、うしろから足音がついてくることに、ルツは気づいた。ほたほたほた、という静かなゴム底の足音である。

ルツは振り返った。

「林くん」

ルツはつぶやいた。林くんは、無言でルツに並んできた。前はルツとほとんど同じ背丈だった林くんだが、この一年でずいぶんと伸びた。

「どうしたの？　家、違う方向でしょ」

林くんを見上げ、ルツは聞いた。

「うん、そうなんだけど、今日は日下《くさか》に用があって」

林くんは低く答えた。中二のなかばごろまではソプラノの声だったのにと、ルツは思う。

「どうしたの？」

「あのさ、日下、おれとつきあわない？」

歩きながら、林くんは、なんでもないことのように言った。しばらく、ルツには林くんの言葉の意味がわからなかった。

「へ？」

間抜けな声を、ルツはだす。だしながら、ルツは青ざめた。事態のなりゆきが、少しずつのみこめてきたからだ。

「いや、あのその、それはちょっと」

「おれのこと、嫌い？」

立ち止まって、林くんは聞いた。ルツもしかたなく、立ち止まった。

「嫌いじゃないよ、もちろん」

「じゃ、つきあえよ」

「そんな簡単に決められない」

「簡単だよ。べつに結婚するわけじゃないんだし」

「だって」

あかねちゃんの顔を、ルツは思いうかべた。親友なのだから、ここはきっぱりと断るべきであることは、よくわかっていた。けれどルツは瞬間、迷った。

「考えておいてよ」

林くんは言い、ルツが答える前にルツの手を一瞬だけ握った。ルツは、びくっとする。それからすぐに林くんはくるりと身をひるがえし、走っていってしまったのだった。

あの時から三日後の今日まで、ルツは林くんとまだ口をきいていない。ルツは当然、断るつもりだった。そりゃあ、中一になったばかりの頃、ルツは森くんと同じくらい林くんのことを素敵だと思っていた。それに、中学生には難しいゾウリムシの飼育係をきちんとつとめあげた林くんのことは、尊敬していた。

もちろん、あかねちゃんに悪いから、ルツはできるだけ林くんとは仲良くしないようにしていたのだ。けれど、しょうがないではないか。「暗い」と言われ、部員数も少ない飼育クラブなのだから、共に時間を過ごすことは、避けられなかったのだ。

実のところ、ルツは森くんよりも林くんの方が、今はずっと好きなのだ。自分のその気持ちに、ルツは目をつぶり続けてきた。

「ねえ、明日どこかに遊びに行かない？」

あかねちゃんが、ルツにささやいた。ルツが答える前に始業の鐘が鳴り、先生が入ってきた。あらかじめ打ち合わせておいた通り、みんなはいっせいに立ち上がった。クラス委員が進み出て、みんなで書いた寄せ書きの色紙を先生に渡す。それから全員で声をそろえ、「ありがとうございました」と頭を下げた。先生は照れたように、「おう」と言った。

すぐに卒業式のために廊下に出て並び、講堂まで歩いていった。卒業式の間、あかねちゃんはほとんど泣きどおしだった。ルツも、きっと自分は泣くにちがいないと思っていたのだけれど、ほとんど涙は出なかった。父兄席には、母が来ていた。母のスーツが少しきつそうなことや、あかねちゃんのお母さんの髪型がいやにふわふわしていることや、思いがけず森くんが泣いていることや、林くんがいつもよりも格好よく思えることに、ルツは気を取られていた。

昼近くに、ルツはあかねちゃんと一緒に校門を出た。ルツの母とあかねちゃんのお母さんは、なめらかに喋りあっていた。大人の女の人どうしが喋りあうさまを、いつもルツは不思議に思う。なぜあんなに途切れ目なく会話を続けることができるのだろう。ルツの母とあかねちゃんのお母さんは、べつにしょっちゅう会っている親密な間柄ではない。それなのに、二人は一瞬の間もなく、水が流れるように、やりとりをしている。

「じゃ、また」

ルツはあかねちゃんに手をふった。自分がそっけない声を出していることに、ルツは気づいていたけれど、「仲良し」の声にうまく改めることができなかった。あかねちゃんは、ちょっとだけぽかんとしている。そのままルツは自分の家の方に早足で向かった。林くんに手を握られた時の感触を、この三日間ずっと、繰り返し思いだしつづけている自分のことを、ルツは強く意識していた。

一九八二年　留津　十五歳

高一になっても、留津は木村巴と同じクラスだった。聖アグネス女子学園は、クラスが三つしかないから、中一からずっと同じクラスである確率は、クラスが五も六もある公立の学校に比べれば高いとはいえ、毎年クラス替えをしているうちに、一回もクラスが違ったことのない者はどんどん減っていった。

小学校の時の「仲間はずれ」の恐怖は、ずいぶん薄らいでいた。そうは言っても、木村巴と別のクラスになることは留津にとってはまだかなり不安なことだったから、中一から高一の今までクラスが離れなかったのは、かなり幸運なことといえた。

「ねえ、バンドつくらない？」

木村巴に今朝言われ、留津はとまどった。

「楽器、できないから、わたし」

「大丈夫、わたしもおにいちゃんにギターを教わるから、るっちゃんはベース弾いてみない？」

「ベースなんて、持ってない」

「映《はゆる》くんがお古《ふる》をゆずってくれるって」

映くん、というのは、木村巴が昨年からつきあっている、巴の兄の大学の同級生である。あいかわらず巴は、留津には遠い世界である「原宿や外苑前でのデート」にいそしんでいた。そのデートの相手の名が、岸田《きしだ》映なのである。

「岸田さんが？　そんな、申し訳ないわよ」

留津は手をひらひらふって辞退した。ゆずってもらうなんて申し訳ない、という気持ちもあったけれど、ベースを弾くなどという大それたことに怖《お》じ気《け》づいている、というのがほんとうのところだった。

「いいから、いいから」

木村巴は笑った。巴のこの笑顔が出ると、もう留津は逆らうことができない。結局留津は、土曜日の午後に木村巴の家に行き、岸田映のお古のベースを借りる——岸田映は、あげると言ったのだが、留津は固辞し、もらうのではなく借りる、というところに落ち着いたのだった——ことに決まった。

バンドは、思いがけず楽しかった。留津はちっともベースが上達しなかったので、かわりに岸田映が、留津や巴と同じ高一の、ベースを弾ける男の子を紹介してくれた。

岸田映の音楽仲間の弟だという立川《たちかわ》くんは、がっしりとした体格の落ち着いた男の子、そしてもう一人、立川くんの中学時代の友だちだという背の高い国分寺《こくぶんじ》くんもドラムスとして加わることとなり、ヴォーカル専任となった留津、ギターの巴とあわせてバンドは四人編成になった。

毎週土曜日に、留津たちは木村巴の家で練習をした。巴の家には地下室があり、大きな外国製の洗濯機が置いてある。練習は、いつもその地下室でおこなわれた。

「ねえ、るっちゃんは、立川くんと国分寺くんの、どっちが好き？」

時々、木村巴は留津に聞く。

「うーん、わたしはほかに好きな相手がいるから」

留津は答える。留津のひめられた「好きな相手」である渡辺幸宏と留津は、たまに団地の中ですれちがうだけという以上に関係は深まっていない。けれど、いったん渡辺幸宏のことを「好き」と決めた留津の心は、揺らぐことがなかった。

「その、好きな相手って、どんな人なの？」

好奇心まんまん、という表情で、木村巴は留津の顔を覗《のぞ》きこんだ。

「幼なじみ」

「ふうん。背は高いの？」

「けっこう」

「国分寺くんより？」

「ううん、立川くんと同じくらいかな」

「今度、写真見せて」

「今、持ってる」

渡辺幸宏のことが「好き」だと決めてから、留津はアルバムをめくって、幸宏くんと一緒に写っている写真をさがしだし、はがしたのだ。定期入れに、留津はその写真を大事に入れている。

「ほら、これ」

と、留津がさしだした写真を見て、木村巴は大笑いした。

「なにこれ、幼稚園児じゃない」

「こっちがわたし、こっちが彼。それより、もえちゃん。キスは、まだなの？」

岸田映がなかなかキスをしてくれないというのが、最近の木村巴の懸案なのである。

「うん。この前だって、ずいぶん暗くなってから家まで送ってくれたのに、手さえ握らないんだから」

「それは、もえちゃんを大事にしてる優しい人だっていうことなんじゃないのかなあ」

おぼつかなげに、留津は言った。実のところ、男女のつきあいについての留津の知見は、ラジオの悩み相談コーナーで仕入れた知識の範囲内にとどまっていた。相談にのるパーソナリティーたちは、口をそろえて、

「ほんとうに女の子のことを大切に思っているなら、男の子はやたらにAだのBだのCだのをせっつくものではないはずです」

と言う。Aはキス、そしてCはセックスを意味する符丁であるが、ではその中間のBというものが、いったいどのような行為であるのか、留津には見当もつかないのだった。実は、「C」についてだって、小学校の時に雄しべと雌しべを例にとった「性教育」と

いうものを受けたからには、概略は知っていたけれど、内実についてはさっぱりだったし。

「そうよね。映くん、優しいのよね」

木村巴も、おぼつかなげに賛成する。

岸田映に最初に引き合わされた時のことを、留津は思い返す。あれは去年度、中三の冬休みだった。夏休みの終わりごろから岸田映と「デート」を何回か重ねてきた木村巴は、しきりに映を留津に紹介したがった。

「映くん、最初は、どっちでもいいような感じだったんだけど、るっちゃんはわたしの親友なんだからって言ったら、今度ぜひ一緒にお茶でも飲みましょうって」

浮き浮きと言っていた木村巴だった。親友、という言葉に留津は喜びを覚え、すぐに岸田映に会うことを承知した。

冬休みに入って数日後、留津は岸田映が指定したという原宿の喫茶店へ向かった。表参道から路地へ曲がり、少し歩いたところにある、めだたない店だった。原宿に来るのがはじめての留津は、緊張していた。地図を広げたかったが、一度も原宿に来たことのない垢抜《あかぬ》けない子供だと思われるのがいやで、前の晩に必死に地図を暗記した。待ち合わせの喫茶店に着くと、まだ木村巴は来ておらず、岸田映が一人で煙草を吸っていた。

「ああ、君がるっちゃんね」

物慣れた調子で、岸田映は言った。木村巴の兄と同級生だと言っていたけれど、巴の兄の木村弦《げん》とは、ずいぶん雰囲気が違った。

「どうしたの?」

岸田映は聞いた。

留津は、よほどまじまじと岸田映を見つめていたらしい。

木村巴の兄である木村弦は、髪は少し長めながら、着ているものはポロシャツやセーターだった。足もとも気楽なスニーカーで、実はどれもさりげないながらもこだわりのある選択ではあったのだけれど、留津にはそのこだわりは全然わからなかったので、ごく普通の平凡な服装に思えた。ところが岸田映は、スーツを身につけているではないか。

柔らかな茶色の上着に、ネクタイはしていなかったけれど、そろいのゆったりしたシルエットのズボン。前髪がななめにたらされ、テーブルの上にはクラッチバッグが置かれていた。

ひゃあ、と、留津は内心で叫んだ。こんな流行っぽい男の人と二人きりで、いったい何を喋ったらいいの。もえちゃん、早く来て。

「ぼく、そんなに珍しいですか?」

岸田映は、にこやかに聞いた。

「い、いいえ、ごめんなさい」

留津は謝り、どすんと椅子に腰かけた。先ほど留津が見つめたことのおかえしのように、岸田映は留津をじろじろ眺めた。留津の顔に血がのぼり、真っ赤になる。

「ごめんごめん」

と言いながら木村巴が来たのは、それから十分も後だった。

「まったく巴ちゃんは、いつも遅れる」

岸田映は、にこやかに非難した。その日、どんなことを喋ったのだったか、留津はよく覚えていない。ただ、岸田映が常ににこやかだったこと、そのにこやかさの合間におりおり鋭い視線を留津に向けたこと、巴の声がいつもは聞いたことのない甘い声だったことだけは、いつまでも忘れなかった。

岸田映が果たしてほんとうに「優しい」のかどうか、留津にはわからなかった。でも、木村巴と岸田映がAやBやCをおこなっているところは、なんだか想像しづらかった。

（たぶん、わたしが恋愛のことを何も知らないから、そう感じるんだろうけれど）

留津は省みる。

木村巴が岸田映とキスしないままに時が過ぎてゆくという懸案は、以後もずっと解決されないことを、その時の留津と巴は、まだ知らない。

一九八三年　ルツ・十六歳

結局、とルツは思う。

まだあたしは、あかねちゃんに打ち明けられないでいる。林くんとのことを。

山田あかねとルツは、高校入学で進路をわかつこととなった。山田あかねは美術科のある私立高校に、ルツは都立高校に進学したからである。

林くんは、ルツと同じ高校だった。クラスは違うけれど、同じ生物部に所属し、帰り道は毎日一緒だった。休みの日には博物館や公園に行き、たまには互いの家を訪ねあった。

ルツの母である雪子は、林くんに好意を抱いているらしかった。

「優しい子ね」

と、雪子は言った。弟の高志は、林くんが来るたびにわざと部屋を頻繁に出入りし──なにせ、ルツの部屋は一つの部屋をたんすやベッドで区切って高志と共同で使っているのだから──何かと二人にちょっかいを出した。まだ中学一年生の高志は声変わりもしていなくて、同性の林くんが家に来たというだけで、大喜びしたのである。

林くんは、高校に入ってまた背がのびた。ルツと同じように数学や理科が好きで、ルツが感激したことには、ルツの愛蔵書である「すべてシリーズ」を林くんに見せたら、

「そのシリーズ、おれも小学校の頃買ってもらった。『内臓のすべて』と『鉱物のすべて』」

ルツはその二冊は持っていなかったので、後日林くんに貸してもらうことを約束した。

林くんの家をルツが訪ねると、そこはルツのところのような団地ではなく、二階建て

の家だった。

「広い！」

ルツが大いに感心すると、林くんのお母さんは笑った。

「でもここ、一戸建てじゃなくて、テラスハウスなのよ」

テラスハウス、という言葉の意味がよくわからなくて、ルツは目を白黒させた。

「二階建て長屋、くらいの意味ね」

林くんのお母さんはさばさばと言った。

林くんのお母さんの、さばさばしたこだわらない感じがルツはすぐに好きになって、うらやましく思った。実はいまだにルツは、母雪子への反抗期を抜け出しかねているのだ。母のことは、決して嫌いではなかった。けれど、母の考えかたは、どうもルツとはあわない。

たとえばルツの母方のいとこである元紀さんの家庭について、母はずいぶんと批判的だ。元紀さんは、晴美《はるみ》さんというお嫁さんと結婚している。元紀さんと晴美さんは共働きで、二人の子供である保《たもつ》くんは、保育園に預けられている。

「三歳までは、子供は母親の手で育てなきゃ」

いつも雪子は言うのだ。

「でも、保育園にはお友だちがたくさんいて、楽しいと思うんだけど」

ルツが言い返すと、雪子は首を横に振る。

「元紀くんはちゃんとした会社に勤めていてじゅうぶんにかせいでいるんだから、晴美さんは働く必要なんてないじゃない。元紀くんがかわいそう」

ルツは、雪子のこんな発言を聞くと、いつもむっとしてしまう。なぜ男が働いていいのに、女は働いてはいけないのだろう。子供が生まれてからも、働き続けることが可能な女は、働けばいいではないか。

「あたしは、子供ができても、働きたいな」

母を挑発するように、ルツは言い放つ。

「ルツには、そんなことはできないわよ。朝だってねぼすけで自分じゃ起きられないし、部屋だってだらしなく散らかしてるし」

母は落ち着き払っていた。ルツはまたむっとする。けれど、たしかにルツは朝の寝起きが悪いし、弟の高志よりも整理整頓が下手だ。ぜんたいに自分がしっかりしていないことは、自分でもよくわかっていたので、ますますルツは腹が立った。

林くんのお母さんは、ジュースや甘いお菓子ではなく、番茶とビーフジャーキーをいつも出してくれる。はじめて見るビーフジャーキーを、最初ルツは怪しんだけれど、食べてみてそのおいしさに感激した。

「おいしいです!」

「これ、お父さんの会社が開発してるのよね、昌樹《まさき》」

林くんのお母さんは、林くんに同意を求めた。林くんは、適当な感じでうなずいている。

「まったく、愛想がないんだから」

林くんのお母さんは笑い、それからすぐに、ルッと林くんを二人きりにしてくれた。ともかく、林くんとの交際は順調だった。でも、林くんとつきあっていることを、ルツはいまだにあかねちゃんに報告していないのだ。

違う高校に通うようになってしまうと、あんなに毎日一緒にいたのに、あかねちゃんとはほとんど連絡をとらなくなっていた。きっと、あかねちゃんは新しい高校で、新しく好きな男の子ができているに違いない。ルツは思いこもうとした。

けれど、たぶんそうではないということを、ルツは知っていた。あかねちゃんは、ルツがかつて森くんを「いいと思った」のよりもずっと熱意をもって、林くんに思いを寄せていた。その思いは、まったくもって、揺らぐことがなかった。

中学時代のあのころ、なぜあかねちゃんがそれほど真摯に男の子のことを好きになれるのだろうと、ルツはひそかにいぶかることがあった。

「ほら、またルツの冷たいのが出た」

ルツのその思いを知ったなら、あかねちゃんはいつものように言ったことだろう。こうして林くんとつきあっていても、ほんとうのところ、ルツの心が浮き立つことは、さほどまではない。林くんと手をつないだり、肩と肩がふれあったりすれば、胸は騒いだ。けれどそれと、林くん自身のことを身も世もなく好いている、というのとは違うような気がするのだ。

自分はほんとうに冷たいのだろうかと、ルツは悩む。林くんは、とてもいい奴だ。でも、あかねちゃんを裏切ってまでルツが本心から林くんとつきあっていたいのかと誰かに問われれば、ルツは首をかしげてしまうだろう。それだからこそ、ルツはあかねちゃんに林くんとつきあっていることを告げることができないのだ。

さらに困ったことには、林くんがいつ自分にキスをしてくれるのだろうかということばかりが、ルツは気になって仕方がなかった。

(林くんのことは普通に好きなだけなのに、キスだけはものすごくしてみたいあたしって、もしかしたら異常体質なのかしら)

ルツはまた悩む。昭和のこの時代、女の子は男の子の性欲の実情がよくわかっていなかったし、自分自身の実情も把握していないことがほとんどだった。

少なくとも、林くんは誠実だ。だから、自分も誠実に林くんに応えなきゃ。ルツは自分に説いて聞かせる。何かの言い訳のように。

林くんとルツがつきあっていることは、けれどあっけなく山田あかねに知られることとなる。

「ねえ、ルツ」

ある日、山田あかねからルツのところへ、久しぶりに電話がかかってきた。

「何か隠してること、ない?」

ルツはどぎまぎした。

「う、うん」

「ちえから聞いたよ。どうして林くんとつきあってること、教えてくれなかったの」

山田あかねは、直截《ちょくせつ》だった。ルツは口ごもった。

「水くさいじゃないの。あたし、別に気にしないから」

「う、うん」

へどもどと、ルツは答える。ごめん、という言葉を口にしようとしたけれど、舌が乾いてうまく言えなかった。しばらく山田あかねとルツは、黙っていた。

「新しい高校、どう？」

沈黙をはらうように、山田あかねは聞いた。

「うん。楽しくやってる。あかねちゃんは？」

「元気だよ。課題が毎日たくさん出て、忙しくってしょうがないけど」

明るい声を、山田あかねは出した。ルツの胸は早鐘のように打っていた。なぜあかねちゃんはあたしを責めてくれないんだろう。ごめん。何回も、ルツは言おうとする。ほんとうに、ごめん。でも、どうしてもうまく口に出すことはできなかった。

「また、時間ができたら、会おうね」

山田あかねは、あくまで平静だった。

小学校からずっと仲良しだったあかねちゃんとの十年近くの月日のことを、ルツは思い返そうとしたが、うまく思い出せなかった。あかねちゃんのシャンプーの匂い。はしゃぐ時の身ぶり。ていねいなノートの文字。いつも使っていた髪どめ。全部知っているのに、なんだかずっと昔に読んだ本のように、ぼんやりと靄《もや》がかかっていた。

「うん、会おうね」

ルツの方も、平静な口ぶりで答えた。答えながら、山田あかねと自分が会うことは、当分の間はないだろうとわかっていた。涙がにじみそうになった。でも、我慢した。全部自分が悪いのだから、ここで泣いては卑怯《ひきよう》ではないか。

高二の夏休みに、ルツはついに林くんとキスをすることとなる。「くちびる、たよりなし」と、ルツはその時の感想を、「なんでも帳」に記入する。「なんでも帳」は、高校に入ってからルツがつけだした日記のようなものだ。その時々の感情やできごとを、罫《けい》線《せん》のない白いページに断片的に書きつらねるばかりのものなので、いったいいつ何時そのような感情におそわれたり行為に及んだのか、ということを時間がたってから確かめようとしても、不明のことが多い。書かれている言葉も、かなり省略の効いた曖昧《あいまい》なものだ。母の雪子がルツの「なんでも帳」をこっそり盗み見ていることをルツは知っていたので、そんな書き方をしたのである。

林くんとは、夏休みが終わったころから、次第に疎遠になってゆく。「さみしいような、ほっとしたような」と、ルツは「なんでも帳」に書くが、実のところなぜ林くんが自分から離れていったのか、ルツにはわからなかった。原因を確かめるために林くんにせまるには、ルツはまだ子供すぎた。あるいは、無駄なプライドを持ちすぎていた。ともあれ、ルツと林くん、そしてルツと山田あかねとの縁は、高校時代でいったん途切れたのであった。

一九八五年　留津　十八歳

「受験のための費用だってばかにならないんだから、受ける大学は絞ってよ」

母の雪子が言うので、留津は私立の男女共学の大学の文学部を三つ受けるつもりだった。けれど、それでは少ないと父が言い、父が薦める女子大学も受験先に加えたのだ。

結局留津が受かったのは、女子大の文学部だけだった。男女共学の大学に留津をやりたくなかった父は喜んだし、母は希望の大学に受からなかった留津のことを小馬鹿にした。

「あんなに勉強したのに」

母のその言葉に、留津は傷ついた。とはいえ、母に傷つけられることなど、日常茶飯事だった。

くよくよすることはやめて、留津は大学生活を楽しもうと決めた。高校時代に少しだけやっていたバンド活動を新たに始めてもいいし、演劇にも、留津はひそかに興味を持っていたのだ。それになにより、留津は今度こそ男の子とつきあいたいと思っていた。

高校時代のいくつかの男の子たちとの縁を、留津はなつかしく、また少しばかり苦く、思いだす。

ずっと好きだった渡辺幸宏とは、団地の中ですれちがう以上のことは何も起こらなかった。バンドを一緒にやっていた立川くんとも国分寺くんとも、一時はあんなにたびたび会っていたのに、個人的な関係ができることはなかった。もちろん留津自身が立川くんにも国分寺くんにもことさらな好意をいだいてはいなかったので、それは当然といえば当然のことだったけれど、だからといって二人が留津のことを女の子としてまったく意識してくれなかったというのも、どうなのか。

いっぽうの木村巴の方の恋愛も、高校時代全体を通じてはかばかしい進みゆきをみせなかった。

「映くんにとって、わたしって、妹みたいなものなのよ、たぶん」

というのが、近ごろ木村巴が出した結論である。たまに「デート」をおこないつつも、手ひとつ握らない、「好き」という言葉の一つもない岸田映とのつきあいに、木村巴は飽いているらしかった。

「せっかく大学生になったんだから、遊ぶわよ」

というのが、木村巴の大学入学早々の意気込みで、巴と違う大学に進学した留津だったけれど、木村巴の「遊び」につきあうのにやぶさかではなかった。

夏はテニス、冬はスキー、というサークルに、木村巴は入った。

「いろんな大学の女の子が入れるサークルなのよ。るっちゃんも、入ろう」

そう誘われ、留津は早速木村巴の大学まで出張して、サークルに参加した。たくさんの女の子と、たくさんの男の子がいて、留津はまごまごした。

新歓コンパは渋谷で開かれた。大学で会ったのよりもさらにたくさんの男女が、地の底から湧いてきたかのように店にあふれ、留津はますます息切れする思いだった。椅子とテーブルがあるとばかり思っていたのに、店にはいくつかの小さくて高い丸テーブルが置いてあるばかりだった。

大音量の音楽が響く中、留津たちは立ち飲みをするか踊るかしなければならないのだった。

「もえちゃん」

留津は、木村巴を探した。けれどたくさんの学生の中にまぎれて、留津は巴を見つけだすことができなかった。渡されたピンク色の飲み物に口をつけると、薄甘かった。所在なくてすぐに飲み干した。次に渡されたのは茶色い飲み物で、こちらは苦かったけれど、やはりすぐに飲み干してしまった。

気がつくと、知らずに飲んだ初めてのお酒に、留津はすっかり酔っ払っていた。こんなところはもういやだと突然強く思い、留津は出口めざして人をかきわけた。途中で手を取られ、踊りに引き入れられたので、でたらめに手足を動かしてひと踊りしたら、ますます酔いがまわった。吐き気がしたので、あわてて手を振り払い、店の外に出た。必死に吐き気をこらえていると、誰かが背中をさする。気持ちいい、と思ったとたんに、反対にえずいてしまった。そのまま留津は道ばたにピンク色の液体を吐いた。

「やあ、きれいな色だね」

背中の方から、声がした。涙を浮かべながら振り向くと、栗色に近い髪と薄茶色の瞳をもつ男の子が、にこにこ笑っていた。

「きれいないろ？」

ぼんやりと、留津は聞き返す。口の中がべたべたしていて、うまく舌がまわらない。

「君の吐いた、それ。桃色だよ」

留津は恥ずかしくて、しゃがみこんで顔をおおった。しばらくすると、男の子が水を持ってきてくれた。留津はもくもくと口をすすぎ、余りの水は地面に注いで、せめてもとピンク色の液体を薄めた。

「ありがとう」

留津が小声で言うと、男の子はまたにここし、言った。

「ぼくは、林昌樹。君の名前は？」

一九八五年　ルツ　十八歳

めでたく第一志望の大学の理学部に入学したルツは、大いに勉強にはげむつもりだった。男の子は、しばらくはまっぴら。たくさん学んで、女の子の友だちもつくって、平穏な学生生活を送るべし。ルツは決意していた。

林くんと疎遠になってしまって以来、ルツは中学の終わりごろからつけはじめたコンタクトレンズはやめにして、眼鏡をかけていた。

「少なくとも、一つの希望はかなった」

と、ルツは「なんでも帳」に書きこんだものだ。小学生時代に願った、眼鏡をかけたいという希望はかなった――まあ、林くんとはうまく行かなかったけれど――というほどの意味である。

四月、ルツは大学の入学式に出るために、ブレザーとスカートという姿で電車に乗っていた。どちらも高校時代からの着慣れた服で、ただ一つ、茶色い鞄だけは父が入学祝いにと買ってくれたものである。

大学は、なんだか埃っぽかった。門のまわりにはたくさんの立て看板が並び、講堂はいやに天井が高かった。同じ高校からこの大学に入学した子は三人しかおらず、それもみんな違う学部だった。

　ぎっしりと埋まった講堂を、ルツは首をのばすようにして見まわした。どの学生も、神妙な顔をしている。慣れ親しんだ高校の体育館が、ルツはなつかしくてたまらなかった。せっかく入った大学だけれど、自分の存在は大海の一滴にも及ばないような気がしてならなかった。すぐさまここから逃げ出して家に帰り、ふとんをかぶって寝てしまいたいような気分だった。

　そういえば、今までにルツが知らない人間ばかりの集団に入っていったのは、小学一年の時だけだったのだ。中学でも高校でも、たくさんの知り合いが一緒の学校に進学したのだったし、友だちなどというものは、自然にわき出てくるものだとルツは思いこんでいたのだ。

　入学式に続くオリエンテーションで、ますますルツは心細くなった。それぞれの学部に分かれての説明会なので、人数は少なくなったものの、今度は知っている者どうしや、附属高校から来た者どうしが自然に集まりあって、ルツが一人ぼっちだということが、ますますあきらかになってしまうのだった。

　一人ぼっちであることなんか気にかけていない、というふりを、ルツは懸命にした。時間がたつにつれ、学生たちはだれてきた。あちらこちらでおしゃべりが始まった。高校時代と違い、注意する先生もいない。ルツはできるだけ背筋をのばし、説明の声を聞きのがすまいとした。隣に座っている男の子が話しかけてきたのは、そんな時だった。

男の子は愉快そうに言った。そろそろオリエンテーションも終わりになろうとしている。

ルツは横目で隣の席を見やった。眼鏡をかけた、真面目そうな男の子である。

「ほんと、うるさいですね」

ルツは答えた。男の子はうなずき、それから、くすりと笑った。

「でも、ぼくたちも、おしゃべりしてるね、今は」

思わずルツもくすりと笑う。

「ぼく、渡辺幸宏です。生物科。きみは？」

「日下ルツ。あたしも、生物科」

答えながらルツは、緊張していた体がほぐれはじめたことに気がつく。渡辺幸宏は、なんだかもぐらみたいな妙な色のブレザーを着ていた。

「ああ、これ？　高校の制服の上着。スーツとか持ってないから」

渡辺幸宏のその答えは、ルツの気に入った。

オリエンテーションの会場を出ると、降るようにサークルの勧誘がおこなわれていた。少しでも油断すると腕をひっぱられ、入部届にサインをさせられそうになる。

「一緒にまわらない？」

渡辺幸宏は聞いた。ルツは、こくんとうなずく。

二人はゆっくりと構内をめぐり歩いた。渡辺幸宏は、サークルに入るつもりはあまりないようだった。

「だって、たくさん勉強したいからさ」

そう言いながら、渡辺幸宏は照れたように頭をかいた。

「これって、優等生的発言すぎ？」

「うん、はっきり言って、すっごい優等生的」

「しまった」

「でも、あたしも勉強は、したい。せっかく好きな学科に入れたんだから」

ルツが言うと、渡辺幸宏は嬉しそうに目を細めた。

と、その夜ルツは「なんでも帳」に書きこむ。渡辺幸宏の嬉しそうに細められた眼が、きれいな三日月のかたちをしていたからである。

「三日月形の目」

「眼鏡ともだち」

という言葉も、ルツは少し迷ったすえに書いた。果たして今後渡辺幸宏がいい友だちになるかどうかは、まだルツにはわからなかったのだけれど。

一九八五年　留津　十八歳

　土曜日の夜、電車の中の空気はよどんでいた。留津は、電車に乗ってから何回めになるだろう、顔をしかめながら時計を見ていた。秒針の進みかたがいやに速く感じられる。

（ああ、もうあと七分で八時になっちゃうわ）

　その場で足を踏みならしたいような気分だった。三十分ほど前までは、あんなに楽しくて高揚した気分だったのに。

　喫茶店「タイガー」は、渋谷の坂をのぼったところから路地に入って少し行ったところにあり、土曜日の午後には、必ず留津はいそいそとタイガーに足を運ぶ。今日も留津は、タイガーの帰りなのである。

　土曜日、タイガーでおこなわれているのは、林昌樹の属する大学の文芸部の例会だ。「門」という機関誌を、昌樹の大学の文芸部は年に二回出している。「門」に参加しているのは原則的には昌樹の大学の文芸部員だけだが、ほんの少しだけ参加費を出せば、他大学の者も加わることができるのである。

　四月に木村巴に連れてゆかれたテニス・スキーサークルの新歓コンパは、留津にとって散々な記憶となっているが、そこで林昌樹と知り合えたのだから、やはり巴には感謝しなくてはと、留津は思う。

木村巴の属しているテニス・スキーサークルには、あれから留津は一度も行っていない。

「やっぱり運動は苦手だから、わたし」

という、あまり意味のない留津の断り文句に、木村巴は笑ってうなずいたものだった。木村巴とは、今も週に二回は電話をしあっている仲だけれど、直接会う機会はぐっと減った。そのかわりに留津がいそしんでいるのは、「門」の活動なのである。

「門」には、学生たちの書いた小説や評論、それに随想などが載っている。林昌樹に連れられてはじめての例会に出た時に、

「随想って、エッセーのことなんですよね」

と留津が言うと、林昌樹や留津よりも一歳年うえだという八王子《はちおうじ》くんが、じろりと留津を見た。

「エッセーだって？」

八王子くんは、さも驚いた、というふうな表情で留津を見るので、留津は身の置き所がなかった。

いったい「随想」と「エッセー」がどう違うのか、いまだに留津にはわからないのだけれど、どうやら「随想」というものは、八王子くんによれば、

「エッセーのような雑文とは違うんだよ」

ということらしく、あせった留津がこっそりお手洗いに入ってちょうど持っていた国語辞典で調べたところ、「随想」も「エッセー」も「雑文」も、どちらにしてもみんな同じような意味のものであり、ことに「雑文」の項には「謙遜していう言葉」ともあり、それならば「雑文」の方がなんだかいいのではないかとも思えたのだけれど、緊張のあまり用足しをするのも忘れたままお手洗いから出てきた留津が、そのことを八王子くんに反論できようはずもないのだった。

タイガーでの例会は、土曜日の午後三時ごろに始まるのだけれど、三時にきちんと集まるのは下級生で、年が上になるほど、五時六時という遅い時間に、「ふらり」という感じでやってくる。

例会では、読書会をしたり、その場で興がのってみんなでリレー小説を書いたりもしたけれど、なんとなくだらだらとお喋りをすることがほとんどだ。

と、説明したのは林昌樹で、五月に入ったばかりの頃の土曜日にそんなことを言いながら、林昌樹は留津を初めて例会に連れて行ってくれたのだ。

「気楽な集まりだよ」

という昌樹の言葉に、留津は最初ほんとうに「気楽」にタイガーに足を踏み入れたのだ。細長い喫茶店で、入り口には熱帯魚の大きな水槽があった。全体に照明は暗く、ジャズが流れている。さほど広くない店内の机は一続きに並べられ、数人の男女が頭を寄せて熱心に話しあっていた。

留津が林昌樹を見上げ、（この人たちが文芸部？）と、目で問いかけると、昌樹はうなずいた。

そのまま何も言わずに、昌樹は端っこの椅子に腰かけた。留津もおそるおそる隣に座る。集まりは、昌樹の言うような「気楽」なものとは、とうてい思えなかった。みんなよりも頭一つ座高の高い筋肉質な男の子と、もう一人のひょろりとした男の子が、唾をとばす勢いで何かを言いあっている。留津にはよく聞きとれなかったのだけれど、アサなんとか、という事象について、二人は議論をしているらしかった。

「アサなんとかって、何ですか？」

留津は小声で林昌樹に聞いた。

「浅田彰のことじゃないかなあ、ぼくにもよくわからないけれど」

昌樹がそう教えてくれたにもかかわらず、留津にはそれが「浅田彰」という人名には聞き取れなかった。生まれて初めて聞く「アサダーキラ」とははたして、人名なのか、小説の題名なのか、それとも近ごろの世界情勢の何かをあらわす言葉なのか。

しばらく議論は続いたが、突然二人は違う話を始めた。どうやら「門」の前の号に載った作品についてらしかった。それまで激論を交わしていた二人だったが、その作品については、一転競うように褒《ほ》めそやし、なので意見は同じはずなのに、やはりこのたびもいさかいあっているようにしか聞こえないのだった。

「すごいのね」

圧倒されて留津がつぶやくと、林昌樹が留津の方に首を向け、こっそり笑ってみせた。

「すごくないから、大丈夫。いつものことだよ」

耳もとで昌樹にそうささやかれ、留津はどぎまぎした。

「何そこ。新しい女の子じゃない」

議論をしていた二人のうちの、ひょろりとした方が、突然昌樹と留津の方を向いた。

「あ、八王子先輩。江戸女子大の一年生、日下留津さんです。わが文芸部に参加したいそうです」

「えっ、いいえ、まだわたし」

留津はあせる。試しに一度来てみただけで、正式に参加するとは言っていなかったはずだ。けれど、「八王子先輩」は、立ち上がり、昌樹とは反対側の留津の隣の席にやってきて腰をおろしてしまった。

「ふうん、江戸女子大ね。あそこには文芸部はないんだっけ」

「は、はあ」

文芸部があるかないか、留津は知らなかった。

「きみ、小説は書くの?」

「か、書けません」

「これ、読んでみてよ」

「八王子先輩」はずしりと厚い冊子を留津に手渡した。留津は、ぱらぱらとめくってみる。「随想」について八王子くんに薫陶《くんとう》を受けたのは、その時のことなのである。

初日のその日、八王子くんはずっと留津の隣に座っていた。

留津が林昌樹の大学の文芸部に正式に入部することは、その日のうちに決まった。文章なんか書けないのに、こんな怖い先輩たちと対等に話すことなどできるわけないのにと、留津は大いに不安に思ったのだけれど、「八王子先輩」は、ほんとうは全然怖い人ではなく、同級生なのに「先輩」などというふざけているのだか尊んでいるのだかわからない敬称をつけるのは林昌樹くらいのもので、みんなから親しまれている温柔な質《たち》だ、ということも、おいおいわかってくる。

中学高校大学と、女子しかいない学校に通うはめになった不満を、留津はこの文芸部で大いにはらした。例会にもすぐになじんだ留津は、母が決めた門限の八時を、ときどき破るようになった。

「だって、大学生の門限が八時って、異常よ」

留津は母に文句を言ったが、母は取り合わなかった。

「まだ成人もしていない女の子なんだから、夜遅くまでうろうろしちゃだめに決まってるでしょう」

でも、と留津は言い返そうとするが、できない。母とは争いたくなかった。なぜなら、世界で一番留津のことを知っているのは、母だからである。留津がたいした取り柄のないつまらない人間で、女性的な魅力もさしてなくて、ただ真面目なだけがせめてものなぐさめだということを、母は知り抜いている。留津は、大きな何かを望んではならないのだ。もしそんなことをしたならば、きっと失敗するし、笑いものになる。今、留津は幸せなのである。木村巴といういい友だちがいるし、大学にだって自由に通わせてもらっている。それ以上のことを望んだら、きっと母の言うように、「分不相応の罰」があたる。

それで留津はしかたなく、例会の後、七時から始まる飲み会にはほとんど参加せずに、あわてて帰ってくるのである。

「飲み会に出ればいいのに、楽しいよ」

八王子くんは熱心に誘う。

「ま、いろいろあるだろうから、いいんじゃない、出られる時にだけ出れば」

はたから林くんは、いつも助け舟を出してくれた。そんなことを言われると、ますます行きたくなってしまうではないかと、留津は歯がみする。それでも、タイガーに行けるだけいい。

夏休みには生まれて初めての小説を書いてみようと、留津は決意している。題だけは決まっている。「森へ行きましょう」だ。

一九八八年　ルツ　二十一歳

卒論を書くために入る研究室をこの二月までに決めなければならないのに、ルツは迷いに迷っていた。

大学に入学してから今までのことを、ルツはぼんやりと思い返す。セミナーハウスでの新入生向け合宿。大学の大きな図書館の、しんとした空気。はじめての実習。学食で食べるAランチ。キャンパスは広く、いつも日の光が差していた。雨の日もあったはずなのだけれど、ほとんど記憶にない。

二年生になってからは専門の授業がぐっと増え、ルツは楽しくてならなかった。中でもショウジョウバエを使った遺伝の実習に、ルツは夢中になった。遺伝研究室の大学院の先輩が沖縄で採集してきたという野生のショウジョウバエを交配させ、その子供世代の目の色や翅《はね》のかたちを観察し統計をとるのだ。

そのへんを飛びまわっている小バエの目の色や翅のかたちが、こんなにさまざまだなんて、ルツはそれまで気にとめたこともなかった。暗赤色の目のハエもいれば、あざやかな赤のものもある。かと思うと、白に近い目のハエもおり、それらのかけあわせによって、高校の時に習ったメンデルの法則を確認することができた時には、ルツはしんから驚いたのだった。

本の上で知ったことを、現実にこの目で確かめられるなんて！

翅のかたちもさまざまで、カールしているのもあれば、まっすぐのものもある。交配の結果が必ずしもきちっとメンデルの法則からみちびきだされる式に当てはまらないのも、不思議だった。自然界ではものごとは当然教科書通りには進まないので、理念上の数字とは違う結果が出るのは当然なのであるけれど、その結果が誤差の範囲内のものなのか、それとも新しい説にひそかに結びつくものなのか、誰にもわかりはしない。生物科の実習としてはごく入門的で、「新しい発見」などというものが現れようはずもないショウジョウバエの交配実験なのだけれど、

（あたしが新説を見つけだすチャンスがないとも限らないじゃないの）

と、ついルツは妙な野心を抱いてしまうのであった。

遺伝の実習の次にルツを夢中にさせたのは、ウニの受精卵の卵割《らんかつ》の発生実習だった。単細胞だったウニの受精卵が、二分割して二つの細胞のかたまりになり、さらにそれぞれが分割して四分割になり、八、十六、三十二と、時間を追うに従って多細胞になってゆくさまを顕微鏡下で観察し、とがらせた鉛筆でケント紙にスケッチするのは、世にも愉快なことに思われた。

ウニの受精卵の発生実習は、臨海実験所で泊まりがけでおこなわれた。なにしろいったん受精した細胞は、誰が何と言っても情け容赦なく細胞分裂をおこないはじめる。ほ

とんど徹夜で、ルツたちは顕微鏡を見続けなければならないのだった。

　ほんの少しの仮眠をとり、まだねぼけまなこのままスニーカーをつっかけて、ルツは海の方へ歩いていったものだ。かもめが鳴いていた。波の音が優しかった。持ってきた菓子パンをかじりながら、ルツは水平線を眺めた。夜が明けたばかりで、少し寒かった。あまりぐずぐずはしていられない。今この瞬間も、ウニの受精卵はめまぐるしい速さで細胞分裂をおこない、さまざまな身体器官を発生させ続けているはずだった。

　大きくのびをして、ルツは実験所へと戻っていった。昨夜散らかしたままになっている机の上に、菓子パンがほんの少しだけ残っている袋を置き、自分に貸し出されている顕微鏡を覗いた。最初はただの単細胞だったものが、今はすでにウニの幼生であるプルテウス幼生を彷彿《ほうふつ》とさせる形になっていた。体も目も疲れきっていたけれど、なんて幸福なのだろうとルツは思った。このまま一生、顕微鏡を覗いていたかった。

　二泊三日の実習は、めでたくプルテウス幼生を発生させたところでおしまいとなり、最後は儀式をおこなうかのように、みんなでしずしずと幼生を海に還《かえ》した。

「神秘的だよなあ」

　と、渡辺幸宏は言った。

「神秘、ねえ」

　神秘、という言葉を、やたらに自然界の現象に当てはめることがあまり好みではなかったルツは、あいまいに答えた。

「うん。だって、人間の受精卵だって、最初のうちはウニのものとほとんどおんなじように卵割していくわけだろ」

「えっ」

ルツは一瞬、息をのんだ。ウニの卵細胞と、人間の卵細胞。それらを対比させて考えたことは、うかつにもそれまでなかった。

ウニは、あくまで、ウニ。人間は、人間。ルツはそう思っていたのだ。けれどむろん、ウニも人間も、たとえば宇宙規模の視点から眺めてみるなら、さほどの違いがあるわけではない。いやむしろ、非常に近似のものだといえよう。

「あたしの体の中にも、卵細胞があるわけだよね」

ルツがつぶやくと、渡辺幸宏はうなずいた。

「うん、ぼくにも精細胞があるしな」

ルツと渡辺幸宏は、顔を見合わせた。もしルツの卵細胞がどこかの男の精細胞によって受精したなら、ウニと同じく情け容赦ない卵割が始まり、すなわち人間の発生が開始するという事実を、ルツだけでなく渡辺幸宏も、その瞬間たしかに体感していた。

新入生のためのオリエンテーションで知りあい、親しい友だちづきあいをしてきた渡辺幸宏とルツの仲は、ごく淡いものだった。淡い、というほどのものでもなかったかもしれない。二人はあくまで友だちであり、それ以上の感情のやりとりをおこなう気配は、いつまでたってもあらわれなかった。そのようなあいだがらであるにもかかわらず、渡辺幸宏と「人間の発生」についての実感を共有していることを、ルツは不思議に思った。

（あたしの愛するだろうひとは、このひとじゃないのに、こんなに近ぢかした心もちになっている）

唐突に、ルツは林昌樹のことを思いだした。

林昌樹の精細胞ならば、どうだったろう。高校二年生の時の、はじめてのキス。林昌樹が伏し目がちになる時にまつげがつくった影。てのひらのぬくみ。柔らかな声。

（いや、ちがう）

ルツは判断する。林昌樹でもないのだ。

選ぶ、ということは、なんて難しいことなのだろうと、ルツはめまいのようなものを覚える。選ぶ。判断する。突き進む。後悔する。また選ぶ。判断する。生きているかぎり、あらゆる瞬間に選択の機会はやってくる。

そのうえ、自分の意志で選択をおこなっているとルツは思いこんでいるけれど、はたしてそれは事実なのかどうか。

無数の岐路があり、無数の選択がなされる、そのことを「運命」というらしいけれど、果たして「運命」は、一本道なのか。左を選んだ時の「運命」と、右を選んだ時の「運命」は、当然異なるはずで、だとするならば、「運命」は選択の数だけ増えつづけてゆくのではないか。

（いったい誰が、あたしの運命を決めているんだろう）

ルツはため息をつきたくなる。そうだ。今問題なのは、四年生になった時に、どの研究室を選ぶか、という選択である。

（ああもう、くじで決めたいくらい）

ルツは知らない。ルツがそうであったかもしれないもう一人の自分が、ここことは異なる世界のどこかにいるかもしれない、ということを。

違う世界でのルツは、今のルツとはまったく違うルツかもしれない。同じ年齢、同じ性別で、同じ両親のもとに生まれ育っていたとしても、ささいな違いの積み重なりが、今のルツと、違う世界の誰かとを、すでに大きくへだてているかもしれないのだ。

あるいは反対に、ささいな違いの積み重なりが、外見上は今のルツとその違う世界の誰かをへだてているように見えるかもしれないけれど、最終的には同じところへと両者の運命は収斂《しゅうれん》されてゆくのだろうか。

「決定。金田《かねだ》研。いやいや、まだ決定にあらず」

その日、ルツは「なんでも帳」に書きこむ。金田研とは、動物の遺伝子を生化学的に解析する実験をおこなっている研究室である。研究室に入る時の競争率は高いけれど、やりたいことをしないでどうするというのか。

「入れる自信、ないけど」

ルツはつぶやく。

さてもこの選択は、ルツにとって、どんな「運命」の扉をひらくことになるのか。今はまだ、誰にもわからない。

一九八八年　留津　二十一歳

もうすぐ四年生になろうという、二月の土曜日である。留津はいつもの土曜日と同じく、渋谷の坂をのぼってゆくところだった。

「四年生になったら、就職活動だね」

隣を歩く林昌樹に、留津は言う。ほんの少し、言いかたが投げやりだなと、自分でも思いながら。

留津は、林くんにどうしても聞きたいことがあるのだった。

それは、林くんが留津のことをどう思っているか、ということである。

いつだって林昌樹は、留津に優しい。最初に出会った、あのピンク色の吐瀉物《としゃ》を前になすすべもなかった留津に水を持ってきてくれた時から始まり、その後林昌樹の大学の文芸部の例会に留津をつれていってくれた時だって、合宿で共に時間を過ごした時だって、おりおり名画座に映画を一緒に見にいってはそのあとコーヒーを飲みながらああでもないこうでもないと感想を言いあう時だって、「門」に書いた留津の小説もどきのようなものが酷評されたのを昌樹がかばって、「まあ、でも、これでいいところもけっこうあると思うなあ」と、かなり微妙な表現ではあるけれど擁護してくれた時だって、林昌樹は常に優しかったのだ。

林くんと喋るのは、とても楽しいことだった。感情をいやな感じに高ぶらせることのない林昌樹は、留津以外の女子たちにも、そして八王子くんをはじめとする文芸部員の男子たちにも、まんべんなく好かれていた。それはそもそも、林くんがまんべんなくみんなに優しいからであって、留津だけに優しいのではない、ということを、さすがにいくら奥手であるといっても、留津は気がついていた。そうではあるにしても、林くんがことに好んで一緒に時間を過ごす女子は、留津なのではないだろうか？

三年生になった今では、留津の門限は十時まで延長されている。だから、喫茶タイガーでの例会のあとの飲み会にも参加することが可能になっていた。

留津は、できるかぎり林昌樹の隣の席を確保しようとした。それは難しいことではなかった。なぜなら、林くんの方だって、留津と並んでお酒を飲むことを好んでいるらしかったからだ。

ただし、時間がたってくると、いつも行く居酒屋「鶴岡」の二階の畳敷きの部屋にしいてある座布団は、あちらこちらに散乱し、誰もが席を移動し、酒をつぎあい、時に高歌放吟し、しまいには誰が誰の隣に座っているのやら判然としなくなり、ふと気がついてみれば留津の隣に座っているのは真っ赤な顔をした八王子くんで、何やらわからない屁理屈《へりくつ》のような文学論を呂律《ろれつ》のまわらない舌で展開している、ということも多かった。

林くんはと探しまわれば、たいがい数人の女の子たちに囲まれて、ゆったりとビールのコップを口に運んでいる。

そんな時、留津は不機嫌になっている自分に気がつく。

「もう、帰らなくちゃ」

留津は言い、お金を卓に置いて土間に散らばっている靴の中から自分のものを探しだし、うつむいて足をつっこむ。林くんが立ち上がるのが、視界の隅にとらえられる。

「気をつけてね」

林くんは言う。優しいくちぶりで。

「このあと、もう一軒行くの？」

留津が聞くと、林くんは少しだけ首をかしげ、

「どうしようかな」

と答える。けれど、林くんは必ず最後まで飲み会につきあうということを、留津はちゃんと知っていた。居酒屋「鶴岡」での宴会が解散になると、何人かの女子とその倍くらいの人数の男子たちは「鶴岡」よりさらに小汚くて安い店に向かい、さらにそこが終わると、麻雀をしに誰かの下宿になだれこむか、あるいは安いウイスキーの瓶または日本酒の一升瓶を備えてある誰かの下宿になだれこむか、どちらにしろその時間になると女子はみんな帰り、男子だけになって、結局は夜明かしをすると決まっているのである。

林昌樹は、麻雀もしないしお酒もさほど飲まないのだけれど、とてもつきあいがよか

った。あるいは八王子くんと、あるいはほかの男子部員と並んで低い声で喋っている林くんの色白の横顔を、留津は何度盗み見たことだろう。

留津と林くんが二人きりで映画を見たり本屋に行ったり美術展を見に行ったりするのは、月に二度ほどだ。

たいがい留津と林くんは、新宿か池袋で待ち合わせる。池袋にはいい美術館や名画座が集まっているし、新宿には本屋の紀伊國屋があった。林昌樹は庄司薫の『ぼくの大好きな青髭』が好きで、その冒頭場面では主人公の「薫くん」が、妙なつけ髭をつけ、昆虫網を持ち、紀伊國屋で待ち合わせをするのだ。

庄司薫のことを、留津は知らなかった。留津たちがまだ小学校の頃に青少年の間で大ベストセラーとなった庄司薫のシリーズ四部作ものを「好きだ」と公言する者は、文芸部にはまずいなかった。

「ずいぶんナイーブなものが好きなんだな」

という、多少失礼とはいえ一応の反応をしたのは八王子くんくらいで、あとの部員たちは無視をきめこんだ。なにしろ文芸部の部員たちときたら、「ポストモダン」が口癖で、読んで面白いのはその月の「群像」や「文學界」に載っている小説や評論ばかりで、前年の九月に出た村上春樹の『ノルウェイの森』ならば留津は面白いなあと感心したのだけれど、

「村上春樹ももう終わったぜ」

と、それこそ失礼極まりない批評（にもなっていないと留津は内心でいつも思うのだが）をかますことこそがステイタスなのだと信じている者が主流だったのである。ほんとうのところ、文芸部員の多くは、へんな背伸びをしているだけじゃないのだろうかと留津は思っているのだ。もちろん、留津が一年生の間じゅうかけて書いた――当初のもくろみでは夏休み中に完成するはずだったのだけれど、書き直しに書き直しを重ねたので、春休みまでかかってしまった――「森へ行きましょう」を部員たちがひどく貶《けな》して一寸もかえりみることがなかったのを少々うらんでいる、ということはある。けれど、留津は案外平気だったのだ。なぜなら、留津はいつも母の雪子から「つまらない子」と言われ続けてきたので、存外打たれ強いところがあるからだ。それになんといっても、林くんは「いいところもけっこうある」と言ってくれたのだし。

実際、留津は正しかった。文芸部には確かに面白い人間もいたけれど、たいがいは自意識過剰なくせに完全な自信は持てない、いらないプライドばかりは高い者がほとんどだったのである。

けれど、誰にそのことが責められよう。後になって振り返ってみれば、留津だって同様に「自意識過剰の気位だけは高くありたい」女子大生だったのである。自分の身に合わない理想を見当違いに追いかけることこそが、青春時代のせつなくもけなげな心意気なのではないだろうか？

そんな中で、林くんだけは、違っていた。と、少なくとも留津は、感じていた。

いったい林昌樹の、何が違うのだろう。

林昌樹は、背伸びしたり、自分を守るために攻撃的になる、ということがなかった。いつも沈着かつ冷静。それでいて、世の中を斜めに見下す姿勢でもない。ならば、自然にみんなのリーダーになりそうなものだが、それも違うのだ。林昌樹は、決して先頭に立とうとはしなかった。静かにみんなの中にいて、柔らかな声で一歩引いた言葉を口にする。それが林昌樹なのだ。ひとことで言えば、「大人」。あるいは、「老成」という言葉を使ってもいいかもしれない。

林昌樹には、女の子を見る時の視線にぎらぎらしたものがまったくなかった。

（もしかすると、わたしには女の子としての興味が全然持てないからなのかな）

留津はしゅんとする。でも、向かいあって喫茶店で二人してお喋りをしている時に、林くんの目は何回も輝いた。留津と心が通じ合っているというしるしに思える笑みを、何回も浮かべた。

林くんとは、三年生の秋に、一回だけキスをしたことがあった。「鶴岡」での宴会の途中で、いつものように留津が帰ろうとすると、八王子くんが、

「送っていくよ」

と言ったのだ。留津は手をひらひら振って断った。八王子くんが自分のことを好きであることに、留津は気がついていた。でも、彼に応えるつもりはなかった。

留津が好きなのは、林くんなのである。

けれどその日、八王子くんはいつもより酔っていた。留津が断ると常ならばすぐに引っこむはずなのに、一緒にどんどん靴をはき、留津にもたれかかるようにする。

「八王子先輩、酔いすぎですよ」

林昌樹が言った。昌樹は自分も靴をはき、八王子くんと留津の間に割りこむようにして、駅まで一緒に歩いた。

電車の中で、八王子くんはあっけなく居眠りを始めた。乗換駅で揺り起こされ、おとなしく降りていった八王子くんを見送り、留津は林昌樹と二人きりになった。

「まっ、ついでだから、家まで送るよ」

林昌樹がそう言った時、留津は奇跡が起こったのかと思った。二人で映画を見たりする時でも、林くんが家まで送ってくれることはなかった。

団地までの道は、暗かった。途中の児童公園で、留津は喉がかわいたと訴えた。林くんは、自動販売機でお茶を買った。

二人でベンチに並んで座った。プルリングを引きあげる音が、やたらに大きく感じられた。

「八王子先輩、日下のことが好きだよ。知ってた?」

林くんは言った。

「うん」

留津は小さく答えた。

「どうするの？」

「わたしは、別に好きじゃないから」

そっけない声になってしまう。

「へえ、そうなんだ」

それきり、林くんは黙りこんだ。わたしのこと、冷たい嫌な女だと思ったのかしら。

留津の胸は、どきどきする。空を見上げると、半月がみえた。

「月、明るいね」

留津が言ったのと、林くんがキスをしたのが、同時だった。林くんは、キスがたいそう上手だった。留津にとっては生まれてはじめてのキスなのだから、それが上手なのだか下手なのだか判断などできようはずもないものだけれど、

「酩酊《めいてい》する」

という感覚を、留津は確かに覚えたのである。

キスは、始まった時と同じく、突然に終わった。

「帰ろう」

林くんは言い、立ち上がった。留津も無言で立ち上がる。ついに林くんがキスをしてくれた。留津は心の中で小躍りしていた。そっと林くんに身を寄せ、いつ手をつないでくれるのかと身構えながら、留津は歩いた。でも、林くんは速歩でどんどん行ってしまった。留津の家がどの棟なのか知らないので、林くんは何度も間違った小道へと入りこ

んだ。

その夜、林昌樹は留津とはもう、目をあわせようとしなかった。きっと恥ずかしがっているからだと、留津は思っていたのだ。けれど、次の例会で林昌樹に会った時の、林昌樹の落ち着きぶりと平静さは、留津を不安にさせた。それからも、月に二度ほどのいつものデート――それがいわゆる「デート」というものなのか、それともただの「連れだってちょっと出かけるだけ」なのか、留津は実のところいつも不安に思ってはいたのだけれど――の時にも、林昌樹は留津とのキスのことなど存在しなかったかのような態度をとり続けた。

もしも、林昌樹と知りあったばかりの頃だったら、留津はきっと言えたのだ。わたしのこと、好き？　わたしは、林くんのこと、好きよ、と。

でももう、時間がたちすぎていた。二人の間柄を留津が確認しようとしたとたんに、この三年間に積み上げてきた林くんとの大切な何かが壊れてしまうことを、留津はひどく怖れるようになっていた。

「好きなのにな」

タイガーへの坂をのぼりながら、留津は思う。隣を歩く林くんは、のんびりと何か喋っている。冬の短い日が、もうじき暮れようとしていた。渋谷の街は、いやにざわざわしていた。

一九八八年　ルツ　二十二歳

　卒業研究に明け暮れる日々は、充実していた。ルツはめでたく希望の金田研に入ることができ、前期は毎日夜の七時か八時ごろまで研究室にこもっていた。

　研究室では、いつも何かが音をたてている、というのがルツの最初の印象だった。「超高速」というその名にぴったりな、キーン、という音をたてる超高速遠心分離機。巨大なガラス管の中にびっしりとイオン交換樹脂が詰まっている、純水《じゅんすい》製造装置。さまざまなクロマトグラフィー。小型のインキュベーター。

　それぞれの機械は、機械でありながら、なんだか生きている動物のように、ルツには感じられるのだった。

「うずくまっている遠心くん」だの、「キューベーは、けっこうおちゃめ」だのと、ルツは「なんでも帳」に書きこんだりした。

　それらの、空気の中で常に振動しているような音をだす機械の中にまじって、いちばん自己主張の強いのは、タイマーの音だった。

　金田研に入って、まず四年生たちが買うよう指定されたのは、タイマーと白衣だった。

「白衣はともかく、タイマー？」

みんなは最初首をかしげたが、すぐにその理由を知ることとなる。

生化学実験は、いくつかの過程をへておこなわれる。たいがい最初におこなうのは、実験に使うための水溶液づくりだ。純水に、薬品を一定量溶かして作られる、さまざまな水溶液。その水溶液をつくるには、まず精製水をきっちりはかってビーカーに入れなければならない。それから、てんびんで必要な重さの薬品をはかる。薬品をビーカーに入れ、かきまぜる。

かきまぜる、というのだから、薬匙か何かでちゃちゃっとかきまぜればいいのかといえば、違うのだ。

まんべんなく、偏りがないようかきまぜるために、学生たちはビーカーを攪拌《かくはん》台の上にのせなければならない。そのうえで、ビーカーの水溶液の中に、磁石を内蔵した回転子をぽちゃんと落とす。攪拌台のスイッチを入れれば、回転子は磁石の反作用の原理を利用した装置である攪拌台によって、ビーカーの中でなめらかにまわりはじめ、攪拌を開始するというわけだ。水溶液の攪拌は、たいがい五分から十分間。ここで、タイマーが登場する。

十分の間、攪拌され続ける水溶液をぼんやり見ていても時間の無駄なので、その間学生たちは、次の実験過程の準備をするなり、ノートをとるなり、鼻をかむなり、お手洗いに行くなり、かじりかけのパンをさらにかじるなり、素早く居眠りするなり、といった充実した時を過ごさなければならない。タイマーは、その時間をはかりとるために使われるのだ。

五分後。あるいは十分後。タイマーが、ジーと高らかに鳴る。攪拌完了。スイッチを切り、水溶液を次の実験過程のために、どこかしらへ持ってゆく。実験試料を水溶液の中に浸すために実験台の上を移動させるなり、違う水溶液とまぜるなり、凍らせるために低温室に運ぶなり、するわけだ。

浸し、あるいはまぜ、あるいは凍らせ、あるいは温め、あるいはそのまま放置し、ということごとに関しても、おこなうべき時間はしっかり決まっている。数分。数十分。数時間。それぞれの目的に応じて決まった時間が、タイマーにセットされる。

そして再び、ジーとタイマーが鳴る。次の過程開始。タイマーをセット。ジー。さらに次の過程。タイマーセット。ジー。次の過程。タイマーセット。ジー。

実験過程が最後まで進むと、ここでようやく観察あるいは解析が始まる。

「なんというか、料理？」

というのが、一連の実験過程をこなすことについての、ルツの「なんでも帳」の記述だ。

「ただし、家庭料理ではなく、たくさんコックさんのいる大がかりなフランス料理店のような」

という記述が、続けてなされている。

実験とは、肉体労働なのだ。ということを、ルツは卒業研究の時にはじめて知ったのだ。

こまかな計算や計測結果の分析といった、机の上での作業は、「実験」に費やされる時間のうちの、ほんの一部分でしかなかった。おおよその時間は、すりつぶしたり、のぞきこんだり、機器をセットしたり、様子を見にうろうろしたり、汚れたものを洗ったり、かわかすために乾燥機に入れたり、それを棚に戻したり、なくなった薬品をチェックして補充するための申請をしたり、論文を読むために多大な量の雑誌をよろよろ持ち運んだり、といった、ごく単純な作業をおこなうために使われるのだった。

「実験って、散文的」

ルツは「なんでも帳」に書く。詩的ではなく、散文的なことが、けれどルツは楽しかった。ノルマをこなすように実験過程をぬりつぶしてゆき、成果が出るか出ないかは不明のうちに、どきどきしながら結果を待つことが、愉快だった。

もちろんルツがおこなっていた卒業研究は、金田先生の研究の助けになるのかならないのか判然としない、ごくごく初歩の実験である。自分で実験方法をすべて創造しつつ新しい発見をおこなう、という段階には、学生たちはなかった。料理でいえば、じゃがいもの皮むき、たまねぎのみじん切り、といったところか。けれどルツは、誇らかに「なんでも帳」に書くのである。

「単純なことの積み重なりの隙間から、ある日思ってもみなかった結果があらわれる。働くって、こういうことなのかな」

と。そして、

「ひいては、生きるっていうことも、こんな感じ？」

とも。

植物生理学の研究室に入った渡辺幸宏とは、三年生までにくらべて、会う機会がぐっと減っていた。久しぶりにルツが幸宏と顔をあわせたのは、夏休み少し前の夕刻のことだった。校門のすぐ近くにある中華料理屋で、ルツは冷し中華を食べていた。酢が効きすぎていて、ルツはせきこんだ。いちばん変な顔でせきこんでいる瞬間に、渡辺幸宏が建て付けの悪い入り口の扉をがらりと開けて入ってきた。

「何むせてるの、日下《くさか》」

渡辺幸宏は笑いながら、ルツと同じテーブルに腰かけた。

「へんな顔でむせてる」

「うるさい、ケシッ、ケシッ」

ますます止まらなくなった咳《せき》のせいで、ルツは麺の切れ端を飛ばしてしまった。

「うわ、飛んだ」

渡辺幸宏は、大仰な身ぶりで顔をそむけ、またすぐに顔を戻して大笑いした。

「あれ、珍しいもの、つけてるね」

ようやく咳を止めることのできたルツは、幸宏の首にかかっている細いチェーンをめざとくみつける。幸宏は、首にじゃらじゃら鎖など巻くタイプの男子ではないはずだった。

「それって、もしかして、誰かとのペア？」

ルツは聞いた。

「どうしてわかるの?」

幸宏は、驚いた。実は、ルツには見当がついていたのだ。渡辺幸宏と岸田耀《きしだかがよ》とが、四年生になってからつきあい始めた、という噂を知らない四年生は、ほとんどいなかったのだから。

同じ学科の学生どうしがつきあうことは、それほど稀《まれ》なことではない。だから、誰と誰がつきあおうが、そこまでの広範囲な噂になることはないはずなのだけれど、岸田耀に限っては、違ったのだ。

岸田耀は、「男をだめにする女」だと言われていた。

理科系の女子には珍しい、派手なタイプである。派手といっても千差万別さまざまあるが、岸田耀の派手さには、元手がかかっていた。ようするに、かなり高価な服や装飾品を常に身につけ、肌や髪や爪の手入れも万事おこたりなく、自家用の車で大学に毎日乗りつけ——もしもその時につきあっている男の子が車を持っていたなら、自分の車を運転するかわりに男の子の車で送り迎えしてもらい——、授業や実験が終われば毎日ディスコに繰り出して踊り狂い、そのセックスときたら恐ろしいほどに男をとりこにするので決して離れられなくなり……ともかく、ルツや渡辺幸宏ら質素で生真面目な学生たちと岸田耀とは、一線も二線も画した奇異な存在なのだ、というもっぱらの噂なのだった。

その岸田耀が、どのようにして「男をだめにする」のかという実態については、ほんとうのところ誰も正確には知らず、憶測の範囲を出ることはなかった。

それにもかかわらず、岸田耀とつきあったとされる男の子たちは、

「さんざん尽くしたすえに岸田耀に捨てられて休学してしまった」

「さんざん尽くしたすえに岸田耀に捨てられて廃人になってしまった」

「さんざん尽くしたすえに岸田耀に捨てられて自殺未遂をおこした」

「さんざん尽くしたすえに岸田耀に捨てられて自棄《やけ》になり銀行強盗をおこなってしまった」

と、さんざんな言われようだったのである。

「もしかして、岸田さんとつきあってるの？」

ルツは思いきってはっきりと聞いてみた。

嬉しそうに、渡辺幸宏はうなずいた。

幸宏が注文した中華丼を、店の主人が運んでくる。

「あれ、今日は違う女の子と一緒じゃない。耀ちゃんは、どうしたの？」

主人が、からかうように言った。

「まだ実験が終わってないみたいで」

悪びれもせず答える渡辺幸宏に、ルツは目をみはる。誰かとつきあっていることを、こんなに堂々と開陳できる男の子であるとは、ルツは思っていなかったのだ。そのうえ、どうやら岸田耀と幸宏は、しょっちゅうこの油じみた中華料理屋にやってきているよう

ではないか。

「岸田さんと、ここでデートするの?」

「デートっていうか、耀ちゃんがこの店の餃子が大好きだから」

ルツはまた、驚いた。

岸田耀が、この油じみた店の餃子を好む。噂の岸田耀像とは、かなり異なるではないか。

「ねえ、岸田さんとつきあうきっかけって、何だったの?」

「耀ちゃんの方から、つきあいたいって」

眼鏡の奥の目を三日月の形にして、渡辺幸宏はほほえんだ。

「でも、大変じゃない?」

「何が」

「だって、岸田さんって、お金がかかりそうじゃない」

そんなことないよ。幸宏はあっさりと否定した。幸宏の言うには、同級生たちは岸田耀を大いに誤解しているのだった。

渡辺幸宏が説明することには、岸田耀が男を破滅させるはずなど、決してないのである。その証拠に、今つきあっている自分には、何も不穏なことは起こっていないではないか。岸田耀が高価な衣服に身をかためているのは、たまたまお金のある家に生まれたからにすぎないのだし、夜な夜な遊び回っているという噂も、間違っている……。

説明しながら、幸宏は首にまいたチェーンを指先でもてあそんだ。中華丼を食べつつ、説明しつつ、チェーンをもてあそぶのは、かなり難しいことのように思えたが、たぶんチェーンをもてあそぶ動作は、すでに幸宏の習い性となっているのだろう。

それでは、「男をとりこにするセックス」についてはどうなのだろうかと、ルツは知りたかったのだけれど、さすがにそのことを口にすることははばかられた。

「日下は、恋人とか、いないの？」

今度は幸宏の方が訊ねた。

「いない」

言下にルツは答える。ふうん、という幸宏のくぐもった声に、ルツは少しばかりいらいらした。なんだか、渡辺幸宏が優越感をもっているように感じられたからである。

（いやいや、渡辺くんはそんな人じゃない）

ルツは自分をいましめる。幸宏は、チェーンをもてあそび続けていた。いらいらするのは、幸宏の言葉に対してではなく、その動作になのかもしれなかった。

「ねえ、今度の日曜日って、暇？」

幸宏は聞いた。

「べつに用はないけど」

「あとで電話していい？」

「いいけど、何よ」

「まあ、あとで」

ルツは唐突に立ち上がった。ますますいらいらが高まってきたからだ。冷し中華の代金を素早く払い、ルツは建て付けの悪い扉を勢いよく開け、外に出るとぴしゃりと閉めた。つもりだったが、建て付けが悪いので、きしみながらゆっくりと閉じていっただけだった。

その夜遅く、渡辺幸宏から電話があった。日曜日に、岸田耀とルツと幸宏の三人で、ライブを見に行かないかという誘いだった。

迷ったすえ、ルツは承知した。もしも断ったなら、渡辺幸宏と岸田耀の二人が仲良くしているのを見るのがいやで断ったと思われそうな気がしたからである。

ライブは、うるさいばかりで、ルツの気には染まなかった。けれど、思いがけないことに、ルツは岸田耀のことを、そう悪くはないと感じた。

たしかに岸田耀は、ルツとは違う種類の女の子である。一緒にいると、かすかな違和感もある。でも、みんなが噂するような、やたら華美で空疎な女の子ではないように感じられた。

その後、ルツはおりおり岸田耀と行動を共にするようになる。就職活動が本格的に始まってからは、ことに。岸田耀は、たくさんのことをルツに教えてくれた。これといった伝手《つて》のないルツに、何人かの会社づとめをしている女性の先輩も紹介してくれた。先輩たちは、とても格好よかった。大学院を受けようかどうしようか迷っていたルツは、こうして就職の道に強く心ひかれるようになっていったのである。

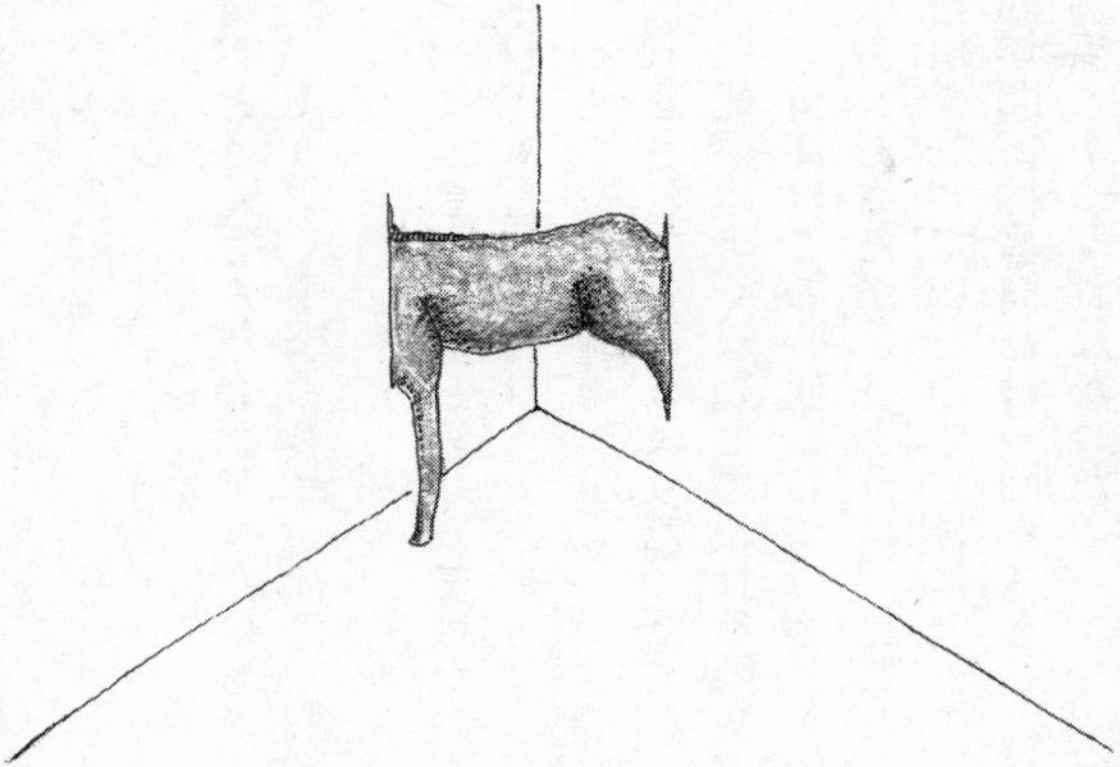

一九八九年　留津《るつ》　二十二歳

就職は売り手市場だとさんざん言われてきたにもかかわらず、留津《るつ》はいくつもの会社の試験に落ちたすえ、ようやく中堅の薬品会社に一般職で入社することができたのだった。

ほんとうは、マスコミか金融関係をめざしていたのだけれど、すぐに臆して考えこんでしまう留津は、木村巴《きむらともえ》も言うとおり、

「ちょっと、暗いのかも」

と、面接のたびに判断されてしまうようだった。

留津よりも明らかに成績はよくないと思われる同級生たちが次々と内定を重ねてゆくのを横目で見ながら、留津はこの時代としては珍しく就職に苦労したのである。

やっぱりわたしはおかあさんが言うように、見どころがない人間なんだ。

留津はすっかり自信を失っていたので、林昌樹《はやしまさき》への恋心はしばらく棚上げされていた。結局、大学時代の四年間、林昌樹とは一回キスをしただけで、つきあっているのかもさだかでないような関係しかつくれなかった。

会社に入ったとたんに、母の雪子《ゆきこ》は留津に見合いをしろと言いはじめた。

見合いをするということはすなわち、入ったばかりの会社を辞める準備を始めるということではないかと、留津は内心大いに反発をおぼえた。けれどそれでは、会社生活は留津にとってどんなふうだったのかといえば、

（なんだかわたし、なじんでいない）

というていたらくだったのである。

たとえば、研修旅行の時に宿舎で同室だった同期の女子。同じ一般職入社、同じように女子大出身なので、留津は彼女に親しみを抱いたのだ。しかし、彼女の方はそうではなかった。

「日下《くさか》さんって、江戸女子大出身なの？」

見下したように、彼女は言うのだった。見下したように、というのは自分の勘違いで、たんにそのような喋りかたをするだけの人なのだと、最初留津は思おうとした。でも、そうではなかった。

研修期間中、彼女は留津以外の男子にも女子にも、留津に対するような見下したもの言いは決してしなかった。

研修の最後の夜の打ち上げの時にも、留津はにぎわっている同期たちの中にうまく入ってゆけなかった。男子たちは、留津の知らない言葉で喋っているように感じられた。

何しろ留津は、中学から大学まで女子しかいない学校で育ってきたのだ。大学では、林昌樹の大学の文芸部に参加することがたまたまできて、何人もの男の子たちと喋ったり

お酒を飲んだりもしたけれど、そこでの話題はあくまで文学がらみのものだった。ところが、会社ではそんな話題は、切れ端ほどもかわされることはないのだった。むろん研修時間の最中ならば、それが当然だろう。けれど、研修の合間の休み時間や宿舎に帰るみちみちの息をつく時間になっても、女子たちは流行の服や化粧品や行ってみたい店の話しかしないし、一方の男子たちといえば、会社のどの部署の上司がどうで、あの業界のあの仕事をしている誰がこうで、というような話ばかりをしている。

研修が終わって、決まった部署に配属されたなら、また違うだろうかと、留津は少しばかり期待していた。

同い年の、これから社会にうって出ようという野心にたぎった同期たちと違い、それぞれの部署にはさまざまな年齢や経験の先輩たちがいるに違いない。そこでなら、留津と心の通じ合う人が少しは見つかるかもしれない。

けれど、その希望もじきに打ち砕かれることとなる。

会社は働くところであって、友だちをつくるところではない。ということを、留津は知らなかったのだ。かなり、うかつなことである。

たとえば、会社で女たちが集うことを余儀なくされる給湯室（留津のような一般職ではない総合職の女子でも、給湯室でお茶くみをすることは、外資系の企業でもないかぎり当時必定《ひつじょう》だった）での会話で大切なのは、「面白い」ことではなく、「共通のもの」であることだった。気に染まなければさっさと距離を置けばよかった学生時代の人間関係とは違い、会社の人間関係は少なくとも就業時間中ずっと続くのだ。クラス替えもなければ、席替えもない。

同僚の誰かしらと、深くつっこんだ会話をおこなう関係性を築くことができる可能性が、全くないとはいえなかったけれど、いったい誰と深い関係性を持てるようになれるかということを判断するのには、ひどく注意深い観察と判断が必要となる。

留津には、そこのところが、よくわかっていなかった。とんちんかんな人。というのが、留津に対して会社の人たちが得た印象である。

留津は心根が真面目だから、仕事は懸命におこなった。仕事中はいいのだ。けれど昼休みや、ときおりある飲み会では、留津はいつもみんなから浮きあがっていた。無遠慮な上司が「恋人とか、いるの?」などと聞いた時も、留津は上手にいなすことができなかった。黙りこみ、うつむいてしまう留津に、その次に何かを話しかける者はいなかった。

八月のある日曜日、留津はとても暇だった。母に頼まれた団地の草むしりの係を午前中に終え、午後は部屋の掃除をし、ブラウスやスカートにアイロンをかけ、残暑見舞いを木村巴に書き、それでもまだ午後の三時だった。

休みの日に出かける相手も、留津にはいないのだった。

お見合いをしてみようか。

留津は、はじめて本気で思った。お見合いをして、結婚をして、子供を生んで。

自分の結婚生活のことなど、ほんとうのところ、想像もつかなかった。父と母と弟の高志《たかし》のいるこの家のような家庭を、自分も今につくるのだろうか。

小さい頃、砂場で渡辺幸宏《わたなべゆきひろ》くんと結婚の約束をした時には、留津は自分が結婚するのはあたりまえのことだと思っていた。けれど、その頃のことなど、留津はまったく覚えていない。

林くんとちゃんとつきあうことができていたなら、結婚をしたいと熱望したのだろうかと、留津は自問する。

わからなかった。

いったい自分は、今まで何をしてきたのだろう。留津は、居ても立ってもいられなくなる。林くんに会いたかった。なぜ学生時代、自分はあんなにぐずぐずしていたのだろう。なぜ林くんに、好きだと言えなかったのだろう。

留津は、林くんの電話番号を思い浮かべる。大学時代には、何回もかけた番号である。日曜日の午後三時、林昌樹は家にいるだろうか。

リビングに、留津は出てゆく。母の姿は見えなかった。もしも母がいたなら、きっと留津はすぐに部屋に戻ってしまったことだろう。学生時代から、林昌樹と留津が電話をすることを、母はなんとなくいやがっていた。口に出して母が言うわけではなかったが、留津にはわかっていた。

急いで、留津はダイヤルをまわした。会社の電話はプッシュホンだったけれど、家の電話は黒くて旧式のダイヤル型である。ダイヤルが戻る時間が、いやに長く感じられた。呼び出し音が鳴り始めると、留津の腕には鳥肌がたった。林くんに電話をかけるのは、大学を卒業してから初めてだった。

林昌樹は、いた。

「やあ」

という、聞き慣れた林くんの声を耳に受けたとたんに、留津は涙がにじみそうになってしまう。翌週の日曜日に昼ごはんを一緒に食べる約束を、留津はとりつけた。電話を切ってから自分の腕を見ると、まだ鳥肌がたっていた。暑い日だった。蟬《せみ》が、ジージーと限りなく鳴いていた。

一九八九年　ルツ　二十二歳

いくつかの企業の内定もとれていたし、岸田耀《きしだかがよ》が紹介してくれた颯爽《さつそう》と企業で働いている先輩たちへのあこがれもあったのだけれど、結局ルツは研究所に勤める技官の職を選ぶこととなった。

研究所の技官の職を紹介してくれたのは、金田《かねだ》教授だった。

「君は、大学院には進学しないのかね」

ルツは金田研の中でもことに熱心に実験をおこなう四年生だったので、金田教授はルツが引き続き大学に残るかと期待していたようなのである。

むろん大学院に行く道も考えたのだけれど、母の雪子は、家計の面からあまりいい顔をしなかったし、父の方は「女の子はそんなに勉強しなくていいんじゃないか」という、旧弊《きゅうへい》な価値観を突然持ち出したのだ。

ルツは一瞬、反発をおぼえるあまり、

「大学院に絶対に行きたいの」

と言いかけようとしたところを、やっとのことでこらえた。卒業研究をおこなってみて、ルツは気がついていたのだ。自分が研究者には向いていないということに。

なにしろ、研究者たちというものは、岸田耀の言葉を借りるなら、

「たいがい変人よね。あ、いい意味でね」

なのである。「いい意味で」という慮《おもんぱか》りの言葉は、なんならナシにしてもいいくらいのもので、それはつまり、研究者は集中力やすぐれた直観力を、ありていにいえば「変人」になるほどたくさん持たねばならぬ、ということなのである。

ルツには、そんなものは、なかった。それは少しばかりくやしいことでもあったけれど、安穏なことでもあった。

「就職しようと思っています」

ルツは金田教授に答えた。

「一般企業かね？」

「はい」

「でも君の手は、実験にとても向いているから、少しもったいないね」

実験に向いている手、という表現に、ルツは少し笑った。たしかに、研究室でおこなわれるさまざまな実験のすべてに、きちんとした結果が出るとは限らなかったが、ルツがおこなう実験には、たいがいきちんとした結果が残るのだった。

卒業研究を始める前までは、どんなやり方をしても実験には何かしらの結果が出るものだと、ルツは思っていたのだ。けれど、違っていた。同じ手順の実験でも、おこなう者によっては、うまく結果が出ないことも多いし、たとえ結果が出ても、再現性がないものであることも多かったのだ。

ルツが考え、おこなった実験は、きちんとした結果が出たばかりではなく、再現性も高かった。そのような者の手を、「実験に向いている手」と、金田教授は表現したのだ。

「どうだろう、国立山際《やまぎわ》科学研究所で技官を捜しているんだけれど、君は行く気はないかね」

国立山際科学研究所、略して山研の入り口には、大きな銀杏《いちょう》の樹があった。ルツが山研を最初に訪問したのは大学四年生の初秋で、銀杏はまだまだ黄葉しておらず、豊かに緑の葉を茂らせていた。戦前からの建物はいい具合に古び、広い構内には多種の灌木や樹木が植えられていた。

金田教授に紹介された研究室は、構内の一番奥まったところにあった。広い階段を二階にのぼると、廊下の両側には雑然と機器類が置かれていた。教授室の入り口の壁には何人かの名前を書いた木札が下がっており、その半分くらいが裏返り、半分が表を向いている。教授室のドアは開放されていた。ルツが声をかけると、白衣を着た浪川《なみかわ》教授がふらりと椅子から立ち上がって、ぼんやりとした表情でルツの方に歩いてきた。実験室を案内してくれている間も、浪川教授は上の空だった。何人もの男女が実験台に向かい、作業をおこなっていた。ルツの大学よりも、実験室は年季がいっていた。やはり自分に一番向いているのは、企業のオフィスよりも実験室のこの独特な薬くさい空間なのかもしれないと、ルツは強く感じた。

こうしてルツは、大学を卒業した年の四月から、山研で技官としての第一歩を踏み出したのだった。

山研での技官の一日は、まず教授室のすぐ前の廊下に下げてある自分の名札を表がえすところから始まる。次に廊下に置いてあるロッカーに上着をかけ、白衣を取り出して着る。教授室の隣にある小部屋に、ルツの机はあった。夜型の浪川教授は、ルツが帰る時刻になってはじめてエンジンがかかるというふうだったので、ルツが出勤する時刻にはその姿を見ることはめったにない。

ルツの机の上には、真夜中まで作業をしていた浪川教授のメモがのっている。いくつかの指示に従って、ルツは仕事を開始する。仕事は、多岐にわたった。事務仕事もあれば、実験動物の世話もあれば、本格的な実験もあった。教授の昼の弁当を注文するのもルツだったし、大学院生たちの輪読やゼミのための準備もおこなった。

「ようするに、なんでも係なの」

土曜日、西麻布のカフェバーで岸田耀と食事をしながら、ルツはぼやいた。

「ふうん、大変だね」

「でもまあ、けっこうあたし、向いてるかも、こういう仕事」

ルツは技官の仕事に満足していた。さまざまに心を砕かなければならない仕事だったけれど、自分のペースでできる仕事でもあった。そして、研究に没頭するあまり、日常のあれこれに関してたいがいは上の空になりがちな浪川教授は、日を追うごとにルツの気働きを頼りにするようになっていた。

「そっちは、どう」

ルツは岸田耀に聞く。岸田耀は、主に理系の本を出版する会社に入社したのだ。

「なんか、地味」

岸田耀は肩をすくめた。著者も地味だし、仕事も地味、社屋も地味で、同僚も地味。地味地味地味づくしよ。岸田耀は笑った。

「その服装でいつも出勤するの？」

「ううん、紺色や灰色のスーツ着てる。たまに著者の大学の先生とかに会いに行く時に驚かれるからって、先輩に注意された」

あいかわらず岸田耀の服装は派手で、雰囲気も、ルツの内心の形容によれば、「びらびら」していた。昆布のような長い髪や、動きのとれなさそうなぴったりした服や、でこでこと輝く飾りが凶器になりそうなバッグを、よくも岸田耀はうまく扱っているものだと、いつもルツは感心してしまう。

「ねえ、好きな人とか、できた?」

岸田耀は聞いた。ルツは首を横にふる。

「耀は、渡辺くんとは、どう?」

「うん、なかよしなかよし」

岸田耀は幸せそうにその昆布のような長い髪を揺らした。

「ねえ、今度ダブルデートしない?」

岸田耀がルツに聞く。

「ダブルデートって、あたしには恋人、いないもん」

「兄貴が、ルツに会ってみたいって」

岸田耀には兄が一人いるということを、そういえばルツはいつか聞いたことがあった。たしかどこかの銀行に勤めていたような記憶があった。

「兄貴、今フリーなんだ。けっこう三高だし」

ふうん、とルツはあいまいに返事をした。岸田耀のことは好きだったし、渡辺幸宏との仲も応援していたけれど、岸田耀のところのような豊かな家庭に育った男性とつきあうのは、少しばかり気ぶっせいだった。世の中では、当時女は「三高」、すなわち、高学歴・高収入・高身長、とやらの男を求める風潮があるとされていたけれど、ルツにはどうもぴんと来なかった。だいいち、学歴と収入は因果関係がありそうだから並べるのはわかるけれど、そこにもう一つ、まったく因果関係のない身長が並ぶ不条理に、ルツはつい笑ってしまう。

「もっと人生を楽しもうよ」

岸田耀は言い、ルツの顔を覗きこんだ。ルツは少々心外だった。ルツはじゅうぶんに今の仕事を楽しんでいる。恋人がいなくても毎日は楽しかったし、かといって恋愛というものを拒否しているわけでもない。ルツは、生きているだけで、楽しかったのだ。健康で、食べものがおいしくて、戦争もなくて、おまけに自分の収入もある。けれど、そのことを誰かに説明しようとしても、うまくゆかないことは、なんとなくわかっていた。なんだかどこかの年寄りみたいなこと言ってるのね、若さが足りないんじゃない？　というくらいの一言で終わってしまうにちがいないのだ。

「うんまあ、耀のお兄さんなら、行く」

ルツはおとなしく、答えておいた。

一九九〇年　留津　二十四歳

このところ、留津は会社での日々が少しだけ過ごしやすくなっていた。

それはなんといっても、林昌樹のおかげだった。まだ留津が会社に入ったばかりだったあの八月、久しぶりに会った林昌樹は、留津に一つの助言をくれたのである。

「日下《くさか》はさ、全部を一つのところに求めすぎなの。一つの場所は、たくさんいる自分の中の一人しか満足させてくれないもんだよ」

林昌樹のその言葉の意味が、留津には最初よくわからなかった。

「たくさんいる自分？」

「うん。日下って、自分の中には、一人の自分しかいない？」

留津は驚いた。一人の自分。たくさんの自分。そういえば、大学時代、文芸部の機関誌「門」に、林くんが「たくさんの自分」をテーマにした小説を書いたことがあったことを留津は思いだした。その小説の中で、林くんの描く主人公は、自分の内なる複数の分裂した自我について、深く悩み苦しむのだった。

「あの小説の最後、主人公はどんなふうになるんだっけ」

留津は思わず、聞いた。

「べつに。その後もたんたんと生きていくだけ」

会社には、仕事をしてお金をもらって生計をたてたい、と願っている自分を満足させてもらえばいい。そうでない幾人かの自分は、ほかの場所に満足を求めるべきなのだ。林くんは言うのだった。

以来、留津は会社に「心の友」を求めなくなった。と同時に、留津と林昌樹はまた時々会うようになったのだ。こうして、留津の林くんへの恋心は、はっきりとよみがえったのであった。

それからの留津は、ねばった。ファッション誌を研究して柄《がら》にないおしゃれをし、「恋愛論」の類を何冊も買ってきては読みふけり、林くんと会う時にはできるだけ明るくふるまい、雑誌に載っている「男をその気にさせる方法」に従ってさりげないボディータッチや効果的とされる相づちにつとめた。やはり留津は、心根が真面目なのである。それらの努力がかえって恋愛を遠ざけるものなのかもしれないということも、留津にはうすうすわかっていた。でも、ほかの方法を思いつくことはできなかった。

留津の努力にもかかわらず、あんのじょう林昌樹は以前と同様、留津との距離を縮めようとはしなかった。

会社に入って二年めの冬に、留津はとうとう賭けに出ることにした。どうにかして、林くんと二人きりで旅行に行こうと企てたのである。

箱根のペンションの予約を、留津はとった。ロマンスカーの切符も買った。途中で寄るべき場所の下調べもたんねんにおこなった。そして十一月の最後の日曜日に、留津は林くんにきりだしたのだ。

「ねえ、年末、温泉に行かない？」

十中八九、留津は断られるだろうと思っていた。ところが、林昌樹は、かんたんに承諾した。

「いいよ。温泉、大好きだし」

十二月二十九日のその日、空はよく晴れていた。風は冷たかったが、空気は澄んで身がひきしまるようだった。手作りの弁当を作ろうかどうしようか留津はさんざん迷ったすえ、作らないことに決めた。

「手作りのものは重い」という内容のことが、「男の子のハートキャッチ法」には書いてあったし、母の雪子はいつも留津のつくるおかずがちっともおいしくないと貶《けな》す。危ない橋を渡らないにこしたことはない。

林昌樹は、珍しくはしゃいでいた。ロマンスカーの背もたれを倒したり戻したりし、新宿駅で買った留津の弁当の唐揚げをつまみ、かわりに自分の弁当の椎茸《しいたけ》の煮付けを留津によこし、

「だって、椎茸って、苦手なんだもん」

と言い訳した。林くんの「だもん」という語尾に、留津はうっとりした。そのような、甘えたふうなくちぶりを、それまで林くんがしてくれたことがあっただろうか。

宿には、夕方に着いた。彫刻の森美術館のひろびろとした庭も、富士屋ホテルでの午後のお茶も、何もかもが素敵だった。林くんは優しかった。留津の荷物を持ってくれ、道がでこぼこしたところでは手を引いてくれた。

「お部屋は、二階のつきあたりです」

と、ペンションの受付で鍵をさしだされた時、留津の胸は大きく動悸《どうき》を打っていた。もしも、ここまで来て林くんが同室を断ったら、どうしようかと思っていたのである。林くんは、なんでもないことのように、部屋の鍵をあけた。ツインのベッドが目にとびこんできた時、留津の胸の動悸は最高潮に達した。

「部屋、一緒でよかった？」

留津は、小さな声で聞いた。

林くんは、何も答えずに、荷物をベッドの上にすとんと置いた。

林くんは、そのまま留津の方は見ずに、洗面所に入っていった。ジャーと水を流す音がし、ガラガラというがいの音が続いた。

まるで家に帰ってきてくつろいでいるところのようだと、留津は思った。これは、いい兆候なのだろうか。それとも。

留津は、固くなったまま、ベッドに座った。それから、あわてて立ち上がり、窓際に置いてある小さな椅子に座りなおした。

「日下も、手、洗ったら」

洗面所から出てきた林くんが言った。留津はあせってななめに踏みだそうとして、足がもつれた。ころびそうになった留津を、林くんがささえた。

「部屋、狭いから、すぐに手が届いたよ」

なんでもないふうに、林くんは言った。留津は顔が上げられなかった。林くんの息が留津のつむじのあたりにかかっていた。

「夕飯、何時だっけ」

「六時」

緊張のあまり、怒ったような口調で留津は答えた。

「じゃあ、もうすぐだ」

林くんはつぶやき、留津から離れた。

言わなくちゃ。留津は思う。ちゃんと、言わなくちゃ、林くんが好きだって。

「食堂に、森の絵が飾ってあったよ。見てみない?」

留津のはやる気持ちを見透かしたように、林くんは言った。急いで手を洗った留津は、林くんと二人してよりそうように食堂へと下りていった。

ペンションの主人が描いたという森の絵は、不思議な絵だった。いったいそこは、どこの森なのだろう。見慣れないかたちの葉を茂らせた木々が、どこまでも続いている。けもの道なのだろうか、かすかな踏み跡のある小道があり、見知らぬ鳥が空を飛んでいる。

何枚もの絵の、あるものには動物の姿があった。その動物は、馬のようにも見えたが、留津の知っている馬の姿とはなんだか異なっているような気もした。胴体は細長く、どれもけぶった霧の中に浮かんでいるようで、模糊《もこ》としている。

「森へ行きましょう、だね」

林くんがつぶやいた。

留津は驚いた。大学一年の間いっぱいかけて書いた、そのつたない留津の小説のことを、林くんが覚えているとは思ってもみなかったからだ。

「日下のあの小説、好きだったんだ」

林くんは言い、留津の顔をじっと見た。

「下手な小説よ」

「うん。そうだけど、好きだった」

好きだった、という林くんの言葉に、留津は一瞬天にも昇る心地になった。けれど、どうしてだろう、次に来たのは、いやな予感だった。

「食事、しよう」

いつの間にか、食卓には泊まり客のための食事が用意されている。留津と林昌樹は、隅のテーブルに向かい合って座った。食事は、とどこおりなく進んだ。林くんは、なんだか少し沈んで見えた。留津も、言葉少なだった。

部屋に戻ると、林昌樹は煙草を取り出した。

「煙草、吸うんだっけ」

「たまに」

林くんは低く答えた。

そのすぐあとに、林昌樹が留津に打ち明けたことは、留津にとっては思いがけない内容のはずだったけれど、同時に、ずいぶん以前から自分がそのことをよく知っていたようにも、留津には感じられたのだった。

「ごめん。ぼく、どうしても女の子を愛することができないんだ」

林昌樹は、打ち明けたのである。

「日下のことは、大好きだよ。日下がぼくのことを好いてくれているのも、知っている。応えられなくて、すごく悲しい。だってぼく、日下のことが、ほんとうに好きだから。でも、恋愛は男としかできない」

うん。留津は、答えた。うん。うん。そんなことない。まさか。うん。うん。わかってる。うん。うん。だいじょうぶ。うん。うん。気にしないで。うん。うん。うん。うん。

何回、「うん」と、留津は言っただろう。ただうなずくことしか、留津にはできなかったのだ。

林昌樹は、八王子《はちおうじ》先輩のことが、ずっと好きなのだと、打ち明けついでに告白した。

それから、男の子しか愛せないと気がついたのは、高校生の頃だったとも。

「わたしにキスしたのは、なぜ？」

大学の頃の、ただ一回だけのキスのことを、留津は思いきって訊ねてみた。

「ごめん」

林くんは言った。

「あの時は、八王子先輩が……」

そうだ。あのキスは、八王子くんが、無理に留津を送ってこようとした夜のできごとだった。

すべての謎が、その瞬間、一気に解けてしまった。

「ひどい」

知らぬ間に、留津の目からは涙がこぼれ落ちていた。

「わたしは、八王子先輩のかわりだったの？」

「ちがう。いや、ちがわないのかも。でも、ちがう。なんだかぼくにも、よくわからないんだ」

林くんはうめいた。

「じゃあ、なんなのよ」

留津は林くんをにらんだ。そんな強い視線を、自分が誰かにおくることができるとは、それまで留津は思ってもみなかった。自分は今、とても怖い顔をしていると、留津は思った。

「ごめん、ほんとうにわからないんだ」

それから何年も、いや、何十年もの間、留津はしばしば林昌樹のその時の心境を想像してみることとなる。

まだ二十代の頃は、林昌樹に対する憤りばかりがまさっていた。三十代にもなると、林昌樹はそれほどひどい男の子ではなかったのではないかと思うようになる。そして四十代、留津はようやく林昌樹の心境の一端を、想像できるようになるのだ。

林昌樹はたぶん、ほんとうに、よくわからなかったのだ。なぜ留津にキスしてしまったのか。留津を傷つける結果になるとわかっていたのに。そして、八王子先輩のことも、同時に傷つけることとなることもじゅうぶんにわかっていたのに。

林昌樹は、たちすくんでいたにちがいない。あんなになめらかに世界に対処しているように見えた若き林昌樹だったけれど、あれはきっと、林昌樹がようやく編み出した、世界への処し方だったのだ。

自分というものをなかなか受け入れてくれない世界への、林昌樹なりの精一杯の処し方。

それが、あのなめらかな物慣れた優しい態度だったのだ。

「ふしぎ」

四十代の留津は、思い返すこととなる。

「今ならわたし、林くんに共感することだって、きっとできる」と。

しかしそれは、ずっとずっと後のことである。その時二十四歳の留津の心境たるや、嵐の海にうかぶ小舟と形容すればいいのか、あるいは猛獣に腕一本くらいを食いちぎられたばかりのところといえばいいのか、ともかく荒れ狂うような悲しみと、深い絶望にのみこまれんばかりだったのである。

その夜、留津は明け方まで静かに横たわって、隣で眠っている林昌樹の寝息を、ずっと聞いていた。荒れ狂う心の内はあかさず、留津は結局、ただ黙ってほほえみ続けることを選んだのだった。ゲイである自身をかかえ続けてきた林昌樹の大変さのことも、留津は不完全にだけれど、想像することができたのだ。林昌樹にも、悲しみがあることを、留津はちゃんと理解していた。自分の悲しみとはずいぶん違うにしても。

留津に秘密を打ち明け終わった林昌樹は、深く眠っていた。留津は一晩じゅうまんじりともせず、天井を眺めあげていた。時おり、あおむけになっている留津の目の横を、涙がつうっと流れた。拭く気にもならないので、乾いた涙で肌がごわごわしていた。

ペンションの食堂に飾ってあった絵を、留津は明け方にぼんやりと思い浮かべた。あの、馬のような、馬でないような動物は、ああして永遠に森の中にいるのだろうか。あの動物の背にまたがって、森の奥へ奥へと行ってしまいたかった。今もまだ、林くんのことが好きだった。だからこそ、森の奥へ、さらに奥へと、行ってしまいたかった。

林くんは、いつまでも友だちでいてほしいと言っていた。

友だち？

いいですとも、友だちになってあげましょうとも。

何かに復讐《ふくしゅう》するような気持ちで、留津は決意する。明日の朝は、林昌樹にちゃんと「おはよう」と言おう。それは、好きになってもらうための甘やかな「おはよう」ではなく、友だちになってしまったしるしの、明瞭な「おはよう」であるはずだ。

さよなら。留津は心の中でとなえる。

さよなら、林くん。さよなら、わたしの恋。さよなら、今までのわたし。

こうして、長引いた留津の片思いは、終わりを告げたのであった。

一九九二年　ルツ　二十五歳

岸田耀と渡辺幸宏の結婚式の二次会の幹事を引き受けたのはよかったのだけれど、幹事の仕事がこんなに忙しいものだとは、ルツは想像もしていなかった。

「ほんとうは、ディスコを貸し切りにしてもらって一晩中踊り明かしたいんだけど」

と、最初のうち耀は言っていた。

「本気?」

ルツは思わず聞き返した。耀は真面目な顔で一回深くうなずいたあと、肩をすくめ、

「本気だけど、ま、やめておく。一晩中だと、幸宏くんが疲れちゃうだろうし」

と答えた。

ディスコの貸し切りは実現しなかったけれど、代わりに六本木にある有名なイタリアンのお店を貸し切りにすることとなった。

「あそこ、兄貴が好きだから、ルツも行ったことあるでしょ？」

耀は聞いたけれど、ルツは一度も行ったことがなかった。

「映《はゆる》さんとは、居酒屋とかしか行かないもん」

「え、兄貴、居酒屋なんかに行くの？　あのトレンド好きの兄貴が？」

「うん」

ルツはおとなしく答えた。たしかに、耀の兄である映は、はやりのイタリアンやらはやりのフレンチやらはやりのディスコやらが好きなようなのだけれど、なぜだかルツとは安価で手頃な店にばかり行くのだ。

映とルツがつきあい始めたのは、二年ほど前からである。岸田耀と渡辺幸宏と岸田映とルツの四人が「ダブルデート」をしたのが、三年ほど前。それからすぐさまつきあい始めたわけではないのだけれど、時おり映がルツに電話をかけてくるようになり、そのうちに会う回数もふえ、やがて手をつなぎ、キスをし、ホテルにも行く、という、恋人どうしらしき共同作業もとどこおりなくおこなわれ、今では「つきあっている」という言葉に適合する関係になっているのである。

「つきあっているという言葉に適合する関係」

ひどくまだるっこしい表現である。

なぜ自分は、岸田映と「つきあってるのだ」と、素直に考えられないのだろうと、ルツはいぶかしむ。

岸田映のことは、好きだ。熱烈に愛する、というのではないけれど、彼との時間を、ルツは大切にしている。岸田映だって、ルツのことを（たぶん）好いていてくれる。ルツと一緒に過ごしている時の岸田映は、いつも楽しそうに笑っている。

「とり澄ましたタイプの兄貴が、こんなにリラックスしてるところを、初めて見たわよ」

最初に「ダブルデート」をした時に、岸田耀はルツにささやいたくらいだ。

それなのに、なぜだかルツは、自分と岸田映の関係が、尋常な恋人同士のそれとは少しばかり異なっているように思えてしかたがないのだ。

「異なっている」に関しての根拠となるこまかな違和感は、いくつかある。けれど、これといった決め手になる根拠は、なかった。強いて言えば、耀の言った、

「え、兄貴、居酒屋なんかに行くの？　あのトレンド好きの兄貴が？」

という言葉が手がかりになるかもしれない。

なぜ岸田映は、彼の好きな、はやりのイタリアンなりフレンチなりディスコなりに、ルツを伴わないのだろう。

もしかすると、岸田映は、そのような場所にルツはふさわしくないと思っているのではないか。

ルツは、ひそかにそう勘ぐっているのだ。

そういえば岸田映は、コンタクトレンズを使用してみてはどうかと、何回かルツにすすめたことがある。眼鏡よりも、コンタクトにした方が、ルツは可愛くなるんじゃないかなあ。そんな言いかたで。着る服を違うものにするようにすすめたことも、あった。耀みたいな服を、ルツは着ないの？　そんな表現で。

まさか。その時ルツは笑いとばしたものだった。耀の着るような戦闘服めいた派手な服を、ルツは基本的に好まない。眼鏡は大学に入学した時に新しくしたものを今もずっとかけているし、服はしめつけの少ないものを必ず選ぶし、髪も高校時代からずっと同じ、ショートボブ、というより、短いおかっぱ、と言った方が似合うかたちだ。

そうだ。岸田映にとって、ルツは「戦闘用」の恋人ではないのだ。「くつろぎ用」の恋人とでも言うべきか。あるいは「脱力用」とでも？

不思議な兄妹《きょうだい》だなと、ルツは思う。妹の岸田耀の方だって、耀とはあまりつりあわなく思える渡辺幸宏、流行にはしごく無頓着で茫洋《ぼうよう》とした幸宏と、つきあっている。それならば、兄の岸田映が、幸宏と同じようなタイプの薄味で地味なルツとつきあうのも、むべなるかな、なのかもしれない。

けれど、岸田耀が手放しで渡辺幸宏を慕っているさまと、岸田映がルツとつきあっているさまは、どうもなんだか、違う感じがするのだ。

もしかすると、岸田映は、自分以外の女ともつきあっているのではないか。ルツは、疑っていた。

「二次会の出欠、ようやく全部そろったわよ」

ルツは岸田耀に言った。出席者は全部で六十七名。かなりたくさんである。幹事はルツ一人ではなく、大学の時の同級生だった八王子くんと二人でやっているのだけれど、会社が忙しいとかで、ほとんど当てにならない。八王子くんは一浪で入ってきたので、年は一つ上だ。ひょろひょろと頼りなくて、でも人好きがするタイプだ。

「あたし、一年の頃は、八王子くんに片思いしてたんだ」

いつか耀が言っていたので、ルツはびっくりしたことがある。つくづく、自分とは男の趣味が違うなあと、感心もした。

耀と渡辺幸宏の結婚式は、六月の第一土曜日にとりおこなわれる予定である。それまでに思いきり遊んでおくのだと、耀は張り切っている。

「ねえ、今度ジュリアナ東京に行こう」

耀は言うのだった。ジュリアナ東京というディスコのことを、ルツは聞いたことはあったけれど、もちろん行ったことはなかった。

「お立ち台で踊り狂うのよ」

「そんなところに着ていく服、あたしは持ってないって」

「貸したげる。ルツ、けっこう似合うと思うのよね」

耀はうけあった。

山研での地道な毎日と、居酒屋でのささやかで充実した時間をこよなく愛するルツだったけれど、好奇心はたっぷり持ち合わせている。だから、一回くらいは「ディスコ」とやらに行ってみるのも、まあ、やぶさかではなかったのだ。

結婚式の二次会の最後の打ち合わせと称して、岸田耀がルツをジュリアナ東京へと連れていったのは、耀と渡辺幸宏の結婚式の十日前だった。

ルツの服は、約束どおり、耀が貸してくれた。髪も耀が念入りにブローしてくれ、コンタクトレンズにしろと言い張る耀をようやくしりぞけることはできたのだけれど、それならば眼鏡は絶対にはずしておくことと約束させられた。

当日、ルツは耀の家からタクシーでジュリアナ東京まで行った。

「もったいない」

とルツは言ったのだけれど、

「独身生活最後のぜいたくだから。幸宏くんのお給料、あんまり高くないしね」

と耀に頼まれて、しかたなくタクシーに乗った。ルツの勤めている山研の人たちは、ディスコにも行かないし、タクシーなど使わない。渡辺幸宏がタクシーを安易に使用している姿も、想像しがたかった。

岸田耀は、渡辺幸宏と結婚して、うまくやって行けるのだろうかと、ルツは心配になる。

「大丈夫、あたし、こうみえて、そんなに贅沢《ぜいたく》じゃないのよ」

ルツの内心の声を聞きとったかのように、耀は言った。

タクシーをおりると、異様な光景が目の前にあった。岸田耀とそっくりの、髪が昆布のような女たちが、肩パッドのぎちぎちに入ったミニのワンピースを身につけ、練り歩いていた。いや、べつに彼女らは「練り歩いて」いるつもりはないのかもしれないけれど、ルツにはほとんど区別のつかない、そっくりに見える彼女たちが、いっせいにジュリアナ東京のエントランスをめざして闊歩《かっぽ》してゆくさまは、やはりどうにも「練り歩いて」いるようにしか見えないのだった。

おそれていた服装チェックも無事に済み、巨大な入り口へと吸いこまれたとたんに、大音量が鳴り響きはじめた。

「どう?」

岸田耀が、嬉しそうに聞く。

眼鏡を禁止されたルツの視界は、ぼやけていた。まばゆい光と、勢いのある音。踊っている人たちの熱気と、アルコールと煙草の匂い。

「すごいね」

ルツは、おずおずと答えた。

それからは、どうやって時間が過ぎていったのか、ルツはよく覚えていない。見ようみまねで踊ってみたり、声をかけてきた男に向かって手をひらひらふって断ったり、それではだめだと言う耀に引っ張られて見知らぬ男と向かい合って踊ったり、名前のよくわからない甘いカクテルを飲んだり、お立ち台とよばれるところで、希望通り「踊り狂っている」耀をぼんやり眺めたり——夜は更け、ずっと大きな音を聞きつづけた耳ははばかになり、ただでさえ怪しい視界はますます朦朧とし、気がつくとルツは一人でシートに腰かけていた。

　岸田耀がまだお立ち台で踊っていることを確かめ、ルツは耀が貸してくれた、ものの役に立ちそうにないほど小さなバッグから、眼鏡を取りだした。ゆっくりとつるを広げ、かける。

　一瞬ののちに、すべてのものが輪郭を取り戻した。台の上で踊っている耀は、生き生きと汗を散らしていた。ルツのすぐそばでべったりとくっついているカップルは、うねうねとした面白い曲線を描いていた。踊っている人たちの顔も、はっきりと見えるようになった。どの人も熱を帯び、表情をくるくると変え、くっついたり離れたりしつつ、群れていた。

　ルツは興味深くホール全体を見まわした。ルツの毎日と、ここはなんとかけ離れているのだろう。バブルははじけた、と言われていたけれど、ここに集っている人たちからは、そんなことはまったく感じられなかった。人間って、いろいろだなあ。ルツは、しみじみ思った。ショウジョウバエって、いろいろだなあと、学生の頃にしみじみ思ったのと同じように。

　十分以上は観察した後だろうか、ルツは自分のことを反対に観察している誰かの視線を、突然感じた。

そっと、うしろを振り向いてみる。視線は、少し離れたところからやってきていた。

そこには男が一人、ルツと同じようにシートに腰かけていた。踊りに加わろうとはせず、かといって女の子を物色している様子でもなく、この喧噪《けんそう》には似合わない静かな佇《たたず》まいで、ただ座っているのだった。

「あっ」

ルツは、叫んだ。音楽の鳴り響く中なので、叫び声はかき消され、まわりには聞こえていない。ルツをじっと見ていた視線の主が、立ち上がった。ゆっくりと、こちらに近づいてくる。

「久しぶり」

視線の主は、言った。

「久しぶり」

ルツも、答えた。

「ほんとうに久しぶりだね、林くん」

喧噪に負けない大きな声で、続ける。

林昌樹は、ルツの横にすとんと座った。それから、昔ゾウリムシを顕微鏡のレンズ越しに毎日観察していたのと同じような視線で、ルツを上から下まで観察する。

「その服、どうしたの」

「え」

「なんだか、板についてないよ」

「う、うん」

ルツは一瞬、うつむく。恥ずかしかった。服が似合っていないことは、知っていた。岸田耀が無理やり着せたのだと言い訳もできたのだけれど、一度くらいそのような服を着てみたいという欲望があったのも、事実だった。

「友だちに、借りたの」

「ああ、それで。こういう服、ふだんは着ないでしょ、ほんとうは」

林昌樹は、ずばずばと言った。こんなに忌憚《きたん》のないもの言いをする男の子だったかと、ルツはびっくりする。

「林くんは、どうしてこんなところに」

林昌樹だって、ジュリアナ東京が大好きという質《たち》ではなかったのではないか。

「山田《やまだ》あかねにさそわれて」

「え」

「山田あかね、覚えてない？」

覚えていないはずがなかった。林昌樹とつきあっていたことが原因で、ルツと山田あかねは疎遠になったのだから。

「もしかして、つきあってる、とか？」

おそるおそる、ルツは聞いてみる。

「まさか」

林昌樹は、そっけなく否定した。

「よく会うの？」

「うん、たまにね」

「でも、あかねちゃんは」

そこまで言いかけて、ルツはあわてて口をつぐむ。山田あかねが林昌樹を好きだったことを、えらそうに彼に言いつける権利は、自分にはない。

「あかねちゃんは、どこに？」

ルツは聞いた。けれど、ホールに流れている音楽が大きすぎて、林昌樹には聞き取れないようだった。

「あ、か、ね、ちゃんは？」

林昌樹の耳に口をつけるくらい近づいて、ルツはもう一度聞いた。林昌樹は、お立ち台の方を指さした。

「あの、黒いミニワンピースの」

黒いミニワンピースを着ている女は、ざっと二十人はいたので、ルツは途方に暮れた。けれど、じっと観察するうちに、ルツは山田あかねを見つけだした。

「ずいぶん、その、あかねちゃん、中学の頃とは変わったね」

「いや、化粧してるだけだろ。素顔は、変わらないよ」

素顔は変わらない、という言葉に、ルツは一瞬どぎまぎする。そんなに林昌樹と山田あかねは、親密なのだろうか。でも、ついさっき林昌樹は、山田あかねとはつきあっていないと、はっきり言っていた。

「楽しんでる？」

林昌樹は聞いた。ルツはほほえもうとしたけれど、否定に近い微妙な表情しか自分が浮かべられていないことを知っていた。

「出ちゃおうか」

林昌樹は、ルツの耳もとでささやいた。ルツは、岸田耀を見やる。それから、山田あかねのことも。

「黙って出ちゃって、大丈夫かな」

「大人なんだから」

林昌樹は笑った。

外は、蒸し暑かった。小さな羽虫が集まったり散ったりしながら飛んでいる。林昌樹はタクシーをとめ、品川まで、と言った。世慣れた林昌樹の様子に、ルツはびっくりする。今夜、ルツはいったい何回びっくりしたことだろう。

「ホテルのバーででも、飲み直そうよ」

林昌樹は言い、ルツの顔を覗きこむようにした。ルツはまたどぎまぎする。林昌樹とは、こんな男の子だったろうか？　ゾウリムシをていねいに飼って増やしていた林昌樹の印象ばかりを覚えているルツは、横目で林昌樹をうかがう。くつろいだ様子でシートにもたれ、林昌樹は過ぎてゆく窓の外、東京の街をぼんやり眺めていた。

一九九三年　留津　二十六歳

このところ留津は忙しかった。

退社時間がくるとすぐさま帰り支度をし、電車と地下鉄を乗りついで赤坂見附の駅まで行く。赤坂見附に着くと、地上に出て赤坂プリンスホテルまで速歩で歩いてゆく。ロビーラウンジを見まわすと、入り口から遠い場所にタキ乃《の》が座っていた。案内される席が入り口から遠ければ遠いほど、タキ乃の機嫌はよくなるので、留津はひとまずほっとする。

小走りにタキ乃の席まで行くと、タキ乃は座ったまま留津を見つめた。

「今日は残業だったの？」

「いえ、定時に出られました」

約束の時間は五時半だったけれど、留津は三分遅刻したのである。

「そうなの？　会社って、大変なのね」

タキ乃は、さも心配している、という表情で言った。

退社時間は五時であり、会社から赤坂プリンスホテルまでは、どんなに乗り継ぎがうまくいっても、どんなに留津が急いでも、二十分以上はかかるのだから、待ち合わせは六時にしてほしいと、今まで何回も留津は遠回しに伝えたのだ。けれどタキ乃は知らんふりをする。

「さあ、今日はウエディングドレスを決めましょうね」

言いながら、タキ乃は紅茶のカップを持ち上げ、つうっとひとくち、飲んだ。音もなく寄ってきた給仕に、留津も紅茶を注文する。ほんとうは留津はコーヒーが飲みたいのだけれど、前に一回だけコーヒーを注文した時に、タキ乃は眉をひそめたのだ。

「まあ、こんな時間にコーヒーを飲むと、夜眠れなくなるでしょう。大事な俊郎《としろう》のお嫁さんが睡眠不足になったら、あたくし、困ってしまうわ」

タキ乃はそう言うなり、留津には何の断りもなく、コーヒーの注文をレモンティーに変更したのだった。

以来留津は、コーヒーを頼む勇気を持てないでいる。タキ乃の立ち居振る舞いは、一見もの柔らかだけれど、その実、機嫌を損ねさせると大変だということを、留津はすでにいやというほど思い知らされている。コーヒーを我慢するくらい、どうということはない。

ウエディングドレスはタキ乃抜きで、二人きりで選びたいと、留津は俊郎に何回も言っていた。俊郎も承知していたはずだ。ところが、なぜそのような運びになってしまったのだか留津にもよくわからないままに、結婚式の準備や打ち合わせその他の万事が、タキ乃主導でおこなわれることになってゆき、それに伴いウエディングドレス選びも俊郎抜きですすめられているという次第なのだった。

「お義母《かあ》さま」

留津は小さな声で言う。

「いつもお気づかいくださって、ありがとうございます。お義母さまにウエディングドレスを選んでいただければ、こんな心強いことはありませんわ。ただ、今日は、ウエディングドレスよりも、席順の確認を先にした方がいいと思うんです。ほら、ウエディングドレスを着るのはわたしですから、まあ、どんなドレスでもいいようなものですよね？　でも、席順はお義母さまに見ていただかないと」

タキ乃の意志を翻《ひるがえ》すのはたいへんに難しいことなのだけれど、留津は必死に抵抗をこころみる。

タキ乃は、じっと留津を見つめた。

「……あら、そう？　せっかくあたくし、留津さんに似合うウエディングドレスをいろいろ考えてきたのに」

「まあ、嬉しい。俊郎さんも喜びますわ、きっと。で、お席のことなんですけれど、こんなふうに考えてみましたの」

留津はバッグから席順の表を取り出し、タキ乃の前に広げる。タキ乃は鼈甲《べっこう》ぶちの老眼鏡を取り出し、かけた。表を手に持ち、じっくりと眺めはじめたタキ乃の様子に、留津はほっとする。

（それにしてもわたしったら、「喜びますわ」だの「考えてみましたの」だの、聖アグネス女子学園のシスターが使うような言葉づかいなんかしちゃって、まあ）

レモンティーを飲みくだしながら、留津は思う。そもそも日本の大部分を占める庶民の子供として育った留津に、かのごとき言葉づかいは、身についていない。それなのに、タキ乃の前に出ると、なぜだか「考えてみましたの」などという大時代な女ことばを口にせざるを得ない雰囲気になってしまうのだ。そうだ、タキ乃に関してのキーワードは、たぶん「なぜだかわからないけれどそうなってしまう」である。

なぜだかわからないけれど、タキ乃には従わなければならないのだし、なぜだかわからないけれど、タキ乃だけは無理を通す権利をもっているのである。

留津と神原《かんばら》俊郎の結婚が決まったのは、今年のはじめだった。そもそも、二人を引き合わせたのは、木村巴である。

昨年の初夏、木村巴は、なにげないくちぶりで、

「今度、映くんとわたしとるっちゃんと、それから映くんの友だちの四人で、バーベキューしない？」

と言ったのだった。

それは、正式な「お見合い」という形ではなかったけれど、実質上のお見合いだった。ちょうど、林昌樹とのせつないできごとから一年半ほどがたった頃だったか。

木村巴は、あいかわらず岸田映とつきあっていたのだ。つきあいは中学時代から始まったから、もう十年以上になるはずだった。それなのに、ついこの前までは、あいかわらず「兄と妹のような」あいだがらだったのだと、留津を神原俊郎に紹介したバーベキューのおりに、巴は留津にこっそり打ち明けた。

「でもね、ようやくわたしたち、恋人になったみたい」

恋人になる。その言葉の意味を留津は瞬時に想像して、赤面した。木村巴は、泰然とほほえんでいる。

「だから、この際るっちゃんにも誰かいい人をって、映くんと二人で考えたの」

いい人、ねえ。留津は笑ったけれど、実際のところ、母の雪子が頻々《ひんぴん》ともってくる見合いばなしは、うまくいったためしがなかった。断られたことが三度、そしてようやくうまくいきそうになった一件は、雪子がさんざん文句をつけて、結局こちらから断ることになってしまった。

「なんだか、清潔感のない男の人だから、いやだわ」

というのが、その時の雪子の意見だった。雪子が頼んで斡旋《あっせん》した見合いだったにもかかわらず、雪子自身が文句をつけて断ってしまった手前、留津はそれからしばらくは、「結婚」の重圧からは解放されることになる。

木村巴が神原俊郎を紹介してくれたのは、まさにそのようなタイミングだったのだ。

「気楽に、友だちとしてつきあってみれば」

という木村巴の言葉は、留津を大いにほっとさせた。「結婚を前提に」という言い方は、言葉はきれいだけれど、留津にはどうにも生々しく感じられてしょうがなかった。

「友だち」ならば、そうではない。

神原俊郎と留津との「友だち」づきあいは、順調に進んだ。岸田映の知人だけあって、神原俊郎の家も豊かだった。渋谷区にある神原俊郎の家にはじめて招かれた時、留津はしんからびっくりしたものだった。庭先には大きなガレージがあり、外国の、車体の低い、留津には名前もわからない銀色の車と赤い車が並んでいた。庭には毛足の長い大型犬が走りまわり、何より驚いたことには、神原家にはお手伝いさんが二人いて、おそろいの紺色の服に白いエプロンを身につけているのだった。

「あら、こちらが、留津さんね？」

玄関から居間まで若い方のお手伝いさんに案内されつつ、目を白黒させていた留津に、タキ乃はゆったりと声をかけた。タキ乃は、安楽椅子に腰かけていた。俊郎が留津を伴ってタキ乃のところまでゆくと、タキ乃は座ったまま、優雅に会釈をした。

（じょ、女王さまみたい）

留津はあっけにとられたのだけれど、「女王」という言葉が、決して大仰なものでも的外れなものでもないということは、おいおいわかってくる。

俊郎は、神原家の一人息子だった。

「一人息子の嫁って、大変なんじゃないの？」

留津が神原俊郎とつきあっていることを、母の雪子に告げた時に、雪子はひややかに言ったものだったが、たしかに、俊郎と結婚することは、「大変」なことだった。けれどそれは、俊郎が一人息子だから、というのではなく、タキ乃の息子だからだ、ということを、当時の留津も雪子も、まだ知るよしもない。

俊郎とのつきあい自体は、とても快適だった。

最初のバーベキュー以来、俊郎はまめに電話をしてくるようになった。

「留津は、かわいいね」

というのが、俊郎の留津に対するほめ言葉である。かわいい、などという言葉を男性からかけられたことのなかった留津は、大いに喜んだ。

そもそも留津は、それまで男性と恋人づきあいというものをしたことがなかったのだ。ずっと女子校で男の子との縁は薄く、会社の同僚とは距離をおくことしかできず、大好きだった林くんはゲイだった。

これが、恋愛というものなのか。

留津は、神原俊郎とつきあいはじめてから、いちいち感心した。男の方からしょっちゅう電話がくること。その日何をしたかを、熱心に聞いてくれること。デートの時には、服をほめてくれること。店での注文を、俊郎が率先しておこなってくれること。

それらは、留津が大学時代に知っていた「門」の男の子たちとは、大いに違う行動だった。

留津は神原俊郎を「すばらしい人」だと感じた。それは、当時言われていた、いわゆる「三高」に俊郎が合致するから、という理由からではない。そうではなく、俊郎が、留津を唯一の存在として扱ってくれたからだった。

思えば留津は、母の雪子からも、クラスメートたちからも、会社の同僚たちからも、「唯一無二の存在」とされたことは、なかったのだ。もちろん、たいがいの人間は、留津と同じように「その他大勢」である自分に甘んじつつ生きている。けれど、一生にただ一度も、「その他」から抜け出すことができないとすれば、それはなんと哀しいことではないのか？　ふつうならば、子供時代に母からあるいは父から、唯一の輝くものとして可愛がられようものなのに、留津はその時代も雪子からは奇妙にうとまれてきたのだ。

神原俊郎は、留津のひそかな哀しみを払拭してくれた。俊郎とつきあいだしてから、自分はなんて幸福な女なのだろうと、留津は日々思うようになった。タキ乃の尊大さには閉口したけれど、おいしい料理の中の一片の苦み成分のようなものだと思えば、それもまた良しとできた。

ただ一つだけ、留津にはうまく消化できないことがあった。俊郎とはじめてくちづけを交わした時に、留津はその「消化できないこと」に気がついてしまったのである。

は て、何としたことだろう、つまり、俊郎とのくちづけは、全然きもちがよくなかったのである。

はじめてのくちづけは、公園でおこなわれた。ゆっくりと、俊郎は留津の上にかがみこんできた。

その時の俊郎のキスに、留津は、

「えっ」

と思い、固まってしまったのだ。

その昔、林昌樹がただ一回だけ留津にしたキスは、ひらりと淡いものだったが、留津はしんからうっとりした。くちびるというものは、なんて自在なものだろうと、留津はあの時まさに「酩酊」というものを感じたのではなかったか？

キスとは、そのようなものだと、留津は思いこんでいたのだ。ところが、俊郎のキスは、「酩酊」などという境地とはほど遠いではないか。

「なんていうか、いやに湿度が高い感じ」

その夜家に帰ってから、ふとんにくるまった留津は、ひっそりと思い返したものだった。

俊郎のキスは、粘り強かった。キス自体はそんなに長いものでも深いものでもなかったのだけれど、ともかくも、粘り強い、という言葉がぴったりのものだったのだ。そして留津はその間じゅう、かちこちになっていた。

「かわいいね、留津は」

　キスが終わった時、俊郎はいつもと同じ言葉をささやいた。留津は一瞬、鳥肌がたった。たぶんその鳥肌は、嬉しさのあまりのものだと、留津は思った。思おうとした。けれど、そうではないことを、留津はほんとうは知っていた。

　次にキスをした時には、違和感は少し減っていた。またその次になると、キスとはもともとこのようなものなのかもしれないと、留津はだいぶん思えるようになっていた。

　何回かホテルにも行き、留津と神原俊郎は無事に恋人関係の段階をふんでいった。はじめてのセックスはスムーズには行かなかったけれど、俊郎はそのことも喜んだ。

「留津は、いつまでもそのままでいてね」

　シーツにくるまった俊郎は、留津の耳もとで甘く言った。はい、と留津は答えた。わたしは大切にされている。留津は感じていた。大切にされているのだから、この、どうしても消えない違和感など、ちっぽけなことなのだ、と。

　俊郎との甘い時間は、しかし結婚式の準備が始まると、めっきり減っていった。すべてに関して表に出てくるのはタキ乃であり、俊郎は突然「会社がものすごく忙しくて」という言い訳と共に背景へと没していってしまう。

　留津の結婚式がおこなわれたのは、六月だった。その日は朝から雨だった。

「足もとが悪くて、困ったことね」

　タキ乃は、式が始まる前から終わった後まで、ずっとそう言っていた。タキ乃が選んだウエディングドレスも、引き出物も、結婚式の進行も、全部が豪奢《ごうしゃ》すぎるよう留津には思われた。豪奢なだけあって、費用も当初留津が心づもりしていたものよりもずっとかかった。

「結婚式は、二人の共同作業なんだから、お金は半々よね」

と、そのような時だけ「二人」という言葉をタキ乃は出してきて、留津側にきっちり半分のお金を請求した。両親に正確な額を言いだせなくて、留津は自分の貯金をほとんど使いきって補充した。

披露宴の最後の、両親への花束贈呈が終わると、留津はぐったりしてしまった。出てゆく招待客たちに頭を下げながら、留津はこっそり俊郎の方をうかがった。しごく満足そうな顔をし、俊郎は鷹揚《おうよう》に頭を下げている。

二次会は俊郎の友人が計画してくれた。留津には木村巴くらいしか呼ぶ友人がいなかったが、会場に行ってみると男女は半々の割合だった。ロックの音が鳴りひびき、お酒がどんどん注がれ、煙草の煙が会場を満たしていた。

疲れでぼんやりしている留津のことを、何人かの女たちがじろじろ眺めていた。

「ふうん、こういう人と結婚するんだ、俊郎くんって」

中の一人が、愉快そうに言った。何と答えていいのかわからなくて、留津は黙っていた。女たちは、留津を囲んで、大学のことや勤めていた会社のこと、住んでいる場所から、父の職業までを、無遠慮に訊ねた。いちいち留津は正直に答えた。留津が答えるたびに、女たちはわざとらしく顔を見合わせた。

自分は今、意地悪をされているのだろうなと、留津は思った。けれど、その意地悪をつらがるだけの体力は、残っていなかった。

俊郎はずっと向こうの方で、いかにもくつろいだ様子で喋っている。早く家に帰って眠りたいと、留津はただ念じていた。けれどその「家」とは、団地の実家であることに留津はふっと気づき、愕然《がくぜん》とする。そうだ。わたしは結婚したのだ。もうあの家へは、決して居心地が万全だとはいえないけれど、なつかしいあの団地の家へは、戻ることはできないのだ。

留津はじっと自分の手を見た。銀色の輪が、左手の薬指にはまっている。タキ乃と二人で選んだものだ。顔をあげると、女たちのうちの、色の白さが目をひく一人が、留津をにらんでいた。ロックの音量がまたあがった。早く帰りたい。留津はまた思った。今度は、新居のことをちゃんと思い浮かべながら。留津と俊郎の新居は、田園都市線沿線にあるマンションである。こちらも、タキ乃と留津の二人で——実質上はタキ乃の一存で——選んだ2LDKの賃貸である。荷物はすでに運びこんであり、明日はちゃんと俊郎のために朝食を作ることができるよう、冷蔵庫にも棚にも食品が備蓄されている。新婚旅行は、夏にハワイに行くことになっている。女は、あいかわらず留津をにらみつけていた。ロックががんがんと鳴り響く中、留津は色白の女をにらみ返した。大音響は留津の耳をさしたけれど、決して目をそらすまいと、留津は女の目を強く見つめ続けた。

一九九五年　ルツ　二十八歳

今日も林昌樹から電話がかかってきた。浪川研の電話はたいがいルツが出るので、林昌樹についての詮索を受けることはなかったのだけれど、今日は浪川教授が珍しく教授室にいるので、ルツは声をひそめた。

「なんでしょう」

「あれ、今日は忙しいの？」

林昌樹は、のんびりと聞いた。昨日の電話では、林昌樹は今つきあっている相手についての文句を十数分にわたって述べたてたのだった。いったい林昌樹の会社はどうなっているのだろうと、ルツはいぶかしむ。就業時間中に自分の恋愛相談をして許される会社とは、まったくもって不可解である。そういう悩みも芸の肥やしになるって、課長がこの前言ってたよ、と、林昌樹は言っていたけれど。

「はい」

浪川教授は、ルツの電話に耳をそばだてるようなタイプではないけれど、ルツはできるだけ短く答える。

「そうか、誰かそばにいるんだね。それじゃさ、今夜一杯どう？」

「はい、わかりました」

そっけなくルツは答え、電話を切った。どうせ林昌樹は昨日の電話の続きを喋りたいのだろう。今、林昌樹が夢中になっている、トオルくんについての恋の悩みである。

三年前にルツと林昌樹が再会したジュリアナ東京は、今はもうない。同じように、あの時一瞬林昌樹に感じたときめきも、今はかけらほどもルツの中には残っていない。けれど、かわりにルツは得がたい友だちを得たのだ。林昌樹がゲイだということは、ジュリアナ東京で再会したあの夜からほどない頃に、打ち明けられた。

「山田あかねにも言ってあるよ、もちろん。で、山田と仲のよかった日下なら、きっと言っても大丈夫だと思って。女の子の中にはさ、おれらみたいのを全然受けつけないタイプもいるけど、君たちは違う感じがするから」

林昌樹がゲイだと知った時の山田あかねの心中を慮《おもんぱか》り、ルツは一瞬同情を禁じ得なかった。けれど、以来ちょくちょく林昌樹をふくめた三人で会うようになってからすぐに、山田あかねはそのあたりのことを軽く笑いとばした。

「うん、最初はたしかにびっくりした。でもあたし、その時もう恋人がいたから」

山田あかねと林昌樹は、なんと同じ会社に入社したのだった。会社は広告関係の大手で、新人研修でばったり再会した時には大声をあげてしまったのだと、二人は言っていた。

「あかねちゃんの恋人って、どんな人？」

ルツが聞くと、山田あかねのかわりに、林昌樹が答えた。

「おたく」

「なんなの、その、おたく、って」

ルツは首をかしげた。

「暗くて粘着質な奴ってこと」

「集中力があって研究熱心な男っていう言いかたも、できる」

山田あかねは、自分の恋人をかばった。

「ま、どっちにしろ、おれのタイプじゃないから」

「林くんのタイプなんて、聞いてない」

息のあった二人のかけあいに、ルツは少し圧倒されたけれど、それから三人は気のおけない仲間になったという次第なのだった。

山田あかねは、去年その「おたく」の恋人と結婚して、三人の輪からは少しはずれていた。

「だって、新婚なんだもーん」

嬉しそうにあかねは言い、会社がひけるといそいそと家路をたどるというわけだ。いきおい、林昌樹の恋の相談は、ルツの肩により重くのしかかってくるのであった。

一方のルツの方の「恋の相談」はといえば、開店休業の状態だった。岸田映とのつきあいは、すでにずいぶん前に終わっていた。ルツの疑念はあんのじょう当たっていたのだ。

岸田映は、岸田耀が結婚した次の年に、あっさりルツをふって、二股をかけていたもう一人の、木村巴という女と結婚したのだった。

「二股かけられていたっていうか、日下はただ遊ばれただけなんじゃないの？」

林昌樹は辛辣《しんらつ》に言っていたけれど。

当時の林昌樹の辛辣さに、どれだけルツは助けられたことだろう。同情されたり慰められたりしたら、たまったものではなかったはずだ。

そうだ。岸田映には、十年以上つきあっていた女がいたのだ。岸田映と同じようないい家柄に生まれた、おっとりとした品のいい、女子校出身の女だ。

「許嫁《いいなずけ》、とかいう感じのもの？」

林昌樹は肩をすくめてみせた。

「しもじもの者にはよくわからない世界だね。よかったルツ、そんな男と結婚しないで。きっと苦労したよ」

山田あかねも言っていた。

しばらくルツはふさぎこんでいたが、林昌樹や山田あかねのおかげで、失恋の傷は思っていたよりもずっと早く癒えた。

「トオルくんてさ、イケズなんだよ」

夢中になっている「トオルくん」について、今日も林昌樹は熱心に語りはじめた。

「イケズ？」

ルツは聞きかえす。

「意地悪っていう意味の、京都弁。で、イケズなところが、いいんだなまた」

林昌樹の話は、ルツを飽きさせなかった。どんなに悩んでいる時でも、自分を客観的に笑いのめすセンスが林昌樹にはあった。トオルくんというのは、その道の男たちが集まる場所で知りあった大学生で、魔性の男という伝説があるのだそうだ。

「魔性の男の伝説って、まだ大学生なのに、すでに伝説なの？」

「そう。恋には、年齢も境遇も禁忌も関係ないからね」

林昌樹は真面目に言う。

恋には年齢も境遇も禁忌も関係ない。

そうなのかしらと、ルツはその時思い、すぐに林昌樹の言葉は忘れてしまう。後年、まったく違う機会に、ルツの脳裏にはふっと同じ言葉が浮かぶのだけれど、それがこの時の記憶によるものなのかは、ルツ自身にもわからない。

ルツは林昌樹とお酒を飲むことを楽しんだ。仕事にもすっかり慣れていたし、かといってまだ飽きてはいなかったし、体は元気だし、何一つくもりはない人生である。と、思えればよかったのだけれど、ルツはこのところ、何とはなしに、もやもやしていた。

もやもやの原因の最たるものは、父母から無言のうちに放射される、結婚せよ、という重圧だった。

「クリスマスケーキ、って言うんですってね」

去年のクリスマスに、母の雪子は言っていた。

「何言ってるの、ママ。クリスマスにはクリスマスケーキって決まっているのに、今さらわざわざ」

ルツは軽く受け流したが、母の雪子の言う「クリスマスケーキ」が、「女はクリスマスイブ、すなわち二十四歳までに結婚すべし、二十四を過ぎた女は、二十四日を過ぎたクリスマスケーキと同じく、人に求められないただのゆき遅れである」という意味を暗に示していることは当然知っていた。けれど、そもそもルツはその時すでに二十八歳だった。

結婚。二十四歳など、とっくのむかしに超えているではないか。

結婚について具体的に考えてみる。どうにも、現実感が伴わなかった。恋人がいないから、結婚について具体的に考えられないのだろうか。いや、そうではないだろう。ずっと前、子供のころからルツは、「結婚して幸せに暮らしました」という、白馬に乗った王子様に迎えられる式の童話の類には、なじまなかったのだ。

「ねえ、パパと結婚して、ママはよかったと思っている?」

ルツは母に聞いてみたことがある。

雪子は、しばらく黙っていた。

「結婚して、よかったわよ」

やがて雪子は答えたが、その声はなにやら覚束《おぼつか》なかった。

なるほど、とルツは思ったものだった。母だってたぶん、「結婚」というものが万全のものだと信じこんでいるわけではないのだ。

実のところ、自分は恋愛だの結婚だの出産だのという、女の「性」を求められるいとなみには、不向きなのではないかと、ルツは心の底で疑っているのである。まだ十代の頃には、ごくぼんやりとそう感じるだけだった。けれど、それこそ「二十四歳」という世間さまが押しつけてくる境界を越えた頃から、ルツははっきりと、自分の中の「女」の成分を持てあましている自身を意識しはじめたのだ。

そんなわけで、ルツにとって最近もっとも楽なのは、林昌樹と共に過ごす時間なのだった。女友だち、たとえば岸田耀や山田あかねと一緒にいるのだって、もちろん楽しかったけれど、彼女たちの存在自体が、否応《いやおう》なくルツに「女としての人生は、どうしたの？」と問いかけてくるのだ。

岸田耀も山田あかねも、ルツに「結婚したら？」などとすすめることは、ほとんどない。二人とも結婚しているし、おまけに岸田耀――結婚後は渡辺耀となったわけだが――は、今年二歳になる女の子を育てている最中でもあるのだが、自分たちの選んだ道をルツに強要するようなことは、いっさいない。それどころか、岸田耀などは、ルツが遊びにゆくと、

「いいなあ、あたしももっと長く、仕事したり遊んだりしていたかったなあ」

と、本気の様子でため息をつくくらいだ。

ところが、そのように自分の境遇をうらやましがられると、むしろルツは不安を覚えてしまうのである。岸田耀も、山田あかねも、自分の人生に、着々と輝くものを積み上げているように、ルツには感じられてしょうがないのだ。

一方の自分は、どうなのだろう。

仕事は、いい。好きだ。やりがいを感じている。けれど、仕事によって積み上げられるものとは、何だろう。

「なに言ってるのよルツ、あなたは毎日、社会的な経験をどんどん積み重ねているじゃない」

と、岸田耀は言ってくれるけれど。

でも、と、ルツは思うのだ。社会的な経験の積み重ねは、ルツの人生にとって、ほんとうのところどんな意味を持つのだろう。

ルツは、もっとはっきりと手で触れられるような何かが欲しかったのかもしれない。それは、恋人との複雑玄妙な関係かもしれないし、岸田耀がだっこしている長女彩花《あやか》のもつ、子供の柔らかな肌ざわりなのかもしれないし、耀が言うところの、「仲のいいことがかえってしんどい嫁姑関係」なのかもしれなかった。

それらを、心の底から欲してみたいものだと、ルツは思うのである。

そうだ。問題はむしろ、そのような「目に見える」ものを、ルツが心の底からは欲さない、というところにあるのかもしれなかった。

欲しがってみたいのに、欲しいとは思えない。それこそが、問題なのだ。

それならば、ルツがほんとうに欲しいものとは、いったい何なのだろう。

「自分の真の欲望なんて、なかなかわからないものなんじゃない？」

林昌樹は言うけれど。

もう一つ、ルツのもやもやは、今年の一月の阪神大震災と三月に起こったサリン事件に関係しているのかもしれなかった。

ルツは、新聞を読むのが大好きだったのだ。社会面の片隅にある妙な記事——暴走族「観貴威《みるきい》」が地元の衣料店でそろいのペコちゃんマークのジャンパーを作ったところ、ペコちゃんの不正使用で衣料店が不二家から訴えられた、だの、渡邉恒雄読売新聞社長に朝日新聞がインタビューしたところ、「朝日新聞は、一言でいうと嫌いだ」「朝日の思想性は嫌いでも、変えてくれといっているのではない、もっと鮮明にしてくれといっているのです」という答えを得た、だの、ヴァチカン・システィナ礼拝堂にあるミケランジェロの壁画「最後の審判」の中の地獄の審判者ミノスの腰布は、実は後世の画家が加筆したものだったので、このほど消去されたが、その「許容しがたい」結果に法王庁が困惑し、改めて腰布を書き加えた、だの、世にも邪悪な顔をしたこのミノスのモデルが、いつもミケランジェロに意地悪をしていた儀典長ビアージョ・マルティネリだった、だの——を、通勤の電車の中や昼休みの時間に読むことは、ルツにとって人生のかなりを占める愉《たの》しみだった。

ところが、地震とサリン事件後、不思議なことにルツのその愉しみは、さあっと色があせていってしまったのだ。

無邪気に笑っていることができなくなってしまった、ということかもしれなかった。あるいは、人生の苦み、とやらを、そろそろ正面から受けなければならない時期がルツにもやってきた、という言いかたもできるかもしれない。

それでは「人生の苦み」とは、いったい何なのだろう。

ルツには、わからなかった。

岸田耀の言う「かえってしんどい嫁姑関係」や、山田あかねの言う「ダンナとの、ものすっごい喧嘩」だのを経験してみれば、「苦み」とやらは、しっかりとした形をとってルツの胸に満ちてきてくれるのかもしれなかった。ところが、ルツにあるのは、ただぼんやりとした苦み、ふれようとすれば拡散していってしまう「苦み」ばかりなのだ。どこかに散っていってしまうくらいのたいしたことのない苦みならば、楽でいいのではないかと、人は思うかもしれない。けれど、それはそれで、すっきりしないものなのである。

「どうして日下は、誰かを好きにならずにいられるわけ？　なんかそれ、うらやましいよ、おれは」

林昌樹は言う。

「昔、林くんにふられた傷が癒えてないんじゃないかな」

ルツは茶化した。

「えっ、ほんと?」

「冗談だって」

林昌樹の「トオルくん」は、このところ就職活動に苦心しているらしい。ルツや林昌樹たちの頃と違い、就職はもう売り手市場ではなくなっている。トオルくんは、なかなか希望の内定を取れないがために、イケズが激しくて困っているのだと、林昌樹は半分は愚痴、半分はのろけとして、ルツに訴えるのだった。

「イケズって、具体的には、どんなことされるの」

「親密と疎遠の状態を、絶妙なバランスで織り交ぜるんだよ、トオルくんは」

林昌樹がうっとりとおこなったその説明だったが、ルツにはさっぱりわからなかった。親密と疎遠? 親密だけならまだしも、突然疎遠にされたなら、相手は不安になるだけではないのか? そんな矛盾した行為を織り交ぜて相手にさしだして、何が楽しいというのだろう?

「日下って、恋愛をしたことは、たしか、あったはずだよね?」

「ある」

ルツはおとなしく答えた。岸田映とのつきあいを「恋愛」と呼んでいいかどうかは、今となってはすでにわからなくなっていたけれど。

「じゃあ、恋愛の機微っていうものくらい、わかるだろ」

「わからない」

ふたたびおとなしく、ルツは答える。

「そんな上級者みたいな恋愛は、したことがないもん」

つづけて、言う。

上級者、という言葉に、林昌樹は大笑いした。やがてトオルくんの話も尽き、ルツと林昌樹の話題は中高時代のあれこれにうつってゆく。

「昔、だよねえ」

「うん、あたしたち、幼かったよね」

「でも、今の自分の萌芽《ほうが》は、あきらかにあった」

自分がゲイではないかと気がついたのは、ルツとのはじめてのキスの時だったのだと、いつか林昌樹は言っていた。昌樹はルツに、たしかな好意をいだいていたにもかかわらず、体の接触の欲望がひどく薄かったのだそうだ。

「でも、キス、したのね」

「うん、そういうものなんだと思ってたから」

「そういうもの？」

「うん、女の子とつきあったら、手を握って、キスして、それからまあ、その」

そういうものなんだと思っていた。林昌樹のその言葉に、ルツはうなずく。

確かにこの世界には、「そういうものなんだから」ということが、たくさんある。女は結婚するものなのだし、子供を生むものなのだし、男は働いて家族を養うものなのだし、めだちすぎることはしてはならないのだし、かといって人の陰に隠れてばかりで何もしないこともだめなのだった。

「林くんはいつ、『そういうものなんだから』の圧迫から抜け出すことができたの？」

ルツは聞いてみる。

林昌樹の答えは、意外なものだった。

「抜け出すことなんて、できないよ」

ゲイであると自分を承認することはすなわち、「そういうものなんだから」の圧迫から逃れられたということなのではないかと思いこんでいたルツは、林昌樹の言葉に驚く。

「そうなの？」

「うん。たまたま性的マイノリティーだから、すべての慣習的圧迫から逃れられる、とか、日下は思ってた？」

「あ」

ルツは、うつむく。

たしかに、そうだ。林昌樹がゲイなのは、たまたま生まれつきそうだからにすぎない。その場合、ルツが重く感じているものとは異なる種類の慣習的圧迫に、ルツよりもずっと激しく苦しめられることはあっても、逃れられる、ということには決してならないにちがいない。

「結婚しなきゃ、とか、見栄えのいい家庭を作らなきゃ、っていうところからは、はずれることができてるけど、それは望んでそうなったわけじゃないし」

「うん、そうだね」

しんとした気持ちで、ルツは答える。

もしも恋人と結婚して子供をさずかって一つの家庭を営みたい、と思っても、そのような結果をスムーズに手に入れることは、林昌樹にとってはとても難しいことなのだ。みんなが欲しがるものを、どうにも欲しがれないと悩むルツ。みんなが欲しいと思うものを、欲しがったとしても得られない林昌樹。どちらの悩みも深いけれど、厳しい闘いをおこなっているのは、圧倒的に林昌樹の方だろう。

「悪い、悪かった」

ルツは謝った。

「あやまるな」

林昌樹は、むっつりと言った。それからすぐに笑顔になり、

「ていうか、おれだって、そんなに深刻に毎日考えてるわけじゃないし。今はともかく、トオルくんのことで手一杯」

今度トオルくんの写真見せてよ。ルツは言う。プリクラ、一緒に撮りたいんだけど、

トオルくん、なかなか撮らせてくれなくてさ。林昌樹は答える。

そろそろ家を出たいなと、ルツは唐突に思う。もうはみだしているのだ。そうだ。あたしはきっと、自分のあの団地の家からは、もうはみだしているのだ。

明日の土曜日は、不動産屋に行ってみようか。

「トオルくんて、芸能人で言うと、誰に似てる?」

ルツは聞いてみる。

「芸能界にも類をみないくらい、素敵《すてき》なの、トオルくんは」

林昌樹の答えは、二人の会話におとしどころを与えてくれた。ルツは安心して笑い、ビールをおかわりするために、店の奥に向かって手をあげた。

ごめん、林くん。心の中で、ルツはふたたび謝る。あたし、甘ったれてるね。でも、甘ったれには甘ったれなりのもやもやが、やっぱりあるのよ。明日は、そうだ、絶対に不動産屋に行こう。そして、部屋をいくつか見せてもらおう。ルツは本気で決意したのだった。

一九九五年　留津　二十八歳

結婚してからもう二年にもなるのかと、留津は驚く。

この二年間、どうやって過ごしてきたのかを振り返る勇気は、留津にはまだない。振り返ったとたんに、そこは恐ろしく切り立った断崖絶壁で、ほんの一歩、いや、半歩動いただけで、真っ逆さまに崖の下へと落ちていってしまう場所であることがわかってしまいそうな気がするからだ。

ともかく、想像していたのとまったく違う二年間だったことだけは、確かだ。

結婚生活は、初日から驚きに満ちていた。

結婚式の二次会から疲れきって新居に帰ってきた留津と夫の俊郎を迎えたのは、無人の暗いマンションの部屋ではなく、煌々《こうこう》とあかりの灯った部屋だった。

「おかえりなさい」

という、部屋の奥から聞こえてきたその声に、留津は仰天した。声の主は、タキ乃だった。

しばしの沈黙のあと、

「どうしたの、ママ」

と、俊郎が気まずそうに訊ねた。

「どうしたのって、ひどい言いかたね。あたくし、きっと留津さんは疲れてるだろうと思って、お夜食を用意しておいたのよ。俊郎の好きなスパニッシュオムレツ」

俊郎は、ため息をついた。

「でも、今日は新婚の初夜だよ。そういう時に、母親が来るもの？」

新婚初夜、という言葉に、留津はせきこみそうになり、あわてて唾をのみこんでおさえた。

「パパが家にいるんだね」

肩をすくめながら、俊郎は言った。

「そうよ。オムレツ、冷めちゃうから早く食べたら?」

「山本さんが作ったの?」

「ええ」

何が起こっているのか、留津にはさっぱりわからなかった。わずかに、食卓の上にある扇形に切りとられたスパニッシュオムレツを作ったのが、神原の家の年のいった方のお手伝いさん「山本さん」であることだけは察せられたが、なぜタキ乃の夫であり俊郎の父である美智郎《みちろう》が家にいるとタキ乃がこのマンションにやって来なければならないのか、なぜタキ乃は鍵をかけておいたこのマンションに入ることができたのか、だいいち、なぜこの深夜にスパニッシュオムレツなのか、まったく解せないのであった。

「帰ってよ。ここはママの家じゃないよ。ママはパパの妻だろう。ママの家は、あの渋谷の家なんだよ」

「でも、いやなの」

「いくらいやだって、ここに来られるのは、困る。留津だってほら、いやがってるだろう」

えっ、と留津は息をのむ。タキ乃がここに突然あらわれたことにはびっくりしているが、「いやがってる」などという人聞きの悪い言いかたをされては、それこそ困ってしまう。

結局その夜、タキ乃は泊まっていった。

タキ乃とその夫の美智郎がひどく冷たい仲であること、美智郎はほとんど家には寄りつかず、一年のうち三百六十日は愛人宅である赤坂のマンションに住んでいること、女王のようなタキ乃であるが夫の美智郎には女王然とふるまうわけにはいかないこと、そしてタキ乃は女王然とふるまえないことには我慢がならない質《たち》であることを、その後の数ヶ月で留津はおいおい知ることとなるのだけれど、結婚一日めの夜には、まだそれらのことは知るよしもない。

「ごめんね」

その夜俊郎は寝室で二人きりになると、留津に頭を下げた。

「ママって、ほんとにわがままだから。せっかくの初夜なのに」

初夜、という再びの言葉に、留津は複雑な気持ちになる。いったいこの人は、いつの時代の人なのだ？

俊郎は、パジャマ姿になった留津を抱き寄せた。パジャマのボタンに指をかけ、一つずつはずしてゆく。

「お義母《かあ》さまがあっちにいらっしゃるじゃない」

留津は驚いて俊郎の手から逃れようとした。タキ乃は、リビングに客用ふとん——もちろんタキ乃が購入を指示したもので、ふかふかの上質な羽毛のそろいである——を敷いて眠っているはずだった。

「大丈夫だから」

俊郎は留津をおさえこみ、どんどんパジャマを脱がせてゆく。どうせ脱ぐんだから、着なくてもよかったね。あ、でも、脱がせるのも楽しいから、いいよな。そんなことを嬉しそうにつぶやきながら、俊郎はせかせかと事に及んだ。ベッドがきしむたび、俊郎が大きなため息をもらすたび、留津は気が気ではなく、事を楽しむどころではなかったけれど、最後の方になって、二次会で留津をにらんでいた色白の女のことを思いだした。そのとたんに、留津は自分が潤いはじめたことを知る。

(わたし、はしたない女なのかしら)

留津の中に一片の自己嫌悪がわいてきたが、すぐにそれは快楽に流されてしまい、留津は思いがけなくも俊郎との「新婚初夜」を、いくばくか楽しんだのであった。

翌朝、タキ乃はほがらかに起きてきた。そして、留津がととのえた朝食の卓に、あたりまえのような顔で着いた。

「お義母さま、鍵はどうなさったんですか」

留津は思いきって訊ねてみた。

「俊郎があたくしにスペアをくれたのよ」

「違うだろう、ママがスペアを作れって言ってきたんだろう」

「どちらでも、同じことよ」

母と息子は、平然と言いあった。

二人が出ていってから、留津は何回も大きなため息をついたけれど、そうそうぼやいてもいられなかった。結婚式の後には、煩雑な事務仕事がいくつも待っているのだった。礼状書きやら、写真の送付やら、お祝い金の計算やら、仲人へのあれやこれややら、いくらでもすることはあった。

一週間ほどでそれらの事々を終えた留津を待っていたのは、次なる驚きだった。

「あのさ、ちょっと旅行に行ってくれない？」

俊郎が切りだしたのは土曜の夜、いつもと同じ手順で事をおこなったあとのベッドの中だった。

「旅行？」

留津はぼんやりと聞き返した。

ようやく婚礼後の雑事が終わったというところで、仕事も辞めていた留津は、「主婦」という仕事にこれから本格的にとりかかろうと、少しばかり張り切っていたのだ。それが、「旅行」とは、いったい何だろう。新婚旅行は数ヶ月先、俊郎がまとまった休みをとれる時期に行くことになっているのであるし。

「いや、あの、留津はもう会社行ってないだろう。いくらでも時間があるだろうから、今度パパが全国の支社をまわる時のお供にどうかって、ママが」

お供？

留津は驚いて聞き返した。

それに、会社を辞めたから、いくらでも時間がある、とは？

会社を辞めたことについて、留津には少し心に引っかかっていることがあった。

結婚した後に、会社を辞めるか、それとも続けるか。

女の結婚退職問題については、この時代、なかなかままならないものがあった。まず、女子は総合職入社と一般職入社にわかれる。そのうち、総合職の女子については、会社からすると「結婚退社はやむなし、続けてもよし」という扱いが多かったように思われる。一方、ずっと働き続けている先輩の女たちからは、「せっかく総合職で入社したのだから、後進のためにも続けてほしい」と望まれており、辞めるも辞めないも誰の顔も中途半端にしか立たず、という苦悩があった。

いっぽうの一般職入社の女子については、会社も先輩女子たちも「結婚退社はしなくとも出産時には退社してゆくことになるだろう」という見方がほとんどであり、よしずっと仕事を続けるとしても、それは未婚であるからという理由によるものが多かった。

今考えてみると、なんとも不自由で選択の余地のない趨勢《すうせい》だったけれど、結婚第一・夫唱婦随、という昔ながらのかたちが、当時はまだまだ幅をきかせていたのである。

それでゆくと、一般職入社の留津は、結婚時かあるいは出産時に退社することになるはずだった。そのことについては、留津には何の異存もなかった。俊郎が家にいてほしいと望んだなら、すぐに辞めてもいいと思っていた。

ところが、留津の退社を決めたのは、俊郎ではなくタキ乃だった。

「俊郎と結婚するならば、これだけは守ってちょうだい」

正式に結婚が決まった日に、タキ乃はもったいぶった口ぶりで留津に言ったのである。

「外での仕事は、いっさいしないでもらいたいの」

はい、と、その時留津はしおらしく答えたものだった。仕事を辞めろと決めつけられるのは少しばかり心外だったけれど、元々いつかは辞めるだろうと思っていた会社なのだ。ところが、続けてタキ乃が言った言葉に、留津は仰天する。

「結婚しても仕事しているなんて、普通の男の妻ならともかく、俊郎の奥さんがそんなみっともないこと、もってのほかですからね」

普通の男の妻。みっともない。もってのほか。

タキ乃の言葉を、留津は頭の中で反芻《はんすう》する。

それでは、俊郎という男は、普通の男ではないのだろうか？　というのが、真っ先に留津が感じた疑問である。

「だって、俊郎はいつかパパちゃまの会社を継ぐでしょう。将来会社社長になる男の人の妻なのに、外で働いていたら、外聞が悪いことこのうえないじゃない」

留津はふたたび、あっけにとられた。たしかに俊郎の父である美智郎は、株式会社

「カンバラ」を経営している。従業員約百名の製造業というのが、果たしてどのくらいの規模の会社なのか、実のところ留津にはまったくわかっていない。会社設立時の資本金は五百万円でした、それからどんどん発展をとげ……と、そういえば、俊郎が留津の団地の家に挨拶に来た時に、俊郎は留津の父清志《きよし》に説明していた。

「俊郎がパパちゃまの立派な二代目として押し出しがいいように、留津さんには毎日ちゃんとお世話をお願いしたいのよ」

「普通のお家に育った留津さんにはまだよくわからないかもしれないけれど、会社経営者の妻って、大変なのよ」

だめ押しのように、タキ乃は続けた。自分の夫のことを「パパちゃま」という妙な呼称でよぶタキ乃と、その「パパちゃま」との仲が冷え切っていることについては、もちろん当時の留津が知るよしもない。

（普通のお家）

口をぽかんと開けながら、留津はタキ乃の言葉を心の中で繰り返した。

たしかに俊郎の家は、留津の家にくらべれば、豊かだ。父親が会社の社長だというのも、留津のところとは違う。けれど、今の時代、会社の社長の息子だからといって、何が「普通のお家」で育った人間と違うというのだろう。

後に留津はこの時のことを木村巴に訊ねてみることとなる。留津のところよりも格段に、そしておそらく俊郎の家よりも、本当の意味で「家柄のいい」木村巴や岸田映の家では、女が会社でずっと働いていることについて、どのような見解を持っているのだろうか、と。

「ていうか、それ、単に俊郎さんのお母さんが妙な人なだけじゃないかしら」

というのが、木村巴の率直な意見だった。

「だいいち、わたしは結婚しても、まだこうしてお勤めを続けてるじゃない。やっぱりへんよ、そのお義母さん」

木村巴は請け合った。けれど、留津は当時まだタキ乃に対する耐性がほとんど培《つちか》われていなかったのである。結局留津は「仕事を辞めて俊郎のお世話に専念」することとなる。

そして、結婚してわずか一週間後に俊郎が言い出した、

「パパのお供で旅行に行ってくれない？」

という提案、といおうか、婉曲《えんきょく》な命令、といおうか、意味のわからない指令、にも、留津は従うこととなる。なにしろ留津は、タキ乃の言うとおり、「会社に行っていないので、いくらでも時間がある」からだった。

全国の支社、と俊郎は言ったけれど、実際には関西に二つ、中部に一つ、あわせて三つの小さな支社が、「カンバラ」の支社のすべてだった。一年に一度、美智郎はそれらの支社を訪ね、視察をおこなうことになっていたのである。

運転手つきの黒塗りの車で、美智郎は全国の「支社」をまわる。まずは、留津が助手

席に、美智郎は後部座席の右側に乗る、という席順を教わるところから、「旅行」は始まった。

途中のどの地域でどんな昼食をとるのか、どのくらいの頻度で高速パーキングエリアの休憩を入れるのか、また美智郎が大型の携帯電話で支社や本社と連絡をとっている時に、メモに使う筆記用具や書きつけ類をどのように用意し手渡しするのか。

本来ならば、秘書がおこなうべきことを、留津は一手に引き受けなければならないのだった。

そのうえ、それらの合間には、美智郎との会話が待っていた。

「留津さんは、たしか皇太子さんと結婚した雅子さんと年が近いんじゃないかね？　皇太子さんと結婚するって、どんな気分なのかわかるかね？」

などという質問はともかく、

「俊郎が二十歳になった時に、『ハウツーセックス』という本をプレゼントしてやったんだが、俊郎は怒ってね。なぜ怒ったのか、どうしても私にはわからないんだよ。わかるかね？　留津さんには」

「私は昔、大学構内で屋台の焼鳥屋をやって儲けてね。なに、廃鶏を安く仕入れてきて使ったんだよ。これは儲かる儲かる。その時の金が、カンバラの資本の一部になってるってわけなんだ。ほっほ」

などということを言う美智郎に、留津はどうやって答えていいのか、さっぱりわからなかった。

けれど、美智郎との「旅行」は、思っていたよりも気の張るものではなかったことに、留津は少し安心した。美智郎という男は、留津と同じくごくごく一般庶民の、タキ乃の言葉を借りるなら「普通の家」の育ちであり、彼の腕一本で「カンバラ」を設立し育てあげたのだ、ということが、旅行をしている間に留津にはわかってくる。

美智郎によると、タキ乃と知りあったのは、ダンスホールだったのだそうだ。

「ダンスホール」

聞き慣れない言葉に、留津は思わず聞き返した。

「そのダンスホールの経営者は、ものすごくやり手のマダムだったんだけど、タキ乃はその一人娘でね」

マダムに紹介されたタキ乃と、美智郎はおっかなびっくり踊ったそうだ。

「タキ乃は踊り子じゃなかったんだけど、そりゃあラテンダンスが上手でね」

あのすましかえったタキ乃が、マンボやらジルバやらを踊っている姿はとうてい想像できなかった。

「いつの間にか結婚することになっててね。マダムの手腕っていうものだよ。でも、マダムはそれからすぐに亡くなってな。私はマダムのことは、尊敬していたんだけれどなあ。女手一つでタキ乃を大切に育てあげて」

その大切なタキ乃が、ではなぜ自分たちの新婚第一夜に美智郎を厭《いと》うて留津たちのマンションまでやってきたのかについては、美智郎はむろん言及しなかった。

「まあ、タキ乃がいろいろ迷惑をかけると思うけれど、耐えてやってくれたまえ。あれで、いいところもある女なんだよ」

美智郎は言い、ふかふかしたシートにどっかりと身を預けた。

固太りの美智郎が、その昔、タキ乃とダンスを踊ってるところを思い浮かべ――タキ乃のダンス姿を想像することは難しかったが、なぜだか美智郎が汗をかきながら必死に踊っている姿は容易に思い浮かべることができるのだった――留津はほほえんだ。

けれど、支社でのあれこれは、留津にとっては楽しいといえるものではなかった。

どこの支社にも何人かのパートタイムの女たちがおり、彼女たちはこぞって留津を取り巻いては、

「まあ、地味なお嫁さん」

「おとなしそうな人」

「鼻が短いのね」

「女子校の温室育ちなんですって?」

などと、褒めているのだかけなしているのだかよくわからないことを、くちぐちに述べたてるのだった。

「俊郎さんは、人気者だから」

支社のチーフが、そっと留津に耳打ちした。

「みんな、あわよくば結婚したかったんですよ、俊郎さんと」

そんなにも俊郎という男は、結婚競争率の高い男だったのかと、留津は驚く。思い返してみれば、結婚式の二次会でも同様だった。女たちは留津を囲み、ひそかに値打ちを測り、最後にはあざけりの視線を送ってきた。

まったく、旅行は驚くことばかりだった。夕食は必ずホテルの和食屋で「幹部会議」がてらとることになっており、留津は彼らの席からほんの少し離れたテーブルで一人ひっそりと食事をする。ただし、美智郎のご飯には、「健康粉」という手書きのラベルの貼ってあるガラス瓶から、「健康粉」をふってあげなければならない。「健康粉」を手作りしているのは、赤坂の美智郎の愛人で、留津は旅行の始まりの時に、愛人である蓉子《ようこ》から直接ガラス瓶を受けとったのである。

「必ず、毎食これをかけてちょうだいね。美智さん、血圧が高いから」

蓉子は言い、親しげに留津の手にガラス瓶を握らせたので、留津はびくっとしてしまった。

結局この「旅行」は、留津という「嫁」のお披露目を兼ねているらしかった。パートタイムの女たちの留津への品定めが一段落すると、支社の人間が一人、留津につきっきりになって、近辺を案内してくれた。

ところが、その案内の間に、必ず支社の人間関係を詳細に告げ口されるのが、また留津には驚きなのだった。

どのチーフとどの女の子の間に噂があって、どのサブチーフとどのサブチーフがいがみ合っていて、誰がパートタイムの女たちの中でのボスで、誰がいじめられているのか。留津は、どう答えていいのかわからなくて、はい、ええ、まあ、そうなんですか、という相づちを、順ぐりに口にするばかりだった。

帰りの車の中で、美智郎にそれらの人間関係を報告したものかどうか留津は迷ったのだけれど、何も言わないことにしておいた。

六日間の「旅行」を終えた時には、留津はへとへとだった。格別な仕事をしたわけでもないし、いやな人間関係に巻き込まれたわけでもないし、ホテルは一人部屋だったし、美智郎はどちらかといえば気の置けない愉快な義父だったにもかかわらず、留津は芯《しん》から疲れきってしまったのだ。

「ご苦労さまだったね」

マンションに帰り着いたのは土曜日の午後だった。俊郎は、軽い口ぶりで留津をねぎらった。

「で、今夜の食事、どうする？」

疲れているけれど、外食が続いたので、わたしが作って家で食べたいわ。そう答えようとした刹那《せつな》、俊郎が言った。

「いや、あのね、旅行のことを聞きたいからって、ママがもうすぐ来ることになってるんだよ」

「もうすぐって」

まだ手も洗っていなかった留津は、俊郎の言葉の意味がよくわからなくて、聞き返す。そのとたんに、ピンポーン、というチャイムの音がし、答える前に鍵をがちゃがちゃとまわす音が続いた。

「おかえりなさい」

玄関から続く廊下にあらわれいでたタキ乃は、リビングに堂々と踏み入り、にこやかに言った。

「ねえ、今夜はホテルで三人でお食事しない？　眺めのいいレストランを、あたくし、知っているのよ」

留津にはもう、何かを言い返すだけの力がまったく残っていなかった。その夜、ホテルの最上階のムードある豪奢なレストランで、タキ乃はしきりに美智郎の動静を聞きだそうとした。赤坂の蓉子が送りに来たことは口が裂けても言えないと、留津は気を引き締めたが、そのことによってまた、どっと疲れてしまうのだった。

「でも留津さんは、幸せよねえ。運転手つきの豪勢な旅行に、結婚早々行けて」

というタキ乃の言葉には、もうなにをか言わんや、だったけれど、すでに人外魔境に迷いこんでしまった気分でいた留津は、何を考えることも不可能なまま、ただおとなしくうなずくばかりだった。

その後もタキ乃は頻々と留津たちのマンションを訪れた。いわゆる「嫁・姑」の争いの元といわれる、家事の方法の食い違いや、家計費の使いどころに関しては、タキ乃と留津の間には何の諍《いさか》いも起こらなかった。それというのも、家事というものをタキ乃はいっさいおこなわないので、留津の家事のやりかたに差し挟むべき指標というものをまったく持っていなかったからだ。また、家計費に関しても、タキ乃はただ蕩尽《とうじん》するばかりの妻だったので、むしろ留津がこまかく倹約をおこなうのを、愉快そうに眺めているばかりだった。

「そうよね、俊郎のかせいだお金なんですものね、留津さんが無駄に使ったら、バチが当たるわよね。たくさん貯金して、俊郎の助けになってちょうだい」

さらりとそんなことを言うタキ乃は、美智郎の「かせいだお金」を、いくらでも無駄に使っているように留津には思えたけれど、そのことは極力考えないようにした。

自分は、自分の道をゆくこと。

結婚してたった数週間もたたないうちに、留津は強く思うようになっていた。

タキ乃が湯水のようにお金を使うことを、留津は不思議に思っていた。留津の物質的欲望の上限は、とても低かった。今住んでいる2LDKのマンションと、毎日の暮らしをまかなうだけのお金を俊郎から与えられていることで、留津はすっかり満足していた。

「俊郎さんのお家って、お金遣いが派手なんでしょう。るっちゃんみたいな欲のない人は、ちょっともったいなかったわね」

と、いつか木村巴が、うっかり、というふうにもらしたことがあったけれど、留津は思うのだ。もしも留津が、タキ乃と同じく金銭を使うことが好きな質だったなら、どうだったろう、と。

おそらく神原家は、留津を受け入れなかったにちがいない。

お金を持っている人たちの全員がそうではないだろうけれど、少なくとも神原家の人たちは、他人——留津はすでに神原家の人間のはずだが、当然まだ「他人」なのである——が自分のお金を使うことに関して、とても厳しい。

それでは、自分たち自身に関しても、神原家の人たちは財布の紐《ひも》が堅いのかと思えば、そちらはどうやら違うようなのだった。

お金のことをこんなに気にするなんて、自分はもしかしてものすごく意地汚いのではないかと、留津は最初のころ、ひそかにかなり悩んだ。

そうだ。俊郎と結婚してから、留津は「お金」のことを、はじめてきちんと意識したのかもしれなかった。結婚前まで、留津はお金は物品をあがなう時の純粋な仲介役なのだと思っていた。ささやかな物品をあがなう時には、ささやかな量のお金が必要であるし、得がたい物品をあがなう時には、多量のお金が必要である、そこに何の他意もない、と。

ところが、神原家の中での「お金」の扱われかたを見るようになってから、留津は妙な感じを「お金」に持つようになった。

お金って、もしかして、人を束縛したり人の心に影響を与えたり、人の感情をゆさぶったりする、生きものの一種なのではないか？　と。

留津は、「お金」のことが、少し怖くなったのだ。

結婚式の予想外にかさんだ費用を折半させられた時の「なんだかよくわからない違和感」から始まり、俊郎の収入が実のところいくらぐらいあるのか何のふたごころもなく訊ねた時の俊郎のひどく冷ややかな反応、服を買おうと思って遠慮深く俊郎にその分の小遣いをくれるよう頼んだ時に渡してくれた驚くほどのお金の少額さ、けれど俊郎が留津に「着せたい」と言いながら買ってきた、留津にとってはまったく好みでないしゃらしゃらした服の高価さ、毎月の家計簿を俊郎に検閲される時の緊張する時間、そして貯金にまわすだけの余剰が出なかった時の俊郎の不本意そうな表情。

お金があったら、楽しいことがたくさんできる。けれどお金がなくても、それはそれで楽しい。

という、ひどく単純な「お金観」を持っていた留津にとって、神原家の人たちが、ことにタキ乃と俊郎がもつ、お金に対する執着や粘り強さは、不可解だった。

不可解なことは、ほかにもあった。俊郎が突然豹変《ひょうへん》することである。

「留津はかわいいね」

と、世にも優しい声でささやく俊郎は、その五分後に、突然世にも不機嫌で気ぶっせいな男に変化するのである。

「留津は、ぼくが嫌いなの？」

という言葉で始まる俊郎の変化を、留津はひどくおそれた。どのような瞬間に、その言葉が飛び出てくるのか、留津はまったく予想できなかったのだが、たとえば、朝ご飯にこんがりと焼いたトーストとバターとハムエッグを出した時に、その言葉は発せられた。

「朝ごはんには、甘いものが必要なんだよ、ぼくは。おめざ、なんだから。留津はもしかして、ぼくが嫌いなの？」

おめざ、という言葉を留津は知らなかった。

「俊郎は朝に弱いから、あんまりお腹にたまるものじゃなくて、甘くて軽いものがいいのよ。そうすると、目が覚めるでしょう」

タキ乃がそう教えてくれたので、留津は「おめざ」が、朝起きた時にまず口にするものだと、ようやく知ることができた。

翌日から留津は、小さなパンケーキにメープルシロップや生クリームをかけたものに果物、あるいはカステラなどを用意することとなる。

留津自身は甘い朝食を好まないので、自分だけバタートーストを食べようとしたら、

「留津はぼくが嫌いなの？」

がふたたび飛び出したので、あわててカステラをもそもそと口につめこんだということもあった。

会社に行くために家を出てゆく時と帰って来た時に玄関で正式に出迎えをしないでい

ると、

「留津はぼくが嫌いなの？」

がまたまた飛び出すし、夕飯に俊郎の嫌いな椎茸やピーマンを使った献立が登場しても、

「留津はぼくが嫌いなの？」

が登場する。

「留津はぼくが……」を飛び出させないためには、夕飯が終わると急いで片づけをし、俊郎が呼んだらすぐにかけつけてセックスの相手をおこなわなければならないし、終わったのちは寝入った俊郎が起きないようそっとベッドを抜け出し、し残した片づけをすませてから風呂に入らなければならない。俊郎の目の前で掃除やアイロンがけをしていると俊郎がつまらなさそうにするので、家事はすべて平日の日中にきっちりと終了しなければならない。俊郎が疲れて帰ってきた時には、俊郎の何げない長所――顔だちが整っている、だの、声がいい、だの、身長が高い、だの、身体にかんする長所をほめてもらうことを、なぜだか俊郎はたいそう喜ぶのだった。本当のところ留津は、男がハンサムだろうがぶおとこであろうが髪が多かろうが少なかろうが、あまりその違いがよくわからない不調法な女なのだが――をほめて疲れをとってやらなければならない。

でも、俊郎の好き嫌いに自分をあわせることや、俊郎が家にいる時に下へも置かないもてなしぶりを発揮することならば、さほど難しいことではなかったのだ。好きで結婚

したのだから、そういうホスピタリティーは、礼儀として必要なのではないか。留津はなんとなく、思っていたから。

いちばん大変なのは、俊郎の感情と少しでも違う感情を留津が持つことに、俊郎がひどく敏感なことだった。

テレビを見ていて、俊郎が笑ったところで留津が笑わなかった時に、

「留津はぼくが嫌いなの？」

と、俊郎がせっぱつまった口ぶりで言った時には、留津はほんとうにびっくりした。

「えっ、どうして？」

おそるおそる、留津は聞いた。俊郎は、答えなかった。かわりに、リモコンを手に取り、テレビの電源を突然切ってしまった。

その時の俊郎の、これは「不機嫌」というよりも、「不安」といった方がふさわしい顔つきを、留津はその後ずっと忘れることができなかった。

だんだん自分は、プロになる。

留津は、ときおり思う。いったい何のプロなのか。

強いて言うなら、俊郎を豹変させないで、できるだけ機嫌よく遊ばせておくことについてのプロ、だろうか。

そうやって、いつの間にか二年が過ぎた。留津は今妊娠している。もうすぐ女の子が生まれる予定だ。

「あらあ、男の子じゃないのね」

と責めるように言ったタキ乃の言葉は、結婚当初のようには留津を刺さないにしろ、不快さは与える。結婚とは、努めるものなのだ、ということを、この二年の間に留津は知った。早く赤ちゃんの顔が見たかった。俊郎は赤ちゃんを可愛がることだろう。もともと、優しい人なはずなのだから。

一九九七年　ルツ　三十歳

家を出る、と決めてから実際に部屋を借りて一人暮らしを始めるまでに、こんなに長い時間がかかろうとは、ルツは思ってもみなかった。

「えっ、出ていくって、それ、どういう意味？」

ルツが最初に独立をほのめかした時の母雪子の反応は、驚くほど激しかった。

「おつきあいしている人でもいるの？」

というのが、続いた言葉で、それはつまり、ルツがどこかの男と同棲《どうせい》するために家を出てゆくと雪子が解釈したということをあらわしているのだった。

「いないわよ」、そんな人」

「じゃあ、なぜ？」

「だってもうあたし、親元を離れてもいい歳じゃないかと思って」

母は顔をくもらせた。その週末、ルツは父母の前で「なぜ家を出てゆくか」についての弁明をしなければならなかった。あと少しで三十歳になろうという女が実家を出てゆき一人で暮らしはじめることは、しごく当然でありむしろめでたいことではないかと思っていたルツは、思わぬ最初の障害につまずいたわけである。

ようやく両親を説得し――といっても、説得されたように見えたのは父ばかりで、母は今でもルツが一人暮らしをしていることを快くは思っていないことをルツは知っている――部屋を探しはじめると、次の障害が待っていた。

「女性の一人暮らしですか。お勤め先は、一般企業ではなく、研究所、なんですね。で、そちらさまは、何かの研究をなさっている、と？」

ルツの勤務先である山際科学研究所の沿線の不動産屋に飛び込みで行き、部屋を見せてほしいとルツが頼んだ時の、不動産屋の反応である。

「いいえ、なんというか、秘書のような仕事を」

ルツが答えると、不動産屋は、首をかしげた。

「秘書、ねえ？」

うろんな声を出しながらも、不動産屋はルツが出した条件を満たす部屋の間取り図をいくつか手早くコピーした。その足で、不動産屋はルツを三ヶ所ほどの部屋に案内した。

一つめの部屋も、二つめの部屋も、北西方向に向いた薄暗くて古びた部屋だった。三番めの部屋だけはごく明るい東南の角部屋だったけれど、駅から歩いて二十三分と間取り図にはあった。

「ここ、ほんとうに歩いて二十三分もかかるんですか」

ルツが聞くと、不動産屋はにやりと笑い、

「速あしだったら、十七分くらいでも、可能です」

と答えた。

数日間考えたすえに、ルツはもう一度不動産屋を訪ねた。

「あのう、このあいだの三番目の部屋、歩いて十七分可能、のあの部屋、また見てみたいんですけど」

ルツが言うと、不動産屋は言下に答えた。

「ああ、申し訳ないですねえ。そちらの部屋、貸せないんですよ」

なんでも、部屋の大家が「一人暮らしの女」に貸すのを渋っているのだという。

「名の通った一般の会社ならば、まだよかったんですけれど」

と、哀れむように不動産屋に言われたので、ルツは腹がたった。山研は世間では有名ではないけれど、研究所としては古い歴史をもつ、その道の研究者の間では非常に名の通った研究所なのだ。ルツは山研の浪川教授のもとで実験の補佐をしている自分に、誇りをもっていた。もういいです、と言い捨てて、ルツは不動産屋を出た。

結局、岸田耀の伝手《つて》で紹介してもらった不動産屋を介して、ルツは住む部屋を見つけることとなる。山研のある駅から四駅先の、七階建てのマンションの二階である。

「女って、この時代でも、社会的に全然認められていないのね」

ルツは岸田耀にこぼした。

「もちろんよ。でも働いているうちは、いちおうまだまだ人間として認められているのよ。あたしが育休をとって家にいた時なんて、ひどいものだったわよ。自分はこの世界の底辺の位置にいるんだって、実感しまくりだったわ」

耀は笑いながら、言った。

「赤ん坊を連れて電車に乗っただけで、にらみつける人とか、いるのよ」

「えっ、どうして？」

「邪魔なんじゃないの。おれさまは仕事で忙しいんだ、そんなふにゃふにゃ泣くようなものを連れておれさまの通勤の空間を汚すんじゃない、女はさっさと家に引っこんどれ、っていう感じ」

「そんな人、ほんのわずかでしょ」

「まあそうだけど、ともかく、会社っぽくないぼんやりした服装で街へ出て行くと、『この世界の事情を何も知らないおばさん』として扱われるのよ。ほんと、びっくり」

そういえば、長女の彩花が生まれてから、耀はプライベートの時間にも昔のような派手な服装をしなくなった。

「だって、動きにくいんだもの」

というごく単純な理由からだと耀は言っていたけれど、ルツは少しばかり淋しく思っていたのだ。耀の、あの場所柄をわきまえない奔放ないでたちは、ルツをいつも明るい気持ちにさせてくれたからである。

ルツが独立したのと同じ時期、なぜだか結婚式の招待状がたくさん舞いこんだ。

「駆け込み婚って言うんだよ、それ」

林昌樹が教えてくれた。三十歳になる前に結婚せんと努力し、めでたく結婚することを指すのだと知って、ルツは、ふうん、と思った。

「かけっこは、昔から不得意でした」

と書きこむ、久しぶりの「なんでも帳」の白いページは、ほんの少し黄ばんでいた。思えば「なんでも帳」にさまざまなことを書きこみはじめてから、十年以上になる。すでに三冊めとなっているけれど、この五年ほどは、あまり何かを記すことはなくなっていた。

一人きりの部屋に住むようになったルツは、結婚どころではなかったのだ。今までいかに母の世話になっていたかを、ルツは心底実感していた。ゆうべ出しっぱなしにしておいた食器は、朝起きてもしまわれていないし、収集に間に合わずキッチンにためたゴミが自然になくなっていることもないし、水まわりの薄いカビは知らないうちに濃くなってゆくし、いつの間にかブラウスがぴしっとアイロンをかけた状態になってくれることも決してないのだった。

最初ルツは、実家にいた頃と同じように生活しようと試みた。朝はきちんと温かいご飯を食べ、毎日とは言わないけれどたまには余ったおかずで弁当をつめ、部屋はいつもきちんと片付け、洗濯はためず、風呂掃除は行き届き、冷蔵庫には常備菜をかかさず、休日には終日ゆっくりと本を読む、そんな生活を。

不可能だった。

やがてルツは、生活全般の手を抜くことを学んでゆく。スーパーの総菜を活用すること。家事はできることのみ、やること。できなくて気持ち悪いのは自分だけなのだから、いろいろな不備は気にしないでおくこと。明日のことだけを考えること。いやまあ、あさってくらいまでなら、考えても、よし。そして、誰かが訪ねてくる時だけ必死に片づけをし洗濯をし掃除をし、つじつまをあわせること。やらなくても大丈夫、と思うと、かえって少しずつ家事ははかどるようになっていった。

「家事はさ、趣味だと思った方がいいよ」

林昌樹は言う。

「趣味をきわめるタイプもいるし、無趣味なタイプもいるってことで」

「林くんは、どっちのタイプ？」

「恋愛してる時は、趣味の家事をきわめるタイプで、してない時は、無趣味」

「恋愛してる時は、忙しいから家事はしなくなるんじゃないの？」

「ううん、反対。だっておれ、けっこう尽くす質だもん。恋愛すると、料理掃除アイロン、なんでも来いになるよ」

思わずルツは、林昌樹をまじまじと見てしまった。

それにしても、結婚しながら働き続けており、そのうえ子供まで育てている岸田耀は、いったいどうなっているのだろうと、ルツは心から不思議に思う。

「まあ、幸宏くんがけっこう手伝ってくれるから。あとは、お金で解決する」

疲れている時は、少しくらい高い総菜でも気にせず買うこと。自分でアイロンをかけずにクリーニングに出すこと。安価で手間がいる場合と多少高価になるけれど時間を節約できる場合ならば、時間の節約をとること。耀は、「共働き生活の知恵とコツ」について、笑いながら教えてくれた。

ルツの場合は、耀のところと違って一人ぶんの収入しかないから、「お金で解決」するかわりに、「見ぬふりをする」ことで解決すればいい、というわけである。

「結局、人間が何かに割ける時間は、一定なのよ。すべてを手に入れることはできないの」

耀は、陽気に言った。ルツはやがて、少しずつ一人暮らしに慣れてゆく。休日にまとめて家事をこなすペースも定まったし、一人で夕飯をとることのできる手頃な店も見つけた。帰りが遅くなりそうな日には朝から電灯をともして出かける技も身につけたし、部屋に入る前に「ただいま」とわざわざ言う要心も知った。実家で母がおこなっていたようなじゅうぶんな家事労働はできなかったが、その十分の一くらいの労力で、人生がさみしくならない程度の生活の潤いを得ることができるようになった。

そのようにして、ようやく「自分の人生」が始まったばかりなのに、なぜそのさなかに結婚などしなくてはならないのか。ルツにはさっぱりわからなかったのである。

最後の「駆け込み婚」が終了した時、お祝い金のためにルツの貯金は目減りしていた。と同時に、結婚しようという気もますます失せていた。

「だって、結婚式って、恥ずかしくない？」

ルツが言うと、林昌樹はきっぱりと首をふった。

「自分が主人公になれるめったにない機会なのに、恥ずかしがってる場合じゃないよ。それに、きれいなドレスを着るのは楽しそうじゃないか」

やはり自分には、女の成分が足りないのだろうかと、ルツはうっすら不安になる。ぴらぴらしたドレスにはまったく関心が持てなかったし、花束贈呈で号泣する親子などを見るにつけ、ひんやりした心もちになるばかりだった。

し残している「結婚」を棚上げして、ルツは毎日を快適に過ごした。はやりはじめていた「パソコン通信」というものに手をそめ、好きな映画やマンガについて、見知らぬ人たちとコンピューターの画面上で交歓しあい、たまには「オフ会」というものへも出かけていった。見とがめる母のもとを離れたので、休日ともなれば思うさまゲームにふけった。山研にはそちらの分野に詳しい者がたくさんおり、ルツは自分よりも若い彼らと親しく昼食をとりながら、裏技などを教えてもらうのだった。

ルツが佐東心平《さとうしんぺい》と知りあったのは、幻想小説好きたちの集まるオフ会だった。何しろ恋愛というものにさして興味の持てないルツなので、好きな映画はアクションものやSFだったし、好きな小説は幻想小説にミステリー、そして好きなマンガは少年誌か白泉社系のものなのだった。

「山田あかねのダンナと同じだね、日下《くさか》は。おたく、っていうやつ」

林昌樹は指摘したけれど、昌樹の言う「おたく」の定義、「粘着質にその分野を追求する」ほどの気概は、ルツにはなかったので、自分は「おたく」などというたいしたものにはなれないと自認していた。

佐東心平は、最初からルツと気があった。林昌樹と喋っている時のようにぽんぽんと会話がはずむわけではないのだけれど、ルツも佐東心平もお酒が好きで、食べることが好きで、実はおしゃべりをするよりも、目の前に出てきた食べものをじっくりと味わう方が大事だと思っているところが共通していた。

何人もの同好の士が集まっている場所で、ルツと佐東心平はみんなの言うことを黙ってにこやかに聞きながら、しかしその箸はひとときも休んでいないのだった。

佐東心平とルツが恋愛関係になるまでに、さして時間はかからなかった。

思えば、あのころはなぜあのように易々と相手の中に踏みこんでゆけたのだろうと、のちにルツは思い返すこととなる。

佐東心平は、ルツにとって心安らかに思える相手だった。佐東心平の方も同じだと、ルツは感じていた。そして、二人は恋人になった。

佐東心平は、小さな商事会社に勤めていた。休日には二人で映画を見にいった。夕飯は佐東心平のさがしだした、小さいけれど居心地のいい店でとった。お酒を飲み、もう一軒行きたくなった時には、割り勘ではなく佐東心平が出してくれた。

ルツが佐東心平の部屋に誘われたのは、二人きりで会いはじめてから三ヶ月ほどたった時だった。その昔、林昌樹と一瞬キスをしたおりや、岸田映と違和感のある「恋人もどき」のつきあいをしていた時とはまったく違い、佐東心平と手をつないだりくちづけをかわしたりするのは、たいそう自然なことに思われた。

かつて、他人と肌をあわせるということの底に常にあった小さな不安を、ルツは佐東心平との間に、まったく感じなかったのである。佐東心平がルツの体の上で正直に自分を解放しているさまを、ルツは心の底からいとしいと思った。反対に自分が佐東心平の肌に体に密着しながら、自分自身のために必死に快楽へと突き進んでゆくことに、まったく恥ずかしさを感じなかった。

「あなたが好き」

生まれてはじめて、ルツは自分から男に言ったのだった。

「ぼくもだよ」

佐東心平も、晴れ晴れと答えた。

週末にどちらかの部屋で過ごすだけでなく、週日にもルツと佐東心平は互いの部屋を行ったり来たりするようになった。一緒にいてもまったく退屈しなかったし、気ぶっせいに感じることもまったくなかった。

佐東心平は、ルツとおないどしだった。見てきたテレビも、聞いてきた音楽も、読んできた本も、共通していた。好きなのは夕暮れの景色、嫌いなのは荒々しい言葉、仕事は真面目に、そしてできるだけ喧嘩はせずに。そんなふうに自分たちが生きてきたことを、互いの姿を見て二人はあらためて確認したのだった。

すぐにでも、自分たちは結婚するだろうと、ルツは思った。結婚など、なぜみんなはするのかと不思議に感じていたのは、ついこの前だったのに、そんなことはすっかり忘れていた。

佐東心平とルツのつきあいが始まってから、半年が過ぎようというころ、ルツの弟の高志の結婚が決まった。

「ついに弟に先を越されたわけね」

久しぶりに団地の実家に家族が集まり、高志の結婚相手である西田南美《にしだなみ》を紹介された時、ルツはおどけて言ったものだった。

「ルツの方は、結婚とか、どうなの」

母の雪子が、遠慮がちに聞いた。実家に住んでいた時には、ルツがちっとも結婚しないことをずけずけと指摘していた雪子だったけれど、ルツが独立してからは、こんなふうに少し遠慮がちになっていた。

「さあ、どうなのかしらね」

気持ちに余裕を感じつつ、ルツはのんびりと答えた。高志と結婚するという南美は、つややかなブラウンに染めた髪をたくみに巻いていた。くちびるはピンクで、服装は膝丈のワンピース、用意よくエプロンを持参しており、キッチンに立つ雪子の手伝いをしようとするのを、一方の雪子は手をひらひらとふり、

「とんでもない、ゆっくりしてちょうだいよ」

と押しとどめようとしており、ささやかな攻防が繰り広げられていた。

高志が持参したワインをいつもより過ごしたルツが一杯機嫌で部屋に戻ると、佐東心平がベッドにねそべって文庫本を読んでいた。

「ただいまあ」

ふだんより高い調子で、ルツは言った。心平が、驚いたように顔をあげる。

「おかえり。なんか、機嫌がいいね」

心平は静かに言った。

「うん。弟が結婚することになって。相手の南美ちゃん、きれいな子だった」

「弟さんて、何歳だっけ」

「あたしより四学年下」

「じゃあ、お嫁さんになる子は、もっと若いんだ?」

「うん、二十三歳だって」

へえ、と心平は言い、文庫本に戻っていった。一瞬、ルツはへんな感じを覚えたが、なぜなのかわからなかった。

それから一週間ほどたった頃だったろうか。行きつけの焼鳥屋で、ルツはまた少し酔った。高志と南美の幸福そうなたたずまいが記憶に残っていたし、何より母と父の嬉しそうな表情が印象深かった。佐東心平となら、いい結婚ができるにちがいない。突然強くそう思ったルツは、

「ねえ、あたしたちも、そのうちに、結婚するのかな?」

と、口に出していた。

一瞬の沈黙がきた。それから、佐東心平はぼんじりの串を手にとり、ふたかけらきっちりとこそげとって口に入れ、ゆっくりと咀嚼《そしやく》した。

咀嚼し終わると、佐東心平はルツの方に皿を押しやり、

「おいしいよ、熱いうちに食べたら?」

と言った。

その日はそれきり「結婚」という言葉に、二人ともふれようとしなかった。

さて、今までほとんど結婚という制度に身をゆだねたいと思ったことのないルツだったが、ひとたび「佐東心平と結婚してみてもいい」、いや、ほんとうのところは「佐東心平とぜひとも結婚したい」、と言語化してしまった後になってみると、「結婚」というものにすっかり心が吸い寄せられてしまったのである。

「結婚って、魔力があるよね」

久しぶりに呼び出した林昌樹に、ルツはこぼす。以前は林昌樹がルツを呼び出す側だったのに、佐東心平との間に「結婚」という言葉を介入させてしまったのちは、ルツの方が林昌樹を呼びだすようになってしまったのである。

「おごれる平家は久しからず？」

林昌樹は、茶化《ちゃか》した。

「でも、なぜ日下は結婚したいって思うようになったの？　佐東さんがものすごく好きなの？」

「うん」

と、ルツは素直に答えた。

「そうか、それなら、いいよね」

林昌樹は手をあげ、焼酎のグレープフルーツ割りを注文した。しばらくすると、銀色の大きな絞り器とグレープフルーツを半分に割ったものを盆に載せ、お店の男の子がやってきた。

「こちらが絞りますか？　それとも、ご自分で？」

男の子が聞いた。

「絞ってください」

林昌樹はごく普通に言い、店の男の子が手の甲にきれいな筋を浮き上がらせてグレープフルーツを絞るさまをじっと眺めた。それから、男の子が行ってしまうと、ひそひそとささやいた。

「眼福眼福。で、つまり、日下は結婚したいけど、佐東さんは結婚したくない、っていうわけだ」

「うーん、ていうより、したくないとか、したいとか、心平がいっさい何も言わないから困ってるの」

そうだ。ルツが困惑しているのは、佐東心平が「結婚」というものについて、ないもののように扱っているからなのだった。

以前の、結婚というものに違和感しか抱けなかったルツならば、それもよし、だったろう。けれどルツは、佐東心平のことを心の底から好きになってしまったのだ。いつもいつも、一緒にいたい。今朝見たきれいな鳥のことを、ゆうべには心平に話したい。昼に会った面白い人のことを、夜には心平に報告して一緒に笑いあいたい。日々のなんでもないことごとを、共にわかちあいたい。だからこそ、少々面倒ではあるけれど、「結婚」をしたいのだ。

「でもそれは、日下の方の事情だろう。佐東さんの方には、違う事情があるかもしれないじゃないか」

「事情って、どんな？」

「すでに結婚している、とか」

それはないよ、と、ルツは笑った。だって、週のうち三日は一緒に泊まってるんだよ。

「じゃ、別居中とか」

「ううん、心平の部屋に泊まることもあるけど、女の人がかつていたことがあるような気配は、全然ない」

ふうん、と林昌樹は首をかしげた。ルツは不安になる。そういえば、佐東心平の昔からの友だちと、ルツはまだ会ったことがなかった。ルツと会わない週末には、「学校時代の友だちと飲んでくる」などと言って出かけてゆく佐東心平なのだから、友だちはちゃんといるはずなのに。

「日下は、そんなに結婚したいの？」

林昌樹が、真面目な顔で聞いた。ルツは、考えてみる。はたして、一緒にいるだけでは、だめなのか。結婚という形をとらなければ、だめなのか。

「うん、したい」

ルツは答えた。そうだ。結婚をするかもしれない、と考えはじめた後、ルツの心はとても安定したのだ。これまでの長の年月、結婚というものに懐疑的だったにもかかわらず、「自分は結婚するかもしれない」と仮定したとたんに、頭の上にかかっていた灰色の雲が晴れてゆくような気分になったのではなかったか。

灰色の雲？

ルッはさらに考える。そんなものが、今まで自分の頭の上にかかっていることなど、つゆほども知らなかった。けれど、実際その雲は、かかっていたのだ。

それはおそらく、女は結婚するものだという社会的刷り込みの、雲である。

「あたし、知らずにプレッシャーを感じてきたんだね」

ルッはつぶやいた。

「プレッシャー?」

林昌樹が聞く。

「うん、なんていうか、世間さまと同じにしなくちゃ、っていうプレッシャー。そういうものからはもうずいぶん前に解放されてると思いこんでたけれど、違ったみたい」

「ああ。それはね。親に、悪いしね」

ルッが詳しく説明しなかったにもかかわらず、林昌樹はすぐに理解したようだった。なるほど、「世間さまとは足並みのそろわない」ゲイの男として生きてきた林昌樹なのだから、当然かもしれない。最初に「親に悪い」という言葉が出てくるところが、彼の「足並みのそろわない」長い歴史を感じさせ、ルッは瞬間、林昌樹をだきしめたくなる。

「佐東さんと、ちゃんと話しあってみたら? 日下ならできると思うよ」

「うん」

そうだ。今週末、佐東心平とちゃんと話そう。あたしは心平を愛しているんだから、ちゃんと心平の気持ちを知らなければならない。謙虚に心平の言葉に耳を傾けよう。ルツは決意する。

グレープフルーツ割り、あたしも頼む。ルツは林昌樹に言い、手をあげた。はい、ただいま、という、勢いのいい声が答え、さきほどの男の子が絞り器とグラス一式を持ってすぐにあらわれた。林昌樹に目で合図すると、林昌樹はかすかにうなずき、じっと男の子の手の甲に見入りはじめた。

一九九七年　留津　三十歳

娘の虹子《にじこ》が二歳になろうという今、留津は結婚後二回めのダイエットに挑戦しているところである。

最初のダイエットは、虹子が生まれてから半年めにおこなった。妊娠中に留津は体重が十五キロ増えてしまったのだけれど、

「授乳しているうちに、すぐ痩せるわよ」

と教えてくれた木村巴の言葉を信じていた。ところが、二ヶ月たっても三ヶ月たっても、体重はちっとも元通りに戻らなかった。

そこで留津は、虹子のために作る離乳食を自分も食べる、という不思議なダイエット方法を考えついたのである。

「だって、普通に食べたうえ、虹子の残した離乳食まで食べちゃうんだから、そりゃあ太るわよね。それなら、離乳食だけ食べていればいいんじゃないかと思って。だいいち、離乳食って、味があんまりないから、おいしくなくて、食べ過ぎないのよ」

田園都市線沿線にある留津と神原俊郎の住むマンションに遊びに来ていた木村巴は、留津のその言葉に笑ったものだった。

「なかなかユニーク。それにしても、るっちゃん、結婚したばっかりの頃よりも、明るくなったね」

木村巴、現在は岸田巴のその言葉に、留津も笑った。

「太ったから、明るく見えるんじゃない?」

「いやいや、近ごろは俊郎さんともうまくいってるみたいだし」

うん、まあね。留津は答えた。

俊郎をいかに機嫌よくいさせるか、という、結婚当初の苦しい心配りにも、留津はすっかり慣れていた。なにしろ俊郎は、朝きちんとした時間に出てゆくし、夜も予定のある時以外はたいがい同じ時間に帰ってきてくれるし、渡される生活費も、ちゃんと一定なのだ。家事の時間をどのように配分し、生活費をどのように分配し、どこを引き締めるかということに関しては、変則的な生活を送るような夫の場合よりも、ずっとやりやすいではないか。

ある時留津は、考えかたを変えたのだ。

俊郎の気に入るようにと、俊郎の顔色をうかがっているから、苦しいのだ。そうではなく、ゲームをしているつもりで毎日のこまごましたことを片づけてゆけば、面白いのではないか、と。

追いかけられるのではなく、こちらから追うこと。それが、留津の考えかたの大きな変化だった。

虹子が生まれてからの生活をどのようにしたら、俊郎の機嫌を一定に保っておけるかに関して、出産直前まで、留津は考えに考えぬいた。

ともかく問題なのは、俊郎が家にいる時間に、いかにして虹子を静かにいい子にさせておくか、ということだった。

生まれてみなくちゃ、わからない。

という前提ではあったけれど、留津はあらゆる手立てを調べ、シミュレートし、検討した。

まず、生まれたばかりの数週間は、眠る部屋を別々にすること。俊郎は、夜中に目が覚めてしまうと、二度寝がなかなかできない質《たち》なのだ。寝入りばなは眠りが深いけれど、三時間以上たつと、浅い眠りの時間がやってきて、そこで一度起きてしまうと、自分が寝入るまで背中をさすってもらったり、ささやくような声でなぐさめてもらったり、まれにはセックスをおこないたがったりする。

毎晩虹子の泣き声で目を覚ました俊郎の背中を優しくさすったり、柔らかな会話を交わしたりすることは、さすがの留津にも不可能だろう。だから、別の部屋。
少し虹子が大きくなり、夜中にずっと眠るようになったなら、俊郎が帰宅する前に寝かしつけておく必要がある。生まれたばかりの数ヶ月の間だけは、夕食の時に留津があわただしく虹子に授乳をおこなったり抱いて歩いたりした結果俊郎の世話が手薄になったとしても、俊郎もさすがに我慢してくれるだろう。けれど、その我慢が半年以上続くとは、とうてい思えなかった。

それならば、昼間できるだけ外で遊ばせて日光に当てて疲れさせ、夕飯をたっぷり与えたのちに、お風呂にゆっくり浸《つ》からせ、ぐっすり寝入るようにさせなければならない。

お休みの日のためには、常備菜をたくさん平日のうちに用意しておいて、そうでなくとも育児で増えている家事の時間が俊郎との「いこい」の時間を侵食しないよう、しっかり準備しておくこと。

ともかく、子供が生まれたから生活が子供中心になってしまったという印象は、できるだけ排除するようにする。それが、留津の計画だった。

計画は倒れるためにたてることが人生ではほとんどであるが、留津のこの計画は、かなりのところまで、うまくいった。

虹子は、手のかからない子供だった。虹子が一歳になる前に、留津は「離乳食ダイエット」で体重を元に戻した。それまでに虹子が熱を出したのは、ただ一回だけで、それもほとんどの幼児がかかる「突発疹」のためであった。夜泣きもほとんどせず、虹子はいつも機嫌よく毎日を過ごしてきた。

（俊郎さんの世話よりも虹子の世話の方が、ずっと楽よね）

と、内心留津は思っているが、もちろん口に出したりはしない。

（その俊郎さんだって、タキ乃お義母さまよりも、楽だし）

ということは、ますます口にはできない。

「りんごダイエットって、どうなのかなあ」

木村巴が持ってきたクッキーをつまみながら、留津は聞く。

「ああ、それね。やってみたことがあるけど、すぐに挫折した」

「じゃあ、黒酢は？」

「うーん、体にはいいのかもしれないけど。それよりダンベルがいちばんじゃない？」

「やだ、運動は苦手」

「そんなことないわよ、るっちゃん、学生時代は走るのがけっこう速かったじゃない」

「だってみんな、適当に走ってたからでしょ。わたし、へんに真面目だから」

留津は口をとんがらかす。すぐ横で、木村巴の娘の有華《ゆか》が虹子と一緒に人形遊びをしている。といっても、人形遊びをしているという意識のあるのは有華の方だけで、虹子はただ人形を噛《か》んだり手足をひっぱったりしてもてあそんでいるだけだ。

「歯がはえかけてるのね。かゆいから、噛むのよ」

「うん、そうなのよね」

こうして平和に友だちとお茶を飲んでいられるようになるなんて、結婚当座は想像もできなかった。俊郎とタキ乃からのプレッシャーにまいってしまって——それも、いったい何のプレッシャーなのか具体的にはよくわからないまま——留津は木村巴の家に、何回電話をしてやりどころのない気持ちをきいてもらったことだろう。

「タキ乃さん、今月は、来た？」

「ううん、このところ、お芝居に行くのに忙しくて、こっちのことは少しお留守になってるみたいで、助かる」

　タキ乃はこのところ宝塚に夢中で、留津たちのマンションを突然訪ねてくる回数が減っていた。しかし、留津は油断していなかった。おそらくタキ乃がマンションに来ないのは、虹子があまりタキ乃になつかないからに違いないと、留津はふんでいる。なつかない孫を可愛いと思うメンタリティーは、タキ乃にはいっさいないので、いきおい、訪ねてこなくなるという寸法なのだ。

　そういえば虹子は、実は俊郎にもあまりなついていない。俊郎との「いこい」の時間を守るために、あまりに留津が厳格に虹子を俊郎から離して寝かしつけてしまうからかもしれなかったし、あるいは、俊郎自身が「赤ん坊」というものの扱いを不得手としているからかもしれない。

　俊郎は、虹子がじき二歳になろうという今でも、虹子の抱きかたが下手だった。それも無理はない。今まで俊郎が虹子を抱いたのは、十回に満たないのではないだろうか。

子供を風呂に入れることだけはしてくれる、というのが当時の世の男性たちの「育児協力度」の標準だったけれど、俊郎は一度たりとも虹子を風呂に入れたことはなかった。もちろんおむつをかえたこともなければ、ベビーカーを押したこともない。

「俊郎さん、ちょっと、かわいそう」

木村巴は言う。

「かわいそう？」

「うん。だって、育児って、面白いもん。父親だって、参加する権利はあるはずよ」

「でも」

「子供って、無条件に親のことを信じているでしょう。もう、哀れなほどに。裏切られるなんて、ひとかけらも想像してなくて。そういう時期って、そんなに長くないんだから、父親にもその甘やかさを味わわせてあげてもいいんじゃない？」

木村巴のその言葉に、留津は少し考えこんでしまう。

そうなのだろうか。わたしは、夫を子供から遠ざけているのだろうか。

そうかもしれなかった。もっと上手に俊郎をのせて、育児の一端にでもいいから参加させ、虹子と三人のまあるい空間をつくるべきなのかもしれなかった。

「でも」

「でも？」

「俊郎さん相手に、そういうの、できると思う？」

できないね、きっと俊郎さんには。というのが木村巴の答えだった。

「岸田さんは、育児に協力してくれるの？」

留津は聞いた。

「そうねえ、彼はまあ、格好つけたがりだから、見栄えのいい育児は、少しは手伝ってくれる」

見栄えのいい育児、という言葉に、留津は首をかしげた。

「それ、なあに？」

「たとえば、ベビーカーを押すとか、公園で有華を肩車するとか、機嫌のいい時の有華と遊ぶとか。主に外回りの仕事、っていうこと。あとはまあ、荒事《あらごと》かな」

荒事、という言葉に、また留津は首をかしげた。

「そっちは、なあに？」

「高い高いをし続けたり、激しい追いかけっこをしたり、抱っこしてくるくる一緒にまわったり」

なるほどねえ、と留津はうなずく。虹子が女の子だということもあって、虹子と「荒事」系の遊びをすることを、留津も俊郎も今まで思いついたことはなかった。

「女の子だって、男の子っぽい遊びが好きなのよ」

木村巴は教えた。

すでに離乳食は終わっていたので、離乳食ダイエットはできなくなっていた留津の、結婚後二度目の今回のダイエット方法は、「体を動かし、食べる量を減らす」という地道なものだったので、留津は「荒事」のすすめに関心を示した。

「親にとっても、いい運動になるわよね」

「うん。でも、下手すると腰とかいためるから、気をつけて」

という木村巴の予言が、まさかすぐに当たるとは留津は思っていなかったので、木村巴と有華の訪問に興奮して、俊郎が帰ってきても珍しくまだ寝ついていなかった虹子を、そのまま起こしておいた。

食事が終わってからも、虹子はぱっちりと目をみひらいて、機嫌よく遊んでいた。俊郎の座っている横にやってきて、舌足らずな口調で、

「ぱぱ、おいちいでちゅか」

と、俊郎の食べているおかずを指さしたりする。

平日はめったに虹子の起きている姿に接することのない俊郎は、思いがけないくらい喜んだ。

「おいちいでちゅよー」

赤ちゃん言葉で、俊郎は答えた。

留津は、びっくりした。俊郎がこんなにとろけるような顔をするところを見たのは、初めてだったからだ。

「にじこちゃんは、かわいいでちゅねえ」

大好きな鶏の唐揚げをまだ皿に残したまま、俊郎は虹子の横に膝をつき、虹子の頬に自分の頬を寄せた。虹子が、きゃっきゃと笑う。すると俊郎はますますとろけた表情になり、自分から虹子を抱き上げるではないか。

「ねえ、高い高いをしてあげると、虹子、嬉しがると思うの。ほら、こんなふうに」

ここぞとばかりに、留津は虹子を俊郎から取り上げて抱きあげ、軽く高い高いをしてみせた。

けれど、俊郎はもう虹子を抱こうとはしなかった。

「ほら」

と、留津は俊郎に虹子を押しつけるようにしたが、俊郎は虹子から離れて、ふたたび食卓の椅子に座ってしまったのだった。

「んもう」

と言いながら、留津はしかたなく虹子の高い高いを続けた。虹子は、笑いころげている。少しばかり興奮しすぎた声なのだけれど、留津は気がついていない。俊郎がせっかく虹子を抱いたのに、横から自分が虹子を取り上げてしまったことを、ひどく後悔していたし、同時に、そのくらいのことですぐに手を引っ込めてしまう俊郎に失望したからでもある。

いや、失望、というのなら、結婚以来いくらでも失望はしているのだ。

(じゃあわたし、なぜこんなにがっかりしているのかしら)

虹子をなおも高い高いしながら、留津はぼんやりと考える。そうだ。自分はきっと、木村巴がうらやましかったのだ。俊郎と虹子の三人の生活の中に引きこもっていれば、うらやましさなど感じずにすむのに、木村巴が何でもないことのように、夫である岸田映の育児の様子を喋ったことで、何かを欲しがるようになってしまったのだ。

気がつくと、虹子は、しゃっくりのような声を出していた。興奮しすぎたのだ。留津はあわてて高い高いをおしまいにする。けれど、一瞬の油断があった。最後の「高い」のところで、留津は鋭い痛みを感じた。

虹子を落とさないようにするのが、せいいっぱいだった。

「どうしたの」

床にうずくまってしまった留津に、俊郎は聞いた。留津は答えられなかった。生まれてはじめてのぎっくり腰だった。俊郎がその後すぐにタキ乃に連絡したので、マンションには神原家のお手伝いさんである山本さんがやってきてくれた。三日間、留津は動くことができなかった。そのあいだ、俊郎は神原家のタキ乃のもとに身を寄せていた。山本さんが手伝いに来てくれているのに、「身を寄せる」もないものだが、留津は内心「助かった」と思ったのだった。

こういう時、俊郎がいると、邪魔っけ。

留津はそう思ってしまったのである。俊郎のことを、「邪魔だ」と、言葉にだして考えたのは、初めてのことだった。けれど、言葉にしていなかっただけで、あきらかに留津は俊郎のことを「邪魔だ」と思っていたのである。

一週間たって俊郎が帰ってきた時には、留津はいつもの留津に戻っていた。俊郎を育児に参加させようという試みは、何かのかけちがいでうまくゆかなかったわけだ。結婚後、留津と俊郎がもっと近づく、これが大きなチャンスだったということに、二人は気がついていない。むろん、それは当然のことだ。人生の、いつが自分の分岐点だったかなどということは、時間がたった後にはじめてわかることなのだから。

「おかえりなさい」

いつもの時間に帰ってきた俊郎を、留津は迎えた。虹子はとうに寝かしつけてある。

「お風呂が先？　それとも、ご飯？」

留津は、おとなしく訊ねる。俊郎は少し迷ってから、

「ご飯、かな」

と答えた。その夜留津と俊郎は、セックスをした。この男の人は、いったい誰なんだっけと、肌をあわせながら、留津は感じていた。それは決して「俊郎が嫌い」ということではなかった。ただ純粋に、俊郎が見知らぬ男のように思えただけのことであった。

「虹子が、さみしがっていたわよ」

留津は、寝入りばなの俊郎に、ささやいた。ほんとうは虹子は、「ぱぱ」の「ぱ」の字も口にしなかったのだけれど。

二〇〇〇年　ルツ　三十三歳

結局、一九九九年の七の月に、人類は滅びなかった。

ノストラダムスの大予言については、ルツたちの世代の間では、小さな流行が何回かあった。そっくりそのまま信じている者は知り合いにはいなかったし、ルツ自身もむろん、真面目にとりあっていたわけではなかったのだけれど、ずっと心にひっかかってはいたのだ。

もしかすると、人生は一九九九年で終わってしまうのかもしれない。それならば、どんなふうに生きたって、同じなのではないか。一九九九年にはすべてがチャラになってしまうのだとしたら、「その後の長い人生」に備える生き方など、しなくていいのではないか。

そのような心が、まったくルツになかったとは、決して言いきることはできない。

一九九九年にすべてが終わるかもしれないという、ある種の安逸《あんいつ》でなげやりな心もちのせいなのか、そうでないのかはわからないけれど、佐東心平《さとうしんぺい》とルツとのつきあいは、いまだに続いていた。

結婚をするのか。しないのか。そのことについては、すでにルツはすっかり棚上げしていた。少しでも結婚問題を目の前に近いところに引き寄せてしまうと、佐東心平は永遠に去ってしまうということが、ルツにはわかっていたからである。

つきあいはじめてから一年めくらいまでは、ルツだって、くいさがってみたのだ。岸《きし》田耀《だかがよ》に頼んで一緒に居酒屋に来てもらい、結婚生活の楽しさのあれこれを、さりげなく会話にさしはさんでもらったりもした。あるいは、もしかすると佐東心平の育ってきた家庭環境のために、心平が結婚というものに怖れを抱いているのではないかという可能性をかんがみ、時おり心平が語る昔の思い出話には、ことさらに熱意をこめて耳をかたむけてもみた。またあるいは、直截に心平に結婚についてどう考えているのかを訊ねてもみた。

どれも、奏功しなかった。

岸田耀の結婚よもやま話に関しては、「ふうん」という、いかにも興味のなさそうな鼻声が返ってくるばかりだった。また、佐東心平の家族は、ごく標準的な家族であり、子供の頃に両親によって何らかのトラウマが与えられたという兆候も、まったくなかった。

結婚についての佐東心平の考えを直截にたずねた時が、いちばんまずかった。

「結婚、ねえ」

心平は、ため息をついた。

「結婚は、しないよ、ぼくは。で、あなたは、結婚したいの？　したいんなら、ほかの男をあたってよ」

はっきりと、心平はそう言った。

ほかの男をあたる？　ルツは身が震えるような怒りと、心臓がぎゅっと縮まるような恐怖をおぼえた。もしかすると、佐東心平は、あたしのことを、ぽっちりとも愛していないの？

しかし、ほかの男をあたれ、などという無茶なことを言うにもかかわらず、佐東心平はあいかわらず日常的には優しかったし、二人の間の会話ははずんだし、抱きあうときもいつも深い満足を得ることができるのだった。

ルツは途方にくれた。結婚しない、ということを除けば、何の問題もないのだ。

そうやって、いつの間にか三年がたった。

心平との関係と正面から向き合うのがいやで、ルツはこの一年間、実家にもほとんど顔を出していない。父も母も、表だって結婚をせっつくことはなかったけれど、ルツがどんな生活をしているのかを心配していることは、あきらかだった。

もしも佐東心平という存在がなく、研究所の技官としての独り身の毎日だけを送っていたとしたなら、ルツはおそらくもっとちょくちょく実家に帰ったことだろう。結婚について両親が口に出して心配したとしても、笑いとばしていただろう。

心平は、ルツにとってのアキレスのかかとになりつつあった。岸田耀とも、このごろはあまり連絡をとっていない。なぜなら、耀の結婚生活について、ほんの少しもれ聞くだけで、ルツはつらくなってしまうからだった。

耀は敏感だから、夫や子供の話は、しないでいてくれる。にもかかわらず、耀の体から何かの光がにじみ出ているかのように、「結婚生活のうるおい」が、耀をとりまいて耀をかがやかせているように、ルツには感じられてしまうのだ。

「ひがみ、きわまる」

と、ルツは「なんでも帳」に書きこむ。

「人生が、楽しくないのです。でも、心平のことが、好きなのです。どしたらよかんべ」とも。

心平との身動きのとれない関係に風穴をあけてくれたのは、意外なことに、浪川《なみかわ》教授だった。

この年の学会は、国立山際科学研究所、略して山研で開かれることになっていた。ルツには、しなければならないことが山のようにあった。会場の運営から、ことこまかな打ち合わせ、経理的な手配、公的な書類づくり、そのうえに、通常の仕事もあった。

休日も出勤する日々が続いた。山研に入ったころは実験をおこなう時間も多かったのに、なんでもてきぱきと真面目におこなうルツに、浪川教授は庶務的な仕事も総務的な仕事もどんどんまかせるようになってきており、下手をすると、一週間に一度も実験室には入らず、教授の部屋の隣の小部屋にあるデスクの前で勤務時間をずっと過ごすことも多くなっていた。

「今日も帰り、遅いのかな」

佐東心平は、日曜日の朝九時に部屋を出ようとしたルツに聞いた。

「うん、ごめん。よかったら先に寝てて」

「夕飯、作っておくよ」

「ううん、研究室ですませてくるから、いい」

「体、こわさないようにね」

佐東心平は、優しい声で言い、ルツを送りだした。

「なんか、このごろあたし、オートクレーブとか電子顕微鏡とかにさわってないなあ」

午後も遅くなったころ、そうつぶやきながらルツは立ち上がった。デスクの上には紙の束が積まれ、パソコンをずっと見続けていた目はしょぼしょぼしていた。部屋の中をぐるりと歩きまわり、それから廊下に出て行ったり来たりし、ルツは大きなため息をついた。

「今日はもう、帰っちゃおっかな」

大きめの声で言ったら、実験室の扉が開いて、台湾からの留学生の王さんがひょいと顔を出した。

「ルツさん、おつかれですね」

「そうなの、もう限界」

「かえっちゃいなさい、かえっちゃいなさい」

ほんの少しの中国語なまりのある柔らかな王さんの言いかたに、ルツは背中を押された。今から電話をすれば、きっと心平は夕飯を二人ぶん作ってくれるにちがいない。

携帯電話を鳴らしたけれど、心平は出なかった。

メールをしようかとも思ったが、なんとなくおっくうだった。

部屋の扉を開けたとたんに、妙な感じがしたのだ。

「家には、匂いがあるよね」

と、いつかルツは佐東心平と喋りあったことがある。夕暮れどきの街を歩いていた時のことである。そろそろ空は暗くなり、店先にあかりが灯される時刻だった。横丁から煮物の匂いがただよってきていた。その醬油くさい匂いをかぎながら、ルツと心平は「家の匂い」の話をしたのである。

心平によれば、自分の家の匂いは、自分にはわからないのだ。よそさまの家に踏み入った時に、はじめてその家特有の匂いがあることがわかる。コンソメの匂いのこともあれば、花の香りのこともあるし、ぜんたいに湿っぽい匂いという場合もある。

「あなたの部屋は、なつかしい匂いがするんだなあ」

心平が言ったので、ルツはとても嬉しかったのだ。

今日、ルツの部屋には、匂いがあった。自分の部屋の匂いは、自分ではわからないはずなのに、ルツは匂いを感じたのだ。そのうえ、玄関には見知らぬサンダルが脱ぎ捨てられていた。

「ただいま」

小さな声で、ルツは呼びかけた。

「おかえり」

という佐東心平の声は、いつもと同じだった。大きすぎもせず、小さすぎもしない、ゆったりとした声。

「仕事、早めに切り上げちゃった」

と言いながら、ルツは玄関からリビングに続くドアを開けた。

「そうなんだ」

と答えた佐東心平の声は、さきほどの「おかえり」という声よりも、ほんの少しばかり早口だった。そのわずかな違いに気がついた自分を、ルツは不思議に思った。なぜなら、声の調子がどう違うかなどという微妙なことなど吹っ飛んでしまうような驚きが、リビングには待っていたからである。

「誰？」

ルツは聞いた。リビングの、小さな食卓には、心平と向かい合って一人の女が座っていた。一度も会ったことのない女だった。心平と女は、フォークを手にしていた。

食卓には、心平の得意料理である魚介のパスタと、ソーセージのサラダが並んでいる。

「誰？」

もう一度、ルツは聞いた。女は答えなかった。佐東心平も。

「ここで、何をしてるの？」

「いや、なんだかたくさん作りすぎちゃってさ。あなたは今日遅いって言ってたから、ぼくが呼んだんだ。彼女、花坂さん」

心平は、女の名字を教えた。はなさかさん。ルツは心の中で繰り返す。心平の声の調子が、ゆったりとしたものに戻っている。こんなにのんびりと説明できるのならば、この「はなさかさん」は、たとえば心平と親密な仲にある女ではないのかもしれない……。すがるように、ルツは思う。

「はなさかさん」が立ち上がった。ルツをじっと見ている。ルツと歳はそう変わらなくみえる。頭のてっぺんにおだんごをつくり、胸元にビーズで刺繡のしてある袖なしのチュニックを着ている。むきだしのほっそりとした上腕に、金色の輪をはめている。ぜんたいに、東南アジアのテイストだ。ルツの友人には、いないタイプ。

「こんにちは」

「はなさかさん」は、ぴょこりと頭を下げた。それから、にやりと笑った。にっこりではなく、にやり、である。

ルツは、どうしていいかわからなかった。もしも「はなさかさん」と佐東心平の仲が、のっぴきならないようなものなのではなく、ただの「友人」なのだとしたら、つんけんした態度をとっては、まずい。けれど、もしも「はなさかさん」と心平が、「できて」いたなら——「できている」、という言葉を内心で使いながら、ルツはその言葉に辟易《へきえき》した。なぜ仕事から疲れて帰ってきた自分の部屋で、あたしは自分の恋人と誰かが「できている」なんていう俗悪な判断をさせられなければならないの？——ここは怒っていい場面だ。

佐東心平を、ルツは観察した。心平は、いつものなごやかな表情で座っており、ただ、フォークだけは皿の横に戻していた。魚介のパスタは、おいしそうだった。

「あなたも一緒に食べない？」

ルツの視線がパスタの上をさまよっているのを見て、心平が言う。

「一緒に？」

「うん、せっかくだし」

いったいこの状況で、何が「せっかく」なのだろう。

立ち尽くすルツと、落ち着きはらった佐東心平。何かがおかしい。とてつもなく、おかしかった。

いったんは座り直した「はなさかさん」が、また突然立ち上がった。

「あたし、やっぱりもう、帰る」

「はなさかさん」は言い、またぴょこりと頭を下げた。その頭の下げかたが、何かに似ていると、ぼんやりルツは思う。そうだ、これは、いつか心平と一緒に入った「餃子亭」という餃子屋の店先に立っていた「ギョウザおじさん」という巨大なぬいぐるみの頭の下げかただ。背中をまるめるのではなく、腰からぐっと体を曲げ、鋭い角度のくの字になるおじぎ。

「はなさかさん」は、魚介のパスタにほんの少し手をつけただけで、帰っていった。ルツは、さきほどまで「はなさかさん」が座っていた自分の椅子には、なんとなく座りたくなくて、「はなさかさん」が出て行ってしまってからも、ずっと立っていた。心平は、パスタの続きにかかっている。

「ねえ、どういうことなのかな」

ルツは聞いた。

「うん、それはね」

心平はいったん口を開いたけれど、すぐに咀嚼に戻った。

「これ、食べちゃうまで、ちょっと待っててね」

その言葉通り、ルツは心平のすぐ横に立って、待っていた。心平の食べる速度が、いつもよりもずっと遅い。沈黙の中で、心平がソーセージやエビを噛む音が響いた。いつもながら、おいしそうに食べるなあと、ルツは思う。

「誰なの？」

心平の皿が空になったところで、みたび、ルツは聞いた。

「だから、花坂さん」

「心平とは、どういう関係なのって、聞いてるの」

「友だち」

「友だち。ふうん。そういえば、心平の友だちに会うのは、初めてだね」

あんなにも紹介してほしいと思っていた心平の「友だち」に、こんな形で会うことになろうとは、想像もしていなかった。

気づいていたにもかかわらず、ずっと考えないようにしてきたことが、ルツにはあった。

それは、佐東心平が「女にもてる」という事実である。もう少しつっこんだ言い方をするなら、心平が、「女にもてる状態を好んでいる」という事実である。

女にもてることは、あんがいたやすい。見目はさほど関係ない。ただ、女の話をよく聞き、身をほどほどに清潔に保ち、欲望をきれいにくるんで見せないようにし、けれど同時に女への欲望をちらりとみせもする、ということができればいいのである。

たやすい、などと言うと、世の男たちはぶつくさ言うかもしれない。そんなに簡単に女にもてるなら、俺のことも、もてるようにしてくれよ、と。

それならば、言い直してみようか。女にもてることは、あんがいたやすい。けれど、それはその女のことを真に好きでない場合に限る、と。

心の底から一人の女のことが好きで、その女に執着すればするほど、男はもてなくなる。執着する女以外の女は目に入らないのだから、不特定多数の女からもてないのは当然だし、おまけに、執着している当の相手からも、さほどはもてない。運が良ければ好いてもらえるけれど、当のその女から「もてる」というのとは、違う状態だろう。

女にもてるのは、女のことを適当にいなすことのできる男なのだ。

つまり、佐東心平は、ルツのことも、その他の女たちのことも、たいそううまくいなすことができる男である、というわけなのである。

そのうえ、もてることを好ましいと感じている男ならば、自分の現在のもてっぷりを手放すわけがない。ルツに対する、おだやかな中にもほんのわずかばかりの野性のまじったようなふるまいを、たくさんの女たちにおこなっていることは、想像にかたくない。

けれど、ルツはそこのところに、ずっと目をつぶってきた。女に執着しない佐東心平なのだから、ルツ以外の女と何かがあったとしても、ルツと共に過ごす場所には、心平はそのことをいっさい持ち込まない。だから、目をつぶることは簡単だった。たくさんいる女たちの中で一番好ましいのは、今のところルツだろうという推測もできる。なぜなら、佐東心平と一番長く時を過ごしているのは、おそらくルツだろうから。

でも、今日のようなことがあると、それも不確かになってくる。

その夜、ルツは明け方まで静かに横たわって、隣で眠っている佐東心平の寝息を、ずっと聞いていた。荒れ狂う心の内はあかさず、ルツは結局、ただ黙っていることを選んだのだった。

この男とは、もう別れよう。

ルツはすでに、そう決意していた。別れぎわに、もっとじたばたしてみてもいいのではないかとも考えた。けれど、いくらじたばたしても、佐東心平はおそらく、ウナギやアナゴのように、にょろりとルツの手をすりぬけてしまうにちがいない。その時のむなしさを、ルツはじゅうぶんに想像することができた。そのむなしさは、佐東心平とつきあった三年の間に、しばしば味わってきたものだったから。

このひとは、あたしと結婚する気は、ほんとうに、これっぽっちもなかったんだ。ルツは思いながら、一晩じゅうまんじりともせず、天井を眺めあげていた。時おり、あおむけになっているルツの目の横を、涙がつうっと流れた。拭く気にもならないので、乾いた涙で肌がごわごわしていた。

この男を、いつか後悔させてやる。ルツは決意する。あたしをないがしろにしたことを、いつか悔やむといい。でもその時は、もうあたしはおまえの手になど入らないのだ。どんなに望んだとしても、あたしの今までの純粋なおまえへの思いは、今日砕け散ってしまったのだから。

ルツは知らない。ルツと別れた後も、佐東心平がルツとのことをずっと美しい思い出として大切に持ち続けるということを。それは、心平がルツを深く愛していた、ということを、必ずしも意味しない。たとえて言うなら、つかまえてきたきれいなコガネムシを標本にしたものを、たびたび取り出しては眺めて喜ぶ少年と同じ、といったところか。コガネムシの意志は、関係ないのだ。うまくコガネムシをつかまえ、きれいな標本にできたことを、少年は純粋に楽しんでいるだけなのだ。

けれどさて、コガネムシの身になってコガネムシの哀しみを知ろうとしなかったからといって、少年に、罪はあるのだろうか。

そして、少年、と表現したけれど、少女の中にだって、コガネムシ収集の癖がある者は、存外多いのだ。

恋って、なんなの。ルツは思う。なぜ人は、恋なんぞという面倒な感情を持ってしまうのだろう。そのうえ、すべての人の「恋」は、それぞれにまったく違っていて。

窓の外がしらみはじめている。小鳥がさかんにさえずっている。目を閉じると、森の中にいるようだった。もう涙は出なかった。今あたしは、深く暗い森の中にいる。早く早く、この森を抜け出そう。そして、光ある平らかな草原に出るのだ。そこであたしは、しばらく休んでいよう。ふたたび森へとさまよい入る生気を取り戻すまで。

さよなら。ルツは心の中でとなえた。さよなら、心平。さよなら、心の深くなかった、あたしの男。

翌日、ルツはてきぱきと、自分の部屋から佐東心平を追い出したのだった。

二〇〇〇年　留津《るつ》　三十三歳

まだ次はできないの、というのが、この二年間タキ乃《の》がもっとも多く口にした言葉だった。今日は日曜日で、一ヶ月に平均一週間は俊郎《としろう》と留津《るつ》のマンションに逗留《とうりゅう》するタキ乃は、おととい の金曜日からの、今月は三泊めの滞在を続けていた。昼下がり、けだるい空気の中で、タキ乃は悠長なくちぶりで、いつものように留津を責めているのだった。

「虹子《にじこ》ちゃんも、もう五歳でしょう。早く次の男の子を生んで、俊郎の後継ぎをつくるのが、あなたのつとめなのよ」

「できないものは、しょうがないだろう。いざとなれば虹子に婿養子をとればいいじゃないか」

珍しく、俊郎がタキ乃に言い返す。マンションのリビングルームにはよく日が差しており、虹子はビデオにとったアニメーションを食い入るように見ていた。留津はキッチンに立ち、できるだけタキ乃と正面から顔をあわせないよう、せっせとシンクを磨いたり布巾を漂白したりしていた。

「あら、そうなの?」

俊郎の反論に、タキ乃はまばたきをした。

留津が第二子を妊娠する兆候は、まったくなかった。それもそのはずで、虹子が三歳になる頃から、留津と俊郎はセックスをおこなっていなかったからである。

俊郎が留津に背を向けて眠るようになったことには、理由があった。

虹子が生後六ヶ月ほどになるまでは、虹子の泣き声が俊郎の眠りをさまたげないように、留津は虹子と二人、リビングの横の畳の部屋にふとんを敷いて寝ていた。俊郎とは寝室を別にしていたわけである。

半年ほどが過ぎ、虹子の夜の睡眠も定まってきたところで、留津は夫婦の寝室に戻った。ベビーベッドをあつらえて、俊郎と留津の寝室のベッドの隣に置き、そこに虹子を寝かせるようにした。

寝室に戻ってから、すぐにまた俊郎は留津の体を頻繁に求めるようになった。留津も、さからわず俊郎に応えた。

あれは、虹子が三歳になる少し前のことだっただろうか。いつもの手順で俊郎が留津の上でおこないをはじめようとした時に、ふと留津が横を向くと、虹子がぱっちりと目を開いて俊郎と留津を見つめているではないか。

「あっ」

と、留津は声をあげてしまった。俊郎は、留津が反応したと思い、動きをはやめた。

「いやっ」

と留津が言うと、俊郎はさらに勘違いをしたのか、動きを激しくした。虹子は、箔《はく》を貼ったようなくもりのない目で、俊郎が動くさまを凝視している。

「はだかー」

俊郎を指さし、虹子がはっきりと言った。

次の瞬間、俊郎の動きが止まった。

体の中で、俊郎のものが縮んでゆくのを、留津ははっきりと感じた。

「はだかー」

もう一度、虹子は嬉しそうに言った。一度も俊郎と風呂に入ったことのなかった虹子は、おそらく男の裸が珍しかったのだ。まじまじと、虹子は俊郎のことを見つめつづけていた。

俊郎の縮こまったものが留津からこぼれ出るのと同時に、俊郎は留津に背を向けてふとんをひっかぶった。

「虹子ちゃん、おっきしちゃったの？」

いつもの、なんでもない声で、留津は虹子に話しかけた。

「あい。ぱぱ、はだか。いっぱい、はだか」

けらけらと、虹子は笑いながら言った。よほど俊郎の裸を見たことが嬉しかったのだろう。夜中たまに起きてしまった時には、必ずぐずって泣くのに、機嫌のいいことこのうえない。

「ぱぱは、おふろ入ったんですよ。だからはだかなのよ。ぱぱ、おねむね。虹子ちゃんも、おねむよねえ」

枕元のライトの光を絞りながら、留津は低く優しい声で言った。虹子が、また笑った。

その夜、俊郎はふとんの中でごそごそとパジャマを身につけると、二度と留津と虹子の方を向かなかった。三十分ほどしたころ、俊郎の寝息が響きはじめた。ベビーベッドから虹子を抱き上げ、留津は自分の横に虹子を寝かせた。まだはだけていたパジャマの中に、大好きな母親のおっぱいを見つけた虹子は、久しぶりに留津の乳房を口にふくみ、吸った。断乳は一歳のころに終えていたので、留津にとっても久しぶりの感覚だった。

俊郎が留津の体に手をのばさなくなったのは、それからだった。最初は、留津も虹子が起きてしまうことが不安で、俊郎がことをおこなわないことにほっとしていた。けれど、一ヶ月たっても二ヶ月たっても俊郎が背を向けたまま眠っているので、留津はしかたなく、自分から俊郎を誘ってみたのだ。

「虹子、今日はお砂場でよく遊んだから、大丈夫よ」

枕元のライトで経済雑誌を読んでいた俊郎に、留津は言ってみた。

俊郎は、何も答えなかった。

「この前は、ごめんなさいね。虹子が起きていることを、ちゃんと伝えられなくて」

留津がそう続けても、俊郎は無言だった。

留津は、俊郎に手をのばした。こちらに向けている背中を、ゆっくりと撫でてみる。それから、次第に手を下の方へとずらし、パジャマの上着の裾から手を差し入れ、俊郎の肌に直接ふれる。俊郎はじっとしていた。そのまま留津は背を向けたままの俊郎に、自分の胸と腹をぴったりとくっつけた姿勢で寄り添った。

俊郎の背中の肌にふれている手を、留津は俊郎の腹側にのばしていった。

（わたしったら、大胆？）

そう思いながら、留津は俊郎のものをてのひらで囲んだ。ことをおこなうに当たって、留津の方から俊郎に働きかけるのは、これが初めてだった。

俊郎のものはずんずん大きく育っていった。留津は楽しくなってきた。虹子をあやすような気持ちで、留津はてのひらを自在に使った。俊郎が、うめいた。留津はつるりと体を動かして、横たわった俊郎の体を越え、俊郎の前にまわった。そして、そのまま俊郎に深いくちづけをした。俊郎は、苦しそうな顔をしている。留津は喜びがわきあがってくるのを感じた。

（かわいい）

と、留津は思った。生まれてはじめての感覚だった。俊郎がしばしば留津に対して口にしていた「かわいいね」という言葉——虹子が生まれてからは、俊郎はそういえばこの言葉をほとんど留津に対して使わなくなっていたのだけれど——は、このような時に口からこぼれ出ていたのかと、留津ははじめて得心がいった。

その夜の留津は、最初から最後まで能動的だった。俊郎が果ててからも、留津は目が冴《さ》えていた。自分がおこなった動作を、復習するように何回もたどっては、その時に得たいくつもの喜びを、留津は思い返した。次にまたこのような機会があったならさらに改良すべき点についても、思いを致した。やがて寝入ったのは夜中の三時を過ぎていたけれど、目覚めは爽快だった。

だから、俊郎がそれからもう二度と留津に触れようとしなくなったことは、留津にとって大きな衝撃だった。

いくら留津が手をさしのばしても、俊郎は留津の手を邪険に振り払うばかりなのだった。留津が耳もとで優しい睦言《むつごと》をささやいても、聞く耳をいっさい持たなかった。留津は動揺した。せっかくセックスというものの面白さを知ったように思ったのに、そのとたんに俊郎から拒否されてしまったのだから、無理もない。

「虹子に婿養子をとればいいじゃないか」

という、タキ乃に対する俊郎の答えには、かくのごときいきさつがあったのである。

留津とセックスをしなくなってからの俊郎は、以前よりも帰りが遅くなっていった。会社での俊郎の地位は平社員で、父親の美智郎《みちろう》が社長であるにもかかわらず、会社経営に関する権限をほとんど持たされていないらしいということを、留津は知っている。それはもちろん、次期社長としての俊郎を鍛えるための地位の留め置きであり、美智郎の我のためであるはずはないのだけれど、タキ乃に言わせれば、

「パパちゃまは、どうして早く俊郎を副社長にしないのかしら。パパちゃまにもしものことがあったら、大変なことになってしまうじゃないの」

ということになるのである。

「パパちゃまにもしものことがあったら」

という言葉を口にする時のタキ乃の顔に浮かんでいる愉悦の影を、いつも留津はひそかに観察してしまう。それはまことに、生き生きとした生命のきらめき、と言ってもいいほどの、ふとぶとしい愉悦の影だった。

美智郎の「もしものこと」はともかく、俊郎が言う「責任が重くなって会社が最近忙

しくて」という言葉を、留津はさして信用していない。このごろ俊郎は、女のいる店で遊ぶことを覚えたようなのだ。会社での責任が重くなった結果、たとえば接待の目的でそのような店に出入りするということが、もしやあるかもしれないが、俊郎はどうやら接待目的以外でも、そのての店を活用しているようだった。気配や、匂いや、酔いの深さあるいは浅さから、俊郎の行動を類推することは、案外たやすいことだった。

留津から積極的にうって出た、虹子が三歳になる頃のあの夜以来、留津はもしかすると敏感になったのかもしれない。俊郎との結婚生活は、タキ乃のことや俊郎の性格のことをふくめ、最初からなかなか困難だったけれど、俊郎が留津に関心を抱いていて「かわいいね」と言ってくれる限り、その困難には耐えていられた。今になって考えてみれば、その頃はまだ、うららかな霞《かすみ》がかかったような視界で、留津は俊郎と共にいるこの場所をのんびりと眺めていたのだ。

ところが、俊郎が留津に背を向けるようになってしまってからは、留津の視界は突然クリアになってしまったのだ。もしかするとこれは自己防衛の機能の一つなのかもしれないと、時おり留津は思ったりする。

俊郎に女の影がさすことを、実のところ、留津はさほど気にしていなかった。たいしたことは、できないだろう。

と、たかをくくっていたのだ。

留津に背を向け続けているし、帰りも遅くなっているけれど、そのほかのところで留津に対して積極的に害をなすようなことを、俊郎はおこなっていない。いやむしろ、帰りが遅くなり女の影がさすようになってからは、俊郎は留津に対して以前よりも居丈高ではなくなっていた。

気が、とがめているのかしら。

留津は憶測する。家計簿の検閲だけは以前と同じように厳しかったけれど、そのほかのところでは、俊郎は優しくさえなっていた。留津が家のことで手いっぱいで俊郎をかまえなくても、以前のようには留津に対して威圧的にはならず、一人ぽつねんとテレビに見入るようになった。虹子を連れてたまに里帰りしても、とがめなくなった。俊郎が好まないゆるい服を留津が着ていても、叱ることはなくなった。

亭主元気で留守がいい、という言葉を、留津は実感する。けれど、一抹の淋しさは、あったのだ。自分が俊郎を心の底から深く深く愛している、と声を大にして言うのは無理だったとしても、少なくとも縁あって共に暮らす俊郎との生活は貴重なものであり、大切にすべきものであると、留津は思っていたのだ。

タキ乃が渋谷の家に帰っていってしまうと、留津は気が抜けたようになる。タキ乃という手強い存在のことを好ましく感じているわけはないのだけれど、立ち向かうべき何かがあるということは、生活を活性化させる。

電話が鳴ったのは、そんなある日のことだった。

「神原《かんばら》です」

二回めの呼び出し音の前に受話器を取り、留津は答えた。二回めまでに受話器を取るべし、というのは、タキ乃の教えだ。その教えは、珍しく美智郎からタキ乃への教えでもあり、また美智郎の会社「カンバラ」の社訓でもある。

「会社が今より小さかった頃は、あたくしも少しだけ手伝っていたことがあるのよ。まだ俊郎が生まれていなかった頃ね」

とタキ乃が語るのを、留津は驚いて聞いたものだった。

タキ乃が会社を手伝う姿など、想像もできなかった。けれど、今は「赤坂」のところに行きっきりになっている美智郎が、結婚したばかりの頃にタキ乃と仲睦まじく暮らしていた姿は、おぼろげに想像することができた。なにしろ美智郎という男は、誰とでも気安くなじむ人あしらいに長《た》けた男だからだ。

一回半ほどのコールで電話に出た留津の耳に飛びこんできたのは、うるおいのあるきれいな声だった。

「奥さん？」

声は、前置きなしに聞いてきた。

「どなたでしょう」

留津は聞き返した。

「俊郎さんと離婚してちょうだい。もうすぐこちらには、俊郎さんの子供が生まれるんです」

声は続けた。留津は仰天した。

「は？」

「子供は男の子です」

電話はそこで、ぷつんと切れた。

じきに虹子の幼稚園バスが着く時間だ。迎えに行かなければならない。留津はめまいを覚えた。比喩ではなく、実際に立ちくらみがしたのだ。

最初にきたのが驚きだったとすれば、次にきたのは怒りだった。もちろんそれはまず第一に、俊郎に対する怒りだった。けれど、同じくらい強かったのは、自分に対する怒りだった。

なぜわたしは、あんなにばかみたいに油断していたんだろう。

自身に対するその怒りは、このめまいを覚えさせる事態の中で、留津をしゃんとさせた。

留津は自動的に玄関の鍵をしめ、自動的に幼稚園バスの着くところまで歩き、自動的にお母さんたちと挨拶をかわし、自動的に虹子の手を引いてマンションの部屋まで帰った。

自動的に夕飯の用意をし、自動的に虹子を風呂に入れ、自動的に虹子を寝かしつけ、すると夜の九時過ぎになっていた。

俊郎は、帰ってこない。

十二時を過ぎても、俊郎は帰らなかった。二時を過ぎても、四時になっても、夜が明けてからも、俊郎は帰らなかった。

翌日、留津はまた自動的に朝食を作って虹子に食べさせ、小さな弁当をつめ、自動的に虹子を幼稚園バスのところまで送っていった。

部屋まで戻ると、留津の「自動装置」のぜんまいは、突然切れた。

「どうしたらいいんだろう」

留津はつぶやき、ソファに倒れこんだ。

相談すべき人物として、この時真っ先に浮かんだのがタキ乃だったということを後に思い返す時、留津はいつも笑いだしそうになる。

母の雪子《ゆきこ》でもなければ、木村巴《きむらともえ》でもなく、よりにもよってあの奇矯《ききょう》な姑であるタキ乃に夫の隠し子の相談をしようと思ったのは、おそらく、タキ乃になら自分の夫の関心が他の女に行ったということを理解してもらえるのではないかという判断が、とっさになされたのではなかったのか。

その期待が、簡単に打ち砕かれた時、留津はいっそのことすがすがしさを感じたものだった。

「子供？　男の子？　まあ、そうなの」

というのが、電話の向こうのタキ乃の反応だった。その声には、さしたる驚きの調子はふくまれておらず、たとえば散歩をしていたら不思議な毛並みの猫を見つけた、というふうな時に思わずもれるような類の声なのだった。

その夜遅く、ようやく俊郎は帰ってきた。

「おかえりなさい」

留津が言うと、俊郎はつっかかるように、こう聞いた。

「ママに言いつけたんだって？」

はい、言いつけましたとも。と、留津は言い返そうかと思ったけれど、やめておいた。まだ何も話し合いはなされていないのに、すでに十時間くらい不毛な話し合いを続けたかのような脱力感が、留津をおそっていた。

「報告しただけです」

留津は静かに答えた。

「まちがいだよ」

「何が、まちがいなんですか」

さらに静かに、留津は聞いた。

「子供とか、男の子とか」

「ゆうべは、どちらにいらしたんですか」

俊郎は答えなかった。このような状況になると、自分がばかていねいな言葉づかいになることを、はじめて留津は知った。

「会社だよ」

俊郎は怒鳴るのだということも、留津ははじめて知る。機嫌が悪くなることはしばしばあっても、怒鳴るということはなかった男なのに。

「何が言いたいんだよ」

「そうですか」

俊郎は怒鳴った。このような状況になると、俊郎は怒鳴るのだということも、留津ははじめて知る。

その夜、珍しく留津はくいさがった。いつもならば、俊郎が機嫌が悪くなったとたんにへいこらと俊郎に従い、できるだけ波風をたてないようたてないよう努める留津だったが、今回ばかりはそうはゆかじと決意しているからだった。

「電話してきたあの女の人は、どなたなんですか」

「知らないよ」

「知らないわけはないでしょう」

「知らないんだから、しょうがないじゃないか」

「それでは、ゆうべは、どこにいらしたんですか」

「会社だよ」

「会社に泊まったんですか」

「会社の近くのビジネスホテルだよ」

「ホテルの名前は、なんていうんですか」

「忘れた」

言いのがれをする子供のような俊郎の答えに、留津は心がしんと冷えてゆく自分を感じた。

男の人は、あんまり追いつめちゃだめよ。

いつか、木村巴が言っていた言葉も、思いだした。

俊郎は、言いのがれが下手だった。口ごもり、前後関係がすぐにかわり、怒鳴ったりあわてたり突然黙りこんだりと、腰のすわっていないことこのうえなかった。

なんでこんな男と結婚してしまったんだろう。

留津の心は、さらに冷えてゆく。

結局その夜俊郎は最後まで、矛盾だらけの言い訳をしどろもどろに口にするばかりだった。果たして電話の女が言っていた「男の子」が存在するのかどうかもわからなかったし、昨夜俊郎が女のところに泊まったのかどうかもわからなかった。

もしやタキ乃がすぐさま駆けつけてくるかとも予想していたのだけれど、タキ乃は来なかった。肝心な時なのに来ないのだと、留津は思ったのだけれど、後には、肝心な時だからこそ来ないのだと、思いなおした。

数日が過ぎ、俊郎の帰宅は以前と同じように早くなった。数ヶ月が過ぎ、女の影はまったく感じられなくなった。どうやら俊郎の「隠し子」については、美智郎が「処理」したようなのだった。

そのことは、タキ乃が留津に伝えた。

「女の生んだ子供は、俊郎の子供じゃなかったみたいなのよ」

タキ乃は、平然と説明した。まずは、私立探偵の調査と俊郎への聞き合わせから、つきあった期間と子供の生まれ月がくいちがっていることがすぐさまわかった。そのうえ、血液型もあわなかったのだという。

「だから、認知の必要はまったくないのよ。ほんとうに留津さんは、幸運ね」

タキ乃は言った。幸運、というタキ乃の言葉に、留津は唖然《あぜん》とした。幸運とは、このような場合に使う言葉だったのか？

「男って、ほんとうに、あれよね」

と、タキ乃が続け、留津ににっこりと笑いかけた時には、留津はおののいた。

（もしかして、仲間意識？）

ともあれ隠し子騒動は、それにて、羊頭狗肉《ようとうくにく》な感じで、幕を引いたわけである。

俊郎はそののち、じょじょにまた遅く帰るようになってゆく。平社員から課長に昇進し、実際に仕事が忙しくなったということもあるし、ちょろちょろと女あそびをしている、ということもあったようだ。女の影がさしている時には、留津はいつもはっきりとそのことを察知した。けれど、女の方から何か言ってこない限り、留津の方から働きかけるということは、いっさいしなかった。

留津は、絶望していたのだろうか？

いや、おそらく、留津は何も考えないようにしていたのだ。俊郎と自分の関係については、ふれず、見ず、むきあわず。

この時期、そうやって留津は自分を守っていたのだろうし、反対に、自分を粗末にしていたのである。

二〇〇六年　ルツ　三十九歳

「今年四十歳になるなんて、信じられる？」

ルツはビールのコップを傾けながら、林昌樹《はやしまさき》に聞いた。

「うん、まあ」

というのが林昌樹の答えだった。こちらは、ぬる燗《かん》の杯を手に持っている。

「だってこのごろおれ、日本酒は必ず燗つけないと、だもん」

「渋いよね」

「うん、どんどん渋くなる。でも、燗つけた方がうまいんだから、しょうがないよな」

ルツと林昌樹は、寿司屋のカウンターに並んで座っているのである。

「安い店だけど、行きつけの寿司屋がこうしてできたのも、渋いよね」

ルツが言うと、店の親方が笑って言い返した。

「どうせ安い店だよ」

この「中田鮨《なかたずし》」の親方は、林昌樹が昔つきあっていた男なのである。いまだに林昌樹は会社では自分がゲイだということをカミングアウトしていない。だから、ルツと会って気兼ねなくお喋りをする時には、会社の人間が絶対に来なさそうな店を選ばなければならない。その点、中田鮨ならばおあつらえむきというわけなのだった。

中田鮨の親方、中田謙吾《けんご》は、林昌樹が三十代の半ばのころに二年ほどつきあった相手で、彼と林昌樹との間のもめ事や仲直り、そして聞いていられないようなのろけを、さんざんルツは聞かされてきたのであるが、別れてから五年ほどたつ今では、中田謙吾と林昌樹はごく仲のいい友人となっている。

「別れてからこういう関係になれるのって、うらやましいなあ」

ルツはため息をつく。

「日下《くさか》さんは、別れた男とはもう絶対にダメなタイプなんですか」

中田の親方が聞いた。

「うん、ダメみたい」

「そうなんだっけ？　そういや、今まで日下は何回くらいふられたんだっけ」

「全部ふられたわけじゃありません」

憤然とルツは林昌樹に言い返す。

「あ、一回だけ、日下が逃げだしたことがあったっけね」

「そうそう、あの製薬会社の」

ルツのいる山研の浪川教授のところに出入りする製薬会社のＭＲ――営業職なのだけれど、いわゆる「営業」というよりも、さまざまな薬品の安全性や情報を営業先に提供しつつ、それらの薬品を使用した結果を会社にフィードバックするという業務が中心となる職種である――の山元諭吉《やまもとゆきち》という男が、ある日ルツをデートに誘ったのである。

山元諭吉は、颯爽とした男だった。デートは必ずドライブで、ルツのマンションの前までいつも迎えにきてくれた。湘南の海岸まで走り、瀟洒《しょうしゃ》なレストランで食事をし、ふたたび東京まで戻ってきて、また瀟洒な店で食事をする。マンションまで送ってきて車の中でキスをすると、最後に必ず花束をルツにプレゼントするのだった。

三回めまでは同じパターンのデートにつきあったけれど、四回めにルツは、提案してみた。

「あの、見たい映画があるんだけど、日比谷で待ち合わせない？」

驚いたことに、その時も山元諭吉は車で迎えにきた。日曜日で、駐車場がなかなか見つからず、予定していた時間に映画館に着くことはできなかった。次の上映時間を待とうとルツは言ったが、山元諭吉は、映画を見るかわりに横浜までドライブした方がいいと、きっぱり答えた。

「映画は、きっとそんなに面白くなかったよ」

山元諭吉は断言し、いそいそと駐車場にとって返したのだった。

五回めに湘南までドライブした日に、ルツはもう会うのはこれっきりにしたいと山元諭吉に言った。

山元諭吉は、驚いた。それから、ひどく悲しそうな顔をした。送ってくれなくていいからと言うルツに、山元諭吉は最後の花束をくれた。かすみ草と黄色いチューリップの花束だった。部屋に帰ると、花は少ししおれていた。

「どうして、あんなに間抜けないい奴をふったわけ？」

という林昌樹の意地悪な感想に、ルツは何も答えなかった。本当のところ、山元諭吉がお酒を飲む男だったなら、同じパターンのデートが続いたとしても、最後に必ず花束をくれるという気が利いているつもりで少しばかり迷惑な行為も、許せたかもしれない、ということをおおっぴらに口にすることは、はばかられた。

「日下は、酒飲まない男とは、つきあえないんだろう」

林昌樹は見透かしたように言っていたけれど、お酒を飲まない、ということが絶対的なマイナスではないことをルツは知っているので、こちらの言葉にも、何も答えなかった。

心の中で、ルツは指を折って数えてみる。今までの恋愛のことを。

高校時代の林昌樹との、恋愛とはまだ呼べないものは含めないとして、三十九歳になる今までに縁のあった男は、五人である。

五人という数が、少ないのか多いのか、ルツにはよくわからない。すでに三人の子供の母親となっている岸田耀に言わせれば、

「すっごーい、経験豊富ね、ルツは」
ということになるし、日々新たな「いい男」に胸をときめかせている林昌樹に言わせれば、
「まだまだ全然」
ということになる。
それにしても、今年は四十歳になるのだ、という事実は、ルツを少しばかり打ちのめ
す。同級生は、たいがい結婚しているか、あるいは反対に男たちと肩を並べ対抗して必
死に働いているかのどちらかだった。ルツの職業は、一般的な企業とは違い、あくまで
研究室の補助的な役割を担うものだ。浪川教授のルツへの信頼は、年々あつくなるばか
りだったので、ルツのおこなう仕事の量は増える一方だったが、研究所というところは、
多分に男性原理の強いところであり、またふつうの企業よりもさらに業績義務の強いと
ころでもある。ルツのような、論文を書かない縁の下の力持ち、といった仕事の者は、
研究所というものの中枢からは、はっきりいって「埒外《らちがい》」なのであった。
それは、ルツにとってある面では気楽なことでもあったが、また一方の面では物足り
ないところでもあった。
「なんか、人生、これでだんだん先細りになっていくのかな」
タコを柔らかく煮たものを口にはこびながら、ルツはつぶやく。
「おいしいな、このタコ」

というのが、林昌樹の答えだった。

「うん、タコとかイカがこんなにおいしく感じるのも、年くったからよね、きっと」

「えー、タコやイカは、おれ、若い頃から大好きだったよ」

林昌樹が反論した。それは、おれの寿司職人としての腕がいいからで、年とは関係ないんじゃないですか、と茶々を入れるのは、中田の親方である。

今まで縁のあった男は、五人。もう一度ルツは、胸の中でそれぞれの顔を思い浮かべながら数える。ひとり、ふたり、さんにん、よにん。

そして、五人めは、今つきあっている田仲涼《たなかりよう》である。

田仲涼は、浪川研におととしから所属している教授だ。以前は都心にある企業の研究所に勤務していた。なかなかのやり手で、サイエンスやセルといった雑誌に、論文がいくつか掲載され続けている。ルツよりも十歳年上、二十代のころにすでに結婚しており、二人いる娘は、長女が大学生、次女が高校生だという。

「娘らが、冷たくて」

と、いつもこぼしているけれど、実は仲のいい父娘だということを、ルツはよく知っている。なぜなら、田仲涼の携帯電話の待ち受け画面は、娘たち二人と一緒に写っている写真だからである。

田仲涼とルツがつきあいはじめたのは、半年前からだ。遅くまで事務仕事をしていたルツが帰り支度をしていると、田仲涼から、

「夕飯、まだでしょう。ごちそうするよ」

と、声をかけられたのである。

近所の、いつも研究室のみんなが食事をとりに行く気楽な中華料理屋で、田仲涼はラーメンと餃子をおごってくれた。ビールも一緒に注文した田仲涼だったが、飲んだのはルツだけだった。

「お酒、召し上がらないんですか」

ルツが聞くと、田仲涼は頭をかいた。

「アルコール分解酵素がないみたい。でも、酒飲めないと、いろいろ、つまらないんだよなあ」

「つまらないですか？」

ルツが聞き返すと、田仲涼は笑った。

「だって、酒飲みの人たちって、ものすごく楽しそうじゃない。あんなどうでもいいことばっかりお喋りしてても」

「それって、酒飲みをばかにしてます？」

ルツも、笑った。

「うん、もしかするとね。だって、楽しそうなのに、なんだかみんな苦行を耐えてるようにも見えるし。って、下戸だから嫉妬してるのかね、おれ」

いつもと同じラーメンと餃子なのに、いつもよりもおいしく感じられたのは、すでにこの時ルツが田仲涼のことを好きになっていたからだったのだろうか。

それからも、しばしばルツと田仲涼は同じ中華料理屋で食事をした。二回めは、ルツがおごり返した。三回めは田仲涼が払い、四回めも田仲涼が払った。

そのころには、田仲涼への自分の慕わしい気持ちがルツにははっきりとわかっていたし、田仲涼の方もたぶんルツに関心があるのだろうということも、なんとなく感じられていた。

二人がもっと近づくのに、時間はかからなかった。

「不倫とか、しちゃってるんだ、あたし」

と、ルツは何回か林昌樹に打ち明けようとした。

けれど、なぜだか、できなかった。

田仲涼との逢瀬《おうせ》は、水曜日の午前中と決まっている。研究所に行く前に、田仲涼がルツの部屋を訪ねてくるのだ。

こっそり会うのは、水曜日だけ。

そのように言葉にして話し合ったのではないのだけれど、ルツも田仲涼も、互いに心の中でしっかりと線を引いていたのだ。それ以上多く会うと、もっと会いたくなる。でも、一週間に一度は会えないと、つらすぎる、と。

水曜日の午後は、研究室のミーティングの日である。数時間前に熱く抱きあっていた田仲涼が、研究の進み具合を冷静に発表している姿を見るとき、ルツはいつも深いときめきを覚えた。反対に、自分がごく事務的な口調で在庫のことや庶務的なことを報告する時には、ある種のスリルを感じた。

職場不倫というものを、自分がしていることを、時々ルツはひどく不可思議に感じる。なぜ、こんなことになってしまったんだろう。そのようなことをする人間がいると、聞いたことはあったけれど、自分がしてしまうなんて。

ルツは、田仲涼と結婚したいとは、ほとんど思っていなかった。まったく思わない、と言い切ってしまうのは不正確なので、ほとんど、という言葉を使ったけれど、結婚しようと思わない自分がいるからこそ、不倫というしろぐらい行為を続けてゆけるのだと、ルツは思っている。

田仲涼の妻のことを思う時、ルツは目の奥が暗くなるような気分になる。申し訳ない、という、優等生のような気持ちではない。かといって、妻が憎い、という気持ちでもない。

ただただ、目の奥がくぼんでゆくような、うすぐらくなってゆくような、なんともいえない哀しみが、いつもルツの中にわだかまっているのである。

そして、そのわだかまりが増えてゆけばゆくほど、田仲涼への思いも深くなってゆく。

「そろそろ貝のうまい季節になりますよ」

中田鮨の親方が言う。

「で、最近の恋愛は、どうよ？」

突然林昌樹が聞いたので、ルツはびくりとした。

「え、トリ貝も、そろそろなのかな？」

林昌樹の質問には答えずに、ルツはあわてた口調で親方に聞いた。

「トリ貝は、ちょっと先ですかね」

「桜は散っちゃったけど、これからは若葉がきれいだよね。で、もう言っちゃいなよ、日下。今の相手のこと。おれたち、口は固いから」

林昌樹のその言葉に、ルツはむせた。つけ台に、カツオの刺身が出てくる。カツオも、少し太ってきましたよ。江戸っ子は初ガツオを好みますけど、カツオは秋の方があぶらがのってて、おれなんかは好きです。でも、おれの修業した店では、カツオはなんといっても春の浅い頃にお出しするもんだって言われましたけどね。

ルツが少しでも話しやすいようにと慮《おもんぱか》っているのか、中田の親方は、寿司屋の親方然とした言葉をわざと重ねているようだ。

「ちょっと、二人でコンビ組まないでよ」

ルツは反抗してみる。

「え、コンビ組んで、おれたち、日下に何吐かせようとしてるのかなあ」

ゆうゆうと、林昌樹が言った。

どうやら林昌樹と中田謙吾は、今日こそルツの恋愛について聞き出そうと、共謀しているようなのだった。ルツは助けを求めるように店の中を見まわしたが、客はルツと林昌樹以外、誰もいない。

「ねえ、こんなにお客さんが少なくて、大丈夫なの？」

「だから、せめて日下さんの恋愛ばなしを聞かせて下さいよ」

中田の親方が、あわれっぽく言った。ルツは答えずに、カツオの刺身に箸をのばす。もっちりとしていて、血のにおいのまったくないカツオだった。

「おいしいわよ、これ。しょうがないなあ、カツオに免じて、喋っちゃうか」

結局その夜、ルツは田仲涼とのことを二人に語りはじめたのだった。語りながら、（これで少し、うすまる、かもしれない）と、ルツは思っていた。

田仲涼との恋愛が始まったばかりの頃には、世界の誰にも、自分たちのことを知られたいとは思わなかった。

秘めなければならない恋だから、という理由もあったけれど、それだけではなかった。二人だけの場所に、誰かの気配が入ってきたとたんに、その場所が濁ってしまうような気がしたのだ。反対に、二人の場所が閉じていって狭くなればなるほど、二人の間の感情は、濃くなってゆくように感じられた。

けれど、田仲涼との間柄が半年以上続いている今、ルツはひどく不安になってきていたのだ。

このまま、どんどん気持ちが濃くなるいっぽうだとしたら、これからどうなってきてしまうのだろう、と。

結婚、という言葉まではまだたどりついていなかったけれど、ルツはあきらかに、田仲涼と共に過ごす時間を増やしたいと熱望しはじめていた。

もっと、いだきあいたい。

もっと、喋りあいたい。

もっと、田仲涼のことを知りたい。

田仲涼の、いやなところまでをも、知りつくしたい。

ながながき一夜を過ごしたい。

次の夜も過ごしたい。

そしてまた次の夜も。

「じゃ日下は、その十歳上の教授と、絶賛不倫中ってわけだ」

林昌樹はわざと揶揄《やゆ》するように言い、空になったとっくりをかざした。中田の親方が受け取り、次の燗をつけに奥にひっこむ。

ルツの体が、急にゆるんだ。これを、求めていたのだ。林昌樹の、この意地悪な言い方を。

「うん」

おとなしく、ルツはうなずく。

(もっと、うすめて。あたしと田仲涼の間にある濃密な空気を、もっともっと、うすめて)

心の中で願いながら、ルツはイカのゲソをさっとあぶったものを口にはこんだ。なんておいしいんだろうと思い、ルツはぶるっと身を震わす。田仲涼との恋愛が始まってから、なんだか、味覚が鋭くなったような気がする。街の景色も、あざやかに感じられる。聞く音楽も、みな体の芯に届くように感じられる。借りてきたＤＶＤの映画の、なんでもない場面にも、やたらに涙するようになった。

「日下は、それで、その恋を止めてほしいの？」

林昌樹が聞いた。

「ううん」

ルツは首を横にふった。

「だよな」

「うん」

ルツは、薄く目を閉じる。それから、田仲涼に耳もとでささやかれる瞬間のことや、田仲涼のてのひらがルツの肌をゆっくりとなでてゆく時のことを、思い返す。田仲涼のことをこうして思いうかべるだけで、体温が上がるような気がした。

「おいおい、戻って来いよ」

林昌樹がルツの肩をぽんと叩いた。ルツは驚いて、目を開ける。

「異世界に行っちゃうなよ」

「行ってた、あたし？」

「行ってた行ってた」

「行ってた行ってた」

ちょうど燗のついたとっくりを持ってきた中田の親方も、声をそろえる。

「……どうしたらいいんだろう」

ルツは、かすかな声でつぶやいた。

「色っぽいですねえ、日下さんなのに」

中田の親方が囃す。

「何よ、その、日下さんなのに、って」

「どうしたらいいんだろうって、そんな暢気《のんき》なこと言ってるってことは、今いちばんいいところなんじゃないかな」

林昌樹が決めつけた。

「そんなことない」

「いやいや、いちばん甘い時期ですよ、それはやっぱり」

中田謙吾も林昌樹に同調する。

「そんなこと言って、不倫って、いろいろ気疲れするしつらいし、相手の奥さんのこととか思うと自己嫌悪になるし……中田さんは、不倫をしたことがあるの？」

「ありますよ」

「えっ、でも、ゲイのひとの不倫って、どういうシチュエーションになるわけ？」

「相手に、妻がいたんです」

「なるほど……」

「おれたちは、相手に恋人がいる場合だけじゃなくて、妻がいる場合もあるんで、不倫というか、二股かけられる可能性はますます高くなって、大変なんですよ」

二股かけられる、という中田の親方の言葉を聞いて、ルツは一瞬ひるむ。

「じゃあ、あたしは今、二股かけられてるのか」

ルツのそのつぶやきに、林昌樹はすぐに反応した。

「そうだよ。その、田仲って男からすると、二股。そして、日下からすると、甘い禁断の恋」

二人の的確な指摘に、思わず、「ううう」といううめき声をあげる、ルツ。

（今この瞬間、ものすごくうすまったよ、林昌樹、中田謙吾。すごいよ、あなたたちの客観性は）

二人に、はんぶんは感謝、はんぶんは恨みをいだきながら、ルツは思う。

やがて中田鮨には客が入りはじめた。親方は新しい客の前に立ち、ルツと林昌樹はお喋りの話題を変えつつ、ぐずぐず燗酒を飲みつづけた。ルツは、コハダと赤貝とまぐろを握ってもらい、最後はかんぴょう巻でしめた。

「ちょっと小食になった？」

林昌樹が聞く。

「うん、ちょっと小食になった」

「恋ゆえ？」

「恋ゆえ、だね」

田仲涼との恋愛を、こうやってはじめて言葉にできたことに、ルツはやはり、少なからずほっとしていた。そのいっぽうで、とうとうこの秘めた恋についてもらしてしまったという悔恨もあった。

「今夜、泣く？」

からかうように、林昌樹が聞いた。

「泣かないよ。もう大人だもん」

「大人に、もう、なれたんだ、日下は？」

「……わかんない」

のれんをかきわけて外に出ると、三日月が出ていた。急に感傷的な気分になり、ほんとうに泣きそうになってきたので、ルツはあわてて気を引き締めた。

「ま、せっかくだから、楽しめよ」

珍しく、優しい口調で林昌樹がつぶやいた。

「楽しんで、いいのかな」

「楽しめない恋なら、おれなら、やめるけどね」

「恋は、楽しめなきゃ、だめなのかな」

「ていうか、苦しいとか後悔とかそのほかのごちゃごちゃしたことをも楽しめないなら、おれなら二股男とはつきあわない、ってこと」

「だから、その、二股っていう表現、やめてよ」

「だって二股なんだから、しょうがない」

駅で林昌樹と別れ、ルツは電車に乗った。春の温気《うんき》が車内にたちこめていた。急に田仲涼の声が聞きたくなった。ルツは電車をおりた後に、もしかすると電話をしてしまうかもしれないと、ルツは思った。田仲涼が家庭に戻っている可能性の高い時間帯には、絶対に連絡をしないようにしているのに。

駅から部屋までの道をたどりながら、ルツは何回も携帯電話をぱちんと開いては閉じた。指が、今にも田仲涼の電話番号を呼び出そうとしている。メールではなく、どうしても直接田仲涼の声が聞きたかった。

とうとうルツの耳に当てた携帯電話から、呼び出し音が響きはじめてしまった。

「もしもし」

すぐに、田仲涼は出た。

「あっ、ごめんなさい」

ルツは反射的に、謝る。

「今、どこ？」

田仲涼が聞いた。

「もうすぐ、部屋に着く。涼さんは？」

「研究室」

「おつかれさまです、遅くまで」

「ね、ルツ、声を聞いたらものすごく会いたくなった」

「……あたしも」

「今から行って、いい？」

「うん」

とうとう、やってしまった。ルツは青ざめる。

だめだ、こんなことでは。でも……嬉しい。なんて嬉しいんだろう。今夜、これから田仲涼に会えるのだ。会えるのだ。会えるのだ。

ルツの足は、自分でも知らないうちに速まっていた。コツコツという音が夜道に響きわたる。桜の蘂《しべ》が無数に道に散っている。掃除は、ちゃんとできていたっけ。急いでシーツを替えなきゃ。涼さんはお腹すかせているかしら。ああ、嬉しい。涼さん。涼さん。涼さん……。ルツはもう、さきほどの林昌樹たちとのやりとりを、すっかり忘れていた。

今、ルツの頭の中にあるのは、田仲涼のことだけだった。それにもう一つ、なぜだかわからないが、このごろ突然頭に浮かんでくる、「恋には年齢も境遇も禁忌も関係ない」という言葉。いったいいつ聞いた言葉だったか。三日月が空の高くにかかっている。けれどその三日月を見上げることも忘れ、心の中で「関係ない、関係ない」と繰り返しつつ、ルツはひたすら家路を急ぐのだった。

二〇〇六年　留津　三十九歳

近ごろの病院には、匂いがないと留津は思う。

床は清潔で、薬の匂いはせず、院内放送は明るく、看護師や医師たちの白衣は、あくまでぱりっとしている。

義父美智郎の病室は、入院病棟の最上階である。着替えとタオルの入った袋をさげ、留津はエレベーターのボタンを押した。家を出る前に、運動会の代休で家にいる虹子を美智郎の見舞いにと誘ったのだけれど、虹子は少し迷ったすえ、断った。

「今日は大王さまが珍しく病院に来るような予感がするから、行かない」

虹子は、小学五年生だ。中学受験をする予定なので、この二年間はずっと塾に通っているのだけれど、留津が同じ年頃だった時よりも、ずっと成績がいい。

「さすが俊郎の娘ね」

と、タキ乃は言って、留津を見下したように眺めやるのだけれど、そんなことでは留津はもうへこむことはなくなっていた。

「ほんとうに、そうですよね、お義母《かあ》さま」

にこにこと言い返しながらも、留津は台所仕事の手を休めない。確かに虹子の成績がいいのは、俊郎の方からの遺伝のおかげかもしれなかったが、虹子のいいところは、テストがよくできるところではなく、冷静にものごとを見ることができ、またそれを言語化できるところなのだと、留津は思っている。言語化に関してなら、どう考えても留津の遺伝の方が分がいい。大学時代は、小説を書いていたくらいだし。

虹子は、タキ乃のことを、

「大王さま」

と呼んでいる。

最初に「大王さまがね」、と虹子が言った時に、自分がものすごい勢いで吹き出してしまったことを、留津は今でもしばしば思いだす。

まさにタキ乃は、「大王さま」だった。

何事に関しても、タキ乃は自分が一番でなければならない。ごくごく些細《ささい》な、どちらでもいいようなことに関しても、だ。

そのうえ、タキ乃が一番を横取りした時、横取りされた者は「喜んでタキ乃さまにその権利をさしあげたくてしょうがないんです」という顔をせねばならないのだ。

タキ乃に何かの権利を横取りされるのは、もちろん留津と決まっていた。ごくまれに、留津でない人物が横取りされるとしたら、それは舅《しゅうと》の美智郎なのだった。俊郎に関しては、タキ乃はおそらく自分と一心同体のものだと思っているので、俊郎から何かを横取りする必要は、ないらしい。

留津はそれまで、タキ乃のことは、なんとなく「女王さま」だと考えていたのだけれど、虹子から「大王さま」という言葉を聞いたとたんに、すぐさまその語感に納得した。なるほど、タキ乃は、女王というある種の女性的威厳を属性とする者とは、違っていたのだ！

「大王さま」には、牧歌的な印象がある。それからまた、少し間抜けな印象も。と共に、「アレクサンダー大王」などの、壮大な覇権を持つ「大王」としての残虐の味も、ちゃんと含まれている。

それらすべてを兼ね備えたタキ乃という存在に名前を与えた虹子を、留津は心からいとおしいと思うわけである。自分の娘だから、無条件にいとおしい、というだけではなく、人間としてたいしたものだと感心するのだ。

とは言っても、冷静で客観的なだけあって、虹子は留津に対しても、容赦ない。

「なぜおかあさんは、大王さまにそんなにへいこらするの」

「なぜおかあさんは、おとうさんにちゃんと自分の気持ちを伝えないの」

「なぜおかあさんは、自分が本当にしたいことを、しようとしないの」

日々、虹子は留津に訊ねる。留津を責める、というふうではないのだけれど、内容は留津を責めているのと同じなので、結局留津は日々虹子から自分のだめなところを指摘され続けているということになる。

それでも留津は、虹子のことがいとおしくてならないのだ。

いや、そのように留津を責めてくれるということ自体が、留津は楽しいのである。留津の母である雪子は、虹子のようには留津のことをきちんと見てくれなかった。

雪子は、弟の高志《たかし》のことにばかりかまけていて、留津のことはうとましがっていたのだということを、今になって留津はしみじみと実感する。

実家にいた当時は、留津は雪子の不公平さについて考えないようにしていたのだ。しかし、こうして違う時間と場所の中にいると、過去の景色が過去とは違う輪郭をもって、目の前にあらわれてくるのである。

美智郎のいる入院棟の最上階は、個室ばかりのフロアである。エレベーターを出てすぐに広い廊下がのびているが、途中にはゲートがあり、見舞いに来た者はまず、インターフォン越しにナースステーションにいる看護師と話さなければならない。見舞い先と自分の名前を言い、さしつかえがなければ、ゲートを開いてもらえる。

個室は廊下の片側に並んでおり、もう片方の側には、検査やカンファレンスに使う部屋やナースステーションが並んでいる。美智郎の部屋は、入り口から数えて三番目だった。スライド式のドアを何回かノックし、静かに留津はドアを開けた。

脳梗塞で美智郎が倒れたのは、二ヶ月前のことである。赤坂の愛人蓉子《ようこ》のところで倒れたのが、さいわいだった。すぐさま蓉子は救急車を呼び、美智郎は運ばれた病院で手篤《あつ》い手当を受けた。後遺症は多少残るという予想だが、リハビリは順調で、すでにもう立ち上がって杖《つえ》の助けを借りながら歩くこともできるし、たどたどしいながらも喋ることもできるようになっていた。

蓉子が見舞いに来るのは、午後いちばんである。二時間ほど病室にいて、それから自分のやっている小さな店の準備のために帰ってゆく。留津は蓉子と見舞いの時間が重ならないよう、午後のなかば過ぎに行くようにしている。洗濯ものはたいがい蓉子が持って帰ってくれるのだが、土曜日と日曜日はタキ乃が来る可能性があるので、蓉子は遠慮して姿を見せない。だから、その間にたまったものは、留津が持ち帰るというわけである。

今日は月曜日なので、タキ乃は来ないはずなのだが、虹子の勘は時々当たる。案の定、ドアを開けたとたんに、タキ乃の声が聞こえてきた。

「パパちゃまが帰ってくる時のために、ほんのすこうし、お家をいじりたいのよ」

病室の入り口すぐにあるトイレとシャワー室の横に立つ留津には気がつかないまま、タキ乃は喋り続けている。

そのまま立ち聞きしているかたちになるのがいやだったので、留津はわざともう一度、スライド式のドアを開いた。大きな足音をその場でたて、それから「こんにちは」と声をかけた。

「あらあ、やっと来たのね」

タキ乃は顔をあげた。ほとんど見舞いに来ないのはタキ乃の方であるにもかかわらず、いつも留津が見舞いになど来ないような言いかたである。

タキ乃には答えず、留津は美智郎のベッドの、タキ乃とは反対側にまわって美智郎にほほえみかけた。入院前と同じように血色のいい顔色をした美智郎は、にっと笑い返した。

「この、ひと、が、ね、い、家を、改造した、いって、言い出し、て、困ってた、ところ」

病後のたどたどしい口調で美智郎は言った。

「改造、ですか？」

「ちがうわよ、パパちゃまのお体のために、ほら、何て言うんでしたっけ、なんとかフリーとか、そういうのにしたらどうかって、あたくし思ったのよ。ね、すばらしい思いつきでしょう、留津さん」

渋谷の家をバリアフリーに改造したいのだと、タキ乃は言いたいらしかった。たしかに渋谷の家は、タキ乃の好む複雑な曲線からなる置物やらひらひらした布やらでごぼこの多い家具からなっている、シンプルとは正反対のインテリアの家である。もしも美智郎が退院して渋谷の家の中を病後の不如意な足どりで歩こうとしたなら、必ず何かに体をぶつけたり足をすくわれたりするにちがいない。バリアフリーにする、という計画は、タキ乃にしては上等ではないか。

「ところ、が、ね、留津、さん」

言いつけるように、美智郎は言葉をついだ。こういうところが、美智郎の人あしらいの上手なところだ。ほんとうは留津に言いつけ口をする必要などまったくないにもかかわらず、留津がいないと自分はだめなんだ、という調子で喋りかけてくる。

「このひとの、言う、バリア、フリ、って、ソファを、買いかえる、だの、カーテン、を、新しく、する、だの、そうい、う、ことなん、だよ」

「はあ」

答えようがなくて、留津はおとなしくうなずいておいた。渋谷の家に関する何かを、一言でも留津が口にしようものなら、タキ乃がその場で激昂《げっこう》することは目に見えていた。

実は、結婚したばかりのころは、タキ乃が激昂するきっかけが留津にはよくわかっていなかったのだ。

たとえば、留津が俊郎のことをおろそかにしたならば、タキ乃はきっとひどく怒るだろうと、留津は思っていた。ところが、俊郎と留津の間が、どうにもしっくりしていないことは、月に何回も訪問してくるタキ乃ならば、俊郎の実の母親のタキ乃ならば、気がつきそうなものなのに、タキ乃はそのことで留津を責めることはまったくないのである。

それなのに、たとえば渋谷の家について留津が何の気なしに、

「ダイニングルームに飾ってある絵が、すてきですね」

と言った時のタキ乃の怒りようは、ものすごいものだった。

「なんてずうずうしい人なの」

そう言って、タキ乃は椅子からぴょんと立ち上がり、留津をにらみつけた。何が起こったのか留津にはさっぱりわからず、呆然とタキ乃を見上げていると、タキ乃はまくしたてた。

「あの絵は、あんたなんかにやらないから」

「あの絵はパパちゃまがあたくしにくれたものなのよっ」

「あの絵の価値があんたにわかるわけがないでしょ」

「ぬすっとたけだけしいったらないものねっ」

まるで留津が渋谷の家のダイニングルームの絵を今すぐくれと要求したかのような、いつもつけている上品な仮面がはずれてしまったかのような、口汚いもの言いだったのである。

タキ乃の逆鱗《げきりん》は、どうやらタキ乃のテリトリーの中の所有物品に関することごとにある、ということを、留津は次第に学んでゆく。渋谷の家の調度。渋谷の家の庭。渋谷の家のさまざまな設備。渋谷の家の路線価格。それらについて留津が何か感想を言うだけで、タキ乃は怒った。留津がタキ乃から渋谷の家を取り上げようと計画しているかのごとく。

タキ乃のテリトリーの中の所有物、というのなら、俊郎も、タキ乃のテリトリーの中の所有物の一種であるはずなのだが、不思議なことに、タキ乃がことに激しく反応するのは、生身の人間や抽象的な価値観に対してではなく、端的に言えば、物質的なものに対してなのだった。

渋谷の家が美しい、という言い方をする時には、タキ乃は怒らない。ところが、渋谷の家の居間の猫足のテーブルがいいですね、という言い方をすると、とたんにタキ乃は牙をむくのである。

「大王さまは、ほんとうに金目のものに敏感だよね。さすが大王さまだ」

虹子はいつも、感心したように言う。その通り、と、留津も思う。

「なるほどねえ、グランマはお金がほんとうに好きなのね」

留津が言うと、虹子は首をかしげる。

「結婚前とかに、気がつかなかったの？」

「うーん。少しはわかっているつもりだったけど」

「だめねえ、おかあさんは」

グランマ、という呼び方は、タキ乃が指定した呼びかけである。直接タキ乃に対する時には、虹子はちゃんと「グランマ」と言っている。が、留津と二人きりの時には、「大王さま」なのである。

「ねえ、大王さまは、どうしてそんなにお金が好きなんだと思う？」

ついこの前も、留津は虹子に聞いてみた。

「不安だからでしょ」

虹子は即座に答えた。

「不安？」

「うん。だって大王さまは、不幸だもん。夫に依存しているくせに、夫からは省みられない。でもプライドは高くて、誰かに助けを求めることもできない。そうしたら、お金が好きになるに決まってるじゃない」

留津はまじまじと虹子を見てしまった。

「どうしてあなた、そういうことがわかるの」

「だって、あたしの趣味は、読書だよ」

虹子は、はきはきと答えた。趣味、読書。留津だって、それは同じはずだ。母娘で同じ本を読んで楽しむことも多い。

けれど、もしかすると虹子は留津とは違ったことを同じ本から読み取っているのかもしれない。

留津は、ほんの少しだけ、身震いしてしまう。さきほど虹子がタキ乃のことを評した言葉、

「夫に依存しているくせに、夫からは省みられない。でもプライドは高くて、誰かに助けを求めることもできない」

これは、もしや留津にも当てはまる言葉ではないのか？

タキ乃と自分が同じ種類の人間だとはとうてい思えないけれど、こうして言葉にしてみると、タキ乃と留津とは似たところがあるのではないのか？

「グランマとおかあさんって、似たところがあると思う？」

留津はまた、虹子に聞いてみる。虹子はしばらく考えていたが、やがてこう言った。

「スケールが全然違うけど、境遇はけっこう共通してるかも。でも、おかあさんは大王さまにはなれないよ」

「なれない？」

まるで、タキ乃になることがいいことだと虹子が言っているような気がして、留津はとまどう。

「うん、おかあさんは、大王さまみたいな天然さはないもん」

天然。留津は首をかしげる。

「天然って、いいことなの？」

「いいとか、悪いとか、そういうんじゃなくて。大王さまは、きっと誰と結婚しても、大王さまになったと思うんだ。でも、おかあさんは、もしおとうさんと結婚せずにほかの道を選んでたら、違う人になったかもしれないって、あたしは思う」

違う道。留津は、はっとする。たとえば、その昔恋心をつのらせていた林昌樹がゲイではなく、彼と恋愛できていたなら。林昌樹にゲイだと告げられた後の傷心の二年半ののち、まるで何かから逃げるように俊郎と結婚してしまう、という行動は、もしかすると避けられたかもしれない。

「でも、おかあさんとおとうさんが結婚しなかったら、虹子はいないのよ」

「うん、あたしがいない世界も、もしかしたらどこかにあるのかもしれないよね。パラレルワールドっていうの？」

「虹子のいない世界……」

「あたしがいなくて、おかあさんは独身で働いてて、もしかして上司とずっと不倫とかしてたりして」

続けて虹子が言った言葉に、留津はびっくりする。

「不倫なんていう言葉、知ってたの？」

「やだ、おかあさん。知ってるに決まってるでしょ」

自分が小学五年生だったころのことを思い返し、留津は思わずため息をつく。まったく、ちかごろの子どもときたら、頭でっかちな耳学問ばっかりたくわえて……。

「そんな言葉、子どもが使うもんじゃありません。さ、ご飯のしたくするから、虹子は勉強してらっしゃい」

「はーい。今日の夕飯は、何？」

「ハンバーグ」

「わーい」

——と、最後はごく平凡な、小学生の娘と母親の会話で終わったのだけれど、この時の虹子とのやりとりは、印象深かった——美智郎の病室で、今夕キ乃とさし向かいになりながら、留津は思い返すのである。

Bunshun
Bunko

文藝春秋

文春文庫

「ねえ、留津さん。今度一緒にデパートに行きましょうよ。外商の木下さんからも、いい家具が入ってるっていう連絡があったのよ」

「外商の木下さん」は、もしかするとタキ乃と最も頻繁に会っている人物かもしれない。木下さんは銀座にある老舗のデパートの外商部の古株であり、神原家とのつきあいは二十年以上になるという。

「やれ、やれ。あんまり、は、はでな、バリア、フリに、ならないよう、いのって、るよ」

横たわったままたどたどしく言い、美智郎は肩をすくめてみせた。

「まあ人聞きの悪い。ね、留津さん、水曜日はどうかしら。じゃああたくし、帰りますわよ」

すでに中腰になっていたタキ乃は、素早く椅子から立ち上がり、そのままそそくさと病室から出ていった。留津と美智郎は、ちらりと目をあわせたが、用心のため二人ともしばらくの間は黙っていた。留津は戸棚をあけ、使用ずみのタオルや下着を持ってきた袋に入れてゆく。

「いつ、も、ありが、とう」

動いている留津に、美智郎が言った。

「いいえ、そんな」

留津は答える。

美智郎がいなかったなら、とてもではないが、タキ乃の奇矯さと俊郎へのさまざまな不満に耐えつつ今まで結婚を続けることは、とうてい不可能だったことだろう。

しかし反対に言えば、美智郎がいなければ、ずっと前にタキ乃と俊郎に対する忍耐を失って、今ごろは実家に出戻っていることができたかもしれないのだ。

(もしかしたら、いたかもしれない自分、か)

てきぱきと汚れものを袋に入れながら、留津は思いうかべる。虹子が言っていた、「パラレルワールド」について。

まさか虹子の言うように、不倫などはしていないと思うけれど、結婚せずにばりばりと働き続け、いくばくかの出世をしていたかもしれない。そして、俊郎ではなく、違う男と恋愛をし、その恋が破れたとしても、またふたたび違う男と愛しあったかもしれない。あるいは、恋愛だの身過ぎ世過ぎだのとは、まったく違う次元のことを追求していたかもしれない。

「る、留津さん、は、逃げたいと、おもたことは、な、い、のかい?」

突然、美智郎が聞いた。

「え?」

「い、いろんな、もの、から」

「お義父《とう》さまは、逃げたいと思ったことがあるんですか?」

驚いて、留津は聞き返す。

「とき、どき、な」

美智郎は、珍しく真面目な顔をしていた。

「でも、お義父さまには、蓉子さんがいらっしゃるから」

留津は小さな声で言った。美智郎は、うなずく。

「留津さん、に、は、蓉子、が、いない」

「そのかわり、虹子がいてくれます」

「こどもは、いつか、いなく、なる」

片づけものの手を休め、留津は美智郎の顔をじっと見た。困ったような、悲しいような、憐《あわ》れむような表情を、美智郎はしている。しばらくの無言ののち、気がつくと、留津の頰はぬれていた。

留津は、あわててベッドのオーバーテーブルに置いてある箱からティッシュペーパーを一枚引きだした。

「ごめんなさい」

言いながらも、涙はどんどんあふれてくる。美智郎は、泣いている留津を何も言わずにじっと眺めている。

「ごめんなさい、どうしちゃったんでしょう、わたし」

もう一度、留津は謝った。謝らなくてもいいんだよ、というふうに、美智郎がゆっくりと首をふる。

ようやく涙が止まり、留津は最後に大きな音で洟をかんだ。自分を勢いづけるように。

「お義父さま」

「ん?」

「わたし、いつか逃げ出しちゃうかもしれません」

「ん」

「でもきっとそれは、虹子が大きくなってからです」

「ん」

「それに、お義父さまがいらっしゃるうちは、逃げ出しません」

「ひ、ひとの、せいに、しちゃ、だめ、だよ」

「そうじゃありません。お義父さまのせいでとどまるんじゃなく、ただわたし、お義父さまのことが好きだから」

自分で言っておいて、留津はびっくりする。こんなに大胆に、誰かを「好き」と口にしたことは、そういえば、結婚以来、一度もなかったのではないか。

なんて自分は、受け身の人生を送ってきたのだろうと、あらためて留津は思う。

行きたい方向へ行くのではなく、行くことのできる方向しか、選んでこなかった。無理だと思ったら、すぐにあきらめた。

けれど今、美智郎に向かって、こんなにもふつうに「好き」という気持ちを表明できたのだ。

「なんだか、へんなこと言ってますね、わたし」

「ん」

「それに、嫁に向かって、逃げ出していいなんて言っちゃだめですよ、お義父さま」

美智郎は目をつぶった。少し、疲れたようだ。寝息が、聞こえはじめた。水曜日にタキ乃につきあうことを思うとため息が出るけれど、美智郎の意外な言葉に、留津は体の芯がぽかぽかするような心地だった。おやすみなさい。小さく言い、留津は病室を後にしたのだった。

二〇〇八年　ルツ　四十一歳

子どもの頃、時間はゆっくりと流れていた。けれど、二十歳を過ぎ、三十になり、さらに四十となってゆくうちに、時間はどんどん速く流れるようになっていった。はずだった。

ところが、この二年と少しの間のルツの時間は、ふたたび子どもの頃のように、いやにのろのろとしか過ぎてゆかない。

ルツは、ときおり思いだす。何も欲しくはないと思っていた、二十代の終わりの頃のことを。

結婚していった友人たちのことを、どうしてもうらやましいとは感じられなかった自分。恋愛に夢中になることが、まったく面白いことだとは思えなかった自分。目に見えるもの、役割社会の中での確固とした位置、そのようなものに対する欲望がなかった自分。

そんな自分のことを、ルツはもどかしく感じていた。そうだ。なにより、あの頃ルツは、女の「性」を求められるいとなみには、自分は不向きなのだと思っていたのだ。

この前、ルツは久しぶりに高校の同窓会に出席した。子どもや家族の話に終始する他の同級生とは話があわなくて、ルツは自分と同じように独身のまま今まできた女友だち二人と一緒に、途中で同窓会を抜けだして居酒屋に避難した。二人とはさして仲がよかったわけではなかったけれど、思いがけず会話ははずんだ。

「昔の人にくらべて今の人間は子どもっぽいから、精神年齢は実年齢の八掛けって最近は言うけど、なぜだか職場年齢っていうのは、実年齢の一・二倍増しだと思わない?」

「いや、職場年齢も八掛けだった時代があって、それはたしか、二十七歳くらいまでだった。二十七度線があるのよ、職場の女たちの中には」

「法事がつらいのよね。結婚式はいいんだけど。ふだんあんまり会わない親戚のおじちゃんからの、まだ結婚してないんかねコール。結婚式だと、コールされそうになったら立って新郎新婦の写真とか撮りに行けるからさ」

「友だちの子どもに、おばちゃん、って言われるの、許せる?」

「もちろん許せないけど、心の中だけで、許せん絶対、って叫んでる。顔は、にこにこいいおばちゃんのふり」

何回も笑い声があがり、酎ハイは何杯もおかわりされ、互いにメールアドレスを交換し、再会を約束して三人は別れた。

高揚した気分のまま電車に乗ったルツだったけれど、電車の振動に揺られているうちに、仄《ほの》暗い気分になってきた。お腹のあたりに何かがわだかまっているように感じつつ、ルツは直前にかわした彼女たちとの会話をぼんやりと思い返す。

「四十歳になる少し前って、ものすごくあせらなかった？」

一人が言った時、もう一人の友だちは、大きくうなずいていた。

「うん、子どものことでしょ」

「そうそう、子どもを生むなら、もう時間がないっていう、あのあせり」

二人は顔を見合わせ、わかるわかる、とうなずきあった。

それまで何を話しても「わかるわかる」と、同じように言いあっていたルツだったが、実はその時は、うまくうなずくことができなかったのだ。

「もうすぐ四十歳になろうという頃の、出産限界へのあせり」

それを、ルツは、以前には感じたことがなかった。その昔、大学生の頃、自分の体の中には卵細胞があり、すでに受精の準備はととのっているのだと思い至った時も、ルツは自分が出産をする姿を思い浮かべることはできなかった。そしてそのまま四十歳にいたる、というわけなのだった。

「体が子どもを生みたがっているような気がしたのよね」

という表現を、二人は使っていた。心情的に子どもがほしい、というよりも、まだ受精というものを経験していない体が、その経験を欲している、というような言いかただった。

なるほど、彼女たちは、生物として能動的に機能していたのだなと、ルツは思った。

ルツは、違った。四十になろうとする時も、その少し前も、さらにその前も、体が出産を希求したことはなかった。

ところが、このところ、四十歳を過ぎて一年たつ今になって、ルツはしばしば不可思議な感覚におそわれるようになったのだ。

子どもを生んでみたい。ルツは初めて、そう感じるようになっていたのである。

それは、田仲涼がルツの部屋にやってくる、水曜日のことだった。

いつものように田仲涼は午前中の早い時刻にやってきて、ルツと熱く抱きあったあと、急いで山研へと向かった。平素ならば、ルツもそれからすぐに部屋を出て山研に向かうのだけれど、その日はなぜだか体が重く、どうしても出支度をする気になれなかった。

休んでしまおうかと、一瞬ルツは思った。いや、だめだ。休むことはできるけれど、翌日に仕事を持ち越してしまうと、後がつらい。

浪川教授は山研の中でも出世株で、そのぶんルツの仕事も増えつづけるばかりだった。

もっと人をやとってほしいと、ルツは何回か遠回しに浪川教授に頼んでいたのだけれど、ルツが技官として山研に来た時とは、研究所の体制が変化していた。どこの部署に誰が配属されるかということを、教授の一存で決めることはできなくなっていたのである。

ルツはのろのろと戸締まりをした。化粧をしなおすのは面倒だったので、マスクをかけることにした。外へ出ると、空は曇っていた。湿気が肌にまとわりつく。今にも雨が降りだしそうだった。

「傘、忘れちゃったけど、いいよね」

ルツはつぶやき、駅をめざした。

山研に着く前に、雨は降りだした。正門のあたりで降りは激しくなった。体がまだ重かった。眼鏡に雨粒が当たり、視界がぼんやりした。山研の見慣れた茶色い壁の棟が、にじんで見える。

その時だったのだ。唐突にルツが、田仲涼の子どもを欲しいと思ったのは。

どこから湧いてくるのか、まったくわからない、激しい欲望だった。田仲涼と体をあわせる時と同じくらい熱いものが、ルツの体の中をかけめぐっていた。

（なに、これ）

ルツは仰天した。

六月の雨は、温かかった。髪も服もマスクもしっとりと濡れて、きもちが悪いのに、いつまでも雨に濡れていたいような心もちでもあった。

田仲涼と、あたしの子ども。

そのことを、瞬間的にでも想像するだけで、身が震えた。そのような欲望が自分の中にかくれていたことに、それまでルツはまったく気がついていなかった。

あるいは、かの欲望はその日、水曜日のお昼近くに、突然天啓のようにルツに向かって降ってきたのかもしれなかった。

あたし、女だったんだ！

ルツは、思ったのだった。妙な興奮のしかたをしていると、自分ながらに可笑しかった。

もちろん田仲涼と恋をしているルツが、自分の女性性を意識する機会は多い。けれど、たとえば田仲涼と抱きあっている時に、体の底からの震えがくるような快楽を感じたとしても、ルツはそのことが自分の女としての性に依《よ》るものだとは、あまり思えなかったのだ。

快感は、快感として、そこにあるもの。

恋心も、恋心として、ここにあるもの。

自分が男だったとしても、そのことはあまり変わらないのではないかと、ルツはひそかに思っていた。

山研に着くと、ルツは濡れた上着を脱ぎ、針金のハンガーにかけて吊した。タオルで髪を拭くと、さっき使ったシャンプーの匂いがした。そういえば、田仲涼は、決してせっけんやシャンプーを、ルツの部屋では使わない。

「不倫慣れしてるんじゃないの、その男？」

以前林昌樹が意地悪なくちぶりで言っていたけれど、おそらく田仲涼は、「慣れている」のではないのだ。そうではなく、類推や演繹《えんえき》の作業を毎日おこなっている職業柄、自然にルツと共通のせっけんやシャンプーを使わないという方法にたどりついたにちがいない。

田仲涼のそのような行動を、計算ずくだと非難する女もいるかもしれないが、ルツはまったく気にならなかった。体から同じ香りがする、というようなささいなことから、二人の恋がばれてしまうことにくらべれば、なんということはない。恋に余分な情緒は、必要なし。ルツははっきりと思っている。

ところが、それまでのルツにしてみれば、はなはだしく余分な情緒、すなわち、田仲涼の子どもを生みたい、という感情が、今しもルツの体の中を激しく経巡《へめぐ》っているのだ。まだあたしの中には、知らない自分がいるんだ！

驚きながら、ルツは田仲涼の姿をこっそり探した。田仲涼は、研究室にはいなかった。教授室にも。

午後のミーティングの時間になって、ようやく田仲涼は姿をあらわした。

「先生、実験ノート、見てください」

留学生の王さんが、田仲涼に駆け寄ってゆく。田仲涼は軽くうなずき、ノートを受け取った。素早くページを繰り、王さんに返す。

「うん、この感じで、もう少しつっこんでみて」

「はい」

王さんは嬉しそうに田仲涼を見上げた。

ふたたび、ルツの中に（田仲涼の子どもを生みたい）という欲望が満ちあふれる。

今日はじめて意識したばかりのこの感情に、すでにルツはなじみ始めていた。田仲涼の姿を見るたびに、田仲涼の声を聞くたびに、田仲涼が動くたびに、ルツの中のその感情は呼び起こされ、ふるえ、育ってゆく。

田仲涼との恋によって、ルツの中にはなんとさまざまな感情が育ってきたことか。今までだって恋愛はしてきたけれど、田仲涼によって、ルツはおそらく、はじめて恋というものの真髄《しんずい》を知ったのだ。嫉妬の心も、知った。男が喜ぶのならば何でもしてやりたいという気持ちも、知った。ルツは田仲涼と自分が人間としてじゅうぶんに対等だと思っているけれど、そのことと、田仲涼に尽くしたい、ということは、別のことなのだった。なぜなら、田仲涼に尽くすことはすなわち、ルツの快楽だからである。

すごいな、とルツは思う。

誰もあたしに教えることのできなかったさまざまな気持ちを、田仲涼との恋は教えてくれるのだ。田仲涼と結婚することはできないし、子どもを生むことだってきっとできないようなしんどい恋であるにもかかわらず、いや、しんどい恋だからこそ、あたしはこんなにいろんなことを知ることができたのだ。

ミーティングが始まった。浪川教授の隣に座っている田仲涼は、少し眠そうだ。今のこの気持ちを、田仲涼に知ってほしかった。ルツはこっそり携帯電話から田仲涼にメールを送る。田仲涼は、携帯電話をいつもデスクの上に置いたかばんの中に入れているので、バイブレーター音がここで響く心配はない。

「今週、もう一度会いたい」

ルツは素早く指を走らせ、文字を打った。

ミーティングが終わってからしばらくすると、田仲涼からの返事がきた。

「では、金曜日の夜に」

金曜日は、あっという間にやってきた。ルツの毎日は忙しい。山研に出勤してから三時間くらいしか働いていないと思っているのに、いつの間にか八時間が過ぎている。田仲涼との恋が始まって以来、時間がたつのが遅いとルツは感じているのは事実だけれど、実のところ、時間がゆっくりと流れるのは、田仲涼と一緒に過ごしている時、あるいは自分の部屋に帰って田仲涼とのことを反芻している時なのであって、働いている時間は以前と同じように素早く流れるのである。

記憶は、不思議だ。田仲涼と恋愛を始めてからのこの二年と少しの間で、ルツの記憶の中に残っているのは、ほとんど田仲涼との時間だけなのである。林昌樹と飲んでいる時間や、たまに実家に帰った時間や、岸田耀と喋っている時間や、山研での時間は、ぬぐい去ったように消えている。そのかわりに、田仲涼との時間だけが、容量のやたらに大きいスローモーション画像のように、ルツの記憶を占めているのだ。

金曜日、ルツと田仲涼は久しぶりに外で会った。山研の関係者には絶対に会わなさそうな、新宿のはずれにある小さな韓国料理屋である。ここは、林昌樹が教えてくれた。無料で出てくる幾種類ものキムチがおいしくて、辛いもの好きの田仲涼も気に入っている店だ。ただ、ルツが田仲涼と一緒にこの店に来るようになってからは、林昌樹はぱったりと姿を見せなくなっていると、店の女主人は言う。いつか聞いたら、林昌樹は、

「たまにしかできない外デートの邪魔しちゃ、悪いだろ」

と言っていたが。

「あのね」

ルツは、キムチに箸をのばすのもそこそこに、勢いこんで喋りはじめた。

「あたし、涼さんの子どもを生みたいって、今週の水曜日に、思ったの」

「え」

田仲涼は、鼻白んだような声を出した。ルツは、かまわず続けた。

「ううん、実際に生む、っていう意味じゃなく、ただ純粋に、涼さんの子どもが欲しいって思っただけなんだけど」

「子どもが生みたい、か……」

田仲涼は、わずかに身を引きながら、つぶやいた。

「ちがうの、子どもを生めないから悲しいとか、涼さんと家庭をつくれないのが悲しいとか、そういうのじゃなくて」

あわてて、ルツは説明する。

「あたし、こんなこと思ったの、初めてだったから、びっくりするやら嬉しいやらで」

田仲涼は、何も言わない。ルツはますますあせって、言葉をつぐ。

「涼さんは、あたしとの子どもがほしいと思ったことは、ないの？」

しかし、この言葉は、ルツが思っていたのとはまったく逆の効果しか与えなかったようだ。田仲涼は、大好きなキムチに箸をのばすことさえなくなって、ただただ押し黙っていた。

「ね、久しぶりに、焼肉食べようか」

韓国料理といえば焼肉、という思いこみを正してくれたのは、この店だった。新鮮な魚介類を使った料理や、滋味の深いスープ類、優しい味の蒸しものや焼きものを味わうたびに、ルツは自分の体が喜ぶような気がしたものだった。けれど、今日はなぜだか突然焼肉が食べたい気分だった。

「うん」

田仲涼は、ゆっくりとうなずいた。それから、眼鏡をはずし、ポケットから出した眼鏡拭きで、ていねいにレンズを磨いた。

「ごめん」

眼鏡をきっちりとかけなおし、田仲涼は急にかくんと頭を下げた。

「ルツには、いつも申し訳ないと思ってる」

「えっ」

ルツは驚く。ちがうのに。謝ってほしいとか、つらさをわかってほしい、というのではないのに。

「離婚する気は、ないんだ」

「だから、ちがうって……」

「おれは、妻のことを愛してるから」

今度は、ルツの方が黙ってしまう。田仲涼が妻を愛していることなど、とっくの昔から知っている。田仲涼の、それが、公正なところだとルツは思っている。妻との仲が険悪だから違う女を求めた、というようなことを、一度も田仲涼は言ったことがない。研究室でも、そこにルツがいるいないにかかわらず、田仲涼は妻や娘たちの話を堂々とする。

「だから、それを、立派な二股って言うんだよ」

と、林昌樹ならば言うところだが、今ここに林昌樹はいないから、まあよしとしよう。

「妻と別れてルツと結婚するのは、無理なんだ。わかってくれ」

だめ押しのように、田仲涼は言った。

なぜこんなことになってしまったのだろうと、ルツは天を仰ぎたい気分だった。田仲涼に妻と別れる気持ちがないことは、大切にしている娘たちとの関係を絶つ気持ちがないことは、ルツはじゅうぶんすぎるほど知っているつもりだ。そりゃあ、今まで田仲涼と、離婚の可能性について話し合ったことは一度もなかった。そのことについてどう考えているかは、建前としては不明、だったのである。田仲涼が、そのことにつるものなのだ。家庭を持っている恋人が、その家庭を壊すつもりがあるかないか、ということくらい。

自分との別れぎわの、なんでもない動作。二人きりの時には妻のことを口にすまいとする、周到な話題のもってゆきかた。けれど娘のことは、何かの権利を行使するようにわざわざ明るく語る、そのくちぶり。あらゆる細部が、男の気持ちをあらわしている。そして、妻ある男に恋してしまった女たちが、いかにそれらの細部を敏感に感じとり正しく解き明かすかは、男には知るよしもないことなのだ。

今はじめて、ルツは田仲涼の口からはっきりと、「ルツと一緒になることは、一生ない」と、宣言された。

わかっていたはずのことなのに、こうして言葉になった時の衝撃たるや。ルツは、全身のうぶ毛が、瞬間的に総毛立ったように感じた。

「でも、ルツのことを愛してるんだ。どのくらい愛しているかを証明するために、解剖しておれの愛を取り出して、切片《せっぺん》にして、染色して、電子顕微鏡写真で見せてあげたいくらいだよ」

かすかに笑いながら、田中涼は言った。ルツも、ようよう、ではあるけれど、一緒に笑ってみせる。

「おれには、ルツが必要なんだ。おれにとってルツは、特別なひとだから。かけがえのないひとだから」

田中涼は、向かい合って座って居るルツに、顔を近づけた。息が温かくルツにかかる。田中涼の顔が、ルツは好きなのだ。ことに、その鼻梁《びりよう》のほそさが。ルツはそっと田中涼の頰をてのひらでさわってみる。

ルツと田中涼は、今にもくちづけを始めんばかりの距離で、見つめあった。

（涼さんが、好き）

ルツは、やはり思ってしまう。今日、ルツが田中涼と会おうとしたのは、ルツが新しい感情、すなわち「子どもというものを生んでみたい」という感情を、自分の中に発見したことを伝えたかったからにすぎなかった。その発見は、ルツにとっては、たとえば新たな実験結果を得て小さな発見をおこなったのと、同じ性質のものだったのである。実験の結果を、何かに利用したり、開発して商品にしたりするつもりはさらさらなく、ただ、

「ねえねえ、こんなこと、発見しちゃった、すごいよね！」

と言いあって、田中涼に一緒に喜んでほしかっただけなのだ。

ところが、田中涼は、ルツが発見したその新しい感情を、やがてはルツが悪用しよう

とするにちがいないと解釈してしまったのである。

なるほど、もしかすると、ルツのこの感情、子どもを生んでみたい、という、今のルツにとってはごく純粋で発展性のないつもりの感情を、ルツがひそかに育ててゆき、変形させ、やがては、

「涼さんの子どもがほしいの、離婚して」

という願望へと育ててしまう可能性は、考えてみれば、たしかにある。

（うかつだったかもしれない、あたし）

単純にただ喜んでいた自分の情緒は、小学生のころからさして発達していないのではないかと、ルツはしょんぼりする。

「ほんとにそうだよ。恋愛の機微とか陰影とかを感じるのって、日下《くさか》は不得意なんだからさ、くれぐれも男との話題には注意しなきゃ」

というのは、その数日後に、ルツに呼び出された林昌樹が言った言葉だ。

「でも、嬉しいことがあったら、好きなひとに聞いてもらって、一緒に喜びたいじゃない」

ルツは言い返した。

「それって、おめでたすぎ。相手の男は、日下と同一人物じゃないんだよ」

「それは知ってるけど」

そうだ。田仲涼は、ルツとは違う人間なのだ。どんなにルツが田仲涼と一体感をもっ

ていても、実際には田仲涼が考えていることを、ルツはほとんど知らない。以前、佐東心平とつきあっていたときのことを、ルツは思いだしてしまう。

つきあいはじめの頃、自分と佐東心平とは、何もかもがぴったりと合っているように思われた。たしかに、食べるものの好みや、読書傾向が似ていたのは、事実だ。けれど、それだからといって、人間性が似ているとは限らないのだ。その証拠に、ルツはひどく気まずい別れかたを佐東心平とするはめになったではないか。

「林くんは、自分の恋人のことがよくわかってる？」

「わからないよ。わかるわけがない」

「それって、怖くない？」

「怖いけど、しょうがない」

「しょうがないのか」

「うん、しょうがないし、わからないからむしろ、恋ができる」

「ナビがないところを車で走るようなものか」

「ナビどころか、紙の地図もないよ」

「大胆だね、恋するひとたちって」

「大胆だよ、ほんと。体力がないと、恋愛はできないね」

地図を持たずに、見知らぬ場所をさまよい歩き、迷い、遭難し、野宿をし、野獣に追いかけられ、畑のものを盗んでむさぼり食い、それでもその場所をさまよい続けることを選ぶのが、恋なのさ。林昌樹は、言うのだった。

どうして自分は田仲涼のことを好きになったのかと、ルツは思い返してみる。

わからなかった。

田仲涼の、どこが好きなのかと問われれば、いくらでも答えることができる。顔が好き。声が好き。体が好き。会話のもってゆきかたが好き。メールの言葉の選びかたが好き。箸の使いかたが好き。研究している姿が好き。ひげの生えかたが好き。髪のくせが好き。カラオケでの拍手のしかたが好き。かばんの持ちかたが好き。目が二つあるところが好き。口が一つなところも好き。二足歩行するところが好き。……もう、意味など何もないくらい、好きなのだ。

それでも、なぜ田仲涼なのかが、わからない。

「そのうち、誰のことも好きにならなくなるのかな」

ぽつりと、ルツは言う。

「どうかな」

「林くんは、誰かとずっと一緒にいる契約を結ぶ気持ちを持ったことは、ある？」

「まだ、ない。でも、もしかすると、これから先、あるかも」

これから先。ルツはその言葉を、心の中で繰り返してみる。これから先の人生についてのことなど、田仲涼とつきあいはじめてからのこの二年と少し、考えたこともなかった。日々は濃密で、ルツはただ、その濃密さを甘受することしかしてこなかったのだ。

「おれさ、ときどき、参っちゃうことがあるんだ」

林昌樹が言った。

「参っちゃう?」

「うん。おれの生きかたって、やっぱり、けっこう、しんどいところもあってさ。日下が不倫してるのも、大変だろうけど」

「いや、あたしのは、わざわざ自分で招いてやってる厄介ごとだから」

林昌樹が、「参っちゃうことがある」などと言うのを聞いたのは初めてだったので、ルツは少し驚く。

「で、参っちゃった時には、なぜだろうな、誰かと暮らしたくなったりすることがあって」

「そうなんだ」

「日下と暮らすのもいいな、なんて考えることも、たまに、ある。いや、おれたちけっこう気が合うし、日下って間抜けだから、楽ちんだし」

何よ、その間抜けって。ルツは笑った。笑いながらも、林昌樹の言葉はそくそくとルツの身に迫ってきていた。

人生に参ってしまった時には、誰かと暮らしたくなる。

林昌樹のその言葉が、ルツには非常によく理解できた。恋愛ではなく、かといって血のつながりでもなく、近すぎもせず、遠くもない誰かと、同じ屋根の下にいて気配を感じあいたい。そんな夜が、ルツにも何回もあった。

一人でいるのは好きなのに、誰かに気を使う生活から離れて久しいためにマイペースをつらぬくことに慣れてしまっているのに、それでも、どうしようもなくさみしい時が、たしかにあった。

「年とったら、ルームシェアでもする？」

ルツは聞く。林昌樹は、笑った。

「ま、でも、一週間くらいで、いやになりそうでもあるな。何しろ日下は間抜けだし」

「そんなにあたし、間抜けかなあ」

「うん、間抜け、間抜け」

その夜は、あまり飲まずに林昌樹と別れた。部屋に帰ってから、田仲涼のことを、少し思った。でも、少しだった。そのことに、ルツは満足した。

地図のない場所をさまよう、と林昌樹は言っていた。ルツの言葉になおすならば、深い森の中をさまよう、

森に迷いこんじゃったんだから、しょうがないよね。ルツはつぶやく。それから、久しぶりに「なんでも帳」を取り出し、

「まぬけ」

と、ひらがなで大きく、書きつけたのだった。

二〇〇八年　留津　四十一歳

こんなに人生が順調なのは、生まれて初めてのことではないかと、留津は思う。

虹子はこの春、第一志望の私立中学に入学した。留津が通っていたのよりもずっと偏差値の高い中学校である。虹子が受かったことをいちばん喜んだのは、意外なことに義父の美智郎だった。

母の雪子に連絡した時には、

「あら、るっちゃんの娘にしては、ずいぶんいいところに入ったのね」

という、いつもと同じ、ばかにしたような、突き放したような、気がないような反応しか得られなかっただけに、美智郎の喜ぶさまは、留津の心をたいそう温めた。美智郎は、虹子が欲しがっていたパソコンをすぐさま入学祝いに買ってくれたうえに、留津さんにも、と言って、虹子とおそろいのノートパソコンを留津にもプレゼントするというおおばんぶるまいをおこなってくれたのである。

虹子は、元気に新しい中学校に通っていた。小学校では、虹子は軽く仲間はずれにされたり、教科書を隠されたりしたこともあったのだ。まわりの子どもたちから、虹子は、「ちょっと変わった子」と見られていたからだ。

新しい中学校で、どうか新しい仲間をうまくつくれますようにと、留津は祈るような気持ちだった。自分が聖アグネス女子学園で木村巴に出会った時のことを、まざまざと思いだしたりもした。

さいわいなことに、新しい中学には、虹子と同類の「変わり者」が何人かいたらしく、虹子は最初からたいそう楽しそうにしていた。

「おかあさん、あたしね、文芸部に入ったの」

所属するクラブを決めるべき五月になると、虹子は報告した。

「文芸部？」

「うん、小説を書こうと思って」

「あら、おかあさんも大学時代は文芸部に入ってたのよ」

言いながら、留津は渋谷の喫茶店タイガーでの、機関誌「門」の集まりのことを、なつかしく思いだした。大学一年いっぱいかけて書いた「森へ行きましょう」という小説は、さて、どこにしまってあるだろうか。結婚する時に持ってきた荷物の中にあるはずだが。

「虹子は、どんな小説を書きたいの？」

「えーとね、ラノベ」

「何、その、ラノベって」

「ライトノベル」

「ああ、ライトノベル、ね」

「ライトノベル」に関して半分くらいは不明のまま、留津は答える。昔でいえば、ジュニア小説にあたるものだろうか。

「おかあさんは、小説を書いたことはあるの？」

「あるわよ」

留津は、少しばかり誇らしげに答えた。それから、渋谷での集まりの続きの記憶として、林昌樹へのせつない片思いへと思いをはせた。

そういえば、林昌樹は、留津の書いた小説を好きだと言ってくれたのではなかったか。虹子との会話から昔のことを思いだした結果、どこかの神様が偶然を引き寄せてくれたのだろうか、それから少したった頃、思いがけない電話が留津のところにかかってくる。

その電話は、午後二時過ぎ、留津がお昼を一人で食べ終わって片づけを終え、夕飯のための買い物のメモを作っている時にかかってきた。

「もしもし」

という男の声に、留津は聞き覚えがなかった。

「日下《くさか》さんですか？　えーと、八王子《はちおうじ》です。『門』の」

「えっ」

留津は驚きのあまり、受話器を取り落としそうになる。ほんの数日前に、「門」のことを思いだしたばかりではないか。

「もしかして、あの八王子光男《みつお》さん?」

「そうです、あの八王子です」

聞き覚えがないと思っていた声は、すぐに聞き慣れた声に変化した。八王子光男の、飄々《ひょうひょう》とした調子の低音の声。

「なつかしい!」

留津が言うと、八王子光男も、ふふ、と笑った。それから、急にてきぱきとした調子になり、

「今日はお知らせがあって」

と、切り出した。

「実は、四谷直《よつやただし》さんが亡くなって」

え、と留津は息を呑んだ。四谷直というのは、留津が大学一年生だった時の「門」の編集長である。博学で、面倒見がよく、慣れない「門」の集まりでいつもまごまごしていた留津にも、よく声をかけてくれたものだった。大学を卒業した後も四谷直は小説を書きつづけ、二十五歳で雑誌「文學界」の新人賞を受賞した時には、サークルのある者たちは嫉妬から「まだ小説なんか書いてたのか」と言いあったものだし、ある者たちは単純に「まだ続けてたのか、根気があるな」と感心しあったものだった。

四谷直は、その後たてつづけに何作かの純文学作品を誌面に発表したが、そのうちに

名前を聞くことはなくなっていった。

「四谷さん、小説は書き続けていたの？」

「うん、でもだんだん書かなくなって、で、会社は辞めてしまっていたから、派遣でいろんな仕事をしながら……編集者とはずっとつながっていたらしいけど」

「そうなんだ」

留津は、ため息をついた。四谷直の新人賞受賞作が載った「文學界」を、留津は本屋で立ち読みした。真面目くさった四谷直の写真を、留津はうらやましく見つめたものだった。

「で、お願いなんだけど、四谷さんの追悼文集を作るって話になって」

「追悼文集？」

「そう、有志で作る予定なんだ。一冊ある四谷さんの短篇集には収録されていない小説や、学生時代の作品をまとめて、あとはみんなの追悼文を載せて」

留津には、できればパソコンで四谷直の文章を打ちこんでほしいのだと、八王子光男は言うのだった。

「できるかしら、わたしに」

「パソコンは使える？」

「ええ、最近、ようやく」

真面目な留津は、美智郎が贈ってくれたパソコンの使いかたを、すでに習得していた。

家計簿をつけたり、予定表をつくったり、木村巴にメールを出したり、たまには気ままに文章を書きつけたりして、ひそかに楽しんでもいたのである。

「じゃあ、頼めるかな」

はい、と返事した留津に、八王子光男は電話の向こうで笑った。

「日下さんは、変わってないんだね」

「そうかしら。そんなこともないと思うわよ」

「卒業して、二十年近くか」

少しだけ昔の話をしてから、八王子は電話を切った。数日後に、四谷直の原稿が郵送されてきた。留津は早速その文章をパソコンに打ちこんだ。原稿用紙で五十枚ほどの作品を、留津は一週間ほどで打ち終え、すると知らないうちにキーボードを使う速さがぐんと増していた。

打ち終えた原稿をメールで送ると、八王子光男は数日後に返事をくれた。そこには、留津のていねいで素早い仕事への礼の言葉と、次なる「お願い」が書かれていた。

「追悼文なんてうまく書けないです、という、文芸サークルの部員のくせに不届きな者がいるので、もしよかったらかれらの話を聞いて、座談会ふうにまとめては下さらないでしょうか」

というのが、その「お願い」だった。

月末の金曜日の夜に、久しぶりに当時の「門」のメンバーが集まることが決まったのだということも、同時にメールには書かれていた。

「ご都合はいかがですか」

という問いに、留津はすぐさま、

「大丈夫だと思います」

と返信した。金曜日の夜に俊郎が十二時前に帰ってくることは、この数年間、まずなかった。

決まって帰りの遅い金曜日の夜に、俊郎が何をしているのか、このごろになって、あらためて留津は考えるようになった。ずっと、棚上げしていたことだったのだけれど。

俊郎は、仕事をしている。

俊郎は、接待をおこなっている。

俊郎は、女と一緒にいる。

今まで留津は、この三種類のことくらいしか想像することができなかった。どの場合も、あんまり考えたくないことだった。仕事をしていることや、接待——これとて仕事の一部なのだろうが、留津にはその実態がよくわからないので、「仕事」とは別の分類になる——をしていることは、考えても別につらいことではないはずなのだけれど、留津の心の中では、実は「仕事」というのは、重いふたをかぶせられた分野なのだ。

結婚する時にタキ乃から、「仕事はいっさいしないこと」と誓わされたことが、留津には思いがけず疵《きず》となっていたようなのだ。当時は、たいしたことではないと思いこんでいたにもかかわらず。

本来、俊郎が仕事をおこなっていることは、留津にとってはとてもありがたいことである。

「夫が働かないで借金ばかりしているので、困っています」という人生相談を新聞などで読むにつけ、留津はその思いを強くする。

それなのに、俊郎の「仕事」の内実について考えようとしたとたんに、なぜだか留津は小さな棘《とげ》で刺されたような心もちになるのである。それはもしかすると、俊郎の「仕事」の場でのふるまいを考えはじめたとたんに、いまだに働いている友だち——意外なことに、家庭に入って、いいところの奥様然と過ごしていそうな木村巴さえ、育児が一段落したところで、外に働きに出ているのである——の方へと、留津の思いがさまよい出ていってしまうからかもしれなかった。

棘の刺さりかたは浅かったし、棘に毒が塗られているわけでもないので、痛みはさしたるものではなかった。しかし、刺されることにかわりはないのである。脆弱《ぜいじゃく》だなと、自分ながら留津は思う。でも、性分なのだからしかたがない。

ましてや、「女と一緒にいる」ということについて思いめぐらせる勇気は、今まで留津には全くなかった。いや、勇気、といおうか、気力、といおうか。

ところが、このところの人生が多少順調だからか、それとも留津もようやく少し大人になったからか、それらの問題について、留津は以前よりも少しだけちゃんと向かい合えるようになってきたのだ。

すると、不思議なことが起こった。

――わたし、なんだか出来の悪いドラマみたいな発想しかできなくなっていたみたい――

ということに、留津ははじめて気がついたのである。

もしかすると、俊郎は仕事でもなく、接待でもなく、女と一緒でもない金曜日の夜を過ごしているかもしれないではないか？

「おかあさんって、融通がきかないよね」

という言葉を、留津は虹子からしばしば言われる。あるいは、

「おかあさんは、少し常識がないんじゃないかな」

という言葉も。

虹子がその言葉を口にするのは、決まって、留津が夫や義母についてくよくよしている時だ。つい虹子に愚痴をこぼした結果、口をへの字に結んだ虹子にそう言われることもあるし、何も言っていないのに、虹子が留津の心中を察してそのように言うこともある。

常識がないのは、わたしじゃなく、あなたのお父さんとお祖母《ばあ》さんでしょ。留津は心の中で虹子に言い返すのだけれど、娘に向かって彼女の父親と祖母の文句を言っている、

という、品の悪いことをしている手前、そこまでは言いにくかった。

このごろになって初めて、留津は虹子の言葉が当たっていると思うようになってきた

のだ。

たしかにわたしは、融通がきかなくて、世間一般の常識にも欠けていて、普通の人が

すぐにたどり着く結論に、なかなかたどり着けない。

俊郎には、俊郎の人生があるのだ。その人生について、自分が推し量ることができる

のは、そのほんの千分の一くらいに過ぎないのではないか。

留津は、そのことに気がついたのである。

「そういえばわたし、俊郎さんのことを、ちっとも知らない」

留津は、パソコンの中の「雑多」というファイルの中にそう打ちこむ。「雑多」の

中には、留津が日々感じていることの覚え書きじみた文章の断片が書きつけてあるの

だ。

小学生の時の夏休みの宿題以外には、留津は日記というものを書いたことがない。な

にしろ留津は几帳面なので、一日に起こったすべてのことを記しておこうとするあまり、

日記を書くと疲れきってしまうからだ。

「雑多」は、日記に似ているけれど、日記ではない。日付も脈絡もなく、ただ日々の

感情やできごとを、断片的に書きつけてあるだけのものである。いったいいつ何時そ

のような感情におそわれたり、事をおこなったりしたのか、ということを、少し時間

がたってから思いだそうとしても、不明のことが多い。書かれている言葉も、かなり省略の効いた曖昧なものだ。まんいち俊郎がパソコンの中身を覗かないとも限らないし。

今日も、「雑多」のファイルに向かってキーボードを叩きながら、留津は、俊郎の一日を想像してみる。

朝起きたばかりの俊郎に、キッチンから煮炊きの気配が伝わってくる。――けれどきっと、俊郎の鼻にはその匂いは届いていないだろう。とんとん、というまな板に包丁を打ち付ける音も、聞こえていないにちがいない――

（でも）

と、留津はそこで立ち止まる。

（ある朝、突然俊郎さんはお味噌汁の匂いに気がつくかもしれない。いい匂いだなって思って、だけど、味噌汁を作っているのは、俊郎さんが「扱いにくい」といつも感じている妻なものだから、いそいで「いい匂いだ」と思ったことを忘れようとするんだわ）

そこまで考えて、留津は驚く。

今留津は、自分のことを、「俊郎さんにとって扱いにくい妻」と形容しはしなかったか？

たしかに、した。

なるほど、自分は夫にとって扱いにくい妻だったのだ！

いくら家事が行き届いていても、俊郎の身の回りのことをきちんきちんと気配りしていたとしても、外に出てふらふら遊びまわったりしなくても、そういう「一見きちんとしてみえる妻」がすなわち、「心安らかに一緒に過ごせる妻」だとは、限らないのだ！

もしかして、自分がこれまで俊郎によかれと思っておこなってきた行動は、反対に俊郎を自分から遠ざけていたのではないだろうか。

「あらまあ」

留津は思わず、声に出して言ってしまった。

「あらまあ。もしかしてわたし、しちゃいけないことばっかり、してきたの？」

留津は、思い返してみる。

俊郎が自分から離れてゆくきっかけになったかもしれない、さまざまな自分の行為について。

結婚式にお義母さまがしゃしゃり出すぎてくることについて、ごくささやかにわたしは訴えたつもりだったけれど、あの時俊郎さんは、たしかに一瞬眉をひそめて、それからあわててにこやかな表情を、けっこう努力して浮かべたんじゃなかったかしら。

家計簿をつけるのはいいけれど、それならば、家計費をちょこまか記入するだけじゃ物足りない、人生全体を見渡した資金計画をたててみたいのだと、俊郎さんに頼んだ時も、たしかに彼の眉はひそめられたのよね。そのうえ、ふつうの家では、生活費だけを渡して妻がやり繰りするんじゃなくて、お給料全部をまかせてもらっているみたい、ということまで言っちゃったものだから、そうだ、あの時俊郎さんは、怒鳴ったり手を出したりはしなかったけれど、たしかにものすごく怒ってたのよね。額に青筋が浮かんでいたもの。

三歳になる前の虹子がわたしたちのセックスを目撃した後に、俊郎さんがすっかり役に立たなくなっちゃったので、わたしが思いきって俊郎さんを導いたあの最後で最高のセックスの時だって、俊郎さんは、はっきり言えば、びくびくしていたわ。

そうそう、お義父さまとわたしが、どんどん仲良くなっていくことについても、俊郎さんは引け目に感じていたはずよ。実の父親であるお義父さまと俊郎さんは、昔からずっと、よそよそしい仲ですもん。

虹子がいつもの調子で、俊郎さんに向かってずけずけ批判をくわえる時も、そうよ。わたしなら平然と「はいはい」って受け流せるのに、俊郎さんはいちいち娘の言うことに傷ついてるみたいじゃない。たまにわたしが俊郎さんのことを虹子に取りなすと、かえってずっと傷ついちゃうみたいだし。

ほう、と留津はため息をついた。

たしかに自分は、やらない方がいいことを、たくさんしてきたようだ。

留津は、自分が俊郎にとってきた態度について、少なからず反省する。「俊郎取り扱い説明書」というものがあったとしたら、留津のしてきたことは、その取説《トリセツ》の中には、ことごとく「しないで下さい」と書いてありそうなことだったからだ。

それにしても、だ。俊郎という人間の器は、あまりにも小さすぎやしないか？

結局留津は、「雑多」に、こう打ちこむ。

「ケツの穴、小さし」

「ケツ」という言葉を使ったのは、生まれてはじめてのことだった。ものすごく、胸がすっとした。

そうだ。留津が俊郎にとってよかれと思っておこなったことは、確かに俊郎を留津から遠ざけたかもしれなかったが、そんなことで妻から離れてゆく夫とは、いったい何なのだ？

「なぜこうなった？

不幸な運命？

いやいや、やっぱり、自分がいけない。

判断力、ゼロ。

疑うことを知らない、まぬけ。

というか、ものごとを正視しないで来た、ばか」

自分のだめなところを「雑多」のファイルに打ちこみながら、留津は芯から体が軽くなってゆくのを覚える。自分を責めているのに、けなしているのに、なんて気持ちがいいのだろう。

「雑多」を書きはじめたことは、留津の人生での、もしかするともっとも画期的な出来事だったのかもしれない。

恋愛も、失恋も、会社に勤めたことも、結婚も、子どもを得たことさえも、留津にとっては、なんだか靄《もや》の向こうで自分と似た誰かがおこなっている空事のように感じられてきたのだ。これも、「雑多」を書いてみて、はじめてわかったことだった。

留津は、今までの来し方について、順ぐりに考えてゆく。

母と自分との間にあった、いやなもの、きれいなもの、みにくいもの、そしてそれを越えた何かのことを。

仲間はずれにされていた、小学校時代のことを。

自分がこうしたい、という希望を、ほとんど思い描くことのできなかった、青春時代のことを。

ゲイだと打ち明けてくれた時の、林昌樹のほんとうの気持ちのことを。

タキ乃という人間の、奥底にあるだろう、闇と光のことを。

そして、俊郎という人間の、これまで見てこようとしなかった、いいところ、いやなところ、好きなところ、嫌いなところのことを。

かたく結ぼれた糸のかたまりをほぐすようにして、留津はそれらのこと一つ一つについて、時間をかけて断片的なメモをつくっていった。

もちろん、「雑多」に書きつけることによって、すべてのことが解きほぐされ解決された、などということはなかった。俊郎とはあいかわらず冷ややかな日々を送りつづけているし、タキ乃の大王さまぶりはますます輝きわたるばかりだったし、虹子が留津をおりおり批判することにも、変わりがない。

それでも、留津は「雑多」の断片を読み返しては、溜飲《りゅういん》を下げるのだった。いったいそれが、何の溜飲なのかもよくわからないままに。

そして、ひととおりの、今までの自分の来し方を振り返ったあげくに、留津は長い間、一人の部屋で笑いつづけたのだった。

なんてわたしは、かわいそうだったんだろう。

という気持ちと、
なんてわたしは、まぬけだったんだろう。

という気持ちが相半ばして、留津の感情は高ぶった。パソコンの前で、留津は今にも自分が大声で泣きだすのではないかと思った。

けれど、涙は出てこなかった。

反対に、留津は大笑いしたのだった。

笑いは、なかなか止まらなかった。まるでしゃっくりのように。

しょうがないよね。笑いを止められないまま、留津は自分に言いきかせる。わたしは、知らない間にまたあの森の中にさまよいこんで、いつまでたっても出てくることができないでいるんだもの、きっと。箱根で、林昌樹と泊まった宿で見た、あの不思議な絵の森の中から。

「雑多」の、いちばん新しい画面に、笑いすぎて目に涙のたまった留津は、打ちこんだのだった。特大のフォントのひらがなで、ただひとこと、

「まぬけ」と。

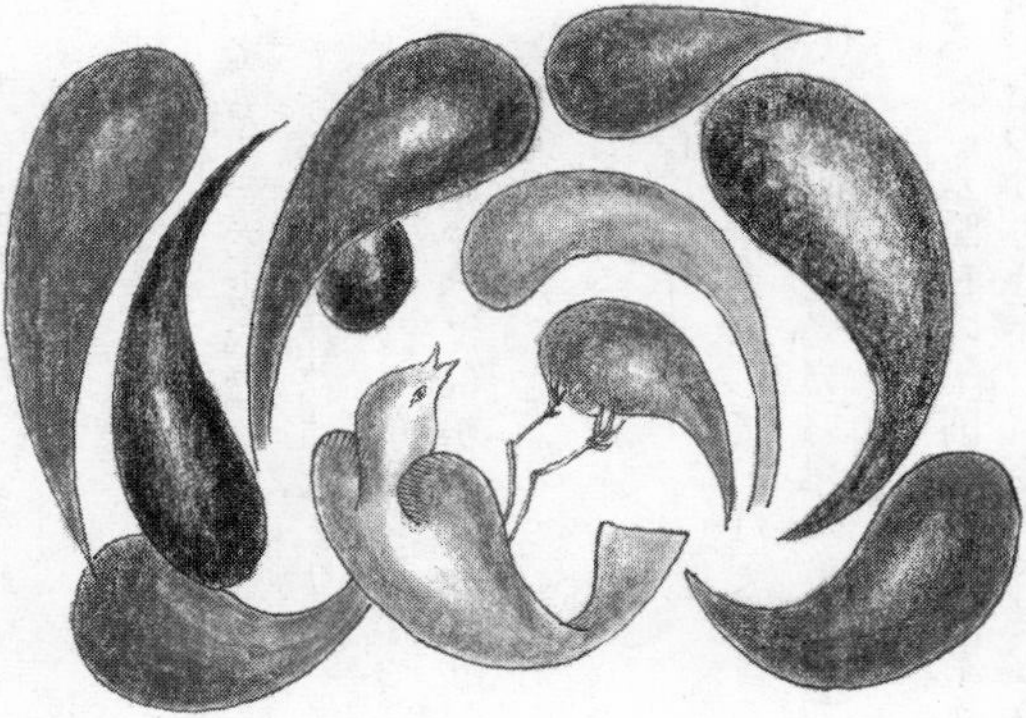

二〇一一年　ルツ　四十四歳

「時間」

と、ルツは「なんでも帳」に書きこむ。

どうやら自分は、ものおもいの迷路にはまりこんでしまうと、時間について考えはじめるようだということに、ルツは少し前から気がついている。

田仲涼《たなかりょう》との秘めた恋愛が始まったばかりの頃には、あんなにゆっくりと過ぎていた時間が、この二年ほどは、どうしたことだろう、反対に猛スピードで過ぎてゆくようになっているのである。

恋愛が始まってから、ほぼ五年半。

最初のうちは、いちいち心待ちにしていた記念日の喜びも、逢瀬の前のときめきも、山研で共に過ごしている時に感じるはらはらも、今ではごく日常のこととなってしまっている。

田仲涼はあいかわらず、水曜日の午前中にきちんきちんとルツの部屋にやってくる。いだきあう回数も減ったわけではない。その内実だって、べつに粗略になっていない。二人の親密さは、むしろ増しているようにも感じられるはずなのだけれど、問題はそのすべてが「あたりまえ」になってしまったことなのだった。

ルツには、決めていることがある。田仲涼が部屋に来た時には、必ず三回以上、「好き」と言葉に出して言う、ということだ。

ルツが「好き」と言えば、田仲涼の方も、「おれもだよ」あるいは「うん、同じだよ」あるいは「うれしいよ」と、律儀に礼儀正しく返答をしてくれる。好きあっているという気持ちをこのように確かめあうことは大切なことだし、なによりほんとうにルツは田仲涼のことを好きなのだから、「好き」という言葉は、ルツの身の内からあふれ出てくるべきなのだった。

そう思いながらも、ルツは「なんでも帳」に、

「ほんとか？」

と、つい書いてしまうのだ。

おはよう、さようなら、いただきます。挨拶の言葉を口に出して言うと、なんと不思議なことでしょう、挨拶しあったどうしは、それまではさして親密ではなかったのに、急に親しみ深くなるものなのです。だから、挨拶は大きな声でちゃんと言いましょうね。

たしか、中学時代の生活指導の先生がいつも言っていた。

とするならば、ルツは生活指導の先生の教えに従って、「好き」という挨拶の言葉を繰り返しているだけなのではないのか？

すでにすり減ってしまっている恋情だけれど、「好き」という言葉を口にすることに

よって、さもふたたびかきたてられているふりをすることができる。それだけのことではないのか？

「あら、夫婦なんて、もっとひどいわよ」

と、明るく言うのは、岸田耀《きしだかがよ》である。

「『好き』だの『愛してる』だのいう言葉？　嘘の火をかきたてるためだったとしても、そういう言葉を口にするっていうこと自体が、くたびれた夫婦にとっては奇跡だってば。うちだと、『好き』と『愛してる』のかわりになる言葉は、そうねえ、『今日のゴミ、なんだっけ』と『トイレの便座、下げてって言ってるじゃない、もう』かな」

続けて岸田耀が言ったそのことに、一瞬は笑ったルツだったが、次の瞬間には、うらやましさでいっぱいになってしまう。

結婚して、熱い新婚の時期が過ぎて、すっかり互いに慣れて、やがては倦怠期《けんたい》となってゆく……。そのことが、頭ではわかるのだけれど、実感できない。

倦怠期というものを経験してみたいと、ルツは心の底から思っているのである。

「全然いいものじゃないわよ。ほら、職場だって慣れていくと、近くの机にいる人なんて、空気みたいな存在になっちゃうでしょう」

なるほど、浪川《なみかわ》教授はずいぶん前からルツにとって、排気ガスが少しまじった空気、というくらいのものになっている。でも、研究室には常に田中涼がいるのだ。いつだってルツの心の受容体は働きっぱなしで、休まる時はないのである。

「うーん、職場はやっぱり、けっこう今でも緊張する。そうじゃなくて、ほら、平和な結婚をしている人たちは、ぬるま湯に浸かっているような感じ、とか言うじゃない。あの感覚を味わってみたいなって」

岸田耀には、今の恋人が既婚者だということも、同じ研究室にいるということも、打ち明けていない。「恋人はいるけど、相手はなかなか結婚のことを考えてくれない」とだけ、言ってある。

「えー、せっかく大人の恋愛をしてるのに？　ぬるま湯なんて、湯冷めするだけじゃない」

岸田耀は、屈託なく言った。

「湯冷めしてもいい、結婚したいよ、あたしは」

ルツは叫ぶように言う。

そうだ。今やルツは、はっきりと思っているのだ。田仲涼と結婚したい、と。

田仲涼の子どもを生んでみたいと思ったのは、三年ほど前のことだったか。あの時にはまだ影もかたちもなかった――あるいはあえて意識にのぼらせないようにしていた――結婚したい、という気持ちは、いつの間にかルツの中で野放図に育っていったのだ。

そのきっかけは、おそらく田仲涼のあの言葉だ。

「妻と別れることはできないよ」

という、あの黒魔術のような言葉。

せっかく心の内を清らかに保ってきたのに――すなわち、奥さんとの離婚だの奥さんからの略奪だのという無法な営為など、この世には存在しないというふりをしてきたのに――、田仲涼があんな黒魔術をルツにかけてしまったゆえに、ルツの心の中の清らかさは次第にくもってゆき、今ではごくわかりやすい俗っぽさでもって、

「結婚、したくてしたくてしたくてたまらん」

という気持ちでいっぱいになっているのである。

岸田耀の屈託がなさすぎて、不倫をしているということをどうしても言えないので、ルツは岸田耀と長い時間一緒にいるとつらくなる。身勝手だなあと自分を半分責めながら、

「じゃあもう遅いから、帰ろうか」

と、ルツは店の伝票を手に取った。ちゃんと割り勘にしてね、と岸田耀は言うけれど、愚痴を聞いてもらって、それなのに岸田耀の方の愚痴を聞く前に解散してしまう、という自分を省みて、ほんの一割五分ほどではあるが、ルツは隠れて余計に支払った。

店を出ると、道が濡れていた。

「寒いなあ」

岸田耀はコートの衿をかき寄せる。紺色のウールのコートは、岸田耀をすっきりとした中年の女に見せていた。

「すっかりシックになっちゃって」

ルツは耀に向かって笑う。

「そうだよね。昔はあたし、ボディコンのワンレンのソバージュだったよね」

「あと、あの肩パッド。アメフトの選手かっていうくらいの」

「そうそう、この前、女性誌を読んでたら、『私たちは今、心の肩パッドがとれて、いい感じ』っていう見出しで、バブルを謳歌した世代の女三人が対談してたの。心の肩パッド、っていう言葉に、大笑いしちゃった」

岸田耀は言い、短く剪《き》った髪を揺らして、またひとしきり笑った。

「なるほど、心の肩パッドがとれると、便座を下げてって堂々とダンナに言えるようになるんだ」

「そのとおり」

ルツと岸田耀は、笑いさざめきながら駅まで歩いた。小さい頃の東京のようには寒くなかったけれど、現代の二月の東京も、じゅうぶんに寒かった。駅には煌々と電気が灯《とも》り、たくさんの人がゆきかっている。まだ酔客は少なく、駅の空気は夕方とさほど変わりなかった。

「じゃね、また」

岸田耀は小さく手を振った。ルツも振り返す。昔なら、「また電話するね」と別れぎわには言ったろうに、今はほとんどのことがメールだ。長電話というものも、みんなしなくなった。そのかわり、こうして直接会うことがむしろ増えたのかもしれないので、どちらがいいとか悪いとかじゃないのだろうなと、ルツはぼんやり思う。

（なんか、新聞の投書欄に載ってるようなこと考えてるな、あたし）

こういう時が、危ないのだと、ルツは自分をいましめる。反対方向の電車に乗る岸田耀と別れた今、ルツはすぐにも田仲涼にメールを打ちたくなっているのである。けれど、なぜメールを出すのかといえば、それは、以前のように好きで好きでしかたがないからメールをする、という理由ではなく、所在ないからつい惰性《だせい》でメールをしそうになる、という理由からなのだった。

「元気？　今度また、飲もうよ」

田仲涼への衝動をおさえるために、ルツは林昌樹《はやしまさき》にメールした。

「うん、飲もう飲もう」

すぐに返信がきた。

林昌樹がいなかったら、自分の人生はどうなっていたのだろうと、ルツは思う。そして、もしかして、と、続けて思う。

田仲涼と別れることの方が、林昌樹を失うことよりも、傷は浅いのではないだろうか。

そんなことを考えてからもすぐに時間は過ぎ、カレンダーはもう三月となっている。

明日は土曜日だ、とルツは思う。

道ならぬ恋をしている女は週末を嫌う、そんな説がある。土曜日と日曜日、家族のために過ごす自分の恋人のことを想像してつらくなるのだという理由である。

それはなんだか違うと、ルツはひそかに感じている。

むしろ、土曜日と日曜日は、すっかり諦められる、楽な時間なのではないか……。

金曜日の昼食どきが終わったばかりの、午後二時すぎ。ほどよい空調の温気の中で、ルツの目は今にも閉じそうになりつつ、道ならぬ恋の主人公の週末の悲哀の可否について、ぼんやりと思いを致しているのである。

「だめだ、少し、動こう」

ひとりごとを言い、ルツは立ち上がった。田仲涼は浪川教授と一緒に教授会に出席中なので、今いる教授室の隣の小さなスペースを出て実験室の方に行ったからといって、田仲涼とばったり会ってしまう可能性はない。

ルツはのびのびした気持ちで、実験室へと足を踏み入れた。じーん、という音がする。実験室の、どの機械がこの「じーん」という音を出しているのか、いまだにルツは知らない。すべての機械をいっぺんに停止してみないことには、出どころのわかりようがないからである。ともかく、山研にルツがやってきた時から、常に「じーん」という音はしており、午後のこの時間になれば、それはまるで子守歌の低音部のごとく響くというわけなのである。

「眠いよね」

ルツは、実験台に向かってノートを広げている大学院生に向かって話しかける。大学院生は、軽く舟を漕《こ》いでいた。頭ががくりと倒れたかと思うと、次の瞬間にははっと目をさまし、けれど数秒後にはふたたびまた頭ががくりとなる。

「ゆうべ僕、半徹夜だったんです」

大学院生はぼんやりした顔でルツを見上げた。コーヒー、飲む？　と、ルツは大学院生に聞いた。

「ああ、ありがたや」

大学院生は言い、おがむしぐさをした。しばらくしてからルツが持ってきた紙コップのコーヒーを、大学院生はゆっくりとすすった。ルツも、手に持っているマグのコーヒーをすする。少し冷めていたけれど、妙においしかった。

「がんばって」

そう言い置いて、ルツはふたたび教授室の隣の自分のスペースへと戻った。

まだ眠い、と感じたルツは、もう一口コーヒーを飲んだ。ようやく眠気がさめてきた。「じーん」という音は、ここまでは聞こえないけれど、耳の奥に残っているのか、秋の野原にいて小さな虫がずっと鳴いているのを聞いているような心地だった。

しばらくの間、ルツはパソコンに向かった。いくつかの書類申請を完了し、さてまた新しくコーヒーをいれようかと、立ち上がった。

虫の鳴き声が大きくなった、と思った。

同時に、軽い目眩《めまい》がする、とも。

どちらにしても、たいしたことではない、もしかすると気のせいかもしれない、そんなふうに割り切りながら、ルツはコーヒーメーカーの方へと歩いてゆこうとした。ところがどうしたことだろう、うまく歩けない。足が、まっすぐに進まないのだ。そこではじめてルツは気がついた。揺れているのである。けれど、自分の知っている地震の揺れとは少し違うと思った。いつもならば、どん、と突き上げるような衝撃と共にすぐさま揺れがやってくる。今日のこの揺れは、突き上げもないし、「揺れ」とも思えない、いやにゆっくりとしたものだった。

「地震？」

ルツは廊下に出て、実験室の方へと声をかけた。返事は、なかった。次の瞬間、ガラスの割れる音がした。

「えっ」

何が起こったのか、ルツにはわからなかった。

大きく、揺れている。大きすぎる。そして、揺れはまったくおさまらない。実験室のドアから、大学院生がよろよろと這《は》い出るようにあらわれた。手には、さきほどの紙コップを持っている。

「コーヒーが」

ルツはつぶやいた。大学院生は、コップを握りつぶしていた。おそらく意識してのことではなく、驚きのあまりのことだろう。傾けた紙コップの残骸から、ひとすじ、ふたすじ、コーヒーが流れでて床に落ちてゆく。床は、まだうねるように揺れている。

どこに身を置いていいのかわからないまま、ルツは廊下のまんなかで立ちすくんでいた。

「大きい」

ルツは平らな声で、言った。大学院生は無言のまま、こわばった顔でうなずいた。まだ揺れている。このまま永遠に揺れているのだろうかと、ルツは、へんにぽっかりとした気持ちで思う。恐怖を感じている時間というものは、スローモーションのように流れるものなのだろうか、時間がほとんど動いていないように感じられた。大学院生の持つ紙コップからのコーヒーは、まだ流れ出ている。実験室の方から、再びガラスの割れる音がした。どすん、と、何か重いものが、倒れるか落ちるかしたような音も。気がついてみると、廊下には他の研究室の学生たちやルツの同僚たちが姿を見せていた。誰もがいちように口を結び、目を大きくみひらいている。

ようやく揺れがやんだ。じーん、という音が聞こえない。けれどそれも、動転しているからかもしれなかった。

「東北、みたい」

開いたノートパソコンを腕にかかえた隣の研究室の大学院生が、低い声で言った。廊下にいる皆が、彼女の持っているパソコンのまわりに集まる。パソコンで受信したテレビ画面に、テロップが映しだされている。もう揺れはおさまったような気がするのだけれど、まだかすかに、あるいはさきほどからひき続きずっと、体が浅く揺れているような気がする。

浪川教授と田仲涼、そして隣の研究室の教授たちも戻ってきた。実験室はガラスの破片だらけなので、それぞれの教授室へと皆は集まった。火の元は？　電気系統はダウンしてない？　怪我した人はいない？　早口の言葉がとびかう。誰が質問しているのだか、誰が答えているのだかが、よくわからない。いくつものパソコンが並べられ、二台はテレビを受信し、あとのパソコンの前にいる者はネットの情報を集めはじめた。誰もが携帯電話を手にしていた。

ふたたび、揺れがきた。さきほどよりも短かったが、やはり大きな揺れだった。それから何回余震が来たのか、ルツは覚えていない。果たして本当に揺れているのか、前の揺れを体が覚えていて記憶を反復しているだけなのかも、わからなかった。

「ああ……」

という声が、テレビに見入っている大学院生の口からもれた。画面には、海が映っていた。

――その日、ルツは自分のマンションまで歩いて帰った。山研からは一時間ほどかかった。道には、驚くほどたくさんの人たちがいた。一人で歩いている人もいれば、手をつないで緊張した顔のまま連れだって歩いているカップルもいた。数人でまとまっている人たちが、いやに声高に喋りあっていた。

ルツは、何回も林昌樹に電話をかけた。けれど連絡はつかなかった。メールも出したが、こちらにも返事がない。実家とはついさきほど連絡がついていた。岸田耀とも。

近ごろ会っていなかったが、ルツは山田《やまだ》あかねにもメールをしてみた。林昌樹の無事は確かめられているだろうかとも書き加えた。「さっき連絡してみましたが、返事がありません。ルツが無事でよかった」山田あかねからは、すぐにそう返事がきた。

マンションに着くと、ルツはくずおれるようにソファに座りこんだ。テレビのリモコンをつけ、画面をじっと見る。田仲涼は、なぜルツとひとことも言葉をかわさずに帰ってしまったのだろうと、ルツはぼんやり思い返す。余震の続く中、田仲涼はずっと家に電話をし続けていた。何回めかでつながると、田仲涼はため息をついた。うかがっていたルツも、ほっと息をついた。よかった、と、ルツは心の底から思った。

何人かの教授と大学院生は、泊まりこみで機器類を見ていることになった。車のある者は、同じ方面の者を乗せてゆくべく、あちらこちらでグループができた。田仲涼も、同じ方向へと帰る同僚の車に乗せてもらうことになったようだった。ルツは、田仲涼の方をたびたびうかがった。けれど田仲涼はルツと目をあわせようとしなかった。もしかすると、そこにルツがいることさえすっかり失念しているのかもしれないと、ルツは感じた。

（でも、非常時なんだから）

ルツは思った。こんな時まで田仲涼のことを強く求めてしまう自分に、少し厭気《いやけ》がさした。けれど、こんな時だからこそそなのだと思いもした。

林昌樹とは、まだ連絡がつかない。窓の外はまっ暗だった。寒い。ベッドから毛布を持ってきて、ルツは体に巻きつけた。

一夜が明けた時、ルツはまだソファの上にいた。テレビの画面を呆然と眺め、うつらうつらし、林昌樹からの連絡がまだないかと数え切れないくらいの回数、携帯電話の画面を眺め、またうつらうつらし、気がついてみると窓の外はしらみ始めていた。

それからの数日間のことを、のちになってルツは思いだそうとしてみるのだけれど、ひどく鮮明な記憶とひどく曖昧な記憶が入りまじっていて、つみ重なってきたそれまでの人生の大量の記憶の中から、どうにもその数日間の記憶をうまく取り出すことができないのだった。

そしてまた、当時の日々のできごとは曖昧にしか覚えていないにもかかわらず、奇妙なことにその時の感情は、ずっと鮮明なままなのである。

あの時、ルツが思ったのは、たった一つのことだけだった。

――人は、死ぬものなのだ――

生物に寿命があることは、当然知っていた。さまざまな生物の、それも生命の発現をつかさどるDNAにごく近い日常仕事をおこなっている身でもある。けれど、その「生物」の中に、自分も入っていることは、ほとんど実感していなかった。

死は、よそのこと。自分の身にふりかかるとしても、ずっと先のこと。

そう思って、棚上げしてきていた。

でも、そうじゃなかった。

――あたしだって、今すぐに死んでしまう可能性は、じゅうぶんにあるんだ。生きているって、そういうことなんだ――

ルツは、気がついたのだ。

自分が死ぬということを棚上げしているということはすなわち、自分が生きているということも、棚上げしていることになるのではないか、と。

この時ルツは、ふたたび「自分が子どもを生む」ということについて、思いをいたした。

大学時代、自分の体の中に卵細胞があって、やがては子どもを生むかもしれない、ということを思い巡らしたにもかかわらず、どうしても子どもを生む自分のことを想像することができなかったこと。

けれどついに、三年ほど前に、はじめて子どもを生んでみたいと感じたこと。

――でも、あたしはきっと、子どもを生むことはない――

ルツは、そう確信した。

はじめて自分が死ぬべき存在だと実感した、震災の日の翌日に。はじめて自分が生きているということの芯をとらえたように感じられた、あの日に。

――あたしはきっと、子どもは生まない。少なくとも、田仲涼の子どもは、生まない――

ルツには、はっきりとわかったのである。

山研での日々は、やがて元の日常へと戻っていった。田仲涼との逢瀬も、継続された。林昌樹との連絡は、地震の三日後についた。会津若松に出張中だった林昌樹は、ちょうど地震の少し前に携帯電話の電源が切れてしまい、停電がずっと続いていた間は、誰とも連絡をとることができなかったのだ。

「公衆電話から、彼氏には無事を伝えたけどさ」

翌月ルツに会った時、林昌樹は言っていた。

「あたしには連絡しようと思わなかったの？」

「うん、日下《くさか》はなんか、悪運強そうだから、大丈夫だと思った。それに、日下は出張とか、ほとんどないだろう。東京は、あっちよりずっと軽かったからさ」

そう言いながら、林昌樹は顔をくもらせた。会津若松から林昌樹が東京に戻ったのは地震の三日後で、陸路を新潟まで行き、新幹線に乗ったのだという。

日々は、やがて元の日常へと戻っていった――と、ルツはしばらくの間は思いこんでいた。そうだ。日々は元の日常へと戻ったはずだった。けれど、そうでなかったことは、やがて明らかになる。

地震で、ルツの住んでいる場所がなくなったのでも、壊れたのでもなかったし、ルツ自身も、近しい人も、傷をおったり亡くなったりしていない。

毎日山研に通う日々は戻ったし、田仲涼との時間も戻った。

でも、何かが、違ってしまった。

あの時に、少し似ていると、ルツは思う。阪神大震災とサリン事件が起こった、一九九五年。ルツは三十歳の少し手前だった。それまで無邪気に喜んでいたことを、手放しでは喜べなくなった。反対に、それまでは遠ざけていた懸案に、少しだけ向き合えるようになっていった。

大人になるとは、こういうことかと、ルツはあの時感じたのだ。

こんかいの震災でルツが感じたのは、年老いはじめるとは、こういうことか、という感慨だった。

研究室に来ると、以前ルツはその日におこなうべき仕事をすべてメモに書き出し、一つおこない終えるごとに横線を引いて消していった。

全部の仕事に横線が引かれると、ルツはたいそう充実した気持ちになったし、いくつかが残ってしまうと、自分のふがいなさに少しばかりしょんぼりとした。

おこなうべき仕事をメモするという作業は、震災後も続けていたけれど、順番通りおこなうことにはこだわらなくなったし、全部を横線で消し終えたからといって、「やった」という心はずみが来ることはもうなかった。

反対に、仕事が残ってしまったとしても、「そういうこともあるさ」という、平坦な気持ちにしかならなかった。

これを、やる気のなさとみるべきか、それとも安らかな諦念とみるべきか、ルツにはわからない。

同じように、田仲涼とその家族のことを思ってみても、以前のようにはいらいらしなくなっていた。反対に、田仲涼に会う時に、必ず三回以上言っていた「好き」という言葉は、もう必ずしも口にされなくなっていた。

「ねえ、このごろルツは、落ち着いたね」

田仲涼が言ったのは、夏も過ぎた頃だったか。

「落ち着いた？」

ルツは聞き返した。

「うん。おれたち、始まってからもう六年近くになるよね。いい関係だと思わない？」

いい関係、という言葉に、ルツは笑いそうになる。

――いったいこのひとは、何を言っているのだろう。あたしの心の中に常に立っている大きな波やさざなみのことを、きっとこのひとは、何も知らない。想像しようともしない。でも、そこが好きなのかもしれないな、あたし――

淋しさと明るさのまじった心持ちで、ルツは思う。

「別れようか」

唐突に、そんな言葉がルツの口をついて出たのは、その日田仲涼がルツの部屋から帰ろうと玄関の扉に手をかけた時だった。

「え」

田仲涼は、小さな声をだした。

「うん、そうだ。別れよう」

ルツは繰り返した。

「本気？」

田仲涼は、ぼんやりと聞き返す。

「本気」

「でも、なぜ」

「涼さんと結婚できないから」

「ルツって、おれと結婚したいの？」

玄関の扉にまだ手をかけたまま、田仲涼は真面目に問うてくる。ルツは思わず、田仲涼にくちづけたくなってしまう。でも、我慢する。我慢するのは、さほど大変なことではなかった。

「したい」

「そうか」

田仲涼はうなずいた。それから、玄関の扉をなめらかに開け、半分開いたドアにもたれるようにして、

「わかった」

と言った。

田仲涼は、いさぎよかった。別れないでくれ、と泣きつかれるとまでは思っていなかったけれど、これほどすっぱりと、未練もみせずに別れてくれるとは、ルツは本当のところ思っていなかった。

「いい男じゃん」

林昌樹が言う。

すでに田仲涼と別れて三ヶ月。三ヶ月間、ルツは誰ともお酒を飲む気持ちになれなかった。三ヶ月たったところで、ようやく今日ルツは、林昌樹を呼び出したのだ。傷の癒える間の三ヶ月という時間は、長かったのか、短かったのか。

「うん、いい男だったよ」

ルツは答えた。

「でもまあ、別れどきだったな」

「あたしも、そう思う」

「日下から男をふったのって、初めて？」

「いや、あの花束の君がいる」

「ああ、あのいい人」

林昌樹とルツは、中田鮨《なかたずし》に来ているのだ。中田鮨の親方の三分刈りにした髪には、このところめっきり白髪がふえた。

「じゃあ、日下さんは、晴れて自由の身ですね」

「自由、かあ」

ルツは軽く笑う。

「どこに行くんだろう、あたしたち」

コハダを握ったものをつまみながら、ルツはつぶやいた。

「どこにも行かないさ」

林昌樹も、つぶやくように言う。

「日下は、どこか、行くところ、あるの？」

「まだ、あるんじゃないかな」

「そう？」

薄く笑った林昌樹の顔にさす翳りが、ルツはなんだかとてもいとおしかった。あたしたち、ずいぶん遠くまで来ちゃったよね。心の中でだけ、ルツは林昌樹に言う。口に出すと、意味が違ってしまいそうな気がしたから。

あたしたち、遠くまで来たけど、たぶん、もっと遠くまで行かなきゃならないんだよね。生きてるって、そういうことだよね。ルツはさらに心の中でそう続けたけれど、こちらも、口に出しては言わなかった。自分ながら、ごくありふれた感慨にすぎないように思われたからだ。かわりにルツは、言った。

「コハダ、おいしいね」

「ありがとうございます」

中田鮨の親方が軽く頭を下げた。ルツも、頭を下げる。東京の夜は、震災直後にくらべ、ほんの少しだけ明るくなっていた。

二〇一一年　留津《るつ》　四十四歳

「今の子どもたちには、反抗期がないことが多いのです」

という、テレビの中の教育評論家の言葉を、留津《るつ》の耳は敏感に聞きとめる。

「尊敬する人は、父親と母親です、そんなふうに何の照れもなく答える子どもがたくさんいるんですよ。私たちの若いころには考えられなかったことです。大人は倒して乗り越えてゆくべきもの、そんなふうに思ってましたよねえ、あはは」

あはは、と気楽に笑っている——本当に気楽かどうかはわからないのだけれど、少なくとも留津にはそう感じられたのである——教育評論家に向かって、留津はしかめっ面をつくった。

「反抗期がないですって？」

テレビに向かって、留津はがみがみ言った。

「評論家のくせして、おめでたいわね、まったく」

留津はソファから立ち上がり、リモコンのスイッチを切った。

田園都市線沿線のマンションから目黒にあるこのマンションに引っ越してきたのは、三年前である。あの時は、少しもめた。

虹子《にじこ》が中学生になり、新婚の頃からずっと住んでいたマンションが手狭になったころ、突然タキ乃《の》が、渋谷の家に同居したらどうかと言ってきたのだ。

留津は驚いた。渋谷の家に住んでいるのは、建前ではタキ乃と美智郎《みちろう》夫妻だったが、一年のほとんどを、美智郎は愛人である赤坂の蓉子《ようこ》のところで過ごしているため、実質上は渋谷にいるのはタキ乃と住み込みのお手伝いさん二人のあわせて三人だった。タキ乃は、しょっちゅう気まぐれに留津たちのマンションにやって来はするものの、それはほとんど俊郎《としろう》のいる土曜日日曜日であって、タキ乃にさしたる好意を持っていない留津や虹子と、一つ屋根の下に住みたいと思うはずはないと、留津は高をくくっていたからである。

「あら、お義母《かあ》さま」

あの時留津は、何食わぬ顔で言ったのだ。

「嬉しいですわ、虹子とわたしが、お義母さまと毎日一緒にいられるなんて」

留津のその言葉を聞くと、タキ乃は少なからずぎょっとした顔になった。

「あら、そうね。一緒に住むっていうことは、虹子ともずっと一緒っていうことなのね」

留津のことはともかく、タキ乃は明らかに虹子を苦手としていた。虹子は、留津だろうがタキ乃だろうが俊郎だろうが、思ったことをずばずばと指摘することにかけては、まるで容赦がなかった。そんな虹子のことを、美智郎はたいへんに気に入っていたのだが。

留津とのそのやりとりもあってか、タキ乃はいったん同居に及び腰になったのだが、今度は俊郎が同居をしたいと言い出した。

「いやです」

俊郎に向かっては、留津ははっきりと断った。

「あなたは、お義母さまと一日じゅう顔をつきあわせていることができる？」

留津は俊郎の顔をじっと見つめながら、聞いた。こんなふうに自分の思ったことを俊郎に向かって留津が言えるようになったのは、この数年のことである。俊郎がいったいそのことをどう感じているのか、留津は知らない。

けれど、不思議なことに、俊郎はそんな留津を受け入れている。むしろ、以前よりもたくさん留津と会話を交わすようにさえなった。

「ま、できないな」

俊郎は、すぐに敗北を認めた。こうして、留津たちは渋谷でのタキ乃との同居は避けつつ、最初のマンションから次のマンションへと引っ越すこととなったのである。

目黒のマンションは３ＬＤＫで、広いルーフバルコニーがついている。留津は思うぞんぶんガーデニングにはげんだ。無数のプランターをバルコニーに置き、朝に晩に水やりをおこなった。

「こう植物が多いと、なんか、きもち悪い」

虹子は言ったけれど、留津はかまわず園芸活動にはげんだ。留津がはげんでいるのは、園芸活動だけではなかった。カルチャーセンターには週に三回通い、家の中は留津の手芸作品と陶芸作品であふれかえった。

「こんなに場所をとるものじゃなくて、俳句かなんか、つくっててよ」

しょっちゅう虹子に文句を言われていたけれど、留津は聞こえないふりをした。マンションのリビングは広く、天井は高かった。収納はたっぷりととってあり、しようと思えば、すべてのものを「隠す収納」にして、モデルルームのような部屋にすることもできたのだけれど、留津はあくまで自分の種々雑多な作品を飾ることにこだわった。

「あたしがおかあさんの夫なら、家に帰りたくなくなるよ」

虹子は批判した。

(それが、わたしの無意識の目的なのかも)

留津はひそかに思ったが、実際には俊郎の目には、留津の雑多な作品群はうつっていないことも知っていた。

このところは、虹子は辛辣な批判こそすれ、反抗期、というものとは違ったのだ。それは、思ったことをすぐさま口にする、という生まれついた性分の発露にすぎなかった。

ところが、高校生になったころから、虹子は突然だんまりを決め込むようになったのだ。

最初留津は、そのことに気がつかなかった。このごろ虹子ったら、少し優しくなったのかしら。そのくらいに思っていた。ところがある日、留津は虹子のだんまりに突然気がつくこととなる。

その日留津は、電話をしていた。午後の二時ごろだった。電話は八王子《はちおうじ》光男《みつお》からで、次の会合についての連絡だった。

次の会合、というのは、「門」のOBの集まりのことである。大学を卒業してから二十年近く互いに無沙汰をしていた「門」のメンバーだったが、四谷《よつや》先輩の追悼文集を作ったことがきっかけで、再び集まるようになっていたのだ。

追悼文集は、三年前、久しぶりに八王子光男からの連絡があってから半年後に完成した。留津はせっせと四谷先輩の文章をキーボードで打ち、追悼文を書く暇がないという者たちの言葉も、座談会形式にまとめあげ——実際には、飲み会の席でのかれらの放言を、留津がそれらしいきれいな言葉に翻案したのである——八王子光男の信頼をしっかりとりつけたのだ。

以来、留津と八王子光男と、それになんと、あの林昌樹もときおりは参加する、五人ばかりのメンバーの飲み会が、季節に一度ほど開かれるようになったのである。

幹事はいつも八王子光男で、連絡をしてくるのは、なぜだかメールではなく電話だった。

「忙しいでしょうから、メールでいいのに」

と、留津は遠慮するのだけれど、八王子は笑いとばす。

「いや、おれ、どうも昔の人間みたいで、今どき、メールより電話の方が楽っていう質《たち》なんだ」

そう言って、いつも八王子光男は午後の時間に連絡してくる。虹子もまだ学校から帰らず、むろん俊郎は家にいるはずのない、午後のうららかな時刻に。

八王子光男からの電話は、短い。用件をてきぱきと喋り、それから、あとひとこと、ふたこと、天候の話か、最近話題になっているニュースの話、そんなもので終わる。

(でも、短すぎはしないのが、いいんだわ)

と、留津はひそかに思っている。そっけなくもなく、かといって粘着質に後をひくのでもなく、そうだ、塩梅《あんばい》がいい、という言葉がぴったりくる。

その日、留津は八王子光男からの電話に、明るいくちぶりで答えていた。玄関のドアが開く音がした。ああ、今日虹子は午前授業とお弁当だけだったから、帰りが早いんだ。そう思いながら、留津は八王子光男との電話を続けた。

ええ。そうね。ふふ。わかった。よろしく。留津が口にしたのは、そのような相づちだったはずだ。

虹子は、「ただいま」と言わなかった。そういえば、虹子はこのところ「ただいま」

や「いってきます」を言っていただろうかと、電話をしながら、ふと留津は思った。覚えていなかった。

電話を切ると、虹子がぼんやりとした顔で留津のことを眺めていた。

「おかえり」

留津は言ってみたが、虹子は答えなかった。そのまま虹子は自分の部屋へ入っていった。

「お弁当箱、出しておいて」

留津は声をかけた。返事はなかった。

電話をしていたのがいけなかったのかしらと、留津はその後何度も思い迷う。あれ以来、虹子はめっきり無口になり、挨拶の言葉も、たわいない泡のようなお喋りも、いつもの辛辣な批判も、いっさい口にしなくなったのだ。

「門」の飲み会は、たいがい金曜日の夜に開かれる。東京駅近くにある安直な居酒屋に、六時過ぎに三々五々メンバーは集まってくる。幹事の八王子光男以外は、皆勤の者はいない。留津ともう一人、西荻佐知子《にしおぎさちこ》という一学年下の女の子――すでに年齢は「女の子」ではないのだけれど、昔の知り合いというものは、なぜだか年齢を重ねても昔の記憶がそのまま定着しているようで、立派な中年の姿かたちになっているにもかかわらず、「男の子」はいつまでも「男の子」なのだし、「女の子」はいつまでたっても「女の子」なのである――が出席するのは、二回に一度くらいで、林昌樹は年に一度ほど、そしてそのほかの男の子たちも、二回か三回に一度、というくらいの出席率だ。

昔はお酒に弱かった八王子光男だが、今はすっかり酒豪になっている。安直な居酒屋をいかに楽しむか、という手腕にも長《た》けていて、たとえば虹子の誕生日などに、俊郎と三人で行く高級なレストランで食べるものよりも、八王子光男の選んだ居酒屋で八王子光男が注文する安い肴《さかな》の方が、留津はずっとおいしいと感じてしまうのである。

(八王子くんと電話している時に、べたべたした気配を、わたし、虹子に感じさせたのかしら)

留津は、思いまどう。

実際、留津は八王子光男に好感を抱いている。ただし、恋だの愛だのというほどの気持ちでは、まったくない。はずだ。

けれど、八王子光男からの、なんでもない連絡の電話の後に鏡を見ると、明らかに留津の血色はよくなっている。目も輝いている。

(健康にいいっていうことよね、これは)

いつもそんなふうに自分に言い聞かせている留津だが、心の奥底に、「恋」に近い何かがあることは、わかっている。それを「恋」に寄せてゆくのか、それとも知らんふりをして「恋」から離れてゆくのかは、自身の裁量次第である。

(それにしても、母親が昔の同級生と電話をしていただけで、突然だんまりを決め込むものなの、娘って?)

留津は、そう怪しみもする。息子ならば、母親の心の奥底にある不穏な色ごころに敏感に気がついて、嫌悪感を催すことはあるかもしれない。でも、娘ならば、そのあたりのことについては多少の慮《おもんぱか》りをしてくれるのではないだろうか。というのも、留津の勝手な期待ではあるのだが。

だんまりを決め込むようにはなったけれど、ときおり虹子は堰《せき》を切ったように喋りはじめることがあった。本来、黙っていることが苦手な性分なのだろう。

あふれるような虹子のお喋りを聞いていると、留津は不思議な幸福感につつまれる。この子は、喋るのがなんて好きな子なんだろう。そして、喋っているこの子は、なんて生き生きとしているんだろう。そんなふうに感じる。

けれど、きらめくような虹子のお喋りは、長い時間は続かない。いつも途中で「あっ」という表情になり、唐突に口をつぐんでしまう。それ以上楽しく母親と喋ると、大切な何かが体からこぼれ落ちてしまい、悪いものが入りこんでくる、とでもいうような――迷信的な頑《かたく》なさ――と留津が感じる態度で、虹子はぴったりと心の扉を閉ざしてしまうのである。

「虹子ちゃん、女の子にしては反抗期、遅い方じゃない？」

木村巴《きむらともえ》は、明るく留津に言う。

「それに、喋らないのなんて、あたりまえのことよ。うちのなんて、わたしをばばあ呼ばわりするわ、父親にはおじさんくさいから寄ってこないでって言うわ、もうさんざん」

木村巴の夫である岸田映《きしだはゆる》の、その昔のお洒落《しゃれ》なスーツやクラッチバッグのことを思いだし、留津は笑ってしまう。そして次に、岸田映への同情を感じる。あんなに身だしなみに気をつかっていた岸田映が、「おじさんくさい」と言われてしまうなんて！

二〇一一年、「門」のみんなは忙しいようだった。西荻佐知子と留津はフルタイムでは働いていないので――ことに留津は、パートタイムでも働いておらず、「門」の集まりに来る働きざかりの男たちや西荻佐知子の仕事の話を聞くと、思わず知らず身が縮んでしまうのだけれど、八王子光男はそんな時、仕事ばなしをしているみんなの気をうまくそらし、話題を昔の「門」のことやら小説のことやらに、さりげなく方向転換してくれる。八王子光男のそんなところにも、留津は惹かれてしまうのである――ほかのメンバーよりは多少融通がきくのだが、西荻佐知子はこのところ「父の調子が少し悪くて」と、飲み会を欠席しがちだった。

「少し、認知症の気味があるの」

西荻佐知子は、いつか飲み会で八王子光男にこっそり耳打ちしていた。女どうしである留津には打ち明けず、八王子光男にだけ言った、ということに、留津はほんの少しだけ傷ついた。

（でもきっと、わたしなんかに何かを言っても、何の助けにもならないのよね）

いつもながらの留津の消極的思考が始まったりもしたが、いやいや、そうではなく、西荻佐知子が八王子光男に何かをつい打ち明けるのは、光男が何かを打ち明けてみたい欲望を起こさせる魅力的な人物だという証拠なのだ、と考えることによって、明るい心もちを取り戻したりもしたのだ。

一月も、二月も、「門」のみんなの忙しさは続いた。虹子はあいかわらず無口で、留津は家の中で所在がなかった。義父の美智郎は退院以来すっかり元気を取り戻して仕事に邁進《まいしん》しているし、義母のタキ乃はこのところまた宝塚熱が再燃して、あまり姿をあらわさなくなっている。

時間にも気持ちにも余裕があるはずなのに、留津はなんだか、すかすかした心もちだった。体に小さな穴がいくつもあいていて、そこから何かが流れ出てゆくようだった。タキ乃との攻防や俊郎との冷ややかな関係の中で緊張の糸がぴんと張りつめていた時には、かえって心身は充足していたのに。

そういえば、このごろ留津はやせた。

同じ年ごろの女たちは、声をそろえて「若い頃はほんの少しダイエットをすればすぐにやせたのに、もう全然だめなのよね」と言うのだが、留津はこのごろダイエットをしていないにもかかわらず、腰まわりは細くなり、足や腕も以前より細く柔らかくなっているのである。

（もう、老年に近くなってきているのかしら）

たとえば、七十歳を過ぎたころから、留津の母雪子《ゆきこ》は、やせはじめた。食が以前よりずいぶん細くなり、足もともおぼつかなくなっている。それなのにあいかわらず、留津への当たりはきつい。

「虹子ちゃんて、成績はいいのかもしれないけれど、可愛げがないわよね」

などと遠慮会釈なしに言う。雪子が可愛がる孫は、弟の高志《たかし》のところの二人ばかりだ。虹子が赤ん坊だった頃は、まだ可愛がる気配を見せていたのだが、虹子が喋りはじめてからは、ほとんど関心を示さなくなってしまった。その点、タキ乃は虹子を遠巻きにしながらも、虹子の辛辣さに負けることなく、虹子の言葉を聞かないふりをするという対応でもって、ずっとそばに居続けている。

時々、留津は思う。もしかすると、母雪子は、あんがい弱い人間なのではないか、と。弱いからこそ、高志にくらべて愛想のない子どもだった留津よりも、母親に甘え母親を慕うことの上手な高志に寄り添っていってしまったのではないだろうか。

だからといって、留津の子ども時代の孤独が今になって癒《いや》されるわけではない。けれど、ものごとを分析して理由を知ることができると、心はある程度落ち着くものだ。

「雑多」に、留津は書きつける。

「弱いけれど、わたしはその人が好き。

弱くないけれど、わたしはその人が苦手。

最後に残るのは、もしかすると、苦手だけど、弱くない方の人なのかもしれない」

結婚して、十八年がたつ。雪子と共に母娘として過ごした年月にはまだ届かないけれど、感覚としては、雪子と一緒だった頃よりもずっと中身のつまった長い時間だった。結婚式の夜に、実家にはもう帰れないと思い知り、ひどく心細い気持ちになったことを、留津は遠く思いだす。あの気持ちは、もう実感できない。

実家には今も父と母がおり、すぐ近所には高志の家族もいる。かれらは今も、日下家の人間として、かたまりあって親密さを保っているのだろう。でも、留津はもうその外にいる人間なのだ。

すでに留津の部屋はなく、訪れる回数も少ない実家に、留津は少しの心残りもなかった。それよりも、今いる目黒のこのマンションの方が、何倍も「自分の場所」だという気がする。

そうだ。留津は、やせてきた。顔だちが変わるほどのやせ方ではないけれど、もしかすると道ですれちがった昔の知り合いは、留津のことがわからないかもしれない。これをして、老化がはじまった、というべきかもしれないが、留津はもう昔の留津ではないのだ。体じゅうの細胞は入れ替わり、形は似ていても、違う存在になってしまっている。そのことが、淋《さび》しかったし、少しばかり誇らしくもあった。

「わたしは、今、どんなわたしなのだろう」

留津は「雑多」に書く。

三月に入った日の昼過ぎ、八王子光男から電話があった。虹子は試験休みで家にいる。けれど食事の時以外は部屋にこもっている虹子のことを、もう留津は気にしないことにした。家族に対してうしろめたいことは、何もしていない。虹子に、他人をずけずけ批判する権利があるのなら、自分にも人生のささやかな楽しみを味わう権利はあるはずだ。

「どうも、みんな忙しいみたいでね」

八王子光男は言った。

「三月はちょうど年度末だし」

「八王子さんも、忙しいんでしょう」

「いやあ、そうでもないんだけどね」

「集まりは、もっと暖かくなってからにしたらどうかしら」

「そうだね。ところで留津さんは、あさっての午後は、忙しい？」

留津はカレンダーを見る。その日は金曜日で、三時からカルチャーセンターの教室があった。

「三時前だったら、大丈夫です」

「じゃあ、お茶でも飲まない？　少し、相談があるんだ」

八王子光男が口にした「相談」という言葉に、留津は首をかしげる。いったい八王子は自分などに何の相談があるというのだろう。

金曜日は、よく晴れていた。

桜はまだまだだが、春が少しずつ近づいている気配が感じられた。八王子光男と留津は、一時半に渋谷で待ち合わせた。留津の通っているカルチャーセンターは青山にあったし、八王子光男は昼過ぎまで高田馬場で仕事があるということで、中間地点の渋谷に決めたのだ。

八王子光男の「相談」は、留津が想像していたのよりも、ずっと深刻な内容だった。

「おれさ、少し前から、別居してるんだ」

八王子光男は、前置きもなしに、始めた。口調はまったく深刻そうではなかったが、深刻ぶらないもの言いが、かえって話のなかみの重さをあらわしてしまっていた。

「妻が、よその男と恋愛して、おれとはもう暮らせないって。相手は、妻の直属の上司。関係は、五年以上続いているんだそうだけど」

八王子光男は、たんたんと続けた。留津は困惑する。同時に、不可思議な喜びがこみあげてくるのを感じ、ますます困惑してしまう。

留津は決して八王子光男の不幸を喜んでいるわけではなかった。夫妻の関係が悪いことを、自分に引きつけて感情移入しているのでもなかった。ただ留津は、誰かにこうして頼ってもらったことが、嬉しかったのだ。

わたしに相談ごとをする人がいるなんて！

それも、こんなに重要な内容の相談を！

留津はじっと黙って八王子光男の話を聞きつづけた。

「おれって、だめな男なのかな」

留津は黙ったまま、首を横にふる。

「大学時代にさ、おれって、少しみんなから、ばかにされてただろう？」

八王子先輩、という呼び名を、留津は一瞬思いだす。八王子光男が、何人かの同輩の男たちからわざと「先輩」と呼ばれていたのは、尊敬されていたからではなく、半分はからかわれていたからだった。けれど、留津は八王子光男に向かって、こう言った。

「ばかになんか、されていません」

「いやいや、ばかにされてたさ。まあ、ばかにするっていう言葉が大げさだとしたら、軽く見られていた、くらいの感じかな」

「親しまれていたんです」

八王子光男は、浅く笑って肩をすくめた。

「でも、留津さんはおれから逃げてたじゃない」

「逃げてたんじゃなくて、ほかに好きな人がいただけです。片思いでしたけど」

そうだった。当時八王子光男は、留津に好意を寄せていたのだ。留津は八王子の好意に気がついていたけれど、林昌樹が好きだったので、知らないふりをした。そのうえ、留津はたしかに、自分を好きになるなどという八王子のことを、ほんの少し見下していた。好かれている者は、往々にして傲慢になるものである。

「好きな人って、林のこと？」

はい、と留津は小さな声で答えた。それから、心の中でつけ加える。林昌樹は、八王子さんのことが好きだったんですよ、と。

留津はこっそり腕時計を見た。二時半だった。八王子の話を、もっと聞いてあげたかった。三時からのカルチャーセンターの教室は休もうと決めた。八王子光男は、コーヒーのカップを手に取り、飲もうとして、すでに空であることに気がつく。頭をぼりぼり掻《か》く八王子光男が、大学時代の「八王子先輩」に戻ったようで、留津はくすりと笑ってしまった。

「笑うなよ」

「笑ってません」

「笑ったよ」

「わたしも、夫とうまくいってないんです。夫には、いつも女性がいるみたいで」

思わず、留津は打ち明けてしまった。八王子光男が言ってほしいのは、そんなことではないのだろうな、と思いながらも、言葉が口をついて出てきたのだ。

「え、そうなの？」

八王子光男は、驚いたように聞き返した。

「いや、あの、八王子さんのところと同じだっていう意味じゃなくて。ごめんなさい、わかったようなこと言って」

あわてて、留津は答える。

「そんなこと、ないよ。なんだか安心する」

「安心」

「そうだよ。なんかさ、プライド、ずたずたにならない？　つれあいが自分以外の人間を好きになるって」

八王子光男は、手をあげてコーヒーのおかわりを頼んだ。留津の紅茶のカップが空になっているのを見て、そちらも追加した。

「ケーキとか、食べる？」

「食べちゃいましょうか」

不謹慎だと思いつつも、留津はどんどん楽しくなってくる。八王子光男はモンブランを、留津はチーズケーキを頼んだ。

「で、留津さんは、旦那さんの浮気について、どう感じてるの？」

留津の顔をのぞきこみながら、八王子光男は聞いた。無遠慮なことを聞かれているのに、八王子の飄々とした表情を見ると、反対に笑い出したくなってしまう。

「そりゃあ、いやです」

「そうだよなあ」

「でも、夫とは話がうまくできないから、いやだっていうわたしの気持ちをどうやって伝えたらいいのか、わからないんです」

「へえ、うちの妻は、自分の気持ち、とやらを、遠慮会釈なくおれに言ってくるなあ。どうやったら彼女の言い分を食い止められるかがわからないくらい、そりゃあもう、どんどん」

八王子光男の言葉に、留津はついにこらえきれず、笑いだしてしまった。

「うらやましいな、おくさまが」

「うらやましくないよ、おれは」

「八王子さんは、どうなんですか。ご自分の気持ちを、おくさまにちゃんと伝えられてるんですか」

「うん、妻の十分の一くらいはね」

「少ないですね」

「いや、それで普通くらい。なにしろ妻って、自分の気持ちを自分の中にしまっておくことが一切できない女だから。五年もおれに隠れて他の男と恋愛してたことが、もう、彼女にしては、驚異的」

ほう、と留津はため息をついた。妻がよその男を好きになったというのに、八王子光男とその妻との関係は、留津から見れば、ごく親密な楽しげなものに思えたからだ。

「どうやったら、相手に自分の気持ちをそんなにすなおに伝えられるんでしょう」

留津が言うと、八王子光男はほほえんだ。

「でも、留津さんは今、おれに自分の気持ちをちゃんと言ってるよ」

え、と留津は驚く。モンブランと、チーズケーキが運ばれてきた。テーブルに皿を置く音が、いやに高く響き、その勢いのためか、かたかた、かたかた、という、皿とテーブルがふれあう音がおさまらない。そう言われてみれば、誰かとこんなふうにへだてなく喋ったのは、いつ以来のことだろう。いや、もしかすると生まれて初めてのことなのではないか。

驚いたあまりのことだろうか、留津はくらりと軽い目眩を感じる。座ってるのに、目眩なんて、妙だこと。へんに冷静に思いながら、留津は八王子光男の顔をじっと見た。誰かと向かいあって座っている時、留津は相手の顔をじっと見ることができない。このひとは、わたしのことをうとましがっていないかしら。いつも、そんなふうに不安に思ってしまうからだ。

人と対面している時に留津が最初に感じるのは、怖れだ。ところが、八王子光男に対しては、留津はほとんど不安を感じない。むしろ、安んじている。

「留津さん、地震だ」

八王子光男が声をあげた。留津は反射的に腕時計を見た。二時五十一分。いつも留津は、時計を五分間進めておく。遅刻をしないよう、ものごとに遅れないよう、早め早めにやるべきことをおこなうためである。今は、二時四十六分。留津は頭の中で機械的に計算する。

それほど大きな地震ではないのだなと、留津は思う。けれど次の瞬間、違和感を感じる。知っている揺れかたと、違う。いつもならば、どん、と突き上げるような衝撃と共にすぐさま揺れがやってくるのに、今日のこの揺れは、突き上げのない、いやにゆっくりとしたものだった。

「そうね、地震、よね？」

留津はつぶやき、また八王子光男の顔をじっと見る。なんとあわれで、なんとかわいい男だろう。そんなふうに思った自分を、常ならさぞ奇妙に感じただろうに、今はごく自然なことに思われた。

どこかでガラスの割れる音がした。厨房だろうか。揺れが突然大きくなった。体がすくむ。こんな揺れかたは初めてだった。大きい。どうしよう。もしかすると、ここで死ぬのかしら。留津はおののく。

気がつくと、留津は立ち上がっていた。どこからか、「非常口から避難して下さい」という声がする。すぐ隣で、八王子光男も立ちあがっていた。

「テーブルの下にもぐって」

留津の手をとり、椅子を乱暴に引きだして、八王子光男は留津をしゃがませた。そのまま八王子光男は留津を卓の下に押しこみ、自分もかがんで入ってきた。

揺れていたのは、いったいどのくらいなのだろう。永遠に続くように思えたその揺れは、しかしゆっくりとおさまっていった。

留津の耳の中で、じーん、という音がしている。揺れが始まった時から聞こえている音だ。おそらくそれは、外からの音ではなく、留津の体の中で鳴っている音なのだろう。

「大丈夫？」

八王子光男が聞いた。窮屈そうに卓の下でしゃがみこんだ八王子光男の顔は、留津の顔のすぐ前にある。きれいな肌。留津は思う。息と息とがまじりあうくらいそばにいるのが、夫の俊郎ではなく八王子光男であることの僥倖を、留津はひそかにかみしめていた。

「だいじょうぶ」

留津は答えた。低い声で。

八王子光男はすぐに携帯電話を取りだした。家に連絡するのかと思っていたら、まずニュースを見ようとネットに接続している。

「つながらないな」

接続は、なかなかうまくいかないようだった。やがて、どこからか「震度五以上だって」という声が聞こえてくる。揺れている時にはしんと静まりかえっていた店の中が、今は大きくざわめいている。八王子光男はいそいで会計をすませ、留津の手を握ったまま外へと歩きだした。時おりまた、揺れがやってくる。

「余震だ」

八王子光男はつぶやく。留津は何も言わず、ただ八王子光男の手に引かれるままに歩いてゆく。

渋谷の駅は、ごったがえしていた。けれど、それはラッシュ時の混雑とはまったく違うものだった。電車はすべて止まっており、人々は道のまんなかで、あるいは駅の入り口で、ただ寄り集まっていた。もし今誰かが自信に満ちた大きな声で指令を下したなら、誰もがその指令に諾々と従ってしまいそうな雰囲気だった。

　突然、留津は、我にかえった。虹子は。虹子は、無事だろうか。

「公衆電話を使おう」

　八王子光男が言った。すでに長い列ができている、その最後尾に留津と八王子光男は並んだ。八王子光男は、留津を先にしてくれた。財布の中を探すと、テレホンカードが二枚みつかった。

「一枚、使って」

　留津は八王子光男に渡した。俊郎の会社の創立三十五周年記念に配られたカードである。すでに携帯電話が普及しはじめた頃だったので、使うこともなく財布にしまいこんであったのだ。「カンバラ」というロゴが大きく記されているカードを、一瞬留津はしまいこみたくなったが、そんな時ではないと思いとどまった。

　列は遅々として進まなかった。何回も留津は携帯電話を使って虹子に連絡をとろうと試みたが、まったくつながらなかった。三十分もたった頃だろうか、ようやく留津のすぐ前に並んでいた男が公衆電話を使いはじめた。順番が来ると思うと、胸がどきどきしはじめた。公衆電話はつながりやすいらしく、それまでも、ほとんどの人たちが通話相手と喋ることができているようだった。もしも虹子が電話に出なかったら、どうしよう。

　留津は震える指でボタンを押した。家の電話にかかるはずのその番号を押し終えたとたんに、

「もしもし、おかあさん？」

という虹子の声が聞こえた。留津の膝から力が抜け、座りこんでしまいそうになる。虹子は無事だった。俊郎もタキ乃も美智郎も、そして留津の実家の雪子たちも無事だという。

「おかあさんだけがどうしても連絡がつかなくて、ほんとうに心配だった。よかった、よかったよ、おかあさん」

久しぶりに聞く、素直な虹子の声だった。電話を切ると、八王子光男がすぐ後ろに立っていた。

「おれは、ついさっき携帯メールで連絡がついたから」

そう言うと、八王子光男は、ふたたび留津の手を握り、歩きはじめた。

「ごめんなさい、待っててくれたのね」

「当たり前だろ」

「もう大丈夫、一人で帰れるわ」

「でも電車は動いてないし、バスは当分来そうにないよ」

なるほど、向こう側のバスターミナルには、人があふれていた。

「歩くしか、ないんじゃないかな」

八王子光男は、肩をすくめながら言う。

「まあ」

留津は足下を見た。ハイヒールである。めったにハイヒールなどはかないのに、こんな時に限って。自分がハイヒールをはいてきたのは、八王子光男へのひそかな好意の照り映えにほかならないことを、留津はよく知っていた。

（ばちが当たったのかしら）

留津は思う。けれど、すぐにその考えを否定する。

（だってわたし、何もしていないもの。まだ）

国道の方へ行くのかと思っていたら、八王子光男は駅の中のデパートへ入ってゆく。後をついてゆくと、八王子はスポーツ用品売り場へとあがっていった。てきぱきと留津の靴のサイズを聞き、スニーカーを買っている。留津は八王子のその機転に驚いた。

「お金、わたしが」

「そう？」

さからうことなく、八王子光男は留津からスニーカーの代金を受け取った。

目黒のマンションへの道を、留津は頭の中でおさらいしてみる。なんとなく、見当がついた。

「八王子さんのおうちの最寄りの駅は、どこなの？」

「武蔵小杉。留津さんは？」

「都立大学」

「それは、ちょうどいい。都立大学なら、たぶんおれが帰る道筋の途中だね。つまり、デート帰りに女の子を送っていける道すじだってことだよね」

八王子光男は言い、ウインクをしてみせた。こんな非常時に、あまり面白くもない冗談を言う八王子光男を、留津は前よりもいっそう好きになってしまう。俊郎ならばこんな時、緊張のあまり必要以上に冷静そうにふるまうに違いない。

「それでは、デートのお相手の男の子に、喜んで送っていってもらうことにしましょうか」

留津はにっこりと返答する。

二人は、すぐさま歩きはじめた。手と手をつないだまま。

しばらくしてから、留津はそっと八王子光男の手を自分の手からはずしたが、またしばらくすると、自分から手をつないだ。

道ゆく人びとは、疲れきった顔をしていた。あるいは、ひどく不安そうな顔を。留津も八王子光男も、あまり喋らずに、黙々と歩いた。

二十分ほど歩いた後に、八王子光男は立ち止まって休憩した。自動販売機の飲み物も、途中にあるコンビニエンスストアの棚の品物も、ほとんど売り切れになっていた。けれど、留津はペットボトルの水を持っていた。

「どうぞ。少し飲んじゃってあるけど」

留津が差し出すと、八王子光男はためらいなくボトルに口をつけ、飲んだ。それから、留津にボトルを返し、

「留津さんも、どうぞ」

と言った。八王子光男が口をつけたボトルから、留津もごくごくと水を飲んだ。

「妻とは、けっこう大恋愛だったんだけどなあ」

八王子光男は、ぽつりと言った。

「おれが悪かったのかな、うん、おれが悪かったんだろうな」

八王子は、そう続けた。どの言葉も過去形であることに、八王子光男は気がついているのだろうかと、留津は思う。

しばらく、八王子光男はぽつぽつと喋りつづけた。留津はただ、うん、うん、と相づちをうつだけで、意味のある言葉は口にしなかった。八王子光男は、留津が言葉を口にしないでいるその気持ちを、きっとわかってくれているはずだった。

一緒に歩いているだけなのに、二人とも、もう十年以上も共に過ごしてきたような心もちになっていた。八王子の言葉がとぎれてしばらくしてから、留津は小さな声で言った。

「八王子さんは、すてきです」

「八王子さん、じゃなくて、光男、でいいよ」

「光男さんは、かっこいいです」

そうかあ、おれはすてきでかっこいいのかあ。八王子光男は言い、首をこきこきとまわした。肩とか首とか、凝るね、こういう事態の時って。そう続けながら。

また二人は歩きはじめた。何回めの休憩の時だったろう、八王子光男が、つぶやいた。

「家、帰りたくないなあ」

「うちに、来ます？」

「いやいや、それはだめだよ」

「娘がいますよ」

「留津さんの娘か。かわいいんだろうなあ」

「にくらしい子よ」

「留津さんに、似てる？」

「そうね、主人よりは、わたしに似てるような気がする」

結局その日、八王子光男は自分の家へと帰っていった。マンションの扉を開けると、ころがり出るように虹子が留津の胸に飛びこんできた。八王子光男を連れてこなくてよかったと、留津は瞬間的にほっとした。ほっとしている自分のあさましさに、留津は決してがっかりはせず、反対に自分をたのもしく感じた。

「どうやって帰ってきたの」

虹子が聞いた。

「歩いて」

「疲れたでしょう。カレー、作っておいたの」

ここ一年ほど聞いたことのない、虹子の優しい声だった。

「ありがとう。えらいわ、虹子」

「いやいや、それほどじゃ」

くもりのない虹子の表情に、留津はあらためて、ほんの少しだけ、胸が痛む。けれど、ほんの少しだけだ。

まだわたしは、何もしていない。まだ。

「シャワー、浴びてくる」

留津は言い、バスルームへと入っていった。下着まで脱ぐと、留津はじっと洗面所の鏡を見た。裸の女がいた。ごく平凡な、太ってもいなければ、ほっそりともしていない、四十代なかばの女が、こちらを見ていた。

「ただいま」

留津は鏡の中の留津に向かってささやいた。それから、勢いよく風呂場の折り扉を開け、シャワーの湯を出しはじめた。

二〇一二年　ルツ　四十五歳

母が癌になったことをルツが知らされたのは、桜が咲くころだった。

「今年は、去年よりにぎやかね」

桜の咲く土手を林昌樹と歩きながら言いあったのは、ついおとといのことだ。

震災直後、東京ではお花見をする人はほとんどいなかった。花を見に来ている人たちも、飲み食いをしながら騒ぐことはせず、ただ静かに座り、あるいは立ち、冷え冷えと咲き満ちる桜を見上げるばかりだった。震災翌年の今年は、いつもの花見に戻っているように見えるけれど、どうなのだろうと、ルツは桜を見上げながら思う。林昌樹は、月に一度ほど、東北にボランティアに行っているという。

「住んでるマンションの人が、マイクロバスを出してくれるんだ。日帰りだから、たいしたことはできないけど、まあ塵《ちり》も積もれば、っていう感じかなあ。それに、マイクロバスを運転するその人の横顔が、おれのタイプでさ」

林昌樹は、照れたように、早口で言っていた。林昌樹らしい韜晦《とうかい》である。

母雪子が病を得たと、弟の高志が電話してきたのは、日曜の昼だった。ルツは朝食兼昼食のうどんを食べながら、ゆったりとテレビを見ていた。田仲涼とつきあっていた頃は、やはり土曜日と日曜日には心の底からリラックスすることはなかったのだということが、別れた今になって初めてわかる心地である。

「ちょっと、いいかな」

という高志の言い方に、ルツは瞬間、嫌な予感をおぼえた。

「ママには、まだはっきりしたことは言ってないんだけれど」

高志は、電話の向こうで言いよどんだ。

「だけど？」

「近ごろの病院は、告知するのが普通みたいで」

「告知」

ルツは高志の言葉を繰り返す。

「ママも、うすうす気づいているみたいだし」

高志は、少し混乱しているようだった。この言い方では、母がどんな病気なのか、まだルツにはわからない。けれど「告知」という言葉からは、「癌」という病名が自然に連想される。

「癌なの？」

ルツは直截に聞いた。

「あ、うん、そう」

高志は意表をつかれたような声を出した。おそらくまだ高志には、母が癌だという実感がないのだ。雪子がどんなに高志を可愛がってきたかということを思うと、ルツの心は痛む。

父のみやげの寿司を、幼い高志と争って食べたことを、ルツは突然思いだす。あのころの高志は、ルツが怖い声を出せばすぐに降参して、ルツの言うことに唯々諾々と従っていたものだった。この電話の前に高志と喋ったのは、正月に実家に帰った時だったか。妻と二人の娘たちと一緒にいる高志は、たいそう落ち着き払った、どこかの見知らぬ中年の男のように見えた。ルツがもう何を言ったとしても、「そうですかね、ねえさん」などと言いながら、上手にいなしそうな、酸いも甘いも嚙み分けた大人に見えた。

ところが、今日電話の向こうで喋っている高志は、まるで昔の少年時代にかえってしまったような口調ではないか。

「検査とか、病状説明とかは？」

「まだ検査が終わったばかりで、説明は今週の水曜にされるらしい。その時、ママも一緒に行くのがいいのか、それともおれとパパだけの方がいいのか、迷ってて」

「パパは、なんて」

「なんだかすっかり気落ちしちゃって、高志の言う通りにする、なんて言っててさ」

この正月に実家に帰った時、父清志《きよし》はいつも通り矍鑠《かくしやく》としていた。おせち料理を食べながらスマートフォンをいじっている高志の娘たちを厳しく注意しては、けむたがられていた。

「ともかく、水曜日はあたしも行く。で、そもそもママ本人は何て言ってるの？」

それが、と、高志は弱気な声で続けた。母雪子は、どうやら自分が癌だということを――高志の表現によれば「うすうす」だが――実のところ「かなり確信をもって」気がついているらしいのだった。医者の説明にも行くつもりだと雪子は言っているし、さっそく本屋で癌に関する本を何冊も買ってきては、読みふけっているという。

「じゃあ、水曜日の説明には、ママも行きたいんじゃないの？」

「うん、本人は、そう言ってるんだ。でも」

でも、医者の率直な言葉は母にはきつくないだろうか、というのが高志の不安なのだった。

自分ならば、どうだろうかと、ルツは考えてみる。

自分ならば、知りたいだろう。

すぐに、そう思う。

結局母は医師からの説明をじかに聞いた。父清志、弟高志、そしてルツと母雪子の四人は、病院の待合室の椅子に、寄り添うように座った。

「家族四人だけなんて、昔みたいね」

雪子は明るく言った。高志の口調があまりに深刻そうだったので、ルツは数ヶ月会わないうちに雪子がひどくやつれてしまったのではないかと心配していたが、会ってみれば、いつもの雪子だった。身内に病をかかえていることは、言われなければ、まったくわからない。

「みんな、そんなに暗い顔しないでよ」

雪子は言った。清志は口の中でなにやらもごもごとつぶやき、高志は小刻みにうなずいた。

やがて番号を呼ばれ、四人で診察室へと入った。医師の説明は簡潔で明瞭だった。ステージはまだ進んでいないので、すぐに手術をするよう勧めること。手術後の細胞診でその後の治療計画が定まるだろうこと。手術に同意するなら、まずはゆったりと家で過ごし、手術日が決まるのを待つこと。

柔らかなくちぶりで説明する医師に、ルツは信頼感をもった。母もそのようだった。

けれど、実家に四人で帰り、一息ついたところで、突然高志が言い出した。

「あの医者、大丈夫かな」

すると、父も同調するではないか。

「セカンドオピニオンもちゃんと取った方がいいんじゃないか。手術をするのが正解なのかどうかもわからないし」

ルツは驚いてしまった。セカンドオピニオンを取るなら、医師の説明の場で了解をとればいいのに、父は黙ってただ医師の言葉を聞きながらうなだれているだけだったからだ。

「でもわたし、早く済ませちゃいたいわ」

母が言った。

「いや、もっといろいろ調べてからの方がいい」

父は頑なだった。高志も、同じだった。最終的に、手術は四人で説明を聞きにいった医師に執刀してもらうことになるのだが、手術に同意するまでに、日下家の男たちはかなり討議を繰り返し、思い迷い続けたのだった。

「わたしの体なのにねえ」

入院した六人部屋のベッドの上で、雪子は可笑しそうに言っていた。

「パパも、高志も、心配でしょうがないから、あれだけうろうろしたのよね」

母の体を心配して、さまざまに深く「癌」というものについて知ろうと走りまわった日下家の男たちのことを、ルツはただありがたく見ていたのだけれど、なるほど、言われてみれば父も弟も、母がいなくなってしまうかもしれないということに、ひどく動揺しているのだ。母がそのことを見抜いていることに、ルツは大いに感心した。そしてまた、大いにうらやましく思った。

（あたしには、そんなにもあたしのことを心配してくれる男は、いない）

いや、父も高志も、まんいちルツが病気になったなら、気遣ってはくれるだろう。でも、母の時と同じように必死になってくれるはずはない。なぜなら、父も高志も、ルツには全然依存していないからだ。

（でも、誰かに依存されていなくて、かつ誰にも依存していないのが、あたしは楽だな）

ルツはひそかに思う。

母の手術は終わり、予後も順調だった。男たちは、あれほど不安をあらわにしたことなどすっかり忘れたかのように、ふたたび母に依存しはじめているようだった。

手術が終わってから三ヶ月後、すでに母はふだん通りの「妻として母として」の生活に戻っていた。高志は妻も娘もいる家族持ちなのだから、「母として」の生活は必要ないはずなのに、実家の近所のマンションに住んでいる高志は、「ママの体が心配だから」という理由をつけて、何かと実家を訪ねてくるようになっているという。

「高志が来ると三人ぶんの夕飯を作るでしょう。甲斐もあるけど、でもちょっと疲れるわ」

雪子はルツに電話でこぼした。男たちはなんて甘ったれなのだろうと、ルツはため息をつく。もしかすると、田仲涼も同じだったのだろうか。

以前よりもルツは実家に足を運ぶようになった。ことに、高志が姿をあらわしそうな曜日には、心がけて訪ねるようにした。デパートで買ったきれいな総菜を、母の雪子は喜んだが、父の清志は怪しんだ。

「貯金とか、ちゃんとしてるのか。こんな高そうなものを買って。ルツは独身なんだから、ちゃんと金をためてマンションくらい買ったらどうだ」

「あら、まだ結婚するかもしれないわよ」

ルツは笑って答えた。昔は「結婚せよ、さもなくば一人の老後に備えよ」とせまるのは、母の雪子だったのに。

「四十代って、なんだか、いろいろあるなあ」

久しぶりに岸田耀と飲んだ夜に、ルツはため息と共に言った。

「そうよねえ、あたしのところは、幸宏《ゆきひろ》くんのお父さんが倒れちゃって、そうしたらお母さんも調子悪くなって、介護保険のこととか、介護認定のこととか、あたし、けっこう詳しくなっちゃった」

「そうなんだ」

ルツは驚いた。岸田耀はちっとも苦労を表に見せないので、義父と義母が同時に倒れて耀が何くれとなく世話をしていることなど、まったく知らなかった。

「ううん、幸宏くんって三人きょうだいで、みんないい人たちだから、あたし一人が苦労をしょって立ってるわけじゃないのよ。こうして飲みに出る余裕もあるし」

岸田耀は笑ったが、ルツは大いに感心したのだった。母も岸田耀も、結婚した女たちは、なんと勁《つよ》く柔軟に生きていることだろう。

けれど、それでは自分が結婚しなかったことを悔やむのかといえば、それは違うのだった。

「なんだか、つるんとした気持ち」

数日後、ルツは久しぶりに「なんでも帳」に書きこむ。

つるんとした洗いたての顔。自分は今、そんな心持ちなのだという気が、ルツはしたのだ。

「あたしはまだ、若い。でももう、若くない」

そうも書いた。

若いが若くない、というのは、中途半端、というのとは、違う。ただそのままの意味なのである。

その昔、自分と同じ四十代半ばの人間のことを、ルツははっきりと「もう年をとっている」と思ったものだった。あるいは、言い方を換えれば、「じゅうぶんに成熟している」と。

けれど今その年齢に達したルツは、自分が成熟しているとは、まったく思えなかった。かといって、子どもっぽさがたくさん残っているわけではない。社会人としては一人前だし、税金も払っているし、知人や隣近所の人たちとトラブルを起こすこともない。

有り体に言えば、四十五歳という実年齢に、ルツのなかみはまだ追いついていないのだ。むろん、なかみは決して足踏みしていたいわけではない。早く実年齢に追いつきたいと願っているのだ。

それなのに、ルツのなかみは実年齢にどうしても追いつけない。追いつけないことが、もどかしい。

たとえば、父母の世代より上くらいのひとたちは、自分の内実が実年齢よりも若々しい時、そのことを喜ばしく感じていたように、ルツには思われるのだ。いつまでも精神が古びず、柔軟で新鮮なものの見方ができるひと。そんなふうな、良き評価でもって、「心の若いひと」を見ているような気がする。

ところが、ルツが自身のことを思う時、「心ばかりが若い」ということは、決して素晴らしいことではないのだ。

「気持ちが実年齢に追いつかないのって、結局、無理して若くあろうとしてるっていうことなのかな」

岸田耀と飲んでいる時に、ルツは問うてみた。

「ルツは、無理してるの？」

岸田耀は、聞き返した。

「うーん、無理してるつもりは、ないなあ。だとすると、追いつけないに関しては、追いつくための何かが、あたしに不足してるってことかな」

「足りないって、いったい何が？」

岸田耀にそう訊ねられ、ルツは考えこんだ。

足りないもの。それは、経験だろうか。あるいは、生まれつきの性格だろうか。あるいは原因は自分の内部にあるのではなく、今の社会、その社会のありようを反映しているのだろうか？

「結婚したり、子どもを育てたりしたら、年齢相応の大人になれたのかな」

ルツはぼそぼそと言った。

「あたしが年齢相応に見える？」

岸田耀は笑いながら答えた。たしかに岸田耀は、若い頃のような派手な服は着なくなったし、もの言いや態度だってずいぶん穏やかそうになったけれど、それはたんに皮相のことだ。一皮むけば、そこには昔の、マイペースで他人の目を気にしない岸田耀が、そのまま残っている。その証拠に、この前も岸田耀は、突然ルツにメールをくれて、

——気が向いたので、船舶免許二級をとりました。カジキマグロとか釣りに行きたい時は、ぜひ私にご用命を

と書いてきた。

ルツは驚いてすぐに返信した。

——なんでまた、船舶免許?

すると岸田耀は、

——担当している学者の先生が海洋生物学の専門家で、なんとなく流れでとることになっちゃった

と返してきた。

なんとなく流れで船舶免許をとってしまう、という行動が、まさに岸田耀の岸田耀たるところだろう。

「昔の人たちは、年齢相応にみえたけど、本当に年齢相応だったのかな」

ひとしきり一緒に笑ったあと、岸田耀はぽつりと言った。

「だって、夏目漱石とか、いかにも年齢相応の顔してるじゃない」

「でも、小説や随筆を読むと、そりゃあたしかに立派なことも書いてあるけど、あれ、このひと、だめなひとかも? とか思うようなことも、けっこう書いてあって、好感がもてるよ」

「夏目漱石、本当はあんまり読んだことがない」

ルツが告白すると、岸田耀はうなずいた。

「うん、あたしも、仕事で必要だから読むだけ。でも、えらい学者の先生たちも、プライベートではなんだか子どもっぽかったりするよ。ルツのところの浪川先生とかは、どうなの？」

浪川教授については、ルツはもう空気——まるで必要悪のように少々の汚染物質を含んでいるが、それでも体を悪くするほどの毒性はもっていない基準値内の空気——のようにしか感じていないので、彼のプライベートがどうなのかなどということは、考えたこともなかった。けれど、田仲涼ならば、どうだろう。

「そうね、教授の中には、子どもっぽい、かもしれない人も、いる」

「現代人は、ほとんどすべて、なかみが年齢に追いついていないんじゃないかな。で、もっと言えば、昔の人だって、そうだったのかもしれないじゃない。子ども時代の心は忘れちゃうのかもしれないけど、青春時代の心にはいつまでも執着があるのが、人間ってものなのかも。昔の人たちが年齢相応に見えていたのは、社会のシステムがかれらを守っていたからっていうだけで」

岸田耀のその説に、必ずしもルツは納得しきったわけではなかったが、そうなのかもしれないな、と思わされるところもあった。

もしかするとその昔の人間たちも、今の自分と同じように、内なる精神と肉体年齢の乖離《かいり》について思い悩んでいたのだろうか。だとすると、それはかなり興味深いことである。

「ギリシャ時代の賢人とかも、自分のひそかな子どもっぽさに辟易《へきえき》してたのかなあ」

「そうだとしたら、愉快だよね」

人間は、動物の中ではかなり進化していて、それゆえに自身の老練さを過信しがちなのだけれど、実はいくら体が進化していても、精神はさして「大人」にはならないものだとしたら、それもなんだかうなずけることなのだった。

「進化したっていっても、たいしたこと、なかったのか」

ルツがつぶやくと、岸田耀は笑った。

「ほんとは、ショウジョウバエと、そんなにかわりはないのかも」

という岸田耀の言葉に、大学時代のショウジョウバエの実験を、ルツは鮮明に思いだした。こまかくて清潔だった、試験管の中のショウジョウバエたち。見る間に変態を重ね成熟してゆくその体を見ることはできたが、その心――ショウジョウバエに心があるとして――は、まったくはかることのできなかった虫たち。

「このごろは、先々のことを計画するよりも、昔のことを思いだすことの方が多いが、これはもしや、人生も後半戦に入った証拠?」

と、ルツはその夜、「なんでも帳」に書いたのだった。

いっぽう、退院した母が少しずつ元気になってくるのと反比例するように、父の様子が変わってきていた。

「パパ、このごろ物忘れがひどくって。この前も、冬のコートを着て出そうになるから、もうぽかぽか陽気なんだから、薄いコートにしてよって注意したの。そうしたら、うんうん、ってうなずいていたのに、結局帰ってきた姿を見ると、厚いコート着てるのよ。汗びっしょりで、驚いたわ」

などと母が言っているうちはまだよかったのだけれど、ある時、父は高志が父の財布を盗ったと言いだした。

それは、ちょうどルツが実家を訪ねていった日の夜のことだった。いつもならば八時ごろに早々に寝室に引き上げ寝入ってしまう父が、九時ごろ突然起き出してきた。

「財布がないんだ」

父はしょんぼりと言った。

「たぶん、盗られたんだと思う。全財産が入っていたのに」

ルツと母は驚いた。第一に、父の財布に父の全財産が入ってるという言葉の意味が、よくわからなかった。父の財布はいつもリビングの電話の下の引き出しにしまわれており、毎月の年金の中から母が父に渡す小遣いがおさめられている。几帳面な父は、ちゃんと出納帳を作っており、書籍代や電車賃、はては自動販売機で買ったペットボトルのお茶の金額まで、こまかに記入しているのだ。

「全財産って、いい表現」

ルツは笑ってみせた。父は少し、寝ぼけているにちがいない。会社勤めをしていた昔の自分の財布に入ってるのにくらべ、ごくささやかにしかない紙幣や小銭を「全財産」と言いつのるのは、父独特のユーモアと寝ぼけがまじったものなのではないだろうか。

ところが、笑ったルツを、父は反対に叱った。

「笑いごとじゃない。おまえたちの明日の食事もまかなえなくなるかもしれないんだぞ、全財産を盗られたとすると」

さきほどまでのしょんぼりした様子とは正反対の、かなりな剣幕だった。母は、すくんでいる。ふだん穏やかな父が、こんなに声を荒くすることは、今までほとんどなかったからだろう。

「探してみましょうよ、パパ。もしかすると引き出しを一段間違えたのかもしれないわよ」

ルツは言い、電話の下の引き出しを次々に開けていった。けれど、財布はなかった。父は目をかっと見開いて、上からみおろしている。

「高志だ」

突然、父が言った。

「あいつが財布を盗んだにちがいない」

何言ってるの、とルツは言い、母と顔を見合わせた。ママ、パパの上着のポケット見てみて。ルツは言い置くと、いそいで父と母の寝室へ走っていった。財布は、じきに見つかった。それは父のベッドの枕の下に隠れていたのである。

「高志に電話しろ」

リビングに帰ると、父が大きな声で言っていた。母は青ざめている。ルツは父の目の前に財布をさしだした。

「もう、パパったらあわてんぼね。寝室に落ちてたわよ」

とりなすように、ルツは言ったのだったが、この時を境に、父の様子は次第にすぐれなくなってゆく。

なかなか病院に行きたがらなかった父を説得し、「物忘れ外来」で診察を受けたまではよかったのだが、母の手術の時と同じように、父は「セカンドオピニオン」を受けたいと言うのだった。

「セカンドオピニオンの意味がちゃんと認識できているのなら、認知症じゃないんじゃないの？」

希望をふくんだ声で言っていた高志は、まだ自分が父親から泥棒として疑われていることは、知らなかったのである。

その年の暮れには、父はもうルツのことも高志のこともわからなくなっていた。

「おや、ねえさん、来てくれたんですね。ちょうどすあまがあるから、食べていってください よ」

と、ルツを自分の姉と思いこんで言っていたのは秋の終わりごろで、それから一ヶ月もたたないうちに、ルツは父の姉から父の母へと変化し、高志は父の兄から父の父へと変遷をとげた。

「お父さん、ずいぶんとお元気そうで、何よりです。すあまは、もう召し上がりました?」

そう父から言われた高志は、泣いていた。不思議なことに、父は母雪子のことだけは、ずっと自分の妻だとわかっている。

「疲れはてたわ」

師走のなかばごろ、母がもらした。週末にはできるだけ実家に行くようにしていたルツだったけれど、年末で仕事も忙しく、二週間ほど週末の実家帰りから足が遠のいていた、その直後のことである。

「パパ、まだ若いのに」

母は言った。食卓の上には、数枚のスナップ写真が広げられていた。どうやらそれは、去年開かれた父の高校の同級会の時のスナップであるらしかった。写っている数人の同級生たちは、どの顔も元気いっぱいに見えた。父自身も、にこやかにほほえんでいる。今の父よりも少し恰幅《かっぷく》がいい。顔もつややかだ。

「わたしが入院や手術をしたのが、いけなかったのかしら」

沈んだ声で、母は言う。

「何言ってるのよ、ママ」

ルツは思わず大きな声を出してしまった。父は、今年七十五歳である。たしかに、今の七十代は元気な者が多い。その中で、なぜ自分の夫ばかりが、と母が嘆くのも無理はなかったのである。

「それとも、わたしの対応が悪いのかしら。やりかた次第では、認知症の進行は遅らせることができるって、この前もテレビで」

「そんなこと、ない。ママはよくやってるじゃない」

ルツは母の横に行き、肩を抱いた。母の肩は薄かった。反抗期に、この母にさんざんはむかったことを、ルツは一瞬なつかしく思いだす。

（いつの間にあたし、ママやパパをいたわらなきゃ、優しくしなきゃ、って思うようになったんだろう）

母が病気になるずいぶん前から、そういえばすでに、ルツは母に「手加減」をするようになっていたのではなかったか。自分よりも弱い存在だと思うようになっていたのではないか。

「ごめんね、ルツ」

母は謝る。父が調子悪くなってから、母はめっきり気弱になってしまった。自分が入院したり手術をしたりしていた時には、あんなにしっかりしていたのに。

いつか、自分も誰かに「弱い存在」だと思われるのだろうかと、ルツは思う。子どものいる女ならば、たとえば岸田耀ならば、年老いた時、娘から「お母さんをいたわらなきゃ」と思ってもらえるのかもしれない。耀の夫の幸宏が元気なら、「妻も年老いたな、大事にしなければ」とも思ってもらえるだろう。でも、自分には夫もいなければ子どももいない。

「なんだかこのごろ、背中が痛くてね。やっぱりパパがあんなふうだから、いつも緊張してるのかもしれないわね。背中も腰も、張って張ってもう、ぱんぱん」

そう言われ、ルツはためしに母の背中と腰にてのひらを当ててみた。服越しだからはっきりとはわからないが、温かみがほとんど感じられなかった。

「冷えてる？」

ルツは聞いた。

「うん、手足の先も冷えるし、なんだか体ぜんたいに血がめぐっていない感じなの」

ここで少しばかり時を進めるなら、その二年後にルツの父は肺炎で亡くなり、そのまた数年後に母は癌が再発して亡くなることとなる。

母を見送った直後、ルツはただほっとしていた。父の認知症は短い間に重篤《じゅうとく》になってゆき、最終的には施設に入所したのだけれど、それまでの日々、母もルツも高志も、さまざまな感慨を抱かざるを得なかった。人の寿命について、人の尊厳について、そして人が生きるとは何なのかについて。

父が亡くなると、今度は母の病院通いと放射線治療が始まり、こちらについては母はいつも気丈にふるまってはいたが、父のことでしんから疲れ果ててしまっていた母は、生きながらえることへの執着もずいぶんと減ってしまったようで、高志に言わせれば、

「ママは、はんぶん、気持ちがパパの方に行っちゃってるんじゃないかなあ」

というふうだったのである。

父が生きている頃は、さほど仲睦まじい夫婦というわけでもなかったのに、父が亡くなったことがこれほど母を弱らせているのが、ルツは少しばかり不思議だった。世の中には、夫がいなくなって一年ほどたつと、以前よりもずっと身軽に元気になる女たちもいると聞くのに。

「夫婦ってさ、だんだん味が出てくるものだから」

知ったふうに高志が言うのを、ルツはお腹の中で、

(高志のくせに、わかったようなこと言って)

と可笑しく思いはしたけれど、なるほど、年月がおこなう仕事というものは、これであなどれないものがあるのではないか、ということに納得はゆくのである。

また時を戻すならば、二〇一二年、四十五歳のルツは、父の認知症と母の体のおとろえに、少なからぬ衝撃を受けていた。老化、ということを、ルツは生物学的には、理解しているつもりだ。生物の細胞や体内環境は、必ずや経年変化を起こす。生まれたままに保たれる細胞はない。体を組織する細胞内環境は常に動的に転換しており、一瞬も同じ状態が保たれることはない。そのさなかで、一人の人間が元気に生き続けるということは、奇跡であるように、実のところルツには感じられてならないのだ。成長があり、成熟があり、老化もあるのが、生物というものなのだ。

その伝で行けば、父が認知症になることも、母が癌を発病することも、生物の体のな

りゆきとしては、しごく平凡なことなのである。

（でも）

と、ルツは思う。

でも、自分の父母だけは、いつも元気でいてほしかった。どこかの誰かにふりかかるかもしれない衰えも、自分の父母にはごく優しくふれるだけであってほしかった。そう思ってしまうのも、ルツなのである。

「ままならない、ままならない、ままならない」

ルツは、「なんでも帳」に書く。田仲涼との恋愛の時だって、こんなふうに「人生の理不尽」について深く思いを致したことはなかった。人が老いるという、ごくあたりまえのことに、こんな理不尽な感情を持つなんて、自分は身勝手な人間なのだろうかと、ルツははんぶん悩んでしまう。

「でも、ちがう。自分で選びとったことならば、どんなに理不尽なことがやってきても、大丈夫なんだ。そうじゃなくて、自分じゃない、父と母のことだから、自分にはどうしようもないことだから、まいっちゃうんだな」

続けて、ルツは書くのである。

ルツ、四十六歳になったばかりの師走は、こうして終わっていった。

「パパ、なぜだか、すあまにこだわる」

大晦日に、ルツは今年最後の「なんでも帳」に書きこんだ。母にもルツにも高志にも、

父はこのところ、毎日のように、

「すあま、食べたかい。ピンクのすあまが、おいしいよ」

と、言ってまわっているからである。

二〇一二年　琉都《るつ》　四十五歳

俊郎のことを、ほんとうに自分は離したくないのだろうかと、琉都《るつ》は今大いに迷っているところだ。

思えば、あまりにいろいろなことがありすぎた。

俊郎と出会ってから、もう十年になるだろうか。最初は恋だとは思わなかった。どちらかといえば、いけ好かない男だと思っていたのだ。それが、いつの間にかなくてはならない人になっていた。

誤解されやすい人なのよね、と琉都は思う。

言葉が下手だから、へんなプライドが彼の表面をおおっているから、嫌われやすくもある。

「ようやく妻と別れられそうなんだ」

と、俊郎に言われたのは、先週のことである。ずっと琉都と一緒になりたいと言いっづけてきた俊郎だったが、それはおそらく不倫をしている男の常套句で、本気だと思ったことは、なかったのに。いや、本気にしてしまうと自分がつらいと、防衛していたのだということが、今になってみればよくわかる。

それにしても、実際に俊郎が「妻と別れる」と言いだしてみると、俊郎とこれからの人生を共にするのはどうなのかと、琉都が悩んでしまうのは、事実なのだった。

どうしよう。琉都は思い惑う。どうしよう、どうしたら、いいんだろう。

二〇一二年　るつ　四十五歳

ずいぶん前に亡くなった父のことを、るつは、なつかしく思いだす。父のことを思うのは、決まって母と衝突した時だ。いったい母はいつまであたしのことを支配しようとするのだろうかと、るつは、ため息をつく。三十代の時に家を出るべきだった。でも、もう遅い。

母はまた高志の妻と喧嘩をしたのだ。母に悪気がないことは、わかっている。でも、いつも一言多すぎるのだ。

現在執筆中の論文のことに気持ちを切り替えようと、るつは頭をふった。山研にはごく少数しかいない女の教授として、るつはこの数年間、ずっと気を張って生きてきた。

同じ研究室の田仲涼との共同研究は、なかなかの進みゆきだ。

（田仲涼、か）

るつは、頭の中で、「ちっ」と舌打ちする。田仲涼は、研究者には向いていないのではないかと、るつはひそかに思っている。研究者としては、気が散りすぎだ。ついこの前も、技官の女の子を夕飯に誘っていた。あの子、痛い目にあわなければいいのだけれど。浪川教授のように、実験となったら一心不乱、服装の乱れも食事の不規則さもなんのその、研究室に泊まりこむくらいの集中力を、研究者は持ってほしいものだ。この前だって、

「あ、日下さん、お化粧してるんですか？」

ときた。久しぶりに口紅をぬっていったのにめざとく気がつくのが、ほんと、しゃらくさい男、田仲涼……。

二〇一三年　留津　四十六歳

このところ、眠っている時に俊郎の呼吸が一瞬止まっていることがあり、留津はそのことがとても気にかかっていた。

「睡眠時無呼吸症候群っていうのよ、そういうの」

留津は病院に行くよう、俊郎に勧めるのだが、俊郎は生返事をするばかりだ。

「ほら、あなた近ごろ少し太りぎみでしょう。それもよくないみたい」

んん、やら、うう、やらいう音を俊郎はたて、話はそれきりになる。久しぶりに留津と俊郎は食卓に並んで座っているのである。テレビでは大河ドラマを放送していた。いつも見ている番組ではないのだが、このごろ俊郎や虹子と一緒に食事をする時、テレビがついていないと間が持たない留津なのである。

といっても、俊郎はもちろんのこと、虹子も留津と食卓を囲む機会は、めっきり少なくなった。今年受験をひかえた虹子は、毎日学校帰りに塾に通うために帰りがすっかり遅くなっていたからである。

理系の学部をめざす虹子は、留津にはさっぱりわからない勉強をしている。

「微分か、なつかしいね」

俊郎が言ったら、虹子はにこやかにこう答えた。

「そうなの？　数学はまだいいんだけど、物理って、ほんと、悩ましいんだ。大人はこういうのをくぐり抜けてきたのかと思うと、ちょっと尊敬しちゃうよ」

虹子は、中学時代よりもだいぶん愛嬌《あいきょう》のあるくちぶりになっている。薄く化粧をしてみたり、巻き髪にしてみたり、ハイヒールも初めてはいてみたりと、虹子は高校生活を楽しんでいる。時々は男の子と二人で映画を見に行ったり何かのイベントに出かけたりすることもあるらしい。といっても、虹子自身が留津に報告することはめったになくて、ただイベントのチラシ——チラシじゃなくて、「フライヤー」だと、虹子はばかにしたように言うのだけれど、チラシはチラシだろうと、留津は肩をすくめる。そして、今度八王子光男に会った時に、「フライヤー」の話をして笑いあおうと、こっそり考えるわけであるが——がリビングに置いてあるのを見たり、出かける前の虹子のおしゃれの気合いの入れようを観察したりして、推測するのである。

食事が終わると、俊郎は五種類のサプリメントを飲む。イチョウ葉エキス、ゴマエキス、総合ビタミン、オルニチン、そしてマカである。

「マカは、必要なの？」

半分いやみとして、留津は聞くのだが、この時も俊郎は、んん、やら、うう、やらいう声を出すばかりだ。結婚したばかりの頃の、あの触れれば切って捨てもしよう、というような神経質なところは、ずいぶんと減っている。かわりに、何を言っても何を言われても半分は聞き流され聞き流す、というふうな、無関心というのだろうか、あるいは防備的、というのだろうか、そんな態度がすっかり身についており、初対面の人間からは、

「感情をあらわさない方ですね」などと言われることすらあるようになった近ごろの俊郎なのである。

「カンバラ」では、去年大がかりな組織変更があった。美智郎は会長となり、いよいよ俊郎が社長となったのである。今まで「専務」「部長」「次長」などと呼ばれていた者た

ちの呼び名は、なんとかマネージャーだのなにやらアシスタントだのに変更され、どうやら多少のリストラもおこなわれた様子だった。俊郎が急に太りはじめたのは、社長になってからだ。ストレスだろうか。

このごろ留津は、俊郎にあわれを感じることがある。「あわれ」というと、相手を自分よりも低いものに見てかわいそうがる、というふうにとられるかもしれないが、留津の感じる「あわれ」は、そのような「あわれ」とは、少し違うものだった。

同情や悲しみではなく、昔ながらの、たとえば「もののあわれ」というような時の「あわれ」、つまり、あわれを感じる対象への、悲哀も含みはするが、むしろ親愛や愛着などの心もちを多く含んだ、それは感情なのだった。

留津が俊郎のことを「あわれ」と思うようになったのは、八王子光男と二人でしばしば会うようになったことと、決して無関係ではない。

会う、といっても、それは逢い引きだのみそかごとだのといったものではない。八王子光男と留津が会うのは、せいぜいが二ヶ月に一回ほどである。

「明日の昼、いかがですか」

というメールが八王子光男から来ると、留津は必ずカレンダーを確かめる。

カルチャーセンターの教室のある日には留津は八王子光男の誘いを断るし、虹子や俊郎のために家事の時間を割かなければならない時にも、断る。

けれど、現実に留津が八王子光男の誘いを断ることは、ほとんどないのだ。なぜなら、留津には自由になる時間が増えていたからである。そろそろ同年代の者たちは親世代の介護がはじまっており、自由な時間は減ってゆきつつあるようだが、一度は倒れた美智郎も今は元気であるし、タキ乃は永遠に生き続けそうな勢いで生命力をあいかわらず発揮しているし、虹子と俊郎は家に寄りつかないしで、留津は今、たっぷりと自分の時間を使える境遇にあるのだ。

自由な時間がたくさんある、といっても、それはつまり人生の孤閨《こけい》をかこっている境遇なのだ、と言い換えることもできる。しかし、その孤独こそが、留津と八王子光男が会うことを助けているというのも事実なのである。

八王子光男と留津がいつも待ち合わせる店の扉は、がらり扉だ。紺色ののれんをくぐると、こうばしい匂いが店内から漂ってくる。扉を開け、店に足を踏み入れると、「いらっしゃいませ」という声が響く。店じゅうをきびきびと動きまわり皿を出したり下げたりしているのは、若い女の子である。忙しい昼時は、もう一人、こちらは年のいった男性が、給仕を手伝っている。彼は店のご主人だが、昼のメニューは息子にまかせているのである。

この洋食屋「かわせみ」で、留津は八王子光男に会うのだ。いちばん店が忙しい昼の十一時半から一時までの時間は避け、一時十五分ころに二人は待ち合わせる。八王子光男は、たいがいミックスフライ定食を頼み、留津はカニクリームコロッケかビーフシチューを注文する。

ライスとサラダとスープとコーヒーのつくCコースを食べ終わるまでの時間が、留津と八王子光男の会っている時間だ。細く刻まれたキャベツを箸で口に運ぶ合間に、スープのカップを持ち上げながら、コーヒーを少しずつ惜しんでは飲んでゆくそのあいだに、留津と八王子光男は会わなかった時にためておいたあらゆることを喋りあう。

留津が「フライヤー」の話をすれば、八王子光男は、会社に近ごろ来始めた不思議な派遣社員の話をする。

派遣社員の彼は、今年五十歳でほとんど髪がないのだけれど、残ったほんの少しの髪を緑色に染め、服装は必要以上にぴったりとした、若者が身につけるような細身のスーツ、毎日違う色のカラーコンタクトをしてくるのだと、八王子光男は楽しそうに喋った。

「フライヤーって、この店の厨房にあるようなものじゃないの？　なんでチラシのことをそんな名前で呼ぶのかなあ」

八王子光男がそう留津に答えれば、留津の方も、

「緑色の髪。そ、それは。で、上司は、咎《とが》めないの？」

と、くすくす笑いながら、聞くのである。

いったい留津と八王子光男との関係は、どうなっているの⁉

もし二人のことをどこからかこっそり観察している存在があるとすれば、気を揉《も》んでいるところかもしれない。けれど直接留津に、

「八王子光男のことを、好きなの？　恋愛感情はあるの？　それともほんとうにただの

友だちなの？」

と聞いてみたとしても、おそらく正確な答えは得られまい。なぜなら、留津自身にも、よくわからないからである。

八王子光男と二人して大震災の日に手をつないで帰った時には、そのまま恋愛にそっとすべりこむのかもしれないと期待しないこともない留津だった。けれど、地震の後のさまざまな心の動きを経て、不思議なことに留津は、俊郎と虹子のことを、以前よりも「心残りを感じるひとたち」と思うようになったのである。

「心残り」とはまた、別れを前提にしたような言葉ではある。けれど、留津は今のところ、俊郎と別れようとは、まったく思っていない。もちろん虹子を捨て去り八王子光男のもとへ行こうとも思っていない。それなのに、どうにも「心残り」としか表しようのない気持ちが、留津の中にはあるのだ。心をひかれる、あるいは、まだまだ愉しみつくしていない、そんな気持ちである。

おそらく留津は、結婚生活の中のどこかで、少なくとも何回か、俊郎を捨て去ったことがあるのだ。実際に離婚していなくても、夫を捨て去ることは、できる。なぜなら、俊郎も、妻である留津を何回も捨て去ってきたのだから。

同じ家に住んでいても、心はまったく別の場所にいる二人。そんなふうに留津は、俊郎と自分のことを感じている。娘の虹子の場合は、俊郎とはまた違っていたけれど、こちらはいつかは去ってゆく存在である。留津のことを嫌って、あるいは俊郎のように無視して、去ってゆくわけではない。そうではなく、自分の足で立つために、いつかこの家から喜んで出てゆくべき存在なのである。

留津はそのことが淋しくてならない。淋しさのあまり、まだ虹子がここにいるというのに、留津は虹子のことも、無理やり自分の心の中で半分捨て去っているのかもしれない。

わたしは、臆病。

留津はそう思って自分を嗤《わら》う。

臆病だから、八王子光男との仲がなかなか進展しないのだろうかと思いもする。

でも、きっと、それも違うのだ。おそらく留津は、八王子光男と道ならぬ恋をしたいのではないのだ。留津はただ、八王子光男とたまに会って昼食を食べ、どうでもいいようなことを喋りあい、笑いあう、その時間を、純粋に心の底から、欲しているだけなのだ。そこにあるのは、捨て去られ捨て去る関係とは、対極のものなのだから。

「留津さんは、何座だっけ」

海老フライのしっぽをかりかりかじりながら、八王子光男は聞いた。

「天秤座」

「おれは、牡羊座。牡羊座は、猪突《ちょとつ》猛進な星座なんだって」

「天秤座は、いつも迷いが多いのよ」

「そうなの？」

「天秤って、両側にものを載せてどこで釣り合うかを見るものでしょう。釣り合うまでは、ふらふら、ゆらゆら」

留津は笑いながら答える。

ただ喋っていることがこんなにも楽しい、その時間の最中に、八王子光男へのひどく荒々しい欲望が湧く刹那があることも、留津は自覚している。

この年の夏、留津は一回、俊郎と激しい喧嘩をすることとなる。

それは、俊郎の食事の誘いから始まり、最後は、

「そんなに金が欲しいのか？」

という俊郎の言葉で終わる喧嘩だった。

留津は、二年ほど前から、時おり文章を書く仕事をしている。文章、といっても、たとえば自分の名を出して書くエッセーや小説といったものではなく、雑誌に載る紹介記事や、小さなインタビューなどをまとめて決められた文字数の中におさめて書く仕事である。

以前「門」の四谷先輩の追悼文集を作った時、メンバーの中に一人編集者がおり、留津がまとめたいくつかの文章を見て、留津に仕事をしてみないかと勧めたのである。

「ずっと家にいて、暇があるんだろう。それだったら、ちょっと仕事してみないか？」

という、彼の言葉には、多少かちんときたものの――専業主婦は、仕事をしている人間から見れば暇に感じられるかもしれないが、思われるほど暇ではないのだ――彼の頼

んでくる「仕事」は、留津にとってなかなかやりがいのあるものだった。

大切なのは、読んだ人にわかる文章を書く、ということだった。ひとくちに、「読んだ人にわかる文章を書く」といっても、これはそう簡単なことではない。紹介される内容をまったく知らない者になりきって、自分の書いた文章がちゃんと事実を過不足なく説明しているのかを、常に客観的に判断しなくてはならない。そのうえ、決められた文字数におさめる、ということも必要なのであるが、留津にとってはそのことがまるで何かのゲームのようで、かえってわくわくさせられるのであった。

八月も末のある日曜日、珍しく俊郎が夕飯を外で食べようと言いだした。外の女性にはレストランでもてなしをする俊郎なのだろうが、この十年以上、留津をレストランにつれてゆくなどということを提案したことは、一度もなかった。

「え」

留津は、言葉につまった。ちょうどその週明けに、締め切りが一つあり、留津は夕飯を食べてからゆっくりとパソコンに向かおうと計画していたのだ。

「レストランって、どんな?」

すぐに断りたかったが、かわりに留津はおとなしく訊ねてみた。

「西麻布の和食の店。六時の予約なんだ」

俊郎は、早口で言った。留津には、ぴんときた。おそらく俊郎は、ほかの女と行くために、あらかじめその店に予約をとってあったのだ。ところが、その女は突然キャンセルしてきたにちがいない。そういえば、さっきから俊郎は何回もスマートフォンの画面に指を走らせていた。

「もう、夕飯の下ごしらえ、しちゃったのよ」

引き続きおとなしく、留津は言う。いくら俊郎が若い頃のような神経質さを表さなくなっていたとはいえ、本質は変わっていないのだから、無用な刺激を与えない方がいいに決まっている。

「うまい店なんだよ」

俊郎は言いつのる。

（そうでしょうとも、わたしなんか一度も連れていってもらっていないような、高くておいしい和食なんでしょうよ）

お腹の中で留津は言い返すが、ひそかにそう言い返しながらも、八王子光男と一緒に食べる「かわせみ」のCコースの定食の方が、西麻布の和食よりも千倍もおいしいに決まっていると思いもするのである。

「実は今日、ちょっと夕飯のあとにやることがあって」

留津は小さな声で言った。

「やること？」

たまに引き受けている文章を書く仕事については、俊郎には何も言っていなかった。俊郎のいる時間にパソコンを使うことはめったになかったし、今日のように夕飯後、片づけを終えてから留津が何かをおこなっていても、俊郎はまったく関心を示さなかったからである。

「ちょっと、アルバイトみたいなもの」

「アルバイト？」

俊郎は大きな声を出した。そんな声を出さなくても。留津はびくっとする。

「アルバイトって、何をやってるんだ？」

「ちょっと、その、ライターのような」

「なんだ、その、ライターってのは」

「ううん、そうじゃなくて、ほんもののライターさんたちみたいに大それた仕事じゃなくて、ほら、内職みたいなもの」

「だから、その、ライターとかいう奴らは、何してるんだって言ってるんだよ」

「文章を書く仕事よ」

「文章だ？」

俊郎は、ばかにしたように肩をすくめた。文章、という言葉のつく仕事は、まったく俊郎の興味の埒外にある仕事であるようだった。

「なぜそんな仕事をしてるんだ」

「いや、あの、いろいろ偶然に」

「偶然？」

俊郎の髪が逆立った。というのはもちろん言葉の綾《あや》であって、実際に髪が自分から上向きになることなどないはずなのだが、偶然？　と口にした瞬間の俊郎の髪は、ほんとうに逆立っているように見えた。これは文章を書く時に使えるなと、留津は内心で思ったりしたのだが――。

しかし、妻が仕事をしているということに、俊郎がこれほど激しく反応するとは、留津は思ってもみなかった。

「あの、暇つぶしのようなものだから」

「その暇つぶしのために、ぼくと一緒に食事に行けないって言うわけだ」

「いくら暇つぶしだって言っても、締め切りは締め切りだから」

締め切り、という言葉に、また俊郎はかちんときたようだった。それからは、売り言葉に買い言葉で、最初のうちは猫をかぶっておとなしやかにしていた留津も、次第に腹がたってきて歯に衣《きぬ》きせぬ表現で喋りだしたこともいけなかったのかもしれない、ともかく俊郎は最後に、

「そんなに金が欲しいのか？」

と、吐き捨てるように言ったのであった。

これには留津も、堪忍袋の緒が切れるというものである。そもそも、俊郎とタキ乃のお金への品の悪い執着を、留津はたいへんに嫌っていた。その中をかいくぐって、俊郎の渡す、おそらく俊郎の全収入に対する割合は四分の一にも満たない金額で、留津はす

べてのやりくりをおこなっているのである。世間一般のサラリーマンにくらべれば、四分の一に満たない金額であっても多少の余裕がある暮らしではある。それにしても、その残りのお金は、いったいどうなっているのだろう。

以前留津は、保険や年金について、おずおずと俊郎に質問をしたことがあった。

あの頃留津は、ずいぶんと俊郎に対して遠慮深かった。

「そんなことは、心配しなくていい。第一、留津は聞いてもわからないだろう、そういう社会的なことは」

俊郎は自信に満ちて答えたものだった。あれから二十年近くたっている。今ならば留津はもっと強く俊郎に詰め寄り、社会的なことだろうが何だろうが自分は理解できるのだと主張することができるだろうと思っている。もしかするとその自信が、この十年で最大の俊郎との間の激しい喧嘩を引き起こしたのかもしれない。

八王子光男に、留津は俊郎との喧嘩のことを話さなかった。家庭の愚痴を八王子光男との間にはなるべく持ち込みたくない、という理由が第一だったけれど、もう一つ、俊郎とのあいだがらを、八王子光男にうまく説明することができないかもしれないと怖れたからでもあった。

たしかに、八王子光男は、以前自分の妻が光男ではない男と恋愛をしていると打ち明けてくれた。留津も、俊郎との仲がうまくいっていないと喋ったことがある。だから、夫婦仲がぎくしゃくしている家の中のごたごたした関係を、八王子光男は妙な色眼鏡なしに理解してくれる可能性は、高い。でも、と留津は思うのだ。

（どんなにうまくいっていない夫婦の話だとしても、その話を当事者がする限り、なんとなく、ねばつくものがあらわれてきてしまうんだわ、きっと）

八王子光男が、妻の浮気についてたんたんと説明した時のことを、留津はしばしば回想する。あの時、八王子光男は、妻への執着の言葉など一つも口にしなかったし、まだ仲の良かった結婚当初の話をした時も、その関係をふたたび狂おしく取り戻したがるふうなどは、まったく見せなかった。にもかかわらず、八王子光男からは、妻に対する執着のゆらめきが、絶えずあらわれいでていた。

そのゆらめきは、まるでランプの灯のまわりにできるうすぼんやりとした暈《かさ》のようにたぶん、八王子光男の体ぜんたいをくるみ、留津を寄せつけまいとしているように感じられた。

八王子光男は、妻に対する感情を、整理できていないのだ。執着。嫌悪。なつかしさ。くやしさ。悔恨。愛。憎しみ。無関心。

あらゆる矛盾した感情が、八王子光男の中にはあるにちがいない。

恋愛を、留津はそうたくさんしたわけではないから、しかと断定する自信はないのだが、もしかすると、恋愛の時にあらわれる感情とはまったく違うものを、夫婦生活は醸成するのではないか。

夫婦生活の間に生まれでるそのような感情に、はっきりと名前をつけた者は、まだ世界にはいない。その証拠に、このごろ留津が俊郎に感じる「あわれ」や「心残り」などといったものを、留津は誰からも聞いたためしはなかった。でも、たとえば木村巴にこの自分の気持ちを喋ってみたならば、全てではないにしろ、その一端は必ず理解してくれるような気がしていた。あるいは、留津のことを排斥してきた母雪子だって、同じなのではないか。

「他人どうしが長い時間一緒にいるのって、とっても不健全。でも、すこし、おもしろい」

留津は、「雑多」に書く。

八王子光男への気持ちは、まっすぐでふわふわしていて、ほんのわずかには濁っているけれど、でもほとんど透明なもの。そして、俊郎への気持ちは、とても濁っていて、曲がりくねり折れ曲がりしていて、ごちゃごちゃしているけれど、掘り進んでゆくと、思いがけないものが飛び出す可能性のあるもの。

八王子光男との関係を大切にしようと、留津は思う。けっして急いではならない。決して無理に進めようとしてはならない。そして、決して無理にとどめようとしても、ならないのである。

二〇一三年　ルツ　四十六歳

山研の入り口にある大きな銀杏《いちょう》の樹を、このごろルツはますます好きになっている。心に届することがあるたびに、たたずんで眺めては気を晴らす。

去年の暮れには、まだ「すあま」について言及する元気のあった父だけれど、今年に入っての厳しい寒さが災いしたのか、心だけではなく体の方も、すぐれなくなっていた。足どりはますますおぼつかなくなり、すぐに転んでしまう。その父をささえようとする母にも負担がかかるようで、腰も肩も痛くてしかたがないと、母はいつもこぼす。

「家に出張してくれるマッサージと鍼《はり》の先生を紹介しようか」

岸田耀が、ついこの前勧めてくれた。

出張マッサージについて、できるだけ早く母に相談しなければと、ルツは思う。けれど、母は新しいことをなかなか受けつけてくれない。お金の心配もあるのだろうし、父の介護で気持ちがかたくなになってしまっているということもあるようだ。

銀杏の樹は、ルツが山研に勤めはじめた頃にくらべ、ずいぶん大きくなっている。手入れは多少されているが、街路樹のようにてっぺんを毎年刈り込むことはしていないからか、野放図に生長していった野性味もある。雄の樹なので、銀杏《ぎんなん》はならないが、そのかわりに秋になれば美しく黄葉し、その後しばらくするといちめんに地面に葉が散り敷く。あまりに落ち葉が厚く積もるので、雨の日にはすべらないよう気をつけなければならないほどだ。

季節は今、初春だ。銀杏の葉はまだ芽吹いていない。幹と枝を大きく張った銀杏の下にたたずむルツの横を、学生や教授、それに事務の人たちが通り過ぎてゆく。

「あれ、日下《くさか》さん」

そう声をかけたのは、神原俊郎《かんばらとしろう》だった。ルツが三十代の頃に少しの間つきあったことのある山元という男と同じ製薬会社の、MRである。通常はもっと年齢の低いMRが多いのだが、珍しく神原俊郎は今のルツよりも、たしか二歳ほど年長である。MRと雑談をすることはあまりないルツだったが、神原俊郎という男はいかにも不器用で、弁舌さわやかなタイプの多いMRの中で、かえってルツの気を引いたのである。

といっても、男性として神原俊郎を見る気持ちは、ルツにはまったくなかった。

「大きい銀杏ですよね」

神原俊郎は言った。

「今日は、お早いですね」

ルツは答える。いつまでもぼんやり立っているのも妙かと思い、ルツは神原俊郎と肩を並べて歩きだした。

「日下さんは、お勤めが終わると、いつも何をしていらっしゃいます?」

唐突に、神原俊郎は訊ねた。プライベートのことをこんなふうに無防備に——あるいは、無遠慮に、と言い換えてもいいのだが——聞いてくるMRなど、見たことがないとルツはあきれる。

「部屋に帰って、夕飯を作って、夕飯食べて、お風呂に入って、寝ます」

そっけなく、ルツは答えた。

「ああ、ぼくと同じですね」

というのが、ルツのぞんざいな言い方への俊郎の答えで、その声は少しばかりはずんでいた。

「たいがいは、そうじゃないんですか」

なんだかむっとして、ルツは言う。なぜ自分がむっとしているのか、よくわからなかったのだが。

「いやあ、いろんな趣味があったり、行きつけのバーがあったり、みんな楽しそうにしてるじゃないですか」

神原俊郎のその言葉で、ルツはなぜ自分がむっとしたのか、わかった。

「行きつけの店くらい、あたしにもありますけれどね」

「そうですよね、日下さんは人に好かれそうですしね」

ルツを褒めたつもりなのだろうか、神原俊郎はそう言ってわずかに顔を赤らめた。いったい何なのだろう、この男は。もしかしてあたしに気があるの？　それとも、これがこの男の営業の方法なの？

「ところで、今日は浪川教授は出張だとお聞きしたのですが」

突然神原俊郎の声の調子が変わる。

「はい」

ルツも、てきぱきと答える。こちらの喋りかたの方がずっと楽だと、ルツは胸をなでおろした。

「田仲教授は、たしか朝早くからいらっしゃるんでしたよね」

「ええ」

ルツはうなずく。田仲涼とのことは、すでに遠い昔の幻灯のように感じられる。

「どうでもいいしあわせだったな」

田仲涼とのことを、いつかルツは「なんでも帳」にそう書いたのだったが、もしかするとそれは、負け惜しみかもしれないと、当時は思っていた。今は、本当に「どうでもいい、そんなこともあったっけというしあわせ」だったと思っている。

「春めいてきましたね。ところで、日下さんは今週はお忙しいですか」

神原俊郎が聞いた。え？ とルツは聞き返す。母に出張マッサージのことをいつ言おうかと思案していて、神原俊郎の言葉を聞き逃していた。

「肉は、お好きですか？」

「は？ 肉？」

ルツは驚いて聞き返した。

「ぼく、焼肉が好きでしてね。ほかの分野はだめなんですが、安い焼肉屋だけは、けっこう知ってるんですよ。この近くにもいい店が一軒あるんだけどなあ」

妙にくだけた口調のまじった神原俊郎の喋りかたに、ルツは少しばかりぞっとする。

「焼肉は、食べません」

切り捨てるように言い、ルツは足を速めた。神原俊郎も足を速める。振り切ることはあきらめ、ルツは研究室までは俊郎と一緒に歩いていったが、教授室の前まで来たところで、

「では」

と、手持ちの声の中でいちばん冷たい声を使って言い、ドアをできるだけ薄く開けてするりと部屋にすべりこみ、急いで閉めた。

そのままルツはドアに鍵をしめ——まさか神原俊郎が部屋に押し入ってくるとは思わなかったが、心理的に落ち着くので施錠したのだ——、午前中の仕事にかかった。二時間ほどたったところで、ようやくルツは鍵をあけ、廊下に顔を出してみた。実験室の方からは、ぶーん、といういつもの音が聞こえてくる。ルツのいるこの山研の建物も、ずいぶん古くなった。戦前に建てられた煉瓦《れんが》ばりの、当時は堂々としていただろうデザインは、今ではすっかり古びており、時おりテレビドラマの昭和時代の場面のロケに使われたりもする。構内の建物は少しずつ建て替えが進んでおり、平面的で明るい高層の新

しい棟と、ルツのいるこの煉瓦づくりの四階建てのような棟が、敷地の中には入りまじっている。

新しい棟には、たまに用があって行くことがあるが、どこもすっきりと整理整頓がなされ、機器の種類はさほど変わらないのに、それらのたてる音や薬品のかもしだす匂いなどが、まったく違うように感じられる。

ルツのいるこの古い棟には、酢酸やアルコールの類の匂いがしみこんでいる。実験をおこなっていない時も、廊下にはそれらの匂いが常に漂い、すでに使用されておらず廊下の突き当たりや階段の踊り場に置かれている旧式の機器類のつくる暗闇が、棟ぜんたいにしみだしてくるふうなのである。

「暗くて、しっとりしてて、落ち着くなあ」

ルツは、つぶやいた。

神原俊郎は、どうやら田仲涼との話を終えて帰っていったようである。ルツはほっとしながら、実験室へと入っていった。

「ああ、日下さん」

田仲涼が、声をかけてきた。珍しいことだ。ルツとつきあっていた時も、別れてからも、田仲涼は職場で自分からルツに声をかけることは、ほとんどなかった。

「神原くんが、日下さんのアドレスを知りたがってましたよ」

田仲涼のその言葉に、ルツは目をむいた。

「まさか教えたりしてらっしゃいませんよね」

「してませんよ」

そう言いながら、田仲涼はルツのことをじっと見た。まわりには、大学院生が二人と助教がいる。三人が、田仲涼とルツのやりとりに、興味しんしんで耳をすませているのは、明らかだった。

「神原さん、けっこういい人ですよ」

からかうように、田仲涼は言った。その口調の中に、果たして嫉妬めいたものはまじっているだろうかいないだろうかと、ルツはさぐる。わからなかった。

「いい人だから、どうだっていうんですか」

「焼肉に誘いたいんだって言ってましたよ」

「あたしは、誘われたくありません」

助教が、くすりと笑った。ルツはぷんぷん怒りながら、お手洗いに向かった。なぜ田仲涼はあたしをさらしものにするようなことを、みんなの前で言うのだろう。それに、神原俊郎って、ばかじゃないの？　仕事先の教授にそんなことをわざわざ喋るなんて。けれど、ルツは少しだけ、うきうきしていたのだ。神原俊郎は、今の若い大学院生などの言葉で言うなら、たしかに「キモい」。でも、へんなふうにうまく立ち回らないところには、好感がもてる。ルツ一人に向かって「焼肉に行こう」とささやき続けたなら、これは一種の「セクハラ」として誰かに訴えたいようなものだが、研究室の人たちにまでその希望を垂れ流すほどの間抜けぶりを見せるとなると、少しは安心していいのではないか？

「日下って、ほんと、甘い女だな」

——というのが、林昌樹の第一声だった。

林昌樹とルツが会うのは、久しぶりのことだった。父母のところに通うのに忙しくて、この半年ほど、ルツは林昌樹とお酒を飲む機会がなかったのだ。

「甘いとか、甘くないとか、そういうんじゃないの」

ルツは、ワイングラスをもてあそびながら、慎重に言った。お酒を飲む機会もめっきり減ったせいか、まだ少ししか飲んでいないのに、酔いがまわりはじめている。

「だいいち、焼肉って、どうなのかな」

林昌樹はたたみかける。

「でも、今回は林くんだって、何食べたいって聞いたら、肉食いたいって、メールに」

ルツと林昌樹は、羊がおいしいというイタリアンに来ているのである。そんなに値段が高くなくて、おいしくて、音楽がうるさくないのだと、店を決めた林昌樹のメールには書いてあった。

「肉ったって、ここの羊はいい料理がしてあるんだぞ。いや、焼肉が悪いわけじゃないけど、ちょっと大人の食べ方としては単調じゃないのかな。だいいち、おれたち、もう焼肉はもたれるだろう」

林昌樹は言い返した。

「焼肉フリークの人は、いい焼肉ならもたれないし、単調でもないって言い返すかも」

「ほら、すでに日下は、その神原って男にとりこまれてる」

「いや、そういうわけじゃ」

「ここの羊よりも、焼肉の方がいいのか、じゃあ日下は？」

「食べてみないとわからないよ、神原さんの勧めるお店で」

などと、たわいのない言い合いをするのも、ほんとうに久しぶりだった。ルツは、みるみる肩の凝りがほぐれてゆく心地となる。

林昌樹は、ついこの前、家族に自分がゲイだということをカミングアウトしたのだという。

「それで、ちょっと日下に会いたくなってさ」

と言いながら、この店に着いたばかりの林昌樹は、座るなり早速「生一杯お願いします」と、店の人に注文していた。

「よかったじゃない、言えて」

「いや、ほんとうは、父親も母親も、ずいぶん前から知ってたらしい」

自分の父母が、ゲイである息子を認めてくれようとは、林昌樹は思ってもみなかったのだという。

「ところがさ、老後資金のことをこのあたりでまた再検討するにあたって、おれがゲイであることを確認しておきたいっていう感じになって」

すでに林昌樹のビールのグラスは、干されている。ルツが注文してちびちび飲んでいるグラスの白ワインと同じものを、林昌樹は手をあげて注文した。

「老後資金」

「うん。家を売ってもっと小さなマンションに移る、とか、もしおれにまだ今後子どもができる可能性があったら、少しは孫のために金を残しておきたいとか、いろいろ親にもあるみたい」

「お母さんもお父さんも、お元気なんだね」

「そう。助かる。日下んとこの大変さを聞くと、申し訳ないな」

そんなこと、ぜんぜんないよ。いつかは通る道だもの。ルツは言い、顔の前でひらひらてのひらを振る。

いつかは通る道。自分で言った言葉について、ルツは一瞬思いをめぐらせた。「いつかは通る道」は、若い頃は二本くらいしか種類がないと思っていた。でも、全然そうではなかった。道は、何本にも分かれてつながっており、右を選ぶか左を選ぶか、まんなかを選ぶか端を選ぶかは、常に不確定で、選んでしまった後になってからしか、自分のたどっている道筋はわからない。

今ここに林昌樹と向き合って羊の肉が焼き上がるのを待っているという瞬間が、もし少しでも違う道を選んでしまっていたら、はたして存在したのかは、神のみぞ知ることなのだ。

「元気なうちに親孝行しときなよ」

ルツは言った。林昌樹が笑う。なに年よりくさいこと言ってるんだよ。林くんこそ、焼肉がもたれるなんて、年よりくさいよ。そっか、たしかに。うん、もう年よりに近いものになってきたんだよ、あたしたち。

言いあっているうちに、ルツはふいに涙がこぼれそうになった。なんだか、故郷に帰ってきたような気持ちだった。林昌樹のことを好きだと思っていた高校時代のことを、少しだけ思いだした。林昌樹と恋愛をしなくて、ほんとうによかったと、ルツは思う。

まあ、林昌樹と恋愛をしようと思っても、それは不可能だったのだが。

道は幾筋にも分かれていて、そのいちいちの選択の瞬間を、ルツはちゃんと把握していないのだけれど、林昌樹がいない人生だけは、ありえなかったような気がするのである。

（どんな選択をしていたとしても、きっと林くんとあたしは、いつも近くにいたはず）

そう強く感じているルツの思いこみは、もちろん間違っているわけだが、そのことをルツは知るよしもない。

結局ルツは、林昌樹と久しぶりにお酒を飲んだ二ヶ月ほど後に、神原俊郎と焼肉屋に行くこととなる。

金曜日だった。まだ初夏というほどの季節でもないのに、いやに蒸し暑い日だった。

五月には、こんな日がときどきある。ルツは背中やくびすじに、いつもよりたくさん汗をかいた。もしかすると、これは更年期の症状というものではないかと、ルツはひそかに思っている。このところ、やたらほてったり、反対に手足の先が冷えたり、突然じんましんができたりと、変調がある。山研の図書館に、「メノポーズ」についての翻訳書があったので、ルツは少し前に借りてきて読んだのだが、日本で言う「更年期」と、英語の「メノポーズ」とは、微妙に意味がずれているようだった。英語で「メノポーズ」というと、たいがいは「閉経」というはっきりとした時期の周辺に関することであるが、日本語の「更年期」は、もっと広汎な時期の、広汎な現象をさす言葉であるらしい。

「更年期っていう言葉が自分にあてはまるようになったとたんに、なんだか今までの自分とは違う種類の自分になるような気がする」

と、この前林昌樹と飲んだ時に、ルツは言ったものだった。

「男にもあるらしいよ、更年期が」

「ああ、勃起不全になったりすることでしょう。あと、前立腺が経年変化を起こしたりすることもふくめるのよね」

「直截だねえ、日下は」

「まあ、理科系だからね」

そんな会話を林昌樹と交わしたりもした。

古来「はかなさ」に美しさを見いだす日本の文化においては、若さという「はかない」時期は、よその国の文化での中よりも珍重される傾向にある。それもあって、「更年期」という名前のついた時期に自分が突入したと思ったとたんに、「はかなさ」の文化から完全にはじき出されるようで気が滅入るのだろうと、林昌樹はルツに説いた。

「でも、若さを必要以上に尊ぶのは、ただの社会的刷り込みだから。刷り込みから逃れるのは難しいけど、更年期になったからっていって、がっかりすることはないと思うよ」

林昌樹は、ルツをなぐさめた。林昌樹はルツと同い年なのだから、昌樹自身を昌樹がなぐさめる意味もあったのだろう。

研究室の若い学生などのそばに行くと、このごろルツは驚いてしまう。かれらは、物理的に若いのだ。その細胞も、その皮膚も、その骨格も、その筋肉も、おそらくその内臓や内分泌腺や生殖器も、とても新しいのだ。

（エネルギーに満ちてる！）

と、ルツは気圧されてしまう。そのかれらの傍で、やたらにほてったり冷えたりしている自分が、生物として衰えてきつつあることを、ひしひしとルツは感じるのである。

「今夜こそ、焼肉に行きませんか」

と、神原俊郎が誘ってきたのは、そんな時だった。

「あ？　はい？　はい」

ルツは、だるかったのだ。誘いを断るのにも、エネルギーは必要なのである。いつもならばつんつんした態度をとることができるのに、ルツはやたらに疲れていた。焼肉、という単純だがエネルギー補充にはもってこいな響きも、ルツの「断らない」態度を後押しした。

神原俊郎がルツを連れていった焼肉屋は、思いがけず居心地のいい店だった。もうもうと煙がたつ、という野性的な店でもなく、かといって都会的で清潔すぎる店でもなく、そこは厨房でさまざまな肉をその肉に応じた焼き方で料理して出してくれる店なのだった。

壁には、店を訪れた野球選手や落語家の色紙が貼ってあり、熊の彫り物と小型の布袋像が小上がりの奥に置いてある。テレビはなかったが、古いラジオがカウンターの端にあり、野球の試合が中継されている。

「食べられない部位はありますか」

神原俊郎はいそいそとルツに訊ねた。

神原俊郎は、饒舌《じょうぜつ》だった。

「ぼく、一回結婚したことがありましてね」

厚切りの牛タンをほおばりながら、神原俊郎は言った。

「でも、一年で離婚をきりだされました」

「そうなんですか」

ルツは、無難な調子の声で答えた。さして親しくもないのに、自分の過去をこのようにどんどん喋る相手に、どんなふうに対せばいいのか、ルツにはまだ判断できなかったからだ。

「嫁姑問題です」

「嫁姑問題」

ルツは、神原俊郎の言葉を繰り返す。

「ぼくの母親、そりゃあ強烈なキャラクターでしてね。父親は愛人のところに入り浸りだったし」

「はあ」

牛タンは、とてもおいしかった。そして、神原俊郎の話は、ルツの俗情を刺激した。

「それで、嫁と姑が対立した時、ぼくは馬鹿なので、嫁がたの味方をうまくすることができなかったんです」

「味方」

「ええ、夫は妻の絶対的な味方にならないと、そういう場合、たいがいは破綻します」

「破綻するんですか」

「ええ、破綻します。定理です。あるいは、公理かもしれません」

そういえば、公理と定理の定義を、昔学校で習ったような記憶が、ルツにはあった。公理とは、ものごとの大前提となる仮定のことではなかったか。そして、その仮定からみちびき出される命題を数学的に証明したものが、定理なのではなかったか。

「だれか、その定理を証明したことがあるんですか？」

ルツは聞いてみた。

「ぼく、および、嫁姑間の争いが原因で結婚に失敗した男たち多数が、証明しました」

ルツは思わず笑ってしまった。

「ごめんなさい、笑っちゃって」

「いや、笑ってほしくて言ってますから」

神原俊郎の結婚生活は一年で破綻し、それからは女性とつきあっても、母親とうまくゆくとはとても思えず、結婚にまで進むことはなかったのだという。

「日下さんは、嫁姑問題などに悩んだことはありますか」

「ありません。結婚したこともないし」

「いやあ、うらやましいな」

神原俊郎は、心の底からうらやましそうに言った。

「離婚のあれこれは、人間の心をいぶしてしまいますからね。心が黒ずんでしまうんですよ。そういうことのなかった日下さんの心は、きっと全然黒ずんでいないんだろうな」

ルツはまた笑ってしまう。既婚者あるいは結婚というものを一度は体験した者から、未婚であることを揶揄されたり、軽んじているような調子で「うらやましい」などと言われたことはあっても、こんな表現で未婚をほめられたことは、初めてだった。

「店おすすめのコース」を食べ終わると、お腹はいい具合にいっぱいになっていた。

「このあと、もう一軒行きますか？」

神原俊郎は誘ったが、ルツは断った。神原俊郎のことを、一緒に焼肉を食べる前よりも好ましく思うようになっていたからである。少し前までならば、そのような時には進んでもう一軒行くところだったが、今のルツは、反対に尻ごみしてしまうのである。人間関係が深まってゆくかもしれない時には、ゆっくりと、慎重に。というのが、幾多の失敗を経てきた経験からルツのみちびきだした、神原俊郎流に言うならば、「定理」なのである。

神原俊郎は、あっさりと引き下がった。そのことも、ルツの神原俊郎への好感を増した。翌週、山研に神原俊郎がやってきた時も、彼はルツに必要以上の親しみを見せなかった。だがそれは、田仲涼がルツと恋愛をしていた時、研究室でルツにことさら他人行儀にふるまっていた様子とは、ずいぶん違うのだった。

神原俊郎は、職業的な礼儀正しさをきちんとそなえている。けれど、ルツと顔をあわせる時、彼はあきらかに嬉しそうにするのである。

「来週、またあの店に行きませんか。あんまりたくさん店を知らないので、一つ覚えのようなのですが」

というメールが神原俊郎から来たのは、そのまた翌週のことだった。ルツは少しの間考え、

「来月に入ってからなら、大丈夫です」

と、返事を書いた。

「来月」は、すぐに来て、ルツは神原俊郎とふたたびくだんの焼肉屋に足をはこんだ。焼肉は、前に来た時よりもおいしく感じられた。それは、神原俊郎という男に、ルツが心を開いた証拠だったのかもしれない。

「ぼくは、ちょっとケチみたいなんですよ」

少し酔っ払ってきた神原俊郎は、そんなことをルツに喋るのだった。

「ケチ？」

「ええ、結婚していた頃、元妻によく言われました」

「神原さんは、そんなにケチなんですか？」

「いやあ、ケチっていうより、どういうふうにお金を使っていいか、わからないんです。なにしろ、うちの母親が、ものすごく金づかいが荒くて、で、父親は会社を経営していたもので、ある時までは金があったんですが、ぼくが高校生の頃会社は倒産して、それなのに母親はあいかわらず金づかいが荒いもんで、ぼくはともかく父親から渡された金を母親が使いこまないよう気を張りながら、倹約ばかりしてたんですよ」

神原俊郎の家は、父母と俊郎の三人家族だという。この前俊郎が言っていたように、父親は会社が倒産する前からの愛人のところにずっと居っきりだったそうだ。会社が倒産すれば、金の切れ目が縁の切れ目、という言葉どおり、愛人は父親から離れて行きそうなものだったのに、なぜだか彼女はますます俊郎の父親により添い、赤坂で飲み屋をやっていたこともあって、反対に小金を渡してくれさえするようになった。父親は発奮して友人のやっている会社に再就職し、妻と俊郎が生活してゆくだけの金をかせぐようになったのはいいが、以前通りの金づかいの妻、すなわち俊郎の母親が、隙を見てはそのお金をどんどん浪費するもので、俊郎はいつも学費や生活費に困っていたのだという。

「大変だったんですね」

どう答えていいのかわからなくて、ルツはあたりさわりなくそう言った。

「いやあ、でも、若いうちの苦労は買ってでもしておくもんだって言うでしょう。もしぼくが、父親の会社の倒産なしにずっとお坊ちゃんで育っていたら、今でさえだめな男なのに、もっとずっとだめな男だったにちがいないと思うんですよ」

俊郎は、さばさばと答えるのだった。

その夜ルツと神原俊郎は、焼肉屋を出てからすぐに解散せず、二軒めの店まで行った。焼肉屋から歩いてすぐの小さなバーである。

「ただいま」

神原俊郎はそう言いながら、店に入っていった。ルツは、ほんの少しだけ、違和感をおぼえた。

（なんだか、ずいぶん上の世代の人たちが行きそうな店での挨拶みたい。古くさいなあ）

と、一瞬思ってしまったのである。

バーのカウンターの中でグラスをみがいていた店主は、

「おかえり」

と答えた。それから、ちらりとルツのことを見た。その視線も、ルツに違和感をおぼえさせた。

(女を連れてきた、って、思った、この店主)

まあ、なじみの客がはじめて連れてくる女を、店の店主がつい見てしまう、というのは、よくあることなのかもしれない。と、ルツは、自分で自分に言い訳をする。言い訳をしながら、

(林くんがここにいてくれたらな)

と、つい思ってしまった。

(いやいや、林くんを頼みにしちゃ、いけない。もっとあたしは自立しなきゃ)

すぐさま、ルツは思いなおす。自立、という言葉の使いかたが、なんだかまちがっているような気がして、ルツは少し笑う。

「あれ、なにか、可笑しいかな?」

神原俊郎が振り返った。

「ううん、関係ないことで、思いだしたことがあって。全然たいしたことじゃないんです」

あわてて、ルツは言った。

ハイボールを頼み、ルツと神原俊郎は並んでスツールに腰かけた。店の中にはかすかに葉巻の匂いが漂っている。じきに男の二人連れが入ってきた。ルツたちよりも年上にみえる。二杯めをおかわりする頃には、もう三人、男性客がやってきた。先ほどの二人連れよりも、さらに年齢は上である。どの男も、「ただいま」と、ほがらかに言いながら、ドアを開けた。

「いいお店ですね」

ルツは言ってみる。

「うん、リラックスできるんですよ、ここは」

「ええ」

ええ、と言いながら、ルツはちっともリラックスしていなかった。

はじめて来た店だからリラックスできないのではなく、おそらく店主の視線が、ルツをリラックスさせなかったのだ。

——この人は、いったい誰なんです？——

と、店主の視線は、明らかに神原俊郎に説明を求めていた。でも、神原俊郎はそのことにまったく気がついていないようだった。

二杯めを飲み終えると、ルツは腕時計をじっと見つめた。

「あ、もうこんな時間ですね」

気づいた神原俊郎が言い、焼肉屋は割り勘にしたのだけれど、バーで飲んだハイボールは俊郎がおごるということになって、その日は終わった。

ルツと俊郎が三回めの――この「会合」を、デートと言っていいのだろうかと、ルツはまだ迷っているのだが、明らかに神原俊郎の方は「デート」だと思っているらしい――焼肉屋での食事に行ったのは、そのまた一ヶ月後だった。梅雨の町は、湿っぽくてどんよりとしていた。けれど、神原俊郎は上機嫌だった。

「日下さん」

焼肉屋にルツが入ってゆき、神原俊郎の前に座るなり、俊郎は言った。

「日下さん、これからは、ルツさんと呼んでもいいですか」

まだ飲み物の注文もしていないのに、神原俊郎は早口で聞くのだった。

「いやです」

反射的に、ルツは答えていた。

「いやですか」

神原俊郎は、目を大きくみひらいた。

「いやです」

ルツは繰り返し、少し迷ったすえに、上着を脱いだ。迷ったのは、神原俊郎の突然の頼みに気持ちが興ざめしたせいである。一瞬、このまま帰ってしまいたいような気分だった。

「飲み物、生ビールでいいですか」

ルツに頼みを断られたというのに、神原俊郎はまったくめげない様子で、聞いた。ルツは、浅くうなずいた。

「生ビール、お願いします」

俊郎は、大きな声で注文した。今までつきあったことのある男たちと神原俊郎の違いに、ルツはしばらくの間ぼんやりしてしまう。

田仲涼にしても、半同棲していた佐東心平にしても、そして恋人にはなり得なかったが一番身近である林昌樹にしても、ともかくどの男も、たいそう繊細な心づかいをする男たちなのだった。

神原俊郎は、ちがう。

おそらく彼は、気遣いというものを、自分ではしているつもりなのだろう。けれど、その気遣いは、少なくともルツに関しては、たいがいが的外れである。神原俊郎が何かを言うと、ルツはおりおりむっとするし、神原俊郎がルツによかれと思っておこなうことは、ほとんどルツを喜ばせない。

「いやね、ぼく、『ルツ』っていう名の響きが、好きなんですよ。日下さん、と呼ぶのもいいものですけれど、ルツさん、と呼ぶことができたら、もっと楽しいんじゃないかと思ってね」

ルツの思いにはまったく気づかぬ様子で、神原俊郎は続けた。ルツは、またぼんやりしてしまう。今までルツが知っていた男たちは、いつもルツになじみ深いやりかたで、ルツに対した。日下さん、と、ルツに呼びかけるのは、まだ関係が深まっていない時。ルツ、と呼びかけるのは、関係が深まった証拠。そのような関係のとりかたが、双方の暗黙の了解だった。一事が万事で、名前の呼びかただけではなく、一緒にいる時の話題の選びかた、互いの私生活への踏みこみかた、ものごとの笑いどころ、果ては食事の時のお酒の飲みかたに至るまで、どの男たちも、ルツの様子をうかがい、ルツの気に染まない類のことは敏感に察知して避け、かつ自分のやりかたに関しても、さりげなくルツに伝わるようつとめたものだった。

神原俊郎のように、人間関係における微妙さや以心伝心の具合を気にしない男は、ルツは初めてだったのだ。だから、ルツはどうしていいか、わからなくなってしまったのである。

「響きが、好きなんですか」

ぼんやりしたまま、ルツは俊郎の言葉を繰り返した。

「うん、そうなんだ。ルツって、旧約聖書の中の女の人の名前でしょう」

神原俊郎のその言葉に、ルツはまたびっくりする。そういえば、今までルツの名前のいわれについて聞いてきた男は、一人もいなかった。ルツ自身も、ずいぶんと幼い頃に母から聞かされた自分の名の由来など、すっかり忘れていた。

神原俊郎とは、その日も二軒めのバーまで一緒に行った。最初に来た時には居心地の悪かった店だったが、不思議なことにもう居心地は悪くなくなっていた。「ただいま」

と俊郎が言いながら店に入ってゆくのも、店主がじろりとルツを見るのも、この前とまったく同じなのに、なじみのないそれらのことごとを、ルツは面白いと感じるようになっていたのである。

そうだ。ルツは、楽だったのだ。神原俊郎は、ルツからすると、多分に無神経なところがある。でも、俊郎が無神経だからこそ、ルツの方もだらりとしていられるし、余分な気遣いをしないで過ごせるのである。

「もう一杯、飲んじゃおうかな」

時計を見ながら、ルツは言った。

「飲もう、飲もう」

神原俊郎が賛成する。すでに二人はていねい語を使いあうことをやめにしている。「もう一杯」を飲んで、会計をおこない――今回は、ルツが払った――、店から出ると、俊郎はルツの顔をじっと見た。もしかして、これから神原俊郎は何か行動を起こすのかしら、と、ルツは身構える。

神原俊郎は、たっぷり六十秒間以上、ルツの顔を眺めていた。それから、こう言ったのである。

「ルツさんの顔、ぼくは、好きだなあ」

言うなり、俊郎はぱっとルツに背を向け、くっくっくっという声をたてて、笑いだした。ルツはあっけにとられた。

「いやー、恥ずかしいこと言ってるよなあ、ぼく」

背中を向けたまま、神原俊郎は言う。くぐもった声である。

それから二人は駅まで歩き、別々の方向の電車に乗った。ルツは、いまだに神原俊郎のことを男としては意識できなかったが、気持ちはたいそうなごんでいた。顔が好きだと言われることが、こんなに嬉しいことだったとは。ルツは、その昔、弟の高志がよく使った言葉――「にそにそする」――という状態にあった。たとえば、高志よりも一個多くおやつの大福を入手したルツがこっそり喜んでいる時に、高志は、「にそにそしやがって」と言ったものだった。「にやにや」と「ほくそえむ」がまじった言葉だったのだろうか。

結局、電車が降車駅に着くまで、ルツはずっと「にそにそ」することを、やめられなかったのである。

二〇一四年　留津　四十七歳

虹子はほんとうにきれいになったと、留津は感心する。高校時代にもその片鱗はあったが、大学に入学し、本格的におしゃれを始めた虹子は、留津からすると、光輝くような若さとみずみずしさを、惜しげもなくたっぷりとしたたらせているのである。

虹子は、希望通り理系の学部に受かり、四月から大学生活を始めた。大学は忙しいようで、朝早くに家を出て、夕食の時間ぎりぎりに帰ってくる。一日が終わって家に帰ってきた時も、虹子が身にまとっている若さの光は、全く失われていない。

「一年生のころは、まだ教養科目ばかりなんだろう」

と、俊郎が言うと、虹子は首を横にふり、

「ううん、けっこう専門科目も多いよ。おとうさんのころは、そうじゃなかったの？」

と、素直に聞き返す。以前のずけずけしたもの言いは、だいぶんやわらいでいる。タキ乃に対してもそうだし、むろん友だちに対してもそうなのだろう。ただ、留津に対してだけは、なぜだか虹子は以前と同じように、容赦ない言葉を投げかけてくる。それが、留津に対する子供らしい甘えなのか、それとも他に理由があるのか、留津は時おり考えてみるのだが、答えは出ない。

虹子が大学に受かったころ、それは一年のうちで一番寒い季節だったのだが、タキ乃が骨折をした。出かける時はいつもタクシー、家の中でもほとんど家事というものをしないタキ乃は、このところめっきり足腰が弱っていて、なんでもないところでつまずいたり、椅子から立ち上がるのに難儀したりしていた。骨折をした場所は、銀座のデパートの食堂だった。カードで支払いをすませ、店から出ようとしたところ、タキ乃によれば――ウェイトレスがぶつかってきたのよ、ほんとうに腹のたつ――ということだったが、実際にはタキ乃がよろけ、ウェイトレスがささえようとしたが、よろけるタキ乃をうまく受け止めることができず、そのまま足をくじく形でタキ乃が尻餅をつき、動けないと騒ぐタキ乃のために救急車が呼ばれ、運ばれた病院で検査した結果、足の指の骨が折れていた、ということなのだった。

病院へは、以前の美智郎の入院時と同じく、留津が主に通ったが、このたびは虹子も大いに協力した。

八王子光男と留津は、ずっと会いつづけていた。二人きりで会うようになってから、すでに三年が過ぎようとしている。必然的に、八王子光男が中心となって開いていた「門」の会合は、ほとんど開かれなくなっている。

時おり、西荻佐知子からは、留津のところにメールがあった。「お元気ですか」「おかげさまで」「久しぶりに会いたいですね」「ぜひ！」などという儀礼的なやりとりがかわされ、たまにはランチを共にすることもある。

西荻佐知子は、林昌樹がゲイだということを、留津に教えてくれた。そのことはすでに、留津がまだ独身の頃、あの箱根のペンションへの苦い旅行の時にじゅうぶんに思い知ったことなのだけれど、西荻佐知子の口から聞くと、また違う印象があらわれ出《い》でてくるのである。

「林さんて、あたし、少し苦手だったんです」

西荻佐知子は言うのだった。

「そうなの？」

留津は聞き返した。

「だって、あたしたちよりも、ずっと大人な感じがしませんでした？　八王子さんとかは、いかにもういういしくて熱意あふれる若者、っていう感じでしたけれど、林さんだけは人生を達観しているような感じで」

「達観……」

留津は、つぶやく。林昌樹は、なるほど同学年の者たちよりも多少は大人っぽかったが、留津はそれを「苦手」とは感じず、むしろ「すてき」と感じていた。人間は千差万別なのだなあと、留津は感心する。

「西荻さんは、『門』の男の子たちの中で、誰か好きな人は、いた？」

留津は聞いてみる。

「はい。いました」

「えっ、誰だか、聞いてもいい？」

「八王子さんです」

留津はどきりとする。なんとなく、そうではないかとも、思っていたのだ。西荻佐知子は、その昔、何かといえば八王子光男にかまってもらいたがっていた。八王子光男が夏の号に書いた小説が面白いと言っては寄ってゆき、次に書いた冬の号の小説が暗いと言っては寄ってゆきしていた。お酒を飲む席では、八王子光男の肩のあたりをやたらにばんばん叩いたりしていた。

あれはおそらく、西荻佐知子がどのようにして八王子光男への好意をあらわしていいのかわからなかった、その純情のなせる行動だったにちがいない。

「今も、好きなの？」

留津は聞いてみる。

「まさか。昔のことですよ」

「そうよね」

「でも、八王子さんは、昔より今の方がいい男だと思いません？」

西荻佐知子は、目を輝かせて言った。留津は、またどきりとする。たしかに留津も、そう感じているからだ。

「うん、八王子先輩、たしかに大人になったわよね」

留津は答える。

「あ、その先輩、っていう呼びかた、林さんがいつもしてましたよね。なつかしい」

西荻佐知子は笑い、話題はふたたび林昌樹がゲイであるということに戻っていった。それ以上八王子光男について話さなくてすみ、留津はほっとする。同時に、もっと八王子光男のことを喋っていたかったと、惜しいような気持ちにもなる。

わたしは八王子光男と、いつも二人きりで会っているの。八王子光男は、わたしのことを好きなの。わたしも、八王子光男のことが好きなの。

といった類のことを、留津は時々大声で誰かに向かってわめきたてたくなるのだ。

実際には、八王子光男がどのくらい留津に好意を持っているのかを留津がきちんと確かめたことは、なかった。また、自分が果たして八王子光男を好きなのか、あるいは恋しているのか、はたまた愛してしまっているのか、いやそうではなくただの友情を抱いているにすぎないのか、ということすらも、つきつめて考えないようにしていた。

そもそも、八王子光男と留津は、いまだにあの「かわせみ」で共に昼食をとる関係だけにとどまっているのだ。

いや、それもまた、違うかもしれない。

「かわせみ」に行きはじめた三年前には、留津と八王子光男は、昼食を食べ店を出るや、すぐさま二手に分かれてそれぞれの場所へと戻っていった。八王子光男は仕事へ、そして留津は家またはカルチャーセンターまたは夕飯の買い物へ。

二年前くらいからは、食事が終わり店を出たあとに、近くにあるコーヒーショップに入って、お喋りの続きをするようになった。三十分ほどかけて、留津と八王子光男はプラスチック容器の中のコーヒーや紅茶を飲み干し、それからそれぞれの場所に戻っていった。

一年ほど前からは、コーヒーショップではなく、八王子光男が見つけた小さな喫茶店に行くようになっている。その店は、昭和の頃からずっと営業している、「コーヒー」という字面よりも「珈琲」という漢字の方が似合いそうな珈琲をだす喫茶店である。店主は蝶ネクタイをしめ、客からの注文があると、おもむろにサイフォンで珈琲を淹《い》れはじめる。新聞を読んでいるなじみの客や、店主とお喋りをしに来ている近所の商店の主などが、いつも長時間店に居続けている。たまにごく若い二人づれが迷いこんでくると、かれらは物珍しそうに店内を見まわし、スマートフォンでもって何枚もの写真を撮ってゆくのである。

そんな時、留津は思わず自分の顔がうつらないよう、うつむいてしまう。もしもその写真を、偶然に虹子が見てしまったならどうなるだろうかと、留津は怖れている。

（光男さんと一緒にいるところを見られるのがうしろめたい、ということよね）

留津は自分に向かって確認する。この一年ほどで、留津は八王子を名前で呼ぶようになった。それまでは、名字を呼んでみたり、ふとした瞬間に、偶然、という調子で名前を呼んでみたりと、呼称は一定しなかったのだが。

留津と八王子光男は、三年前の大地震の日の帰り道に、たしかに手をにぎりあって歩いた。けれど、あれ以来、互いの指先さえふれあわせることはない。

このごろ、八王子光男と会っている間、留津は必ず、一度は光男の体にふれたくてたまらなくなる。その手をとり、肩に頬をよせ、抱きしめてもらいたくてたまらなくなる。けれど、その欲望を、留津は八王子光男に見せない。

八王子光男の方も、おそらく同じだろうと、留津は思っている。ある瞬間にみせる光男の表情が、留津にふれるかふれずかいる次の刹那いそいで引き戻される指が、そして常に留津の動きを追う視線の強さが、そのことを証明していた。

それなのに、二人は決してふれあおうとはしないのである。

ふれあわないことは、実のところ、留津にとってたいそう快楽に満ちたことだった。八王子光男と別れ、家に戻り、その日の時間を反芻《はんすう》する時、ことに留津のその快楽はするどくたちあらわれてくる。

留津が八王子光男との時間を反芻するさまは、何かの儀式にも似ている。玄関の扉を開き、家の中に誰の気配もないことを、まず最初に留津は確かめる。八王子光男と会った直後、留津の感覚はたいそう研ぎ澄まされている。だから、もしも家の中に俊郎なり虹子なり、あるいは合鍵を使って入りこみ待ちかまえているタキ乃なりがいたとしたら、すぐさまその気配を感じるはずなのである。

ふだん、夕食の買い物から帰ってきた時や、ゴミ出しをして帰ってきた時などには、その敏感さは発揮されない。たとえば、いつか留津はマンションのベランダ側のはきだし窓を、網戸にしたままですぐそこまで買い物に行ってしまったことがあった。留守の間に、何の拍子だったのか、小さな猫が入りこんでしまった。けれど留津は、猫がいることに、小一時間ほども気がつかなかったのだ。「みゃー」という声が、いやに近く聞こえるので、ふとベランダの方を見たら、窓のすぐそば、部屋の中に猫がいたので、留津は心臓がとまりそうなほどびっくりしてしまったのであった。

逃げ惑う猫をようよう外に追い出したあとで、留津は自分のうかつさに首をかしげたものだったけれど、八王子光男と会った帰りには、猫どころか、虫一匹に対しても、留津の感覚はひどく鋭敏になっており、ついこの前も「かわせみ」と珈琲屋のいつもの語らいから戻ってきた時に、部屋の中を飛びまわっていたがんぼと、食器棚の足下にひそんでいたごきぶりの気配を一発で感じとり、がんぼの方はその長い足をそっと持って窓の外に逃がしてやり、ごきぶりの方は容赦なくつぶしたのであった。

部屋に誰もいないことを確かめると、留津はまっすぐに洗面所へと行く。そして、鏡の前に立つ。

鏡の中にまっすぐに立っているのは、一人の女である。その女の顔を、留津はよく知っている。四十七年間、なじんできた女だ。目の位置も、鼻の頭のまるみも、くちびるのカーヴの描かれかたも、耳の位置も、髪の癖も、肩の角度も、首の伸び具合も、胸のふくらみも、すべて知りつくしているはずの女である。

けれど、八王子光男と会ってきた時のその女は、留津が隅々まで知っていた女とは、違う女なのである。

目の光。くちびるの開きかた。頬の輝きかた。首のもたげられかた。

その女は、まるで野蛮なセックスをおこなってきた後のような様子をしている。髪や服が乱れているわけではない。表情がみだらなわけでもない。それなのに、ごく静謐《せいひつ》なその女の表情の奥には、底光りするような荒々しいものがひそんでいるのである。

留津は、ため息をついてみる。

そのため息も、留津の知っている自分のため息ではなかった。

なんとそれは、甘いため息であることだろう。

ずっと鏡を見ていると、さらなる変化が訪れてくる。輪郭がぶれてくるような、それは不思議な変化だ。

留津は、スカートのホックをはずし、腰をひねり、床にすべり落とす。シャツのボタンも全部はずし、袖から腕をぬいて、こちらも床に落とす。下着をすべて素早く脱ぎ捨て、くるくるとまるめて洗面台に置く。鏡の中の女は、いまや全裸だ。いつもの留津ならば、自分の裸など見たくもないと思っている。でも、八王子光男と会ってきた帰りだけは違う。

留津はじっと女の裸を見つめる。その女は、自分でありながら、自分ではない。そのことが、留津にははっきりとわかっている。

「ねえ、そちらは、どんなだった？」

留津は女に訊ねる。

「とっても、よかった」

女は、答えた。

「どんなふうに、よかったの？」

「説明は、できないわ。でも、あなたには、わかっているでしょう」

女の声は、妖艶だ。留津はその女の声を聞きたくて、もう一度、問いかけてみる。

「あなたは、幸福？」

「幸福？　それは、いったいどういう意味？」

「言葉どおりの意味よ」

「ふん、そんなこと、考えたこともなかったわ」

「わたしは、いつも考えている。自分が幸福なのかどうか」

「考えるよりも、動くことの方が大事だわ、あたしにとっては」

「動かないでいる幸福もあると思うの」

「あなたがそう考えるんなら、それでいいんじゃないの？」

鏡の中の女は、冷徹だ。そんなにも妖艶な何かをしたたらせているのに、ごくごく冷静で、そのうえ荒々しいのだ。

留津は予備暖房であたためておいた浴室の扉を開ける。下着を持って入り、熱いシャワーを浴びたあと、ていねいに下着を洗う。下着は、八王子光男と会う時だけに身につける、薄明るい色の繊細なものだ。虹子にも俊郎にも見られない場所に、留津は下着を干しておく。

浴室から出ると、留津の体はほてっている。ふたたび鏡を見るが、そこには清潔になった留津が映っているだけだ。さきほどの、留津の知らない女は、どこへやら去ってしまっている。

自分に戻った留津は、いつもの下着を身につけ、軽い部屋着を着、ベッドに横たわる。少しだけ、自分を抱きしめる。そのまま、指を体に遊ばせて自分を慰めることもある。真面目に、留津は事をおこなう。この時に得られる快楽は、留津自身の快楽なので、八王子光男のことはあまり考えない。彼のことを深く考えるのは、むしろ、事をおこなった後だ。指を遊ばせたことによって体が落ち着き、純粋に八王子光男のことを考えることができるからだ。

留津は、八王子光男を、体の快楽の道具として考えたくないのだ。純粋に、留津にとって好ましく喜ばしい男。それが、留津にとっての八王子光男だ。体と心は不可分のもの。そんな言説があることを、留津はもちろん知っている。けれど、留津にとっては体と心は少しだけ離れたものなのである。

（光男さん）

留津は、心の中で呼びかけてみる。

（光男さん）と心の中で彼の名を呼ぶのは、なんと心地よいことなのだろう。ほんものの八王子光男と向き合ってその名を呼んでいる時よりも、もしかするとずっと心地いいかもしれない。

　実のところ、八王子光男が留津のことをどんなふうに思っているのか、ということは、留津にとってはさほど大切なことではない。留津はただ、八王子光男が存在していればいいのだ。留津と食事をし、留津と珈琲を飲み、留津と別れてゆく時には名残惜しげに留津の顔をじっと見る、そんな八王子光男という存在がこの世のどこかにあれば、じゅうぶんなのである。

　ベッドに留津が横たわっている時間は、二十分ほどだろうか。思うさま八王子光男のことを考えつくしてしまうと、留津は、

「よっこら」

　と、中年の女じみた言葉をつぶやきながら、起き上がる。頭の中は、すでに今夜の献立のことでいっぱいだ。挽肉《ひきにく》にパン粉。牛乳とにんじん。ほうれんそうとレタス。冷蔵庫や貯蔵棚にある材料を頭の中で確かめ、留津はてきぱきとエプロンを身につける。今日は虹子が早めに帰ってくると言っていた。ハンバーグは虹子の好物だ。ソースを、和風ではなく洋風にしよう。八王子光男は、フライが好きだけれど、もうそろそろ揚げ物は控えた方がいいんじゃないかしら。でも、そんなことは口に出しては言えない。よそさまの夫の食生活を注意する権利は、わたしにはないもの。そもそも、八王子光男が生活習慣病になっても、わたしはかまわないような気がする。だって、彼と一緒になるこ

とは、たぶん一生ないから。彼の不注意な食生活のせいで、彼が寿命を縮めても、わたしは平気。冷たいようだけれど、彼はわたしのものではないのだもの。永遠にわたしのものには、なってくれないのだもの。ハンバーグのソースは、昔虹子が好きだった、ケチャップととんかつソースとマヨネーズを混ぜたものにしてみよう。あ、桟にほこりがたまってる。明日、掃除すること。

八王子光男と会ってきた直後に反芻する八王子光男との時間と、こうして雑事の合間に思いうかべる八王子光男のあれこれの様相が、まったくちがっていることを、留津は矛盾に感じない。留津は台所に立つと、包丁を取りだした。包丁はよく研がれている。刃面に、留津の指がうつっている。勢いよく水を出し、留津は野菜を洗いはじめた。

二〇一四年　流津《るつ》　四十七歳

後悔してはいない。

流津《るつ》は、自分に言い聞かせる。

でも、すでに虹子は、八王子光男と自分との間にあったことを、うすうす感じとっているよう。ああ、あたしの可愛い虹子。

虹子に軽蔑されることが、流津はいちばんつらい。なぜなら、虹子はほんとうに優しくて可愛い子だから。

小さい頃から、自分のやりたいことよりも、母親である流津や父親である俊郎や祖母であるタキ乃のことばかり優先してきた虹子。

何か口答えしたいことがあっても、言ってみたいことがあっても、それが流津や俊郎やタキ乃にとって気持ちを騒がせることだとしたら、決して口にはしない虹子。

虹子のおかげで、この家庭は保たれてきたのだと、流津は思っている。

心の通じない夫である俊郎。いつまでも少女のようなタキ乃。容赦のない厳しい舅、美智郎。そしてかれらに対してどうしていいかわからず、ずっと考えないふりをしてただ唯々諾々と従ってきた流津。

虹子だけが、家族みんなのことを心の底から考え、いたわり、関係が壊れないよう心を砕いてきたのだ。

流津は、ばらばらな家族の中では、虹子に一番近いはずだった。家族関係を修復することができず、ただ手をこまねいているだけの情けない母親だが、それでも家族の絆をつくりなおしたいという気持ちは、虹子と同じだからである。

でも、だめだった。

あたしは、疲れてしまったのよ。疲れはてて。そして。

流津は、自分に言い訳をする。

あたしだって、努力した。虹子と一緒に、俊郎に優しくし、美智郎の無体な注文に応え、タキ乃の壊れやすい精神をかばい、せいいっぱいやってきたのだ。

神原の人間たちは、結局身勝手すぎるのだ。自分だけが被害者だと思いこみ、他人にばかり厳しい。美智郎も、タキ乃も、俊郎も、行動のあらわれはそれぞれに異なるけれど、結局は自分だけが可愛いのだというところは、共通している。

そんな時にあらわれたのが、八王子光男だった。

八王子光男にあたしが引き寄せられていったのは、しょうがないことだったんじゃないの？ ええそうよ、しかたのないことだったんだわ。

流津はそう自問自答する。

いや、自問自答ではなく、ただの自己正当化なのだ、ということは、自分でもよくわかっている。

三年前、あの大地震の日に、流津は八王子光男と二人で家まで歩いて帰ってきた。その日はそれで別れたのだけれど、二人の関係が深まるのに、時間はかからなかった。

八王子光男と流津、どちらが先に相手に手をさしのばしたのだったろうか。今となっては、それもさだかではない。流砂にさらわれようとしていた者が、めくらめっぽうに何かにつかまろうとするように、流津と八王子光男は互いの手をのばしあい、互いをささえにしようとし、そして結局は同時に流砂の底へと沈んでいったのだ。

そう。あたしは今、何かの淵の底に沈んでしまったような気分なんだわ。

流津は思う。

虹子は、たしかに知っている。あたしが八王子光男との逢瀬をやめることができないことを。会うとすぐさま抱きあい、求めあい、むさぼりあい、外の世界のすべてを忘れようと二人の営みの中に沈みこんでいってしまうことを。

　八王子光男と逢ってきた帰りに、必ず流津は誰もいない家の中で、すべての服を脱ぎ捨てる。そして、洗面所の大きな鏡に向かい、自分の裸をしげしげと眺めてみる。つい一時間ほど前まで欲望をむきだしにし、八王子光男と二人して互いの体をむさぼりあっていたとは、とうてい思えない、それは静かな裸だ。

「ねえ、そちらは、どんなだった？」

　鏡の中の自分が、こちら側の自分に話しかけてくる。

「とっても、よかった」

　流津は答える。

「どんなふうに、よかったの？」

「説明は、できないわ。でも、あなたには、わかっているでしょう」

そう答えながら、流津は絶望のようなものが足もとから這いのぼってくるのを感じる。ため息を、流津はつく。そのため息は、ひどく妖艶だ。

「あなたは、幸福？」

　鏡の中の自分は訊ねてくる。

「幸福？　それは、いったいどういう意味？」

流津は驚いて聞き返す。幸福、という言葉を、八王子光男との関係に思ったことは、一度もなかったからだ。

「言葉どおりの意味よ」

「ふん、そんなこと、考えたこともなかったわ」

「わたしは、いつも考えている。自分が幸福なのかどうか」

鏡の中の自分は、うっとうしい。何がおのれにとって幸福かなどということを本気で考えはじめてしまったなら、八王子光男との関係は早晩終わってしまうだろうに。

「考えるよりも、動くことの方が大事だわ、あたしにとっては」

流津は言い、頭をそびやかす。

「動かないでいる幸福もあると思うの」

なぜ鏡の中の自分は、こんな優等生じみたことを言いだすのだろうと、流津はいらいらする。

「あなたがそう考えるんなら、それでいいんじゃないの？」

そう言い返したとたんに、鏡の中の女の輪郭が一瞬ぼやけた。流津は、目をしばたたく。

目を開けると、鏡の中の女は口を閉じ、もう何も言おうとはしなくなっていた。その裸は、四十七歳という年相応に柔らかそうに下垂しており、けれど下垂していることがいっそのこと安らかに感じられるのだった。

「光男さんとは、別れないわよ。幸福とか、不幸とか、そういうこととは、別のことなの」

流津は、鏡に向かって言う。鏡の中の自分は、何も答えない。くるくるとまるめた下着を持って、流津は浴室の扉を開けた。予備暖房してあった浴室内は、じゅうぶんに暖まっていた。早くしないと、虹子が帰ってきてしまう。流津はいそいでシャワーの栓をひねった。

二〇一五年　ルツ　四十八歳

自分が結婚することになろうとは！

いったい何回目になるだろう、ルツは頭をふり、驚きを確認する。

俊郎《としろう》がルツにプロポーズをしたのは、先月のことだった。いつもの焼肉屋で「店おすすめのコース」を食べ終え、今ではルツも俊郎と共に「ただいま」と店主に声をかけ、店主もいつものように「おかえり」と返すようになっているいつものバーに行った、あの時だった。

俊郎のプロポーズは、バーでおこなわれた。ささやき声というものの出せない俊郎は、店じゅうに響きわたる声で、

「ルツさん、結婚しましょう。してください。お願いです、結婚してくださいませんか」

と言ったのである。

こんな日が来るかもしれないということは、ほんのぽっちりは予想していた。でも、俊郎は以前、奇天烈《きてれつ》な姑がいる自分は、結婚することがとても難しいと言っていたのではなかったか。

俊郎がそのことを思いだして、プロポーズをとりやめにしないよう、ルツはあせって返事をした。

「はい。は、はい。はい」

ルツは、嬉しかったのだ。今だからこそ、よくわかる。結局、ルツは人もすなる結婚というものを、一生に一度はしてみたかったということなのだ。

佐東心平《さとうしんぺい》や田仲涼《たなかりよう》とつきあっていた頃には、「結婚」についての願望は、心の奥底に押し込められ、変形しひしゃげていた。ところが、俊郎と焼肉屋で会うようになってからは、結婚への願望はみるみるうちに自由にふくらんでいったのである。

沈めても沈めても水面に浮かびあがってくるゴムのあひるのおもちゃのように、ルツの心の表面には、「結婚」という文字が、ぽっかりと浮かびあがり続けるようになっていたわけである。

そして、ルツは、俊郎のプロポーズを即座に受けた。

もちろん、不安はいくらでもあった。

まず、母のことが心配だった。俊郎がプロポーズをする一年ほど前に、父が亡くなった。以来母はめっきり弱りはじめた。父が亡くなった直後までは、まだ緊張が残っていたのだろう、母はそれまでと同じく、しっかりとふるまっていた。けれど、母の緊張の糸はその後ぷっつりと切れてしまったようだった。

「ねえルツ、このごろ朝起きると、体じゅうが痛くてね。年をとるって、こういうことなのね。情けなくてしょうがないわ」

という電話を、母は一日おきくらいによこすようになっていた。以前は、働いて疲れて帰ってくるルツを気づかって、週に一度ほどしか電話をかけてこなかった母だったのに。

「大丈夫？　来週は、ママのところに行くから。それで、おいしいものでも食べましょう」

ルツが言うと、母はおおげさなほどに喜ぶ。

「まあ、嬉しい。ルツが来てくれると、わたし、すごく元気が出るのよ。ねえ、いっそのこと、一緒に住まない？」

とまで言いだす。ルツは、俊郎との結婚のことを、だからなかなか言いだせなかった。

家族に互いを紹介しあったのは、盛夏を過ぎてからである。このごろの関東地方の夏は、長い。なかなか秋が訪れずにいつまでも蟬が鳴いている、そんな季節に、結婚への準備は進められ始めたのである。

「よかったら、ぼくの父母に会ってくれないかな」

と、まず俊郎は言った。

「うん」

ルツはおとなしく答えた。内心では、非常に不安だったのだけれど。なにせ、俊郎の母である「タキ乃《の》さん」は、その性格の強烈さでもって、二十年ほど前の俊郎の結婚生活を、早々に壊してしまったというのだから。

「父の方は、愉快なじいさんなんだけど、でもいまだに家には寄りつかなくてね。だから、まず父とはどこか外で会ってもらって、それから家に行って母と会ってもらうことになると思う」

俊郎の父である美智郎《みちろう》との食事は、楽しかった。美智郎の三十年来の愛人である「蓉《よう》子《こ》さん」は、さっぱりとした気性の人だった。

「よかったら、俊郎さんとお二人で、赤坂のお店にいらしてくださいね。小さな和食屋なんですよ。家庭料理みたいなものしか出せませんけど」

蓉子さんはそう言い、にっこりとルツに笑いかけた。

「うまいんですよ、蓉子さんのお店のものは。ぼくが栄養不良にならずに成長期を乗り切れたのは、蓉子さんに料理の基本を教わったからなんだ」

俊郎が言うので、ルツはびっくりした。俊郎の実の母である「タキ乃さん」は、料理はもちろんしないし、掃除も洗濯も、とにかく家事という家事はいっさいせず、美智郎の会社が倒産して住みこみのお手伝いさんを雇うどころではなくなってからは、俊郎がすべての家事をおこなってきたのだという話は以前も聞いていたが、それが掛け値なしの、面白がらせではないただの事実だと、はっきりとこの時に確認させられたからである。

「あの、俊郎さんは、今もお母さまと一緒に住んでいるわけですよね」

ルツは美智郎に聞いてみる。俊郎が実家にいることは知っていたが、ここは一つ、自分の母のためにも、公式に確かめておいた方がいいと思ったのだ。

「うん。でも、結婚したら、実家は出るよ」

俊郎は言った。そのことは、すでにルツも聞いていた。けれど、タキ乃がそれほどまでに俊郎を頼っているとしたら、いったい俊郎が出ていった後は、どうやって暮らしてゆくのだろう。

「いちおう、私はまだタキ乃と籍が入っているので、私が責任をとりますよ。俊郎には、ほんとうに世話をかけたし」

美智郎は請け合った。この時の美智郎の言葉を、むろんルツは信じたのだが、後になって自分の甘さをかみしめることになろうとは、予想もしていなかった。それはともかく、美智郎と蓉子との会見は、このように平和裡《り》に終わった。問題は、タキ乃との会見の方だった。

会話がかみあわない、ということを、ルツはそれまでほとんど体験したことがなかった。生まれ育った家でも、学校でも、勤めた研究所でも、知りあった何人もの友人や恋人たちとも、ルツはいつも会う相手会う相手と、それぞれにきちんと意思を伝えあってきた。伝えあったことがうまく相手に届いていないと思われることも多々あったけれど、それでも、百喋ったことのうち少なくとも三十くらいは理解してもらえたという手応えはいつもあったし、自分の方も相手の四十くらいは理解できていたという自負があった。

ところが、タキ乃はまったく違うのだった。

「あら、こんにちは、日下《くさか》さんとおっしゃるのよね、たしか」

という、タキ乃の第一声だけは、理解できた。けれど、その後の会話は、ことごとくちんぷんかんぷんだったのである。

「今日はいいお天気ですね」

とルツが言えば、タキ乃は、

「銀座のデパートの外商さんは、ほんとうに親切なのよ」

と返すし、

「これからもどうぞよろしくお願いいたします」

とルツが頭を下げれば、こう返すのである。

「あたくし、女の人が働くのは、よくないと思うの。だから、あなたはすぐさま仕事をやめて、これからは俊郎をささえてちょうだいね」

ルツは、あっけにとられた。タキ乃のその言葉の内容にもあっけにとられたし、会話のかみあわなさにもあっけにとられた。俊郎はと見れば、飄々《ひょうひょう》とした表情で、驚いた様子もない。おそらくいつも俊郎は、今と同じようにかみあわない会話をタキ乃と交わしていたにちがいなかった。

会話はかみあわなかったが、タキ乃がルツに伝えんとするその言葉の内実は、わかりすぎるほどよくわかった。

すなわち、女は外で働くべからず。タキ乃のことは玉のように大切にすべし。今までルツがかせいで貯めたお金は、タキ乃のために放出すべし。俊郎とルツはタキ乃と一緒に住んでタキ乃の面倒をみるべし。生活の中心はともかくタキ乃であるべし。

途中で、ルツは笑いだしそうになってしまった。けれど、いちいち真面目な顔でタキ乃の言葉にうなずいている俊郎を見ると、笑いだすわけにもゆかず、しかたなくただ「はい」「はい」と首を縦に振り続けることしかできなかったのである。

こんな義母と、自分は果たしてうまくやっていけるのだろうか。ルツの不安は、いや増した。けれど、俊郎の方は平然としているのだ。タキ乃が何を言いだそうが、俊郎は「うん」「うん」と調子よくうなずき、さからわず、受け流している。

俊郎が、「うん」「うん」と、タキ乃の言うことを聞き流す様子にも、ルツは不安をおぼえた。この人はもしかして、女の話というものは、聞かなくてもいいものだと思っているんじゃないでしょうね？

もしも自分がタキ乃の話を真っ向から受け止めなければならないことになったなら、「はい」「はい」としか返しようがないことはよく理解できるのだけれど――まんいちタキ乃の意向に異を唱えたりしようものなら、その五百倍くらいの勢いで反論が来ることは、簡単に予想できようというものだった――それにしても、ここまで調子よく相手をいなすことのできる人間というのも、どうなのだろうかと、ついルツは思ってしまうのである。

ルツの母雪子《ゆきこ》と弟高志《たかし》に俊郎を引き合わせた時には、ものごとはずっと単純だった。高志はルツの結婚に大賛成だったし――この先も長く一人暮らしを続け、しまいにルツが年老いて体がきかなくなった時に世話をするのは、おそらく高志およびその妻である可能性が高いのであるから――、雪子も、ルツの結婚を喜んだ。

「俊郎さんとルツと、ほんとうは一緒に住みたいような気もするけれど、それはあなたたちには負担だっていうことはよくわかるの。だから、せめて近くに住んでくれると心強いのよね」

雪子は遠慮深いくちぶりで言った。俊郎は、タキ乃の言葉に神妙にうなずいていた時とまったく同じ調子で、誠実そうにうなずいた。この時ルツは、また不安を感じたのだが、いそいでその不安にふたをし、それ以上悪く考えないようにした。

ともかく、ルツは結婚することとなったのである。入籍は、ルツが四十九歳となる十月と決めた。俊郎とルツは、新居をさがしはじめた。俊郎の会社にもルツの研究所にも交通の便がよく、かつ互いの実家からもそう離れてはいない場所。じきに手頃な賃貸物件が見つかり、ルツはずっと住んだマンションを引き払う準備にかかった。

「ルツが結婚するとはねえ。世の中、何が起こるかわからないものよね。おめでと！」

岸田耀《きしだかがよ》は、からかいながらそう祝福した。

「日下、しあわせになれよ」

林昌樹《はやしまさき》も、祝福した。

「日下さん、結婚してからも、店にいらして下さいね」

中田鮨《なかたずし》の親方は言った。

結婚式は、あげなかった。タキ乃は、さんざんぶうぶう言った。そして、もうすぐ建て替えられることになっているホテルオークラで式をあげろと、五十回くらいルツに電話をかけてきた。

「あたくしが大好きなホテルなのよ」

タキ乃は言うのだった。

そんなこんなをすべてやり過ごし、俊郎とルツは、地道に静かに、共同生活の準備を続けた。新婚旅行、という言葉を使うのは気恥ずかしかったのだが、旅行にだけは、ルツは行きたいと思っていた。俊郎の方だって、賛成してくれるだろうと、ルツは気楽に考えていた。だから、ルツがごくささやかな旅行の計画をたてて俊郎に相談した時に、俊郎が「えっ」と驚いたことに、ルツの方がもっと驚いてしまったのだ。

「旅行は、金がかかるよね」

俊郎は、さも不満そうに、言ったのだった。

二〇一五年　留津《るつ》　四十八歳

すべては、あれよあれよという間に進んでいった。

最初は、ごくささやかな思いつきだった。時間もあることだし、小説を書いてみようかと、留津《るつ》は思ったのだ。八王子《はちおうじ》光男《みつお》が勧めたからでもある。

大学生の頃「門」で書いたような、自分の心の内をさしだすようなものは、書くまいと決めていた。それよりも、きちんとした結構のあるミステリーか、あるいは時代小説もいいのではないかと、留津は考えた。

「時代小説は、時代考証がしっかりしていないとだめだから、現代を舞台にしたミステリーにしてみたらどうかな」

八王子光男は助言した。結婚してからも、留津は図書館で週に一度は本を借りては読み借りては読みし、今でもかなりな読書量をほこっている。最近のミステリーも、あらかたは読んでいるという自負があった。だから、四谷先輩の書いていたようなこむずかしげな「純文学」ではない、ミステリーならば、自分でも書けるのではないかと最初は高をくくっていたのだ。けれどそれは留津の思い違いというもので、実際のところ、ミステリーの奥深さに留津はひどく苦労した。

ようやく書きあげた第一稿を、留津はおそるおそる八王子光男に見せた。大いにほめてくれるとはさすがに思っていなかったが、ちょっぴりは「よくできたね」という意味のことを言ってくれると、留津は思っていたのだ。ところが八王子光男は、原稿を持ち帰り読み終わった次の「デート」で、留津と顔を合わせるなり、かなり厳しい指摘を次々におこないはじめたのである。この「てにをは」はまちがっている。主語と述語は、できるだけ近くにある方がいいのに、どの文章も不必要に修飾がなされていて主語と述語がひどく遠くに離れているために、読みにくくてしょうがない。そもそも全体に文章が冗長。云々《うんぬん》。

言葉や構文の弱点を指摘された時には、留津は素直にうなずいていたが、内容について光男が立ち入ったことを言いだした時には、少しばかりむっとしてしまった。なぜなら、八王子光男は、ストーリー構成上の必要からではなく、単に自分の個人的な好悪によって、あれこれ勝手な注意をしているようにしか感じられなかったからである。

「この瀬崎っていう登場人物、なんだかいやに女にもてるけど、なぜこんなにもてるわけ？」

「あと、主人公の祖父だっていう苅山、年にしては元気すぎないか？　登場人物たちが全体に、現実離れしてるような気がするなあ」

そのような、見当はずれとしか思えない指摘については、留津はただうんうんうなずくだけにしておいて、その部分については結局ほとんど手直しをしなかった。なぜなら、「瀬崎」の「もてる」ところは、夫の俊郎《としろう》がなぜだか女に不自由しないというところに倣ったものだったし、「苅山」が活動的な老人なのは、舅の美智郎《みちろう》の元気さに倣ったものだからだ。実在の人物をモデルにしているのだから、「現実離れしている」という八王子光男の指摘は、全然的を射ていないということになるのではないか。

留津は、小説を八王子光男に見せたことを、少なからず後悔した。せっかくの二人きりの甘い時間が、突然受験の添削指導の時間のようになってしまったからである。その次に八王子光男と「かわせみ」「珈琲屋」のコースをたどった時には、もう留津は小説のことは口にしなかった。

「小説は、どう？」

八王子光男は、聞いた。留津は黙って首を横にふった。その時、八王子光男がほっとした表情になったような気が、留津はしたのだ。けれど、その表情はすぐに消え、八王子光男はいつもの、書生くささを残しながらも中年の落ち着きを同時にそなえた好もしい人物に戻った。留津は八王子光男がはしなくも見せた一瞬のほっとした表情を、すぐに忘れた。あるいは、自分の見間違いだったと思いこもうとし、成功した。

実際のところ、留津は八王子光男の心中のひそかなたゆたいになどにはかまっていられないほど、自分の書いている小説に夢中になっていたのだ。通っていたカルチャーセンターも欠席しがちとなった。その日その日の新鮮な野菜や肉を手に入れるために、こまめに毎日行っていたスーパーマーケットにも、週に二度ほどしか行かなくなった。第二稿、第三稿と、着実に推敲《すいこう》を重ねながら、留津はどんどん小説を磨きあげていったのである。

完成したミステリー小説「ミシン」は、留津自身にもなかなか自信のもてる仕上がりとなった。それは、しいたげられた女が殺人をおこなう物語であり、同時に自我というものをもたなかった女が殺人という行為を経ていやおうなく自立してゆく物語であり、また同時に事件を解決することとなる警察官と女との悲恋の物語でもあった。

自分の心の内をさしだすような小説は書くまい、と思っていたのに、仕上がってみれば、容《い》れ物はミステリーというかたちであるにもかかわらず、そのなかみは、留津の心の中をこれでもかこれでもかというほど見せつけるものとなっていたわけである。これには、留津自身も驚いた。

（あらまあ）

留津は、単純に困惑した。いつも八王子光男と別れて帰ってきた時に鏡の前で自分だけにさらす裸を、わざわざ原稿用紙の上にスケッチしてしまったような気分だった。

意外なことに、留津はそのことがなんだか、気持ちよかったのだ。本来ならば、恥ずかしいと思うべきことなのだろう。けれど、恥ずかしいという感情は、留津の心の中に

はこれっぽっちも浮かんでこないのだ。それよりも、

（ざまあみろ）

という、いつもの留津にしては品の悪い言葉が、つい浮かんできてしまうのである。

それもそのはずで、口はばったい説明をここでするならば、つまり留津は、長年の結婚生活の中でうまく言葉にできなかったことを、この小説の中で昇華することができたのである。だから、そのことに満足はしても、恥じるはずはなかったのだ。

ざまあみろ、という言葉は、俊郎に向けられた言葉ではない。それはむしろ、留津自身に向けられた言葉である。結婚してからずっと自分の意志を押し隠してきた、意気地のない留津。俊郎のことを見ないふりをして、彼にかかわろうとしてこなかった、臆病な留津。虹子《にじこ》に嫌われたくなくて、親として言うべきことを言ってこなかった、責任逃れな留津。そのようなだめな自分に向かっての、「ざまあみろ」なのである。

留津はてきぱきと原稿をとりまとめ、必要事項を記入した用紙を同封し、ミステリーの新人賞に締め切りぎりぎりの時期に応募した。それが、半年前のことである。

結局、「ミシン」は、佳作となった。はじめて書いたミステリーで佳作をとるとは、信じられないことだったが、すぐさま編集者から連絡があったところをみると、それは留津の見た明けがたの都合のいい夢などではなく、確かな現実だったわけである。佐東《さとう》というその編集者は、そのまま留津の「担当」となった。

担当編集者の役割は、新人である留津の小説の導き手となることである。

留津の担当編集者となった佐東は、いい導き手だった。佐東に乞われるままに留津が短篇を一つ二つ書き、佐東の指摘する点——それは、八王子光男がことこまかに指摘した、てにをはの間違いや、登場人物の性格などについてのあれこれではなく、主に前後関係や物語内での時間や設定の整合性に関するものだった——を素直になおすと、短篇はすぐに雑誌に掲載され、同じ年の冬には留津の「ミシン」は、それらの短篇も収録した単行本となって、書店に並ぶはこびとなったのである。

周囲の反応は、まちまちだった。母の雪子は、予想どおり、「ふうん」という気のない声をもらしただけだった。父は、「そんな主婦の手なぐさみのような趣味のことで、家庭をおろそかにしちゃいかんぞ」と言った。

木村巴《きむらともえ》は、好奇心まんまんで、「担当」や「出版社」や「有名作家」について留津に次々に質問をくりだした。けれど、一冊本を出す予定だからといって、その方面のことについてくわしくなるはずもない留津の返答が、まったくはかばかしくないので、すぐに元の木村巴に戻り、何ごともなかったかのように、今度留津と一緒に行ってみたいランチの店の話を始めた。

思いがけないことに、留津の本が出版されることを聞いていちばんの祝意を示したのは、俊郎だった。そっけない口調ではあったが、俊郎は開口一番、

「おめでとう」

と言ってくれたのである。虹子も同様で、こちらは初めて母親を見直した、というふ

うな調子で、

「やばいよ、おかあさん」

と何回か繰り返し、少し興奮した顔で、いつもよりも留津のそばに長くとどまって、大学の様子などについていつになく親しく喋りはじめたのであった。

思いがけない、といえば、八王子光男の反応も思いがけなかった。

「へえ、本になるんだ。よかったね」

八王子光男は言った。

「できあがったら、真っ先に光男さんに渡すわね」

留津が言うと、八王子光男は、軽くうなずいた。

「ところで、この前会社でね」

「担当」である佐東の思いがけない言動のあれこれ、あるいは出版契約書というものにサインをすると聞かされたときの驚き、また表紙のデザインを決めた時の心ときめき、そんなささやかな事々について、留津は八王子光男に喋りたかったのだ。けれど、八王子光男は、それ以上「留津の本」については、かかずらわりたくない様子だった。

「会社のさ、ほら、いつか話した宮川っていうやつが愉快なやつで」

八王子光男は、さも楽しそうに話しはじめた。「宮川」という八王子光男の会社の後輩について、留津は何回かその名を聞いたことはあったが、八王子光男とはさして近しい仲の後輩ではなかったはずだ。ところが、八王子光男は、「宮川」がいかにも重要な人物であるかのごとく、長々と彼の動向について語りつづけるのである。留津は口をはさむことができず、ただ中途半端にうなずいていた。

結局その日、留津は自分の本についてそれ以上何を言うこともできなかった。八王子光男はずっと上機嫌だった。それまで留津は、光男のそのような上っ調子な様子を見たことがなかった。もしかすると、自分が本を出すことを、八王子光男はいやがっているのではないか。留津は、少しだけ疑った。でも、なぜ。小説を書いてみたらと勧めてくれたのは、ほかならぬ八王子光男だったのだ。

人間だもの、上っ調子な日もあるわよね。留津は自分にそう言い聞かせ、八王子光男の饒舌にじっと耳をすませることに専念した。最後まで、八王子光男は留津に話をさせなかった。

八王子光男からは、そのあとしばらく連絡がなかった。会って喋りたいことが、留津には山ほどたまっていた。メールを出しても、光男からの返事はなかった。一週間ほどたってから、ようやく「忙しくて申し訳ない」という、そっけない文言の返信が来るばかりだった。

留津は出版する本の著者校閲に没頭した。推敲は、書くことにおとらず楽しかった。こんなに楽しいことを自分に勧めてくれた八王子光男に、心の中でたびたび感謝した。八王子光男から「会いましょう」というメールが来たのは、二ヶ月後のことである。二週間に一度ほどの頻度で会っていた留津と八王子光男の「デート」の間が、これだけ開いたのは、初めてのことだった。

二〇一六年　ルツ　四十九歳

結婚って不思議なものだなと、何回目になるだろう、ルツは思う。

朝起きて、隣に人がいる。そのことの安心を、はじめてルツは知ったような気がする。かつて佐東心平と半同棲をした時に、ベッドの隣に人の温かい体がある、ということの感じはじゅうぶんに知ったと思っていた。けれどあれは、安心というものではなかったのだ。あのころ、佐東心平もルツも、若かった。十代二十代の、いわゆる「若者」ではなかったけれど、繁殖をする生物としての力は、まだまだたっぷりと持っていた。

今のルツと俊郎は、生物としては、すでに子孫を見守る役回りとなる年齢にさしかかっている。自分たちの遺伝子をもつ子孫を、ルツも俊郎も結局残していない。それは少しばかり淋しいことではあったが、人類という種全体からすれば、子孫たちはすでに多数存在しているのだ。

もう子供を育てることはできないし、その必要はない、ということは、一般常識からすれば「何かを得そこねた」ということになるのかもしれなかったが、ルツは実のところ、そのことがいっそのこと、すがすがしいのだった。

「まだ子供を生む可能性がある」という期間、ルツは少なからず不安定な気持ちになったものだった。大学時代、「自分が子供を生むなどということはどうしても想像できない」と感じたあの時から、ルツはいつだって「子供を生むという欲望が、なかなかわかない」という気持ちのままで来た。恋愛のさなかにあって、心の底から「子供を生んでみたい」と思ったのは、田仲涼とつきあった時だけだった。その気持ちだって、当時の田仲涼の防御的な態度にあって、すぐさましぼんでしまったのだ。

にもかかわらず、ルツの心の隅には、常に「子供を生まなくて、いいの？」という、一種の強迫にも似た義務感があった。それは、社会的な刷り込みなのかもしれなかったし、あるいはまた、一生物としての本能にきざすものだったのかもしれない。

今ルツは、その強迫観念から、すっかり解放されている。年齢的に子供を生むことはほぼありえない、という理由からでもあるが、それよりも、俊郎と結婚した、ということが、なぜだかその強迫観念をぬぐい去ってくれたのである。

母雪子がなんでもなく言った言葉も、そのことを後押ししてくれたような気がする。

「ようやくルツが結婚して、ほんとうに安心したの。孫は、高志のおかげで持てたから、あとはルツのことが心配でしかたがなかったのよ」

結婚後、ルツが訪ねていった時に、雪子はしみじみと言ったのだった。なるほど、自分が子供を生まなくては、と思っていた原因の一端は、両親を安心させたい、というところにあったのだと、この時ルツは思い当たったのだ。

「でも、ママは結婚していたけれど、パパは先に逝ってしまったじゃない。人間って、結局は一人になるでしょう」

ルツは小さな声で言ったが、雪子は首を横にふった。

「思い出が、あるわ」

そうなのかなと、ルツはぼんやり思った。父と母とが、かれらの「思い出」を糧に充足できるような親密な仲の夫婦だったとは、今でもやはり、ルツには思えない。母はいつだって、少なからぬ不満を父に抱いていた。そして、父はいつも母を正面から見ようとはしなかった。

「そんなの、当たり前よ。夫婦なんて、そんなものなの。その方が、むしろ平和なのよ。不満のない夫婦なんて、夫婦じゃないわよ」

雪子はそう言って笑った。

「じゃあ、あたしが俊郎さんに不満を感じているのも、当たり前のことなんだ」

というルツの返事に、雪子はぱっと顔をあげた。

「なに？　まだ新婚なのに、早速不満なことがあるの？」

つい今しがたまでのおだやかな顔とは一変した、心配そうな顔である。しまった、と、ルツは後悔する。

「不満っていうほどのものじゃないのよ、大丈夫、だいじょうぶ」

「ずっと一人暮らしをしてきて、わがままになっているんでしょう、あなたが」

ツは、そろそろ中田の親方の寿司屋に行きたい気分になっていた。結婚前に、親方が言の会社もルツの研究所も、週末である。結婚してから外食をほとんどしてこなかったルそれにしても、とルツは思うのだ。たとえば、昨日だってそうだった。金曜日、俊郎ひどく苦労してきたからだ。ツは知っている。浪費家であるタキ乃と暮らしながら、生活費や学費をあみだすことに産し、その後のお金の苦労のために俊郎がしまり屋になったということは、もちろんル俊郎は、お金に関して、とても厳しいのだ。俊郎の父美智郎の経営していた会社が倒夫である俊郎に対する、ルツの不満。それは、はっきりしている。さきほど母が言っていたその言葉を、ルツは反芻してみる。不満のない夫婦なんて、夫婦じゃないわよ。ルツは思う。（これは、家計費ではなく、あたしが買うことになるんだろうな）レートケーキと、ルツの好きな栗のケーキを、ルツはターミナル駅の店で買った。少しはりこんだおいしいケーキを買って帰ろうとルツは思った。俊郎の好きなチョコ母のところに行って家事の手をおぎなうことも、楽なことではなかった。ばかり疲れていた。母が年老いてゆくのを見るのは、悲しかった。一週間働いたあと、夕食のしたくをルツがして、母と二人で食べ、片づけをしてきた帰り道、ルツは少し雪子は決めつけた。ルツは肩をすくめる。

っていた、「結婚してからも、うちの店にまた来て下さいね」という言葉を思いだしたからでもあった。結婚したからといって、昔からの友情にひびなどいれたくなかったし、結婚ごときで自分の生活のペースが乱されるなどということは、この年になればもうないだろうという自負もある。

ところが、俊郎は頑として寿司屋に行くことをこばんだのだ。

「もったいないよ」

「スーパーで刺身セットを買ってきて、飯の上にのせれば同じだし」

「せいいっぱい譲歩したとしても、廻る寿司屋だな」

「もしルツさんが疲れてるんなら、ぼくが食事をつくる」

「焼肉屋は、どう？　あそこは、実はちょっとお得意さま割引をしてくれるんだ」

「自慢じゃないが、ぼくは一生に一度も廻らない寿司屋に行ったことがないんだぞ」

ルツがどう説得しようとしても、俊郎からのラインの返事はそのようなものばかりだった。

最後には、へんな顔の魚のスタンプを連打してくる俊郎――どうやらそれは、寿司を拒否しているという意味らしいのだったが――に、ルツはほとほと疲れはててしまった。

「もういい、一人で行く」

と反射的に文字を打ったあとで、ルツはあやうくその言葉を俊郎に送りつけることを思いとどまった。

いったい俊郎は、寿司の何がそんなにいやなのだろう。第一には、お金がかかることがいやなのに違いない。そのことはまあ、理解できる。けれど、ルツは自分がお金を出すと言っているのだ。

いやはや、ルツは、男のささやかだけれども強固なプライドというものを理解していなかったのだ。一度もつけ台の前で食べる形の寿司屋に行ったことのない俊郎が、ルツの「行きつけ」の寿司屋、それも、林昌樹といつも一緒に行っている寿司屋に行きたがらない気持ちを、まったくわかろうとしていないルツ。けれど、ルツを安易に責めることは、誰にもできない。俊郎だって、ルツからすれば妙な、「ただいま」などと声をかけながらでなければ入りづらいバーに、嬉々としてルツを連れていっていたではないか（結婚してからは、一度も行っていなかったけれど）。

「一生に一度も廻らない寿司屋に行ったことがないんだぞ」

と、諧謔《かいぎやく》をまぜこみながらはっきりと打ちあけた勇気を、ルツはちゃんと評価すべきなのである。それなのに、ルツは寿司を食べたいがために、俊郎のその素直な表明の切実さに、気がついていない。

「焼肉を食べると、幸福物質が脳内に分泌されるそうです」

と、俊郎は続けて書いてきた。

「お寿司だって、幸福物質、分泌されます」

と、ルツは返した。

結局金曜日には、ルツは中田の親方の寿司屋には行かなかった。かわりに、俊郎がせいいっぱいの譲歩の姿勢をみせて承諾した、近所のあまり人の入っていない廻る寿司屋に二人は行ったのだが、ルツは（おいしくない）という不満をいだき、俊郎は（高い寿司屋よりは安いけど、やっぱりお金がもったいない）という不満をいだくという、よろしくない結果に終わったのだった。

実家からの帰りに、ルツが少しはりこんだケーキを買おうと思ったのは、もしかすると昨日の意趣返しの意味もあったのかもしれない。

お金を大切にすることはとても大事なことだけれど、生活にうるおいをもたらすくらいの浪費ならば、いいのではないか。

という内容の洗脳を、ルツは無意識に俊郎に対しておこなおうとしていることに、ルツ自身も気がついていない。

反対に、俊郎の方は、お金は貯《た》めなければどんどんなくなってしまうものなのであり、まずはたっぷりと積み上げておかなければ、人生は不安定でしかたがないのだ、という内容の洗脳を、ルツに対しておこなおうとしている。

さて、この洗脳合戦、どちらが勝利をあげるのか。あるいは、勝敗というかたちではない、もっと微妙な結末がつくのか。ごくささいな齟齬《そご》にみえて、ルツと俊郎の考えかたの相違は、あんがい大きいものなのであるから、結果は誰にも予想できない。

ルツが買って帰ったケーキを、俊郎はおとなしく食べた。おいしかったよ、ほんとに

ありがとう。そう言いながら、俊郎が、

「それ、いくらだったの」

という質問をすることを、必死に我慢していたことを、ルツは知らない。結局、ケーキは俊郎を満足させなかった。不思議なことに、ルツも、いつもにくらべて、そのケーキをあまりおいしいとは感じなかった。

やっぱりあたし、疲れてるのかな。ルツは思いながら、その夜眠りにつく。俊郎は、隣のベッドで、しきりに身じろぎをしていた。二人とも、その夜はなかなか寝つけなかったのである。

二〇一六年　留津　四十九歳

昨年の暮れ、留津の本はいよいよ出版された。

「出版記念会とか、ないの？」

俊郎は聞いた。

「そういうのは、大昔の話なんですって。今は本が売れないからねえ。若い人たちはネットばかりだし」

と、どこかで聞いてきたような答えをしながら、留津は俊郎が「出版記念会」などというものをすぐさま発想したことに驚いていた。

もしかするとそれは、会社の社長特有の発想かもしれない。記念式典やら、「全社をあげて」というような機会を、社長というものは重要視するものなのかもしれなかった。

俊郎が会社の社長であるという事実について、こんなふうに思いをいたしたことは初めてだと、留津は気がつく。毎日俊郎が、どんな人物に会い、どんな会話をかわし、どんな仕事をおこなっているのか、留津は知らなかったし、知ろうともしなかった。

俊郎は留津のことを全然見ていない、と、結婚当初から留津は不満に思っていたけれど、留津だって同じことだったのだ。

それはそもそも、俊郎が留津を見ようとしなかったからだ、という言いがかりのような言い訳はできるだろうが、その言い訳は最終的には、卵が先か鶏が先か、という水掛け論につながってゆくものにすぎない。

――俊郎さんって、ほんとうは、どんな人なんだろう――

ここに至って、留津はあらためて考えてしまうのである。

考えはじめると、実は自分が、父のことも母のことも弟の高志のことも、もちろん義父の美智郎のことも、娘の虹子のことさえ、よく知らなかったことに、留津は気がついてしまう。

唯一知っているのは、タキ乃のことだけかもしれない。

あれだけ開けっぴろげに素朴に自我をむきだしにする人物だからこそ、留津はタキ乃のことを知ることができている。とはいえ、タキ乃のその奇矯な性向がどのような原因で彼女の中に定着したのかということまでは、わかっていない。考えても考えても、霧の中である。

ああ、わからないことだらけ。よくわたし、今まで無事に生きてきたものだわ。留津はびっくりする。

わからないといえば、八王子光男のことが、このごろ留津はまったくわからなくなっている。

出版された本を渡そうと、留津は何回か八王子光男にメールをしたのだ。ところが、八王子光男からは、口当たりのいいお祝いの言葉が返信されてくるばかりで、「会いましょう」という言葉は、メールからはきれいさっぱり消え去ってしまったのである。

留津の本が出版されてから、ようやく三ヶ月後に、留津は「かわせみ」で八王子光男と食事をすることになり、久しぶりに二人は顔をあわせたのだが、話はまったくはずまなかった。そして、そのあとの珈琲屋のことなど忘れてしまったかのように、八王子光男は「かわせみ」を出ると、留津に背を向けてそそくさと去ってしまったのである。

八王子光男の誕生月である四月にも、何回か留津はメールをしてみたのだ。「忙しくてすみません」という謝りのメールが、そのたびに即座に来た。八王子光男には、今年の自分の誕生日を留津と一緒に祝おうという気持ちは、どうやらないらしかった。少し前までは、二人の誕生日のある月には、ことに楽しい「デート」がおこなわれてきたというのに。

思いおこせば去年の十月、留津の誕生日の月には、もう本の出版は決まっていた。当時すでに、八王子光男と留津の間には、親しみ深い空気がだいぶん少なくなりはじめていた。二人が互いの誕生日を祝わなくなったのは、その時からなのである。

去年の四月、八王子光男の誕生月にした「デート」のことを、留津はなつかしく遠く思いだす。その日、いつもならば割り勘にする「かわせみ」での食事は、留津がおごった。プレゼントは渡さなかったけれど——二人の間に何かがあるという証拠になりかねないし、そのような目に見える物を渡さないということが、かえって二人の間の熱い心を表していることにもなるのではないかと、留津は喜びに満たされたものだった——通常の「デート」よりも長い時間、二人は「かわせみ」と珈琲屋で時間を過ごしたのである。

今年の八王子光男の誕生月に「デート」をしようとせっつくことは、この前の自分の誕生日を祝わなかった八王子光男を責めることになるようで、留津はますますメールを出しにくくなっていた。

もう、八王子光男とは、二度と会えないのだろうか。

留津がそのようにくよくよしていた時に、久しぶりのメールが、八王子光男から届いた。

「相談があります」

と、メールには書かれていた。

相談、という言葉は、そういえば留津と八王子光男が最初に二人きりで会った時にも八王子光男が口にした言葉であるが、このたび留津は、悪い予感をおぼえた。相談、という言葉が、留津はそもそも好きではない。その言葉は、友だちづきあいにも恋愛にもうとくて縁の少ない人生を自分がずっと送ってきたことを、留津に想起させるからである。

女の子たちは、しょっちゅう「友だち」たちに、相談をもちかけていた。聖アグネス女子学園の、チャペルの隅で、教室の端っこで、校庭の楡《にれ》の木の下のベンチで、女の子たちはひそひそと他愛のない「相談」ごとを、永遠にかわしつづけた。留津が進学した女子大学のカフェテリアでも、わずかの間勤めた会社の近くの喫茶店や小じゃれたカフェバーでも、女子たちは、彼女らの「友だち」や「親しい男の子たち」に、さも親密な様子で「相談」ごとを持ちかけては笑い、涙ぐみ、友情及び恋情を育て続けたものだった。

唯一の女友だちといえる木村巴と留津との間に、そのような「相談」ごとは、存在しなかった。木村巴は常に留津をリードし、留津は喜んでそのリードに身を任せはしたが、そこに「相談」し合う関係はなかった。

俊郎との間にも、「相談」は存在しなかった。俊郎は留津を支配したがり、けれど支配できないとなると、無視することを選んだ。「相談」というものは、互いが平等で遠慮のない間がらである時だけに成立するやりとりだ。留津は、なべての人とそのような間がらになることができず、ただ一人きりで逆巻く波の中を泳ぎつづけ、その結果ある時は波にもまれ、ある時は波に打ち砕かれ、ある時は波間をただよって頭だけを水面にだしながら荒い息をついできた。留津の人生、考えてみれば地道にハードボイルドであった。

八王子光男の「相談」は、お金に関するものだった。

「実は、母が癌になって」

と、八王子光男はきりだした。

高価な抗がん剤を使えば、あらたかな効果が得られると医者が言うのだという。

「保険とか、入っていないの？」

小さな声で、留津は聞いた。少し前までの留津ならば、これだけのことを聞くのにもぎくしゃくしてしまったものだが、本を出すにあたってのこまごました折衝だの編集者とのある種の軋轢《あつれき》だののおかげで、この程度のことは聞けるようになっていたのである。

「保険だけじゃ足りないんだ」

「おくさまは、なんて」

「自分の金は出せないって」

「えっ」

八王子光男とその妻との間がうまくいっておらず、半分別居の状態が続いていることは聞いていたが、「金は出せない」とは、なかなか激越な言葉ではないか。

「妻と、母親は、ずっとうまくいってなくて」

姑との間がうまくいっていない嫁は、世界中にごまんといる。けれど、その姑が癌になった時に治療費を出ししぶるというのは、よほどのことなのではないか。

「でも、光男さんにだって、貯金はあるでしょう」

「いや、実はおれよりも妻の方が、貯金に関してはずっと熱意があって、おれの貯金て、ほとんどないんだ」

どうやら、八王子家の貯金の大半は、八王子光男の妻がかせいだお金によるものであるらしいのである。共働きをしたことのない留津は、共働き夫婦が家計費や貯金をどのように融通しあっているのか、見当がつかなかったので、何と反応すればよいのかわからなかった。

「百万円あれば、さしあたっての半年はなんとかなりそうなんだ」

八王子光男は言い、うつむいた。このところ八王子光男からの連絡がそっけなかったのは、母親の病気のためだったのかと、さきほどから留津は内心少しばかりほっとしているのだが、同時に困惑もしていた。八王子光男は、「お金を貸してほしい」という言葉こそ使っていなかったが、その言葉の内容は、まさにそのようなものだったから、留津は困惑していたのだろうか。

いや、それだけではないだろう。留津の困惑は、他人から「お金を貸してほしい」と言われたことだけによるものではなかった。普通ならばがっかりすべきところなのに、実のところ、留津は逆に一瞬わくわくしてしまってさえいたのである。ただ、困ったことに、留津には百万円などという大金を八王子光男のために用立てする力は、なかったのだ。本が出版された、といっても、その印税はもちろん百万円には満たない。俊郎から渡されるお金の中から、多少のへそくりは作っていたが、それも微々たるものである。

「百万円は無理だわ。でも、どうにかして光男さんの助けになれないかしら」

留津は言った。

「そうだよね、無理だよね」

八王子光男は、かすかに笑った。今までに見たことのない笑い方だった。留津はわかっていなかったけれど、この瞬間留津の中で変化がおこる。それはささやかな変化ではあったが、重要な変化だった。

すなわち、それまでどちらに傾こうか迷っていた八王子光男に対する留津の気持ちの色合いが、ごくごく淡くではあるが、暗い色合いへとすりかわっていったのである。

いくらメールを出しても返事のこなかった時点で、すでに留津の気持ちの中の、「八王子光男を信じる」と「八王子光男は信じられない」という割合は、少しだけ「信じられない」方へと傾きつつあった。けれどそれは、てんびんの片方に載った「信じる」という気持ちが、元々は地面に近いほどに重くどっしりと下に傾いていたのが、わずかばかり地面から浮いたくらいにすぎなかった。

八王子光男が、お金を貸してほしいという意味のことを言った時に、「信じる」の載ったてんびんの皿は、また少し浮き上がった。かわりに、「信じられない」の載った皿が、かすかに下へとおりていった。が、しかし、そのおりかたも、あくまでかすかなものだったのだ。

ところが、八王子光男の笑い——自己卑下の笑いのようでもあったし、留津におもねるような笑いでもあったし、留津の背後にいる夫の俊郎を意識した笑いにも思えたのだが——を見たとたんに、「信じられない」の載った皿と、「信じる」の載った皿は、まったく同じ高さにつりあってしまったのである。

お金の問題ではないのだと、留津は心の中でつぶやいた。そのとたんに、留津の中のもう一人の留津が、いやいやこれはもしかするとお金の問題なのかもしれない、そもそも百万円って何よ、いい年して百万円のお金も自由にならないって何なの、と言い返す。

でもわたし自身だって百万円を用意することができないのに、と元祖留津は反論する。

そりゃあしょうがないじゃない、わたしはサラリーマンじゃないし、共働きでもない、現金収入のない専業主婦だもの。もう一人の留津が、がみがみ言う。

きっと光男さんは奥さんよりもずっとたくさんの生活費を出しているのよ、奥さんは自分の収入を全部自分の好きなことや貯金にまわしているだけじゃないの？

元祖留津の、そのおずおずとしたつぶやきに、もう一人の留津は、ふん、と鼻をならして言い返す。八王子光男の奥さんって、別居してるんでしょう。八王子光男から生活費をもらってるわけないじゃない。それに、癌になったのにお金を出さないっていうこと
とは、義母も八王子光男も、よっぽどその奥さんにひどかったんじゃない？
いいえ、ひどいのは奥さんの方よ。と、元祖留津は、さらに弱々しく言う。ふうん、
そんなにひどいんなら、八王子光男はそんな人とは離婚すればいいだけじゃない。もう
一人の留津は、自信まんまんだ。
ついに元祖留津は、黙ってしまった。
そうなのだ。自分だって、俊郎と離婚したいと思ったことは、千回も万回もある。し
なかったのは、生活力がないからだ。でも八王子光男には、生活力がある。ごく一般的
なサラリーマンであり、すでに子供は高校生になっている。今すぐでなくとも、子供が
成人してから離婚するという選択肢はあるはずだ。それなのに、八王子光男はただ、妻
が嫌いだ、妻とはあわない、妻はひどい女なのだ、妻には男がいるのだ、そのことを隠
そうともしないのだと、ひたすら妻をくさし続けるばかりではないか。
もちろん八王子光男は、妻の悪口をあからさまにくどくどと言い続けたりはしない。
けれど、たったの一言が、ただのほのめかしが、八王子光男の「妻」という呼び方にこ
めた微妙な調子さえが、じゅうぶんに妻への非難になっていることは、八王子光男も留
津も、よく知っていた。
二人は、暗黙のうちに自分の伴侶を揶揄《やゆ》し、否定しあっていた。おおっぴらに言い交

わすのではないところが、かえって始末に悪かった。誰かの悪口を、言っていないようで、実は言っている、というかたちは、集団の中でしばしばみられる。そこにいない誰かを、ほめるような持ち上げるような言い方で、じつはおとしめる。品下れるやりかたである。でも、留津も八王子光男も、そのことが心地よかったのだ。

ああ、わたしはなんて小さな、いやな人間なんだろう。

これまで互いの伴侶を否定しあってきた時のたいそう和気藹々《あいあい》とした空気を思いだし、留津はわずかに身震いする。でも、これがわたしなのだ。そして、八王子光男は、そんなわたしに、よくつりあっている。

自分とつりあっている、ということが、八王子光男に対する嫌悪をさらに増していることに、留津はまだ気がついていない。それまで、留津にとって八王子光男は、かわいらしく、また愛すべき軽やかさをもった、尊敬できる相手だった。自分よりもすぐれすぎてはいないが、満足できるくらいはすぐれた存在。それが、八王子光男だった。

でも、ちがったのだ。

八王子光男は、留津と変わりない、ただの俗人なのである。

俊郎やタキ乃の俗人ぶりを、あれほど嫌ってきた自分も、同じ穴のむじなだったことを、留津はこの時までに、うすうす理解するようになっていた。

それは、留津が小説を書きはじめたことと、無関係ではなかった。ものごとを客観的に表現する時、人は決してうっとりできない。自分のつくりあげた都合のいい物語にひ

たって文章をうたいあげていると、担当編集者からびしびしと、

「それ、ありえない人物造形ですよ」

だの、

「夢見てないでくださいよ」

だのいう言葉がとんでくるのだ。すべての編集者がそうなのかどうかはわからないが、少なくとも留津の担当である佐東はそうだった。

留津はもう、うっとりと夢をみる体質ではなくなりつつあったのだ。八王子光男への恋心は、あきらかにこの時さめはじめた。そして、お金の無心は、そのことに拍車をかけた。

わたしって、ものすごく冷たい女なのかしら？

留津は思う。でもわたし、まだ光男さんのことが、いとおしい。かわいいと思うし、かばってあげたいと思っている、むしろ以前よりも強く。

……ここに至って、留津は八王子光男の被保護者であることを、やめたのである。八王子光男にお金を用立てようと、留津ははっきり決めていた。八王子光男が妻を苦手としているならば、その妻から彼を守ってやりたいと思っていた。世間が八王子光男を認めないならば、自分が認めて後押ししてやりたいと思っていた。

「百万円は、わたしの力では無理だと思うの。でも、五十万円ならば、どうにかなるわ」

留津は言った。おそらく五十万円は返ってこないだろうということを、留津は知って

いる。それでも、よかったのだ。これは自分にとっての「人生のぜいたく」なのだから。自分でかせいだお金で、自分のためにぜいたくをする。留津の人生の中で、初めてのことだった。

「振込先を教えて。明日、銀行に行ってきます」

もしかすると、もう二度と八王子光男は自分に会おうとはしないかもしれないと予感しつつ、留津は力強く請けあうのだった。

二〇一六年　ルツ　五十歳

もうあたし、五十歳になっちゃった。ルツはぼんやり思う。

半世紀生きてきてしまったという事実は、ルツを驚かせる。気分としては、まだ三十五歳くらいのものなのに、身体は着々と年齢に応じて老いている。

「クリスマスプレゼント、何がほしい？」

先週、俊郎に聞かれた。

「手袋がいいかな」

ルツはおとなしく答えた。もしも高価なものをねだったら、たいへんに気まずいことになるということは、ずっと前に学んでいた。それに、そもそもルツは宝石やら貴金属やら上等な衣服やらには興味がない。

「俊郎さんは？」

「ルツさんからはいつもたくさんの気持ちをもらっているから、物はいらないよ。クリスマスのごちそうを作ってくれると、嬉しいかな」

おお、とルツは感心する。俊郎のこのような愛想のよさは、営業という職業がらなのかもしれなかったが、会社で外向的な仕事をしている男のすべてが、家庭でも愛想がいいとは限らない。むしろ外面《そとづら》がいいぶん家庭ではむっつりと頑迷、という可能性の方が高いのではないか。それに、結婚してからもていねいに「ルツさん」と呼びつづけてくれることにも、感心する。

だが、ルツは手放しで俊郎の愛想のよさと礼儀正しさを喜ぶことができなかった。

少し前に、ルツは知ってしまったのだ。俊郎には、ほとんど貯金というものがないということを。

世間の誰よりもしまりやの俊郎に、なぜ貯金がないのか。

それは、余剰のお金がすべてタキ乃に吸い取られているからなのである。

結婚前に義父の美智郎が言っていた言葉を、ルツは思い返す。

——俊郎にはほんとうに世話をかけた。まだ自分とタキ乃は戸籍上の夫婦なので、これからはタキ乃に関する責任は自分がとる。

美智郎は、たしかにそう言ったはずである。

タキ乃との同居は、なるほど、避けることができた。ルツと俊郎のマンションにタキ乃が入り浸ったりすることもない。タキ乃がルツに姑かぜをふかせた電話などをしてくる機会も、予想していたよりずっと少ない。

けれど、それはある交換条件のためなのだということを、ルツは知らなかったのだ。俊郎の新婚家庭に、うるさく介入はしない。そのかわり、俊郎からは、じゅうぶんな金額の援助をタキ乃におこなうこと。それが、交換条件だったのである。

俊郎が独身で、タキ乃の世話をしつつ実家にいた時には、俊郎の給料の大半はタキ乃を養うためとタキ乃の欲望を満たすために使われていた。ところが、結婚するとなると、俊郎はその時ほどにはタキ乃のためにお金を使えない。だから、足りないぶんは、美智郎が補塡する。――それこそが、美智郎の言う「責任をとる」ということの真実だったのである。

ルツがその事実を知ったのは、美智郎の愛人である蓉子の口からだった。

俊郎が泊まりがけの出張に行ったある日、ルツは蓉子の店に行った。たまには訪ねてあげてよ。俊郎が言いおいたからでもあった。

「俊郎さんは、ほんとうにえらいわよね。そして、ルツさんも、肝がすわってるわね」

ルツ一人しか客のいなかったその夜、蓉子は店のカウンター越しに言うのだった。

「肝がすわってる？」

蓉子が何のことを言っているのかわからなくて、ルツは聞き返した。

「もっとうちがお金を出してあげられたらいいんだけど。ごめんなさいね」

ルツの困惑にはかまわず、蓉子は続けた。蓉子は喋り続けたのである。神原家の内情を、ちゃんとルツに教えておかなければという義務感のためだったと、すべてを打ち明けた後に、蓉子は言ったのだったが。

二時間近くかけて、ことこまかな説明がなされた蓉子の話を要約すると、次のようになる。

すなわち、俊郎がいまだにタキ乃に多額のお金を渡していること。

結婚して俊郎が渡せるお金が減ったので、美智郎がそのぶんを出すようになったこと。けれど、実際には美智郎のかせぎはあまりないので、蓉子がこの店で得たお金が流用されていること。

タキ乃にぜいたくをやめるように言っても、ほとんど効果がないこと。

あまつさえ俊郎がいなくなってしまったので家事代行業のために費すお金が増え、俊郎が同居していた時よりさらにお金がかかるようになっていること。

蓉子自身が出ていってタキ乃と対決しようと思ったことはあったのだが、それだけはやめてほしいと美智郎に懇願されたこと。

それならばと俊郎からタキ乃を説得させようと俊郎にうながしてみても、埒《らち》があかないこと。

ルツには、言葉もなかった。俊郎自身も認めている、俊郎の「ケチ」の理由が、今もタキ乃にあったとは。

「単純に、お金を渡さなければいいんじゃないですか?」

ルツは聞いてみた。

もちろんお金を渡さない、という方法は何回も試みた。でも、だめなのだ。何回タキ乃がカード破産になったことか。しまいには消費者金融に手をだし、利息がふくらみ、大変なことになった。ルツと結婚する直前に、ようやく俊郎は十年かけて借金を返し終えたのだ。現在は、タキ乃は現金しか使えないことになっている。それでも、その現金が少ないと、いつまた消費者金融に走るかわかったものではない。

……という内容のことを、蓉子はなめらかに説明したのだった。

出張から帰ってきた俊郎に、ルツは蓉子の話がほんとうなのか、率直に訊ねた。

「うん、全部、ほんとうのことだよ」

あっさりと、俊郎は認めた。

「そんな」

としか、ルツは言えなかった。

ルツにすべてのことがばれて、俊郎はしょんぼりしていたろうか?

いや、まったく。そこが俊郎という人間の不思議なところといおうか、大人物なところといおうか、一種鈍感なところといおうか。俊郎はのんびりとかばんからくつしたやシャツを取りだし、鼻歌などうたいながら洗濯機をまわしはじめたのである。

「お義母さん、今もたくさんお金を使ってるの？」

思わず、ルツは聞いてしまう。

「うん」

俊郎は、おとなしく答えた。洗濯機が、ぶるん、という音をたてる。そういえば、タオルと食器のから拭き用のふきんを洗いたかったことを、ルツは思いだす。

「一緒に入れて、いいかな」

ルツは聞いた。もちろん、と俊郎はうなずく。洗濯機をまわす回数はできるだけ少なく。夜中の洗濯の時も、乾燥機ではなく部屋干しにする。ことに冬のマンションは乾燥しやすいから、部屋干しにすれば加湿器がわりにもなるし。お風呂は追い焚きをしなくてすむように、可能なかぎり二人続けて入る。使っていない部屋の電気は、すぐさま消す。冷蔵庫の開け閉めは最小限に。そのためにも、食材に何を使うのか、ちゃんと把握しておくこと。

結婚してから、俊郎がルツにほどこした教育の一端である。

「家事、上手なのね、すごく」

皮肉もこめつつルツが言っても、俊郎はまったくめげない。

「そうだよ、主夫コンクールがあったら、最低限、入賞はするな。優勝も、夢じゃない」

と、涼しい顔なのだった。

「もっと面白くなるといいわね、節約」
「それに、工夫するのって、面白いよ」

俊郎はにこにこしながら言うのだが、その「工夫」が、自主的なものならば面白くもあろうが、母親の浪費のせいで節約をしなければならないからとなると、全然面白がることはできないではないか。

「いや、そんなこと、ないよ。原因が何であれ、対策を考えるのは、楽しいことでしょ。ルツさんも、理系ならば、その楽しさはよく知ってると思うんだけどなあ」

そう言われ、ルツは言葉につまってしまう。たしかに、理詰めでものごとを解析し、その解析をもとに次の段階に考えを進めたり、原因から結果を類推したりすることは、ルツにとって楽しいことである。過去にしたいくつかの失恋の時も、当初こそ感傷にひたってめそめそしたものだったが、しばらくたつと、恋がうまく行かなかった原因が何なのか、つい分析したりしたものだった。

それでは、失った恋を分析した結果、どんな原因がわかったのだったか。

ほんとうのところ、何もわからなかったのだ。

ルツがいけなかったこと。相手がいけなかったこと。それらについては、いくらでも挙げることはできる。けれど、いくら「もしもそのことをしなかったらうまくいっていたかもしれないこと」や「もしもそのことをしたならば恋は失われなかったかもしれないこと」を仮定したとしても、膝をうつような明快な解は得られないのである。

結局、縁がなかったのよね。

という結論にしか、たどりつくことはできないのだ。

「相性だよ、恋愛はさ。あと、タイミングと運。ま、人生と同じだよな。仕事なら、挽回のしようもあるけどさ。金がからんでるから、仕事は」

と、そういえばいつか林昌樹も言っていた。

ルツと俊郎は、恋愛をし、その結果結婚した。結婚している現在も、ルツは俊郎のことがじゅうぶんに好きである。

「ね、渡辺《わたなべ》くんに恋愛感情があったのって、いつ頃まで？」

ルツは、岸田耀に聞いてみたことがある。あれはたしか、俊郎と結婚する少し前のことだった。

「忘れちゃった」

というのが、岸田耀の最初の答えだったが、ルツはくいさがった。

「思いだしてよ」

岸田耀は、考えていた。しばらく考え、またしばらく考え、しまいには額に深い皺《しわ》をよせ、うなりはじめた。

「二年と七ヶ月と二十三日くらいまで？」

というのが、岸田耀の最終的な答えだった。

「二年と、七ヶ月と、二十三日」

「うん。そういえば、二も七も二十三も、素数だね。ほんと、人間ってば、素数が好きだなあ」

岸田耀はそうつぶやき、二年と七ヶ月と二十三日、という数字についての説明はそれ以上しなかったのだったが。

ルツが結婚してから、一年ほどになる。だから、岸田耀にならうなら、いまだに俊郎とは恋愛をしている状態である可能性は高い。たしかにルツは俊郎のことが好きである。けれど、この結婚には、すでに「お金」の問題が大いに介入しはじめている。

「仕事なら、金がからんでるから、いろいろ挽回できる」

という林昌樹の言葉を、ルツはふたたび思いだす。

お金が大きく介入しはじめた自分たちの結婚は、それでは、すでに「仕事」に近くなっているのだろうか？

いやはや、お金というものは、なんという強度をもつ概念なのだろう。

俊郎が、タキ乃のせいで節約をおこなわなければならず、その一方で節約することを楽しんでいることは、尊敬すべきことかもしれない。

でも、とルツは思うのだ。

なぜ、俊郎ばかりがお金に関して我慢しなければならないのだろう。ひいては、なぜ、ルツも俊郎に引きずられて、いらぬ我慢をしなければならないのだろう。

ルツがその疑問を口にすると、俊郎はあっけらかんと答えた。

「修行じゃないの？」

「修行」

ルツは、ぽかんと口をあけてしまう。

「修行なんか、したくない」

「ごめんね」

俊郎は、謝った。そんなに簡単に謝られても。ルツは思う。俊郎の、このような身軽さは、あきらかにタキ乃との長年のやりとりによる「修行」によって培われたものだろう。そう考えると、俊郎のいいところ――妙な男のプライドを持たないところ、過酷なことをも楽しんでしまう明るさ、不思議なユーモア感覚――などなどは、すべてタキ乃によって得られたものといえるかもしれない。

ルツはため息をつく。俊郎からタキ乃をとりのぞいてしまえば、俊郎は今までの恋人たちと同じような男だったかもしれないのだ。ルツと同年代の男たちの男女観の基礎である、「男がえらくて女は従うべきものなのだ」「女は受け身があらまほしい」「女は優しくあってほしい」「そのうえでなら女に優しくしてやらんでもない」というところから、うまくはずれている今の俊郎は、存在しなかったかもしれないのである。

「いいことには、かならずへんなおまけがついてくるものなのかなあ」

ルツは、小さな声で言った。

「そうだよ、そして、ともすれば、おまけの方が、ずっと存在感があるものなんだよ」

俊郎が、ほがらかに言い返す。

洗濯機が、震えはじめた。脱水が始まったのだ。俊郎は、洗濯ものを干すのが、とても上手だ。食器を洗うことも。そして、料理も。

結婚してから、家事はかえって楽になっている。だから、めっきり弱ってきた母のところにも、ルツはしょっちゅう気兼ねなく行くことができるのだ。それならば、お寿司屋に行けないくらい、なんだというのだ。俊郎が貯蓄ということのできない境遇にあるのなら、自分がすればいいではないか。

（でも、お寿司屋には、半年に一回くらいは、行こう）

こっそりと、ルツは思う。タキ乃がまったく譲歩というものをせず、自分たちばかりが譲歩をすることは、むろんおかしなことだと、今でも思っている。これからも、ずっと思うことだろう。だからこそ、ここは意地でも自身の快楽を手放してはならない。

（もしかすると、過度の我慢っていうものも、人生の妙味なのかな）

（いや、ちがうな）

ルツは、すぐに心の中で否定する。

（やっぱり、俊郎さんは、へん。もっと自分を大切にしなきゃ、だめなのに。あたしたちだってすぐに老人になっちゃうんだから、貯金はやっぱり必要なのに）

俊郎と結婚してから、心の中であれこれひとりごとを言うことが多くなっていることに、ルツはまだ気がついていない。

結婚。というものを、ルツは、とてもしてみたかった。結婚してみた今、ルツは結婚というものを、楽しんでいるのだろうか。

（そんな余裕は、ないな）

（結婚した人たちって、みんな、こんなふうに悩むものなのかな）

悩むものなのですよ。という、天の声は、ルツには届かない。おまけに、あなたの悩みなんて、悩みといえるほどのものでもないのですよ、という次の声も、むろん届かない。俊郎は、洗濯ものを干し終えた。ね、今夜は、したいな。しようよ。ほがらかに、俊郎は言う。う、うん。ルツはあいまいに、逃げ腰な感じに、こたえるのである。

二〇一六年　留津　五十歳

ちかごろ留津は、俊郎のことが気になってしかたがない。

最初に書いたミステリーで、留津はタキ乃を殺した。いや、もちろんタキ乃を実際に殺したわけではなかったのだけれど、小説で殺人事件の被害者となる「吝嗇《りんしょく》で人でなしでかつ女王のように堂々とした老女」は、あきらかにタキ乃のおもかげを宿していた。留津の小説の登場人物とタキ乃が似通っていたとしても、それはたんにタキ乃の様子を参考にしただけで、ただのモデルにすぎないと、最初留津は思っていたのだ。

でも、そうではなかった。小説を書いて以来、なぜだか留津はタキ乃に対して、心がざわざわしなくなったのである。

これはもしや、無意識の中でおこないたかったことを、小説の中で昇華させたからではないだろうか――昇華、という言葉がこの場合正しい使用法であるかは問わないことにして――と、留津はある時思い至った。

同じ小説に登場した、「瀬崎」という謎めいた魅力的な男が、俊郎を象徴する存在だ、ということも、最初留津はほとんど意識していなかった。

「瀬崎」は、八王子光男が首を大きく横にふって「ありえない、こんな男」と否定するくらい、女にやたらにもてる。そのうえ、計算高いとみえて思いがけないところでは情に篤《あつ》く、おまけにその内面はひどく繊細で傷つきやすいのだ。

「たしかにこんな格好のいい男、現実にいたら、照れちゃうわよね」と、作者である留津自身も最初は笑っていた。けれど、数少ない留津の小説の読者からくる「読者カード」を読んでいると、「瀬崎」は、男女を問わず、大いなる人気をほこっているのである。

「となれば、ここはひとつ、瀬崎シリーズを続けてみますか」

と、担当の佐東も言っているくらいだ。

その「瀬崎」が、実は俊郎とそっくり――もちろん、いいところを拡大解釈し、わるいところはごく美しいアレンジをほどこしているわけではあるが――であることに留津が真の意味で気がついたのは、「瀬崎シリーズ」の続編を書きはじめてからだった。

もしかして、自分は俊郎のことを魅力的な男だと思っているのではなかろうか？

ずっと無関心でいたと思いこんでいた俊郎に、自分が実は心ひかれている、という視点でものごとを眺めなおしてみると、いくつもの発見があった。

なぜだか昔から留津は、俊郎には逆らえないこと。

結婚生活がこんなに続いている今になっても、何かにつけて俊郎にいらいらさせられること。

そのくせ、俊郎の世話をやくのは、いやではないこと。

生理的に俊郎が嫌いになってまったく受けつけなくなる、ということは一度もなかったこと。

全体を見渡すに、「俊郎が嫌いなのである」という解釈よりも、「俊郎に心ひかれているからこそ、いらいらさせられたり、逆らえなかったりする」という解釈の方が、説明がつけやすいのである。

反対に、八王子光男に対する関心は、このところすっかり下火になっている。

留津が五十万円を用立ててからというもの、八王子光男からの連絡は、案の定ぱったりと途絶えた。八王子光男の母親の病状が、留津は心配だった。留津のお金が、少しは役に立ったのか、知りたくもあった。だから、何回か留津はメールもしてみたのだ。このところ急激に文章が上達した留津は——毎日文章を書いていると、知らないうちに文章は上達する。それはもう、球根に水をやると生長するのと同じなのだ。毎日のたゆみない繰り返しの効用というものを、留津はこの年になってあらためて実感するのであるが——八王子光男の母親の病状を訊ねるにあたってごくさりげない言い回しを使うことができたし、八王子光男への好意に関しても、さっぱりとした文言の中にうまくまぶしこむことができるようになっていた。

にもかかわらず、八王子光男からは何の音沙汰もないのである。

ものごとの上手が、ものごとをうまく運ぶ、というわけではないことを、留津はこの例によって知るわけであるが、今となってみれば、八王子光男に心ひかれていたからくりは、ごく単純でおおざっぱなものだったことも、留津にはよくわかる。

親切で、優しくて、明るくて、心根のいい、八王子光男。その善良さが、留津をひきつけたのだ。そして、その善良さが、結局は留津を遠ざけた。

八王子光男は、留津の闇を持ちこたえることができなかったのだ。

その昔留津の世代の女たちは、「仕事か結婚か」と悩んだものだった。自分には仕事などできないと思っていた留津は、そのような悩みと自分は無縁だと思いこんでいたが、今になって、留津は「仕事か恋愛か」という悩みにさらされたともいえる。

八王子光男か、仕事か。

という選択を、結局留津はせまられたということになるのではないか。

もしも小説を書いていなければ、八王子光男との仲は、もっと深まっていったかもしれない。俊郎との結婚を捨て去り、八王子光男と第二の結婚をする人生を歩んだ可能性だってあるのだ。

けれど、留津は仕事を始めてしまった。

八王子光男か、仕事か。しかしその選択を最終的にうながしたのは、留津ではなかった。八王子光男の方が、結論を出せと示唆したのだ。

同世代の女たちが、もっと若いころに「仕事か結婚か」を選ぼうとした時も、もしかすると同じだったのかもしれない。一見、女の方が主体的に「仕事」なり「結婚」なりを選んでいたようにみえた、その内実は、男たちの意向を汲んで、あるいは男たちの否定にあって、どちらかを選ばざるを得なかったという可能性は高い。

「君は一人で生きてゆける女だから」

という、留津たちの世代にとって非常に有名な「女がふられる時に男が口にするせりふナンバーワン」ともいうべき言葉は、つまり、「君が俺ではない仕事や自分の人生を優先するのがいやなんだよ」という、男たちの悲しい叫びだったのではないか。

「なるほどー」

と、留津は感心する。そして、あらためて俊郎という男について、思いを致すのである。

俊郎が、「君は一人で生きて行けるだろう。ぼくはか弱いほかの女をささえてやりたいんだ。だから、君とはやっていけない」などと喋っているところを想像することは、とても難しい。俊郎は、もっと即物的だ。あるいは、もっと冷酷だ。そして、心が弱い。

心が弱いがゆえに、保身的で、そのためにたびたび留津を傷つける。

けれど、そのことが、今の留津には、かえってすがすがしく感じられる。

思いやりのある男は、自分も思いやられることを望む。それではいったい、「思いやり」とは、何なのだろう。

今の留津は、なまぬるい「思いやり」を、必要としていなかった。それよりも、俊郎が一人で泣かずに楽しく過ごしてくれていることの方が、ずっとありがたかった。

ただそこにいて、時々「いる」ということを軽く目視して、安心する。

夫は、そのくらいのかすかな存在である方が、ありがたかったのである。

「そんなの、夫婦じゃないんじゃないかなあ」

と、八王子光男ならば、言いそうだ。

そうかもしれない。

ああ、なぜ世の中の男女は、結婚などという大胆不敵で取り返しがつかないことをしてしまうのだろう。あんなにも結婚へと邁進しようとしていた、二十代の自分を振り返ろうとしても、留津にはもうほとんど何も思い出せない。

生殖を安寧《あんねい》におこなう手段としての結婚以外に、今の留津には「結婚」というもののよろしさが、さっぱりわからなくなっている。

いやいや、それは早計というもの。結婚したり、誰かと寝食を共に過ごすということは、なかなかよろしいところもあることなのですよ、という天の声は、留津には届かない。あなたは今、ようやく世間の女たちが到達した「結婚」というものの悩みに関する、第三段階くらいに至ったところなのであって、今後はまた異なる世界がひらけてき、またそれに伴って異なる悩みがあらわれてくるのですよ、という次の声も、むろん届かない。それどころか、それらの悩みを解くには、たぶん人間の人生は短すぎるんじゃないですかね、というさらなる声も、また。

「なんだか最近、少し若返った？」

久しぶりに早く帰ってきた俊郎に、留津は聞く。実際、俊郎は留津と虹子の注意に従って食生活を少しあらためたせいか、ズボンにゆるみができ、姿勢もよくなっている。前よりも、少なくとも三歳は若くみえる。

「タケダ体操っていうのが効くって、虹子に教えてもらってね」

と、そういえば俊郎はついこの前、言っていた。

留津は俊郎の好きなスパニッシュオムレツを、夕飯につくった。俊郎は、もくもくと食べた。その食べように、留津は満足した。テレビをつけていなかったにもかかわらず、俊郎との間に気まずい空気は生まれなかった。留津は今日の天気やら新聞で読んだニュースやらについて、明るく喋った。

その夜、風呂からあがった留津がベッドにすべりこむと、すでに横になっていた俊郎が、珍しく留津の方に向き、手をのばしてきた。

何も言わずに、留津は俊郎の手をにぎった。握手をするように、軽く。俊郎も、握りかえしてきた。同じく、軽く。

それだけのことだったが、留津はずいぶんとびっくりしていた。俊郎の身体に触れたのは、いったい何年ぶりのことだろう。

やはり、嫌悪感はなかった。俊郎とのはじめてのキスのことを、留津は突然思いだす。粘りのあるキス、と、たしか当時の留津は表現していたのだった。その粘りが、留津は恥ずかしかったし、少しだけ、いやだった。

でも、すぐに留津は慣れたのだ。

俊郎に、もっと触れてみようかと、一瞬留津は思う。けれど、そこまでの勇気は、なかった。あるいは、そこまでの情熱がないのかもしれなかった。

（情熱っていうものも、情熱をかきたてることが習慣化されていないと、わきづらいものなのよね、きっと）

つらつらと、留津は考える。俊郎は、じきにまた向こうを向いてしまった。寝息が聞こえはじめた。

おやすみ、俊郎さん。心の中で、留津はつぶやく。自分でも驚くほど、優しい声で。

それから、枕元に置いてあるスマートフォンをそっと手に取る。ずいぶん昔の、八王子光男からの、最後のメールを、なんということもなく、留津は眺めた。いやな気持ちも、じれったい気持ちも、嫌悪感も、なにもわいてこない。おやすみ、光男さん。こちらも心の中で、言う。しばらくは寝つけなかったが、やがて留津も、規則正しい寝息をたてはじめた。夜は深まってゆく。いくたの寝息をひそませ、静かに深まってゆく。

二〇一七年　瑠通《るつ》　五十歳

でも、と瑠通《るつ》は思うのだ。

わたしは、夫のことが、ほんとうはとても好きだったんじゃないの？

目の前に横たわっている、この重いからだが、自分の夫のものだとは到底思えない。

これは、ただの物体だ。

からだは、あおむけになっている。

瑠通は、夫だった物体に、頰ずりしてみる。死体はたいへんに冷たいと、何かの本に書いてあったけれど、その物体は、まだほのあたたかかった。死体のてのひらを、少しだけ持ち上げてみる。それから、指に指をからませる、最近の言葉で言うなら、「恋人つなぎ」というらしきつなぎかたで、その物体と手をつなぎあってみる。

死後硬直、というものは、まだ始まっていないようだ。容易に、手をつなぐことはできた。

死体は、浴室に横たわっているのである。感電死を、瑠通は選んだ。ずいぶん若い頃に見た、「刑事コロンボ」に、その殺人法はでてきた。ナイフでさしたり、毒薬を使ったりといった方法は、瑠通には難しく思われたけれど、感電死ならば、自分にもできると感じたのだ。

計画は周到にたてた。この計画をまっとうするのに必要なのは、死体をばらばらにして、徹頭徹尾、きれいに始末することだ。チェーンソーや鉈《なた》、各種の包丁に、大きな冷蔵庫。瑠通は、料理は得意だ。動物の解体も、習った。鶏しか実際には解体したことがないが、羊や山羊や熊の解体について、ビデオで何回も繰り返し学んだ。

血の始末についても、ぬかりはないはずだ。慎重に、ていねいに、気長に。それが何より大切なのである。

今は真冬だ。幸運なことに、この週末は寒波もくるという。臭いや、腐敗に関する心配は、今の季節がいちばん少ない。

でも、と、瑠通は思わず放心してしまうのだ。

これは、現実なのだろうか。今わたしが夫の死体を目の前にして、ぼんやりとしゃがんでいる、というこの光景は。

夫が、憎かった。そして、夫が、好きだった。

結婚したのは、二十五年も前のことなのに、ありありと結婚式のことは覚えている。しあわせな花嫁だった。父母も、弟も、祝福してくれた。友だちも。そして、夫のまわりの人たちも。

わたしたちは、理想的なカップルだったはずなのだ。

どこから、ずれが生じてしまったのだろう。

子供を何回か流産したこと。夫に好きな女ができたこと。その女が、わたしのところにいやがらせの数々をおこない続けたこと。父母が死に、弟も事故にあって死んでしまったこと。夫がわたしにいっさい触れなくなったこと。

いやいや、どれも、夫を殺すのには、決定的な理由とはならない。

ねえ、と、瑠通は夫だったからだを、ゆすぶる。

今度は、ずいぶん冷たく感じられた。夫は、真裸である。これから始まる解体、おそらくひどく困難な作業となるだろう解体を待っているそのからだは、しらじらと浴室の床に横たわっている。

「死んだ猫は、生きている時よりも、ずっと長くのびてみえる」

という意味の文章を、昔、何かの小説の中で読んだことがあった。夫のからだは、さほど長くはみえなかった。いつもの夫と同じからだだった。ただ、白い。もともと色白だったが、今までていちばん白くみえる。

ねえ、と、瑠通は、もういちど夫だったからだをゆすってみる。

答えは、むろんない。

おもむろに、瑠通は解体を開始した。まずは一度からだ全体をシャワーで洗い流す。野で獣を撃ったのちに解体する時には、絶対に必要な作業である。夫は野の獣ではないのだから、土壌にひそむ病原菌や寄生虫を身に持っているはずはない。それでも、瑠通は夫だったからだを、ていねいに洗浄した。最後のお別れをするつもりで、隅から隅まで、ゆっくりと、手をかけた。

続く解体作業は、長くつらいものだった。何時間、瑠通はその作業に没頭していただろう。腰は痛み、足はしびれ、腕にはもう力が入らなくなっていた。

作業をおこなっているうちに、現実感はどんどん薄れていった。自分が、まるで誰かが書いた小説の中の登場人物のようだと、瑠通は感じていた。そうだ。昔わたしは、小説家になりたかったのだ。書くのならば、ミステリーがいいと思っていた。ミステリーの中の殺人の場面や遺体を処理する場面は、いつもリアリティーを欠いている。そんなところにリアリティーを求める読者は少ないだろうから、当然のことだ。けれど、誰かを殺してしまうほどの憎悪を表現するには、殺人場面はもっと血肉の通ったものでなければならないのではないかと、若い頃の瑠通はいつもいぶかしく思っていたのだ。

今自分は、自分の書いた小説の中にいるのかもしれない。

なるほど。これは、小説の中のできごとなのだ。もしかすると、あったかもしれないこと。でも、現実とは異なるできごと。

瑠通は安心する。ずっと詰めていた息を、はーっと長くはく。それから、解体の最後の部分にとりかかる。あとほんの少しだ。骨も、肉も、内臓も、はじめておこなったにしては、たいそうきれいにばらばらにされ、袋につめこまれ、空気を抜いて密閉され、業務用の大きな冷蔵庫にしまわれるのを待っている。人間のからだは、きれいだなと、瑠通は思う。いいえ、人間のからだだからきれいなんじゃなくて、わたしの愛する夫のからだだから、きれいなんだわ。ほんとうに愛してました、俊郎さん。瑠通はつぶやき、こわばった膝をのばして静かに立ち上がった。

二〇一七年　る津《つ》　五十歳

大学のキャンパスは、いやにひろびろとして見えた。そうか、もう少しすると春なんだな。虹子は思う。母る津《つ》の葬式やら何やらで大学を休んだのは、たったの一週間ほどなのに、その間にずいぶん大きく景色が変わってしまったように感じられた。

「虹子、大変だったね」

小さく手をふりながら、八王子愛菜《まな》が近づいてきた。八王子愛菜は、同じ大学に進んだ、高校時代の同級生だ。お通夜にも、葬式にも、お父さんと二人で来てくれた。愛菜のお父さんは、母とは大学で同級生だったのだそうだ。

「卒業してからは会う機会もなかったのだけど、こんなかたちで再会するとは」

そう言って、八王子愛菜のお父さんは涙を流していた。虹子は、ほんのわずかな不快感を感じた。そんなに長く会っていなかったくせに、泣かないでほしい。あたしなんて、まだちゃんと泣くこともできないでいるのに。

母が病を得てから亡くなるまで、たったの半年だった。早すぎる、と、虹子も父も思った。母自身も、むろん。

父と母は、必ずしも仲のいい夫婦ではなかったけれど、互いを必要としていることは確かだった。母が死ぬだろうことがわかってからは、ますますそうだった。

「いやだなあ」

と、父は言うのだった。

母が死ぬことが、悲しい、とか、ひどい、とか、かわいそう、とか、困る、とかではなく、「いやだなあ」と表現したことに、虹子は胸を突かれた。

あまり家庭を省みるほうではなかった父だったが、母が病気になってからは、できる限りの時間を母のためにさくようになった。

一度だけ、母の病室で父が泣いている姿を見てしまったことがある。母は、眠っていた。横たわるベッドのふとんは、母がその中にいるとは思えないほど薄かった。みるみるうちに痩せていった母。「今度こそ、本気でダイエットしなきゃ」が口癖だったのに。

父は、声をださずに泣いていた。最後に父は勢いよく洟をかんだ。個室のドアは、開ける時に音をほとんどたてない。父が気がつくように、虹子はわざともう一度音をたててドアをあけた。

「おう」と、父は言い、振り返った。

「おう」と、虹子も返した。

それから十日後、母は亡くなったのだった。

「なにか、甘いものでも食べない？」

八王子愛菜が言った。食欲はなかったけれど、虹子はうなずいた。八王子愛菜の気づかいが、ありがたかった。母はいまごろ、天国に行ったのだろうか。まだ母の持ち物の整理には、まったく手をつけられていないけれど、この前虹子は、母の本棚をはじめてじっくり眺めてみたのだ。母は、本が好きだった。虹子も読書好きだが、母はもっとで、しょっちゅう図書館から本を借りていた。気に入った本は、買って大事に本棚にしまい、何回も読み返していた。

『森へ行きましょう』という題の小説を、虹子は手にとった。表紙は少しめくれ、ところどころのページが折れ曲がっていた。

どうやらそれは、一人の女の一生を描いた小説のようだった。ぱらぱらと、虹子はめくってみた。

「人生って、森みたいなものなんじゃないかな」

という会話文があった。

「森には、何があるのかしら」

という会話が続き、虹子は、（少し、古くさい感じ）と思った。

母は、この小説の何がよかったんだろう。いつか、この小説を読んでみようと、虹子は決意する。でも、今ではない。今はまだ、早すぎる。おかあさん。虹子はつぶやく。

大好きな、おかあさん。

　手に取った本を、虹子はそっと本棚に戻した。

二〇一七年　ルツ　五十歳

　ルツは怒っていた。

　なぜ俊郎という男は、あんなに頑固なのだろう。

　事の始まりは、今年のお正月だった。

　この年のお正月、ルツはけなげにも俊郎との新居に、双方の身内を招こうと計画したのである。

　おせち料理のお重は近所のスーパーマーケットで買ってきたものだが、そのほかにルツが筑前煮をつくり、俊郎には紅白なますをまかせ、刺身類も俊郎の許可をとって買いととのえ、一月一日のお昼をふるまうしたくを用意し、ルツの母雪子、弟高志一家、そしてタキ乃に美智郎が、一堂に会する機会としたのである。

　結婚式というものをあげなかったルツと俊郎の身内が、こうして集まるのは、はじめてのことだった。そもそも美智郎とタキ乃が同席するのも、ルツにとってははじめてのことなのである。

「あんまりおすすめしないけどね」と、俊郎は二人の同席を危ぶんでいたが、ルツは珍しく俊郎にさからった。そして、珍しく、俊郎もこの時は折れたのである。

雪子は、このところまた少し痩せてしまっていたが、高志一家の車に同乗して、いつもよりずっと元気そうにみえた。美智郎はかなり居心地悪そうにしていたものの、黙ってソファのクッションに沈みこみ、雪子とあたりさわりのない会話を交わしていた。

タキ乃だけがいつものマイペースでもって、ルツと俊郎の立ちはたらくキッチンに来ては、最近した買い物やら行ったお芝居やらについてぺらぺらと喋っていたが、高志一家がまじることによって、タキ乃の毒は、幾分か薄められていた。

俊郎がその頑固さを発揮したのは、食事の途中だった。

「ビールが切れちゃったわ」

と、ルツが言ったのが始まりだった。

「困ったなあ」

俊郎は、首をひねった。

「そこのコンビニで買ってきてくださる?」

ルツは、気軽に頼んだ。

「だめだよ、コンビニのビールは、割高だから。いつものディスカウントショップじゃなきゃ。でも、一日だから、さすがに今日は休みだよな」

のんびりと、俊郎は言っている。

「車、出しましょうか」

高志が横から口をはさんだ。

「だから、ディスカウントショップはお休みなの」

ルツが言うと、俊郎はこう言い返したのである。

「じゃあ、ビールはナシだ。もったいないから」

え、と高志がぽかんとした。雪子もだ。

「私が金を出すから、買ってきなさい」

美智郎が、とりなすように言った。

「父さんは、金なんか持ってないだろう。いいじゃないか、ビールじゃないものを飲めば」

「そうですよ、だいいちおれなんて、車だから飲めないしね」

高志も、笑いながらあわせてくれた。けれど、すでにこの時、ルツは意地になってしまっていたのだ。

「いいです、あたしが自分でお金を出すから、コンビニでビール買ってきてちょうだい、高志。どうしてもあたし、今ビールが飲みたいの」

「どうしたの、ねえさん。酔っ払った？」

高志がまた、笑った。ルツはますますいらいらしてしまう。

「そう。酔っ払ったの。だからお願い、高志じゃなくて俊郎さん、ビールを買ってきて」

あとになって考えてみれば、ルツがこのように不自然に高ぶってしまったのは、さまざまな緊張感および、ふだんから俊郎に感じていた「お金問題」がここであらわれたことによる無用の刺激のためなのだけれど、ともかくその時、ルツはどうしても俊郎にコンビニに行ってもらわなければ、気が済まなくなってしまったのである。

「行かないよ」

俊郎は、そっけなく答えた。雪子が、困りはてた顔をしている。高志も、黙ってしまった。高志の妻である南美は息をのみ、高志のところの子供たちはすでに食卓を離れてテレビの前に陣どり、小さな音でバラエティー番組を流し、大人たちの間に起こっていることなど知らないふりで見入っている。

「ぼくは、行かない。ルツさん、行きたいなら行ってきて」

俊郎は落ち着き払っていた。

ルツはコートも身につけずにコンビニに走り、決然とビールを二パック買った。ルツが帰ってみると、タキ乃以外の人間は黙りこんでいた。タキ乃だけが、泉の水が湧くようにひっきりなしにお喋りを続けていたが、もしかするとそれはタキ乃なりの気の使いようなのかもしれなかった。

「さ、どうぞ」

冷たい外気に当たって頰を紅くしたルツは言い、ビールの缶を数個、テーブルの上に置いた。

「ありがとう。ついで下さいよ、ルツさん」

と言ったのは、美智郎だ。こぽこぽ、という音をたてて、泡がたってゆく。ルツは、俊郎のコップにも注ごうとした。さすがに自分のおこないが大人げなかったと、反省していたからである。

「いらないよ」

俊郎は、ルツの手を制止した。

「ごめんなさい。あたしが意地になっちゃってたから」

そう言いながら、ルツはふたたび俊郎のコップの上にビールの缶をもっていった。

「いらないんだよ、ほんとうに。それは、ルツさんが買ってきたビールだろう。ぼくは、ディスカウントショップのビール以外は、おいしく感じないと思うんだ」

ふたたび、食卓がこおりついた。すでにタキ乃も無言になってしまっている。

それから三十分もせずに、高志一家と母雪子、そしてタキ乃と美智郎は、帰っていった。ルツはむっつりしたまま、片づけをおこなった。俊郎の方は、何を考えているのかよくわからない、いつもの飄々とした顔つきで、せっせと洗い物をからぶきしたり、ビールの缶をつぶしたりしている。

「ごめんなさい」

片づけが全部終わったところで、ルツは、もう一度、言ってみた。

「怒ってないよ」

俊郎は言った。

「でも、あたし、感じ悪かった」

「そうだね。ぼくも感じ悪かった。ただ、やっぱりぼくは、ディスカウントショップ以外のビールは、絶対に買いたくないんだ」

「そういう原則ばっかりだと、苦しくならない？」

ルツは、聞いてみる。

「べつに」

というのが俊郎の答えだった。

俊郎は四日まで、ルツは五日まで、正月休みだった。へんなふうに始まってしまった新年の休暇を、二人は少なからずよそよそしく過ごした。ディスカウントショップが開いてから、俊郎は一人でビールを買いにいった。ケースを運ぶのに、いつもならルツの自転車を借りて乗ってゆくのだけれど、わざとのように俊郎は徒歩でショップまでゆき、ケースを二つもかかえてふうふう言いながら帰ってきた。

「重かったでしょう」

ルツが言うと、俊郎は首をふった。

「いやいや。ルツさんはビールが好きみたいだから、たくさん買ってきたんだよ」

言葉だけ聞けば、これは俊郎のいい人ぶりを示す意味にもとれるかもしれないが、どう考えても、イヤミだろうとルツは思った。

「どうなの、ああいうイヤミって」

カウンターに陣どっているルツは、気持ちよさそうにがみがみ言う。仕事始めの日、ルツは久しぶりに林昌樹を誘ったのである。中田鮨のカウンターに、二人は並んでいた。

「かわいいねえ」

林昌樹は、面白そうに言った。

「かわいいって、誰が？」

「俊郎くん」

「かわいくないわよ、あんな奴」

「なかなかいいキャラクターじゃん。日下《くさか》には、もったいないくらいだよ」

ふん、とルツは鼻をならした。それから、つけ台につい今しがた載せられたイカの握りに手をのばした。

「おいしいなあ。震えるほど、おいしい」

こうして中田の親方の寿司を食べるのは、何ヶ月ぶりだろう。ほんとうは俊郎を誘おうかとも思ったのだが――お正月のことを仲直りするために、俊郎にごちそうをしようと一瞬は考えたのだ――誘わなくてよかったと、ルツは心の底から思う。

「やっぱりお寿司は、お寿司好きと一緒に食べないとね」

満足そうな吐息と共に、ルツはつぶやく。

「俊郎くん、寿司は嫌いなの？」

「まわらないのは、嫌いみたい」

「ふうん、やっぱり、かわいいなあ」

言いながら、タイの握りに林昌樹は手をのばした。

その夜、久しぶりにルツは「なんでも帳」をひっぱり出した。俊郎は、すでに寝入っている。安らかな俊郎の寝息を聞きながら、ルツは心の中で俊郎に謝る。ごめんね、俊郎さんのこと、お酒の場での面白おかしい話題にしちゃって。

純粋に俊郎の悪口を言うのなら、まだいいような気がするのだ。けれど、俊郎のあれこれを種にして笑いものにする、というのは、せっかく縁あって連れ合いになった相手に対して、ひどいことのようにルツには感じられるのだった。

ぱらぱらと、ルツはページをめくる。「まぬけ」という、大きな文字があった。これはたしか、田仲涼について林昌樹にああでもないこうでもないと愚痴を言った夜に書いたものだった。林昌樹はあの時、ルツに向かって、「日下は間抜けだからなあ」と連呼したのだ。ほんとうに自分はまぬけだなあと、あの夜しみじみ感じたことを、ルツはなつかしく思いだす。そうだ。あたしはあのころ、いつだって深い森の中に迷いこんでしまったかのような気持ちだった。

「いつも、あたしは森に迷いこんじゃうんだな」

ルツはつぶやいた。

「森?」

という声がしたので、ルツは飛び上がりそうになった。

背後に、俊郎が立っていた。

「そのノート、何？」

俊郎は聞いた。ルツは一瞬、ノートのなかみを隠そうとしたが、すぐに思いなおして、広げてみせた。

「これは、なんでも帳」

「日記なの？」

「ううん、そんなちゃんとしたものじゃなくて、ただの、なんでも帳」

「もしかして、ルツさんの気持ちの捨てどころ？」

気持ちの捨てどころ。俊郎のその言葉を、ルツは心の中で吟味してみる。

「それほどのものでなく、覚え書きのよせあつめみたいなもの」

ふうん、と俊郎は言い、開いてあるノートから目をそらした。

「ねえルツさん、まだぼくのこと、怒ってる？」

俊郎は聞いた。

「うん、まだちょっと」

「そうか」

あらためて俊郎が謝るのかと、ルツはみがまえた。もしも今謝られてしまったら、許さなければならない。でも、「お金」のことは、こんな夜中に、気持ちの隙をつくように、謝ったり謝られたりすることではないように、ルツには思われた。いや、そもそも謝るとか、謝らないとかではないのだ。それは、双方の生き方の問題なのだから、どちらかが譲るとか、どちらかが自分を通す、ということでは解決がつかないことなのである。

俊郎とはいずれ、ちゃんとこのことについて話さなければならない。けれど、話すのは、こんな夜中ではなく、酔っ払っている時ではなく、もっとなんでもない時、生活の合間合間に、さりげなく、であるべきだと、ルツは感じる。

「ノート、見ないの？」

俊郎が何かを言いださないうちに、ルツはいそいで、聞いた。

「見てもいいの？」

「うん。自分でも、読み返して、何が書いてあるのか、よくわからないくらいだから。ほかの人が見ても、ちんぷんかんぷんだと思うし。だから、恥ずかしくもない」

そうか、と、もう一度言って、俊郎はルツの隣に座った。そして、ノートの端に指を置き、一枚ずつ素早くページをめくっていった。

「そんなに速くめくって、読めるの？」

ルツが聞くと、俊郎は少しだけ、笑った。

「読まないようにして、眺めてる」

「えっ、どうして？」

「読むのは、こわいから」

俊郎の体温が、高い。起きたばかりの人間の体温の高さだ。ルツの方は、まだ夜気を身にまとわせている。二人の間には、冷たい空気と暖かい空気がぶつかりあった時にできる境界のようなものが、かすかにただよっていた。

「どうして、こわいの？」

「だって、ルツさんの考えてることが全部わかっちゃったら、こわいよ」

「わからない方が、こわくない？」

驚いて、ルツは聞き返した。俊郎は何も答えず、ただページをめくってゆく。

この人のことを、あたしはほとんど知らないんだ。あらためて、ルツは思う。そして、この人も、あたしのことを、ほとんど知らない。

「結婚したんだから、あたしの考えていることとか、もっとよく知る方が、いいんじゃないの？」

ルツは続けた。すると、俊郎はこう答えるではないか。

「ほんとうに、そう思うの？　他人の心の底を、ルツさんは、ほんとうに知りたいと思うの？」

えっ、とふたたびルツはびっくりする。結婚したならば、伴侶は一心同体。という、昔ふうの結婚観を、必ずしもルツはもっているわけではなかったけれど、それでも、結婚相手の心のなかみは多少なりとも知っておくべきだ、という気持ちは、確実にもっていた。

でも、もしかすると、それは先入観だったのだろうか。

「心の底がわからないと、反対に、こわくない？」

「どうして？」

俊郎は聞き返した。

「ルツさんは、べつにぼくのことを殺したいとか、ぼくをひどい目に遭わせたいとか、ぼくを恨みに思う、とかいうことは、ないでしょ」

という俊郎の言葉に、ルツはなんだか気を呑まれたまま、うなずいた。

「そして、ぼくのことが、結婚してもいいと思うくらいは、好きでしょう」

ルツは、また、うなずく。

「それなら、いいじゃない。こまかい心の動きなんて、自分のものでさえ、知りたくないよ、ぼくは。ましてや、よそさまの心の動きなんて、もっと知りたくない」

たしかにそうかもしれないと、ルツは思った。知らないからこそ暢気でいられる、ということは、対人関係において、けっこう重要なことだ。

自分でも制御できないようなどす黒い気持ちや、人に絶対に見せられない嫉妬やみにくい欲望、そんなものが、どんな人間にも、必ずある。でも、人間は、それらをおさえることができるのだ。身内にわきあがったいやなものを、時をかけ、あるいは独自の方法によってなだめ、結果的には何ごともなかったかのように、大過なく行動する。

行動の結果だけ見て、その行動にいたる道筋やこまかな考えの動きを詮索しないことこそが、人間関係を平和に保つこつなのかもしれない。

ということに、はじめてこの夜、ルツは思い至る。

夫婦だからって、互いのことを知り尽くす必要はなかったのだ！

「知らなくていい」

という言葉を、ルツは今すぐ「なんでも帳」に書きつけたくなる。でも、俊郎が横にいるので、我慢する。

「ねえ、さっき、森って言ってたよね」

ルツの手を握りながら、俊郎は言った。

「そうだっけ」

「冷たい手だなあ。ぼくがあたためてあげる。言ってたよ。森に迷いこんじゃう、って」

ルツは思いだして、こくりとうなずいた。人生のあちらこちらで、森に迷いこんではさまよっていたルツ。

「ぼくも、ときどき森に迷いこむよ」

「俊郎さんも？」

「うん。ルツさんの森は、どんな森なの？」

「木がうっそうと茂っていて、暗くて、でもところどころで、梢《こずえ》ごしに光がさしている感じの森」

「ふうん、ぼくの森は、鎮守の森っぽい、日本の森だな」

「俊郎さんは、その森で、どんなふうに迷うの」

「帰れなくなっちゃうんだ」

「今も、迷うことがある？」

「うん、こないだ正月みんなで集まったあとも、森に迷いこんだ」

俊郎さん、とルツはささやき、俊郎を抱きしめた。俊郎も、抱きしめかえした。みんな、森に行っちゃうんだな。ルツは思う。森で、迷って、帰れなくなって、でも、それでも、いつの間にかどうしても森に行っちゃうんだな。

「ね、俊郎さん、今度は二人で一緒に、同じ森に行きましょう」

ルツはささやいた。俊郎が、無言でうなずく。もうルツの手は、俊郎と同じくらいあたたかくなっている。森へ行きましょう。明日、その言葉を「なんでも帳」に書こうと、ルツは思った。そして、俊郎との間に何かがあった時には、必ずそのページを開いて見返そう。

二〇一七年　留津　五十歳

昨夜のことを、自分でも驚くほど冷静に思いだせていることに、留津はほっとする。

いったいあれは、何年ぶりの俊郎とのセックスだったのだろう。

おおむかし——あれは有史以前くらいのむかしじゃないのかしら、と留津は思い、くすくす笑ってしまう——留津が俊郎を積極的に誘っておこなったセックス以来の、深い身体のふれあいであった。

有史以前のあの時以来、俊郎は留津との交歓を避けるようになった。

——きっと、こわくなったのね。

今になって、留津は俊郎の心境を解析してみる。もうセックスのしかたなど、すっかり忘れ去っているかと思っていたが、始めてみれば、一度知った自転車の乗り方を身体が自然に思いだすがごとく、留津はごく自然に俊郎とのいとなみに没頭することができた。

いや、むしろ、有史以前のあのころよりも、よほどのびのびと留津はその行為に身をまかせることができたのだ。

なにしろ有史以前のことなので、俊郎がそのころいったいどのような動きをおこないどのような手順をふんだか、留津はしかとは覚えていない。それでも、長の年月の間に、俊郎が変わったことだけはわかった。それも、おこないかたが変わった、というよりも、俊郎の心もちが変わった、というふうな変化である。

昨夜も虹子がいなかった。俊郎の帰りは早く、留津と俊郎は向かいあってぽつりぽつりとお喋りをしながら夕食を食べた。留津が片づけをしている間に、俊郎は風呂に入り、続いて入浴した留津が寝室に戻ると、なんとなく事が始まったのである。

一夜明けた今朝、留津の身体にこれといった変化はない。さっぱりとしたものである。ものの本に書いてあるような、たとえば「快楽の残滓《ざんし》」などというものはいっさいないし、「いつもよりも肌がうるおって」というようなことも、まったくない。

ただ、留津はたいそう落ち着いた心もちになっていたのだ。俊郎が、他人ではないような心もち、とでも言えばいいだろうか。あるいは、俊郎とテリトリー争いをしなくてもいい心もち、だろうか。

同じ家の中にいても、ずっと俊郎とは、川の流れの中で小さななわばり争いを繰り返す魚のような気持ちで、いつも互いの居場所をさぐりあってきたような気がする。

俊郎が会社にでかけてゆくと、留津はいつだってほっとしたものだった。そして、俊郎が夜中に帰ってくると、身体がぴりりと緊張した。

おそらく留津と俊郎とは、きちんとした「つがい」になっていなかったのだ。いくら一緒に暮らしていても、いくら結婚という制度のもとに「夫婦」と名のっていても、

「つがい」になれなければ、いつだって身体は相手につけこまれまいと、争いの態勢をとってしまう。

それが、昨夜のセックスのおかげで、今朝留津は俊郎に「争いの態勢」をとる必要を感じなかった。俊郎がすぐそばにいることに、留津は久しぶりに、まったく抵抗がなかったのだ。

一度セックスをしたくらいで、「つがい」になってしまうなんて、と怪しむむきもあるだろう。

そのとおり。一度くらいのセックスでは、「つがい」がきちんと成立することはない。でも、数日くらいは、もつのだ。そして、次のセックスが続けて平和裡におこなわれれば、また数週間ほどは「つがい」の状態は維持されるだろう。人間は記憶を駆使する動物なので、ある程度の量のセックスとある程度の量の心の信頼関係が築かれれば、そしてその関係を崩す決定的なできごとがなければ、そののちは、記憶を手がかりとして、慣性の法則のごとく「つがい」状態は続いてゆくにちがいない。

この日、留津は久しぶりにパソコンの「雑多」のファイルを開き、こう打ちこむ。

「セックス、軽んずべからず」

「でもまあ、セックスは万能ではないです」

半世紀も生きてきて、まだこんな初歩的なことしか自分がわかっていないことに、留津はびっくりする。あとどのくらい生きれば、深い智恵をもつ人間になれるのだろうかと、天を仰ぐ心もちである。

マンションの中を、留津は所在なく歩きまわった。留津の育てているたくさんのグリーンが、ルーフバルコニーにも部屋の中にもあふれている。これでは、俊郎も虹子も、落ち着かないだろうと、はじめて留津は気がつく。

そうだ。木村巴が、以前ベンケイソウの仲間を育ててみたいと言っていた。リビングに置いてあるベンケイソウ類を、全部木村巴にあげよう。

それから、廊下に置いてある植木鉢。

いつも俊郎がけつまずいては痛がっているあの植木鉢は、始末してしまおう。そうそう、以前カルチャーセンターでつくった焼き物も、町内会のバザーに出そう。

マンションの片づけの計画を練っているうちに、留津はむしょうに小説が書きたくなってくる。

担当編集者である佐東が言っていた、「瀬崎」を主人公にしたシリーズものについて、つぎつぎにアイディアが浮かんできた。瀬崎の人物造形を深めてゆくためにも、モデルであるらしき俊郎——自分でつくりあげたキャラクターであるにもかかわらず、自分が俊郎をほんとうにモデルにしているのか、いまだに留津にはよくわかっていないので、「らしき」などという言い方になる——を、日々しっかりと観察する必要がある。

小説を書くことが、今では留津のいちばんの関心事になっている。小説の中の架空の世界こそ、留津にとってはもっともリアルな手ざわりのある現実であるように思えてしまうのだ。虹子を育てたことも、タキ乃との嫁姑の確執も、俊郎との間のもろもろのゆきちがいも、まるで絵空事のように、今では感じられてしまう。

小説を書いている時、妙な言いかたなのだけれど、

「自分は生きていないんじゃないか」

という、不思議な感覚に、留津はおそわれることがある。

今書いている小説の中のことが、あまりに色鮮やかに感じられるので、外にいる自分の方が何かの物語の登場人物にすぎなく思えてくるのだ。

虹子を育てたのは、ほんとうに、わたしなの？

タキ乃のわがままにいちいちつきあって、機嫌をとりながら生きてきたのは、誰だったの？

八王子光男に心ひかれたけれど、いつか飽き足らなくなっていったのは、いったい誰？

もちろん、それはすべて自分だったと、留津は知っている。記憶だってある。でも、過ぎてしまったことは、なんだかみんな、淡いのだ。まるで他人の人生の記録を聞かされているかのように。

「瀬崎」は、きっと恋をする。その相手は、強烈な女だ。一見おとなしやかにみえて、実は激しい自我をかくしもった女。

その女と組んで事件を解決するのもいい。いや、ちがう。「瀬崎」はあくまで一人で

やってゆくのだ。女は、おそらく「瀬崎」と敵対する。

恋しているのに、女と溶けあうことのできない不幸が、「瀬崎」をさらに魅力的にするだろう。

「瀬崎」と女の関係は、留津と俊郎の関係を、おおざっぱではあるがなぞっているのだろうか。あるいは、それは現在の留津と俊郎の関係ではなく、予知される関係なのだろうか。あるいは、過去の人生のどこかの分岐点で、今とは違うやりかたを選んでいたならば、あり得たかもしれない関係か。

人生は、一度きりのとりかえしのつかないものだと、留津は思っていた。でも、そうではなかったのだ。

いくらでも、人生はとりかえることができるのだ。現実にとりかえることができなかったとしても、こうして想像の内でなら、いくらでも。

そんなものでは、とりかえたことになどならないよ。たとえば、八王子光男ならば、言うだろう。そうよね。留津もきっと、素直にうなずくだろう。

実際の人生をとりかえることは、たしかにできない。いくら留津が、(あの時、俊郎と結婚していなければ)だの(林昌樹が女を好きになれる男だったら)だの(もっと若いころきちんと勉強をし、会社に入って働くことに対して真剣に向き合っていたなら)だのと思いわずらっても、今となってはもう、何もできないのである。物語の中の誰かのように、何回も過去のある時間に戻っては人生をやりなおす、などということは不可能だ。もしも、という言葉は、人生にとって、気を散らす言葉でしかない。

だからこそ、と留津は思う。

わたしは小説を読み、小説を書く。自分の体験でははかれないような誰かの人生を、文字の中で新しく生きてみる。自分には理解のできないことが、たくさんあるだろう。理解できないまま、違和感の残ったまま、読み終わり、書き終わることも多いだろう。その違和感をずっと記憶しておこう。ある日、突然自分にもわかるかもしれない。よその誰かの人生のかけらの意味が。

俊郎と、ふたたびまたセックスをすることがあるだろうかと、留津は考えてみる。わからない。誰にも、わからないことだ。留津と俊郎自身にさえも。

自分の前にのびている可能性は、無限。でも、自分のうしろにあった可能性は、もう消えている。

人生という森の中の、今まであなたがたどってきた道は、一本道だったけれど、この先にはまだ道はなくて、どこに歩いていってもいいのよ。

そう誰かにささやかれたような気分だった。

それぞれの人間の一本道は、ある時よその人間の道と縒《よ》りあわされるようにみえるが、やがてまたほどけてばらばらになってゆく。ばらばらのまま併行する場合もあれば、そのまま遠くに離れてしまう場合もある。

なんだか、さみしいなと、留津は思う。知らない間に、森のずいぶん奥まで来てしまった。森は永遠に続くと思っていたのに、たぶんそんなに長くない先に、わたしは森から出なければならないだろう。

その時、わたしの道のすぐそばを歩いているのは、誰なのだろう。虹子は、俊郎は、タキ乃は、美智郎は、雪子は、そして編集担当の佐東は、「瀬崎」は、どのあたりを歩いているのだろう。

二〇二七年　留津　六十歳

この時留津のいちばん近くを歩いているのは、「瀬崎」である。

実在でさえないその男に、すでに留津は飽いているのだが、離れることができないでいる。もう「瀬崎」については裏の裏まで知りつくしているつもりなのに、書いてゆくにしたがって、「瀬崎」の底はますます深くなっていってしまうのだ。

悪い男につかまったものだと、留津はしょっちゅう首をふる。もっと違う男や女のこともたくさん書きたいのだけれど、年齢を重ねて体力の落ちてきた今、やはりいちばん見届けておきたいのは、「瀬崎」の最後だと思ってしまうのである。これもまた、幸福なことなのよね。留津は自分に言い聞かせる。幸福、と、留津は思わず目をみひらく。

そういえば、幸福について、ずいぶん前に、真剣に考えたことがあった。あれはいったい、いつのことだったろう。

二〇二七年　流津《るつ》　六十歳

そういえば、と流津《るつ》は思いだす。

ずいぶん前に、あたしは自分が幸福なのかどうか、鏡の中の自分に聞かれたことがある。

あの時、鏡の中の自分は、まるで自分ではない女のようにみえた。

あれは、そう、八王子光男と会ってきた日のことだった。今でもよく覚えている。光男さん。流津は、久しぶりにその名を、ひっそりと口にしてみた。そうだ。あの時あたしは、幸福だった。八王子光男との刹那的な恋愛は、あたしを幸福にしてくれたし、恋が終わった今も、あたしを幸福にしてくれている。幸福であると認めることが、あの時は怖かった。でも、今なら認められる。幸福は、いつだって、過ぎ去ってからしか感じられないものなのだ。

二〇二七年　るつ　六十歳

この時るつのすぐ横を歩いている者は、いない。
五年前にR財団の賞をとったるつは、ますます研究に没頭してゆくこととなるのだが、そのために山研の中での人間関係は以前よりもなおうまくゆかなくなっていった。チームを組んで研究をするタイプではないるつは、そうでなくとも孤立しがちだった。家に帰れば、母の雪子が愚痴ばかりこぼすので、るつは遅くまで研究室にいる。結局るつは家を出る機会を、永遠に逸したのだ。でもまあ、いい。研究は楽しいから。じきに定年だが、東京都下にある私立の大学に、すでにポストは確保してある。あたしは、じゅうぶんに満足している。るつは思う。そう、じゅうぶんすぎるほどに。

二〇二七年　琉都《るつ》　六十歳

この時、琉都《るつ》のいちばん近くを歩いているのは、俊郎である。結局俊郎は、いまだに妻と離婚できていない。

最初に会ったのは二十年以上前だったが、琉都の俊郎への執着は、全然弱まらない。もしかするとこれは、いまだに結婚という契約がなされないがためではないかと、琉都は時おりあやしむ。

俊郎のどこが好きなのだろうかと、琉都はしばしば考えてみるのだが、俊郎を完全に自分のものにしたいのだという欲望こそが、俊郎を好きでいるということの元にあるのだということしか、わからない。

では、もしも俊郎を自分のものにすることができたあかつきには——すなわち、結婚という形を手に入れた時には——いったい俊郎へのこの執着はどうなってしまうのだろう。

琉都は、そのことについては、考えないようにしているのだ。こうやって、俊郎に執着しているうちに、時間は過ぎてゆく。こんなにも執着するものがあることは、実際、何よりも幸福なことなのではないだろうか？

二〇二七年　瑠通　六十歳

今月も無事に過ぎたと、瑠通は胸をなでおろす。

俊郎を殺してから常に緊張してきたような気がするが、この生活ももう長くなった。

適度な緊張は、健康にいいのかもしれないとさえ、瑠通は感じている。健康診断の数値はいつも良好だし、夜もよく眠れる。

　来月もどうか無事に過ぎますようにと、瑠通は心の中で静かに祈る。夜のこの祈りの儀式は、瑠通の生活の中で、今、もっとも大切で、心安らぐ幸福な時間なのである。

二〇二七年　ルツ　六十歳

この時ルツのいちばんそばを歩いているのは、虹《にじ》である。

　山研の掲示板に、「迷子の犬の飼い主募集」という貼り紙があったのが、三年前。虹は雑種で、静かな、意志の強い雌犬である。もらってきたその日からルツによくなつき、けれど俊郎に対しては、吠えるということをほとんどしない虹が「おん」と激しく吠えかかることが、しばしばある。

　こんなに犬が可愛いとは、ルツは知らなかった。純粋に自分を信じきっている存在、それが犬なのである。決してルツを虹が裏切ることはないだろうし、ルツも決して虹を裏切るつもりはない。

「いってきます」

　虹の散歩のための身支度を調えたルツが機嫌よく言うと、俊郎は軽く手をふった。この時俊郎のいちばん近くを歩いているのは、西荻佐知子《にしおぎさちこ》という、ルツの知らない女なのだが、もちろんルツはそのことにまったく気がついていない。人生という森は、なんと深く、愉悦に満ちていることか。そう感じながら、ルツは、玄関の鍵を閉める。虹が走りだした。ルツも、喜ばしく足を速める。今日も、いい天気である。

〔完〕

解説　渡さない交換日記

浜田真理子

「森」が集まってきた。

時期で言えば、ちょうど東日本大震災前後あたりから、わたしの周りに「森」のつく名字の人が次々現れるようになった。それまでは友人知人にもほとんどいなかったのに不思議だ。特に「森田」という名字の多いこと。どの人とも現在進行形で仕事や友人としてお付き合いをしているから、ややこしいのなんのって。これは何かのメッセージだろうか。意味のあるようなないような、森の集合は単なる偶然ではないように思える。それでわたしは「森」について考え始めそれを歌にしようと思った。

森にはいくつものイメージがある。外国の映画を見ると森には魔物や無法者、妖精や精霊が住んでいるなど、奥深く立ち入っていけない恐ろしい場所として描かれていることが多い。一方日本の鎮守の森は、神聖で安心したり癒やされたりする場所として描かれたりもする。

『イメージ・シンボル事典』で「forest」を見ると、森は「大地のシンボルであり、太陽の反対物」とある。日がささない場所。あるいは、無意識。「森の中に潜む恐ろしい物や怪物は、無意識の危険な側面を表す」とある。森は心を表すこともあるのか。

目を閉じて自分の心の中に入ってみようとする。ひんやりとした森の中でさまようわたしはもう一人のわたしだ。いや、わたしかどうかはわからない。だって顔がないから。のっぺらぼうのわたしっぽい人が森の中でどっちへ行こうか迷っている。道は見えない。だって、目がないから。なあんて想像がふくらんでいく。何がなんだかわからない。でも書いてみたらわかるかもしれない。

あなたには顔がない　あなたには顔がない
わたしには声がない　わたしには声がない
二人っきりで　はだしのままで
手と手をつないで　森へ　森へ　森へ行きましょう
「森へ行きましょう」

川上弘美さんに初めてお会いしたのは、多分２００８年ごろで小泉今日子さんとおこなった「マイ・ラスト・ソング」という音楽舞台のあとの打ち上げの席だったと思う。川上さんの本は「蛇を踏む」の時から小説もエッセイも好きで読んでいたし、小泉今日子さんが主演の「センセイの鞄」はドラマも見ていたので、お会い出来てとても嬉しかった。そのときは初対面だし、打ち上げの席だしで、ゆっくり話すことはできなかった。背のすらりとした、よく笑う、知的で、そしてそこはかとなく漂うお茶目な感じもかわいらしい人だと思った。

次にお会いしたのはそれから何年も経ってからだ。作家の古川日出男さんが2013年夏に福島県郡山市で始められた「ただようまなびや～文学の学校」だった。「ただようまなびや」とは東日本大震災や福島原発事故について語り伝える自分の言葉を探るという取り組みで、作家、学者、詩人、俳人、翻訳家、書家、脚本家、写真家、音楽家たちが講師として集められ、講義や対談やワークショップをしたりするもの。そうそうたる講師陣の中にわたしも誘っていただいて（誘ってくれた人の名前は森さんだった）、初めは尻込みをしたけれど、講師は他の講師の授業に出てもよいと言われ、好奇心には勝てず結局は末席に名をつらねたのだった。そのサマースクールには2013年と14年の二度参加した。

さて、その文学の学校で川上さんとゆっくりお話をしたのは二年目のことだった。わたしは前年に続いて歌詞を作るワークショップをしたのだが、それ以外にも一コマ川上さんとご一緒する時間割が組まれた。題して「川上弘美による浜田真理子インタビュー」。なんと、わたしがインタビューされる側！

前年にわたしは「森へ行きましょう」を含む新作オリジナルアルバム「But Beautiful」を出したばかりだったので、それを題材に川上さんから投げかけられる鋭い質問に答える形で歌詞や作詞法についてあれやこれや話したのだった。今思えば、あの時から川上さんには小説「森へ行きましょう」の構想があったのだろう。

二日間一緒に過ごしてすっかり親しい気持ちになって、打ち上げでもわたしは川上さんの横に座った（また打ち上げ）。

みな思い思いに雑談をしていたが、充実した二日間だったから、なんとなく心楽しい空気が漂っていた。そんな開放的な気分や乾杯のビールも手伝って、わたしは川上さんに当時抱えていた悩みを打ち明けた。川上さんはちっとも嫌がらずにわたしの話を聞いてくれた。

その時わたしは本の雑誌社のＷＥＢサイトで自伝エッセイを連載していて、それを本にするべきか迷っていた。連載を始めたときは、いつか本になったらいいなという気持ちで書いていたのだけれど、ある人に言われた「こんなの読みたい人いるのかな」という言葉がずっと心にささったままだったのだ。そんなことぐらいでと言われそうだが、わたしは結構打たれ弱いのだ。

ぐずぐず悩むわたしの背中を押してくれたのは川上さんだった。川上さんはわたしのその連載を読んでいて、続きを楽しみにしてるよと言ってくれたのだ。その言葉とナイフみたいにささったあの言葉が心の中でシーソーして揺れた。嬉しいくせに、それって社交辞令かな？ とか、心の中でまだ疑ったりしていると、だめ押しの一言。「わたしが帯を書くから、絶対出したほうがいいよ」。「絶対」という言葉にディレイがかかって響いた。

そして「そのかわり！」と川上さん。「ハマダさんの『森へ行きましょう』っていうタイトル、わたしの小説に使ってもいい？」お芝居ならここで暗転だろう。心底びっくりした。

タイトルには著作権はないそうだ。だから、そもそも断りを入れていただくことはないのだけど、それはそれでとても親切で光栄なことだった。帯のコメントを書くことと交換条件にして、わたしの心を軽くしてくれたのかなと思ったりもしたけれど、そのあとは幸福感に酔っ払ってしまってあんまり記憶がない。

「森へ行きましょう」の主人公は留津とルツという１９６６年生まれの二人の女性だ。同じ日にこの二人が誕生するところから物語は時系列に進んでゆく。そこには初恋や、受験、人間関係、仕事、誰もが経験する日常のさまざまが描かれる。原因と結果、判断と選択の中で、人生という森の奥深くへ迷い迷って進んでゆく。地下鉄サリン事件や、東日本大震災など、社会的な事件も織り込まれて、同時代に生きるわたしは自分の来し方行く末を二人に重ねずにはいられない。

46歳のルツはつぶやく。

「『いつかは通る道』は、若い頃は二本くらいしか種類がないと思っていた。でも、全然そうではなかった。道は、何本にも分かれてつながっており、右を選ぶか左を選ぶか、まんなかを選ぶか端を選ぶかは、常に不確定で、選んでしまった後になってからしか、自分のたどっている道筋はわからない」

自伝エッセイで自分の人生をたどっているとき同じことを思った。その時は自分の森のことしか考えてはいなかったけれど、この物語を読めばその森は誰にでもあるのだとわかって急に世界が複雑に思えてくる。道と道、枝と枝がからみあって、あなたの森とわたしの森、そして、今日の森や昨日の森があるのだ。明日や明後日の森も。縦に横に斜めに、なんと混沌として、なんとおもしろいことだろう。勝手にインスパイアされてわたしはのちに「昨日の森」という歌を書いた。それはまるで互いに小説や歌を書きながら相手に渡さない交換日記のようでもある。

この「森へ行きましょう」をわたしは三度読んだ。一度目は新聞で、二度目は単行本出版時、そして、今。三度目はメモを取ってゆっくり読んだ。そうして気づいたことがある。この小説には緻密な設計図がある。そして小さな仕掛けがあちこちにちりばめられている。ルツと留津、パラレルワールドに住む別人同士にも互いの森の枝が伸びている。樹形図は先へ行くほど枝が増えていく。ああ、この小説の構造も森なのだ。ヘンゼルとグレーテルみたいにその仕掛けを一つずつ拾いながら、さああなたも森へ行きましょう。

（音楽家）

２０２０年秋

挿画／皆川　明

初出　日本経済新聞夕刊（二〇一六年一月四日～二〇一七年二月十八日）
単行本　二〇一七年十月刊（日本経済新聞出版社）
DTP制作　エヴリ・シンク

本書の無断複写は著作権法上での例外を除き禁じられています。
また、私的使用以外のいかなる電子的複製行為も一切認められておりません。

文春文庫

森《もり》へ行《い》きましょう

定価はカバーに
表示してあります

2020年12月10日　第1刷

著　者　川《かわ》上《かみ》弘《ひろ》美《み》

発行者　花田朋子
発行所　株式会社　文藝春秋

東京都千代田区紀尾井町 3-23　〒102-8008
ＴＥＬ 03・3265・1211㈹
文藝春秋ホームページ　http://www.bunshun.co.jp

落丁、乱丁本は、お手数ですが小社製作部宛お送り下さい。送料小社負担でお取替致します。

印刷・萩原印刷　製本・加藤製本
Printed in Japan
ISBN978-4-16-791607-7

文春文庫　川上弘美の本

（　）内は解説者。品切の節はご容赦下さい。

川上弘美
蛇を踏む
女は藪で蛇を踏んだ。踏まれた蛇は女になり、食事を作って待つ……。母性の眠りに魅かれつつ抵抗する女性の自立と孤独を描く芥川賞受賞作。「消える」「惜《あたら》夜《よ》記《き》」収録。（松浦寿輝）
か-21-1

川上弘美
溺レる
重ねあった盃。並んで歩いた道。そして、ふたり身を投げた海。過ぎてゆく恋の一瞬を惜しみ、時間さえ超える愛のすがたを描く傑作短篇集。女流文学賞・伊藤整文学賞受賞。（種村季弘）
か-21-2

川上弘美
センセイの鞄
駅前の居酒屋で偶然、二十年ぶりに高校の恩師と再会したツキコさん。その歳の離れたセンセイとの、切なく、悲しく、あたたかい恋模様。谷崎潤一郎賞受賞の大ベストセラー。（木田　元）
か-21-3

川上弘美
龍宮
霊力を持つ小柄な曾祖母、女にはもてるのに人間界には馴染めなかった蛸、男の家から海へと還る海馬……。人と、人にあらざる聖なる〝異類〟との交情を描いた八つの幻想譚。（川村二郎）
か-21-4

川上弘美
真鶴
12年前に夫の礼は、「真鶴」という言葉を日記に残し失踪した。京は母親、一人娘と暮らしを営む。不在の夫に思いを馳せつつ恋人と逢瀬を重ねる京は、東京と真鶴の間を往還する。（三浦雅士）
か-21-6

川上弘美
水声
亡くなったママが夢に現れるようになったのは、都が弟の陵と暮らしはじめてからだった――。愛と人生の最も謎めいた部分に迫る静謐な長編。読売文学賞受賞作。（江國香織）
か-21-8

川上弘美
このあたりの人たち
そこは〈このあたり〉と呼ばれる町。現代文学を牽引する作家が丹精こめて創りあげた不穏で温かな場所。どこにでもあるようでどこにもない〈このあたり〉へようこそ。（古川日出男）
か-21-9

文春文庫　小説

（　）内は解説者。品切の節はご容赦下さい。

村上春樹

TVピープル

「TVピープルが僕の部屋にやってきたのは日曜日の夕方だった」。得体の知れないものが迫る恐怖を現実と非現実の間に見事に描く。他に「加納クレタ」「ゾンビ」「眠り」など全六篇を収録。

む-5-2

村上春樹

レキシントンの幽霊

古い館で「僕」が見たもの、いや、見なかったものは何だったのか？　表題作の他「氷男」「緑色の獣」「七番目の男」など全七篇を収録。不思議で楽しく、底無しの怖さを感じさせる短篇集。

む-5-3

村上春樹

パン屋再襲撃

彼女は断言した、「もう一度パン屋を襲うのよ」。学生時代にパン屋を襲撃したあの夜以来、かけられた呪いをとくために。〝ねじまき鳥〟の原型となった作品を含む、初期の傑作短篇集。

む-5-11

村上春樹

色彩を持たない多崎つくると、彼の巡礼の年

多崎つくるは駅をつくるのが仕事。十六年前、親友四人から理由も告げられず絶縁された彼は、恋人に促され、真相を探るべく一歩を踏み出す——全米第一位に輝いたベストセラー。

む-5-13

村上春樹

女のいない男たち

六人の男たちは何を失い、何を残されたのか？　「ドライブ・マイ・カー」「イエスタデイ」「独立器官」など全六篇。見慣れたはずのこの世界に潜む秘密を探る、めくるめく短篇集。

む-5-14

村田喜代子

鍋の中

その夏、少女は初めて大人の秘密に、生きる哀しみにふれた。ひと夏をともに過ごす祖母と孫たちの心の交流を描く芥川賞受賞作。「鍋の中」「水中の声」「熱愛」「盟友」収録。　（川村　湊）

む-6-1

村上　龍

希望の国のエクソダス

二〇〇一年秋、八十万人の中学生が学校を捨てた！　経済の大停滞が続く日本で彼らはネットビジネスを展開し、遂には世界経済を覆すが……。現代日本の絶望と希望を描いた傑作長篇。

む-11-2

文春文庫　最新刊

ミルク・アンド・ハニー　村山由佳
男は、私の心と身体を寂しくさせる――魂に響く傑作小説

大獄　西郷青嵐賦　葉室麟
安政の大獄で奄美大島に流された西郷。維新前夜の日々

三国志名臣列伝　後漢篇　宮城谷昌光
後漢末期。人心離れた斜陽の王朝を支えた男たちの雄姿

森へ行きましょう　川上弘美
一九六六年ひのえうま、同日生まれの留津とルツの運命

京都感傷旅行《センチメンタル・ジャーニー》　十津川警部シリーズ　西村京太郎
陰陽師は人を殺せるのか。京都の闇に十津川警部が挑む

三途の川のおらんだ書房　迷える亡者と極楽への本棚　野村美月
死者に人生最後・最高の一冊を。ビブリオファンタジー

あなたの隣にいる孤独　樋口有介
無戸籍児の玲菜が辿り着いた真実。心が震える青春小説

血と炎の京《みやこ》　私本・応仁の乱　朝松健
田中芳樹氏推薦。応仁の乱の地獄を描き出す歴史伝奇小説

芝公園六角堂跡　狂える藤澤清造の残影　西村賢太
落伍者には、落伍者の流儀がある。静かな鬼気孕む短篇集

マスク　スペイン風邪をめぐる小説集　菊池寛
マスク着用とうがいを徹底した文豪が遺した珠玉の物語

紙風船　新・秋山久蔵御用控（九）　藤井邦夫
一膳飯屋に立て籠った女の要求を不審に思った久蔵は…

徒然《つれづれ》ノ冬《ふゆ》　居眠り磐音（四十三）決定版　佐伯泰英
毒矢に射られ目を覚まさない霧子。必死の看病が続くが

湯島《ゆしま》ノ罠《わな》　居眠り磐音（四十四）決定版　佐伯泰英
磐音は読売屋を利用して、田沼に「闇読売」を仕掛ける

花影の花　大石内蔵助の妻　平岩弓枝
内蔵助の妻りく。その哀しくも、清く、勁い生涯を描く

街場の天皇論　内田樹
天皇制と立憲デモクラシーの共生とは。画期的天皇論！

オンナの奥義　無敵のオバサンになるための33の扉　阿川佐和子　大石静
還暦婚・アガワ&背徳愛・オオイシの赤裸々本音トーク！

女将《おかみ》は見た　温泉旅館の表と裏　山崎まゆみ
混浴は覗き放題が理想!?　女将と温泉旅館を丸裸にする！

一九七二　「はじまりのおわり」と「おわりのはじまり」〈学藝ライブラリー〉　坪内祐三
あさま山荘、列島改造論、ロマンポルノ…戦後史の分水嶺